大观园的病根

《红楼梦》人物的身心困局

李远达 著

人民文学出版社

图书在版编目(CIP)数据

大观园的病根:《红楼梦》人物的身心困局 / 李远达著. -- 北京：人民文学出版社, 2025 (2025.9重印). -- ISBN 978-7-02-019174-1

Ⅰ. I207.411

中国国家版本馆 CIP 数据核字第 20250Q2C40 号

责任编辑　董　虹
责任印制　王重艺

出版发行　人民文学出版社
社　　址　北京市朝内大街 166 号
邮政编码　100705

印　　刷　侨友印刷（河北）有限公司
经　　销　全国新华书店等

字　　数　272 千字
开　　本　880 毫米×1230 毫米　1/32
印　　张　12.75
版　　次　2025 年 3 月北京第 1 版
印　　次　2025 年 9 月第 2 次印刷

书　　号　978-7-02-019174-1
定　　价　65.00 元

如有印装质量问题,请与本社图书销售中心调换。电话:010-59905336

献给我的母亲田红。

生命中第一次翻开《红楼梦》,
是在家中那个高而窄的泛黄的书柜上,
恍惚记得,是人民文学出版社1957年版。
不知为何,
那套书只有上册和中册——
仿佛一个众生皆病、《红楼梦》未完的隐喻。

目 录

序　郭莉萍／1

小　引　刘勇强／3

导　言　《红楼梦》人物的疾病隐喻结构／1

第一章　大观园中的疾病世界／27

第一节　爱恋成疾：林黛玉的"娇袭一身之病"／30

第二节　"聪明"致病：《红楼梦》中的妇科疾患／43

第三节　病弱副册：晴雯的"小伤寒"与柳五儿的"弱症"／54

第四节　"病的病，弱的弱"：《红楼梦》疾病寓意／65

小　结／69

第二章　《红楼梦》的医者塑造／71

第一节　《红楼梦》医生知多少？／73

第二节　儒医张友士的体面／76

第三节　太医王济仁的治疗理念／88

第四节　两位胡庸医的叙事意义／97

第五节　铃医王一贴的医者自嘲／106

第六节　《红楼梦》的医者评判与反传统描写 / 115

小　结 / 123

第三章　钟鸣鼎食之家的药物隐喻 / 125

第一节　《红楼梦》药性文化的探因溯源 / 127

第二节　不足之症终须"补":《红楼梦》的补药文化 / 139

第三节　薛宝钗的"冷"和"热":冷香丸与明清香药文化 / 152

第四节　汪恰洋烟、依弗哪:西洋药与清代中外医学交流 / 164

小　结 / 169

第四章　荣国府里的养生书写 / 171

第一节　"作息有法"的奥秘:睡中觉与开夜宴 / 173

第二节　饮食有节,贾府风范:净饿、忌口与冷酒 / 184

第三节　疏散筋骨,运动有方:对弈、飞鸢和习射 / 197

第四节　志趣高尚,娱乐有道:听曲、打牌与联诗 / 209

小　结 / 219

第五章　石兄的身体审美和声色空间 / 221

第一节　《红楼梦》人物的身体秩序与权力关系 / 225

第二节　大观园女性的身体审美 / 243

第三节　身体消逝:宝、黛身体观的异同 / 256

小　结 / 267

第六章　贾府人物的心理困境 / 269

第一节　三姐自刎与金钏儿投井:大观园中的自杀分析 / 271

第二节　原应叹息不自由:贾府小姐们的心理危局 / 281

第三节　"木石前盟"的挽歌:《红楼梦》的恋爱心理 / 302

小　　结 / 320

第七章　《红楼梦》的生命观念 / 321

第一节　神话套层里的生命主旨 / 325

第二节　《好了歌》及注里的生命意识 / 335

第三节　《红楼梦》中的美人之死 / 345

第四节　《风月宝鉴》中的色空观 / 361

小　　结 / 372

结　语　"换新眼目",祛病读《红》 / 373

后　记 / 391

序

郭莉萍

"医学人文"这个概念进入我国已有五六十年的时间了,"叙事医学"一词被国人所知只有十几年的时间,《红楼梦》成书于二百多年前。这三者在本书里神奇地交融在一起了。

2018年,远达刚刚博士毕业,来到我们北京大学医学人文学院从事教学工作。彼时,我们的叙事医学团队刚刚组建。叙事医学鼓励医务工作者倾听患者讲述的疾病故事,通过故事了解患者的生命叙事,以及导致疾病的心理、社会因素,从而关注到患者这个"人",疗愈这个"人",因此我将叙事医学称为"医学人文的落地工具"。加入我们团队的年轻人,其专业背景大都为文学或语言学,面临着运用自己的学科研究方法,转向研究医学人文和叙事医学的问题,这个过程不可谓不艰难。得知远达的研究对象之一是《红楼梦》,我们在讨论中认为这部小说中的医学与健康描写值得充分挖掘。后来,他参编由我主编的国家卫健委住院医师规范化培训规划教材《叙事医学》,在北京大学医学部开设《红楼梦与健康文化》公共选修课,参加北京大学第二十三届青教赛并荣获人文社科类一等奖第一名,都与这个课题有关。从这个意义上说,我也算是本书的首创者之一了。在远达的一再催促下,我答应下来为他的书作序,借此鼓励从事医学人文相关交叉研究的同道,在学术研究的未知环节,勇于探索、勇攀高峰,蹚出一条自己的道路。我记得远达告诉我，他读过数千万字的中国古典文学作品，叙事医学和医学人文思想"像是给这一地散钱找到了一个索子，把它们都穿起来了"。

南宋大儒张栻曾说："圣门实学，贵于践履。"远达能够立足于文学经典《红楼梦》，从基础文献出发，深入浅出地细读文本，探究小说与中国古代健康文化之间的绵密关联，尤其是健康医学知识与思想对小说叙事起到了何种作用。这是他研究的一大特色。他提出的疾病隐喻结构、祛病读法等观点，都能发前人之所未发。更值得一提的是，他这些年积极加入到叙事医学研究团队中并成为骨干，长期与医护人员相处，多次到临床一线跟诊，积累了大量真实可感的医患沟通素材。经由近距离观察医学场景，再返归文学文本，自然能够更清晰、全面地看到林黛玉、王熙凤、秦可卿等一系列《红楼梦》人物疾病的多层次隐喻。他提出的小说人物疾病的"个体疾患——家族衰亡——社会危机"三维结构，正是在观察临床实践基础上反思、提炼、抽绎出来的理论框架。从这个意思上讲，远达的这部新著是广义叙事医学在中国落地生根并不断发展的一个鲜活例证。希望有更多读者，通过阅读这部积七年之功不断打磨，发轫于北大课堂实录的《大观园的病根》，走近古典文学名著《红楼梦》，换个视角，了解国人对医药健康的认知、习俗及其艺术表达。

是为序。

2025 年 1 月 20 日

（郭莉萍，北京大学医学人文学院院长、教授，北京大学医学部叙事医学研究中心主任）

小　引

刘勇强

　　远达博士应聘北大医学部教席，开设《红楼梦》研究课程，征求我的意见。我以为到什么山唱什么歌，最合天理。由于坊间"《红楼梦》与医学"类的著作数不胜数，便建议他不妨开拓思路，以"《红楼梦》与健康文化"为研究中心着手准备。

　　在我粗浅的想法中，"《红楼梦》与健康文化"至少包括三个维度。

　　首先，当然还是要以《红楼梦》中的疾病、医疗内容为重点。虽然相关著述不少，但仍存在可以拓展的空间，主要是如何将涉医描写作为一种小说叙事加以分析，而不只是对小说中的医药知识作简单介绍。前述坊间此类著作多属后者，在我看来，这与文学性的研究还有较大的不同或差距。

　　对文学研究而言，真正关心的问题不只是疾病、医疗本身，而是小说家如何在叙事中利用涉医描写，塑造人物形象、安排情节结构、展开矛盾冲突。这当然需要相应的医学知识作前提，但更需要充分尊重现实与艺术的规律，使人物的健康状况及疾病的诊疗过程等等，有意识地转化为整个艺术场景中合乎逻辑的要素与环节。曹雪芹是一位充分尊重现实与艺术规律的小说家，他的涉医叙事，极大地提升了古代小说普遍存在的相关描写的文学、文化价值，这是把握《红楼梦》的一个特殊的重要角度，其间应该有许多经验值得总结。

其次,《红楼梦》与健康文化还关乎阅读《红楼梦》的眼光与方式问题。陈其元《庸闲斋笔记》卷八《红楼梦之贻祸》是反《红楼梦》的,讲到《红楼梦》的危害时,举了一个例子:

……余弱冠时读书杭州,闻有贾人女明艳工诗,以酷嗜《红楼梦》致成瘵疾。当绵惙时,父母以是书贻祸,取投之火。女在床,乃大哭曰:"奈何烧杀我宝玉!"遂死……

抛开陈其元的偏见不说,一个小姑娘,读《红楼梦》读成"瘵疾"之症,最后竟为此丧生,其心态显然是不健康的。而在红学领域,常见到一些研究者因过于痴迷,"涉红必争,争必色红",甚至为此"几挥老拳",以致形成所谓"红楼梦魇",可能也不免于精神上的偏执。

记得我与远达讨论上述问题时,恰好买了本英国学者埃拉·伯绍德、苏珊·埃尔德金写的《小说药丸》,这是一本很好玩的书。它将小说情节落实为可以头痛医头、脚痛医脚的各种灵丹妙药。尤其是对一些搞怪的疑难杂症,小说很可能真的是唯一的或最后的救命稻草,什么爱出风头、人见人厌、思绪纷乱、天生扫兴、信心过剩、一心寻仇、智商过高等等,真难为作者想出那么多不治之症,更难为作者居然都能一一对症下药,寻出各种小说将其化解。

比如针对"脑袋钝化",此书开出的是一本名为《蓝花》的作品,并建议每五到十年重读一次,似乎有效且无耐药性。我没看过《蓝花》,这药方开得是否得当,不得而知。其实,传统中医对类似病症也早有验方,冯梦龙开出的是笑话,在他编《古今笑》前，有韵社第五人题记称：

> 一日步野既倦，散憩篱薄间，无可语，复纵谈笑。村塾中忽出腐儒贸贸而前，闻笑声也，揖而丐所以笑者。子犹无已，为举显浅一端，儒亦恍悟，划然长嚛。余私与子犹曰："笑能疗腐耶？"子犹曰："固也。夫雷霆不能夺我之笑声，鬼神不能定我之笑局，混沌不能息我之笑机。眼孔小者，吾将笑之使大；心孔塞者，吾将笑之使达。方且破烦蠲忿，夷难解惑，岂特疗腐而已哉！"

以笑疗腐，或许与中医的疏经解郁、顺气通窍同一机杼。推而广之，阅读小说之于世人，也应该是有益于身心健康的一种精神活动。而包罗万象的《红楼梦》，一定可以提供大量养心益智的神奇功效。比如贾宝玉说："这件东西不好，横竖那一件好，就弃了这件取那个。难道你守着这个东西哭一会子就好了不成？"（第20回）"理他呢，过一会子就好了。"（第28回）"比如那扇子原是扇的，你要撕着玩也可以使得，只是不可生气时拿他出气。就如杯盘，原是盛东西的，你喜听那一声响，就故意的碎了也可以使得，只是别在生气时拿他出气。这就是爱物了。"（第31回），这些话虽有特定情景，却又富含普遍哲理，都可能给人某种启迪，恰如戚序本第19回末总评指出的，"凡我众生掩卷自思，或于身心少有补益"。要之，看完《红楼梦》，应该养成一种仁慈宽厚、追求美好、珍视人生的健康人格，而不是每日家唉声叹气、愁眉苦脸、胶柱鼓瑟、固执己见，庶几不负曹雪芹在困顿中深自忏悔、激浊扬清的初衷。

大观园的病根:《红楼梦》人物的身心困局

有趣的是,《小说药丸》还附有一册《特殊病例》,列出了几十种与书有关的病症,比如对"含泪也要读完"症,小册子的建议是人生苦短,如果经过五十页,这本小说仍无法深入你心,就放手吧。这个建议是很厚道的。不像有专家听说有人死活读不下《红楼梦》,不顾人家死活地也要想法子给人施治用药。其实,《红楼梦》就是"天王补心丹",也不一定人人宜服。正所谓"这件东西不好,横竖那一件好",不愿读《红楼梦》,读《西游记》也使得。

最后,也是更重要的,就是以《红楼梦》为支点,建立一种健康的社会意识与文化观念。

我一直以为鲁迅在《花边文学·看书琐记(一)》中对《红楼梦》的一段评论值得我们特别关注。他指出:

> 北极的遏斯吉摩人和菲洲腹地的黑人,我以为是不会懂得"林黛玉型"的;健全而合理的好社会中人,也将不能懂得,他们大约要比我们的听讲始皇焚书,黄巢杀人更其隔膜。

出于对《红楼梦》的偏爱乃至神化,有时我们可能会忽略这种时代落差。虽然当今社会距离"健全而合理的好社会"可能还有很大的距离,但与《红楼梦》产生的时代已是不可同日而语了。因此,书中人物的言行,置之今天,必然会有许多令人不可理解甚至隔膜之处。即便是被作者极力美化的"林黛玉型",也不可避免地带有当时社会特点的病态因素,这种病态因素远不只是失眠、咳嗽、肺结核生理疾病之类,还同时涉及了深刻的精神层面的问题,指出其症结,分析其缘由,说明改进方向,是我们审视这部杰作时理应思考的问题，而这当然是有助于健康文化的建设。

基于上述三点考虑，我以为关于《红楼梦》与健康文化的研究是大有可为的。

然而，我以为的向上一路，据远达介绍，在项目申请和朋友闲话时，似乎都不被看好。因为我实在也并没有认真琢磨过，也就不敢自以为是。

现在，远达在经过七八轮讲授的基础上，又结合专题研究，撰写成了这部《大观园的病根》，着实令人眼前一亮。从大的方面看，他从不同角度阐发了《红楼梦》疾病叙事的隐喻结构，从而使疾病描写的文学意义得到了由点及面、由表入里的全面揭示；从小的方面看，则细到医、药、养等方方面面，都尽力做了无微不至、饶有兴味的探讨。尤其值得赞赏的是，又始终没有脱离《红楼梦》的小说属性，有兴趣的朋友可以先翻翻"补药""睡中觉"诸节，便知余言不虚。而书中对心理困境、生命观念的论述，更直逼健康文化的本质，从具体的涉医叙事梳理，上升到了人生哲学的思考。显然，远达已经走出了一条自己的路，这条路就是通过对古代小说的知识考察与艺术分析，为小说人物的精神世界、传统文化的社会心理问诊把脉。我确信，只要目标明确、虽远必达。

是为小引。

2025 年 1 月 22 日于西红室

（刘勇强，北京大学中文系教授）

导　言
《红楼梦》人物的疾病隐喻结构

我曾在北京大学医学部开过一门全校公选课《红楼梦与健康文化》。2019—2023 年总共开了八个学期，效果还不错，曾被同学们评价为 2020—2021 年度"最受学生喜爱理论课"。同学们抬爱，给了我 10 分的满分。记得这门课的筹备酝酿有半年多，大多数时候处在 2019 年的那个长夏。某次我跟好朋友罗大锤说下学期要开一门新课，主要谈《红楼梦》中的疾病与健康话题。大锤是京城名记，很犀利，笑着打断我说："你觉得《红楼梦》里的人都健康么？他们可都是多愁多病身啊！"这句话引发了我对《红楼梦》与健康文化更深的省思。转眼六七年，日子一过一大片，我用这部小书来回应朋友的提问，也回应汗牛充栋的前人研究：从对疾病的省思入手，我们如何打开《红楼梦》？

一、"祛病"：《红楼梦》的新读法

如何打开《红楼梦》这部中国人的全民经典，是每一个试图解读《红楼梦》的普通读者都需要面对的问题。从个人阅读经验出发，我希望跟大家分享一种以疾病为视角来解读《红楼梦》，进而打开中国人隐喻性思维世界的新读法。这种读法我给它起了一个俏皮的名字——祛病读法。

何谓祛病读法？"祛病"，我国传统医学有强身之谓，意即通过调理使身心无病，达到复原如初的状态。我借来譬喻聚焦《红楼梦》疾病叙事的读法：剖析小说文本所折射的古人医学知识、思想与信仰世界，更重要的是挖掘疾病书写对小说叙事起到了何种作用。我之所以称之为"新"读法，正因为它看似寻常，实则具有"换新眼目"的意义。

关于《红楼梦》与医药文化之研究，成果已然十分丰硕，大致涉及考辨与思想文化探索两路。前者代表作有陈存仁、宋淇的《红楼梦人物医事考》[1]，严忠浩、张界红的《〈红楼梦〉医话》[2]，原所贤、暴连英的《红学拾遗：红楼梦医药考辩》[3] 等论著，前辈们都做了非常详尽的考证与挖掘，可资参考。相较而言，关于《红楼梦》与医药思想文化之探索，成果更多，代表性的有成穷的《从〈红楼梦〉看中国文化》[4]，胡献国、郑海青的《红楼梦与中医》[5] 等著作，以及邵康蔚的《〈红楼梦〉对医学的贡献》[6]，周翎、张新军的《〈红楼梦〉的中医人文哲学思想及其渊源》[7]，何素平的《〈红楼梦〉中医病理现象的诗性与理性》[8]，

---

[1] 陈存仁、宋淇：《红楼梦人物医事考》，桂林：广西师范大学出版社，2006年。

[2] 严忠浩、张界红：《〈红楼梦〉医话》，上海：复旦大学出版社，2017年。

[3] 原所贤、暴连英：《红学拾遗：红楼梦医药考辩》，沈阳：辽宁科学技术出版社，2018年。

[4] 成穷：《从〈红楼梦〉看中国文化》，昆明：云南人民出版社，2005年。

[5] 胡献国、郑海青：《红楼梦与中医》，武汉：湖北科学技术出版社，2016年。

[6] 邵康蔚：《〈红楼梦〉对医学的贡献》，《红楼梦学刊》2000年3期，第331—345页。

[7] 周翎、张新军：《〈红楼梦〉的中医人文哲学思想及其渊源》，《明清小说研究》2015年第2期，第45—60页。

[8] 何素平：《〈红楼梦〉中医病理现象的诗性与理性》，《宁夏大学学报（人文社会科学版）》2019年第3期，第127—134页。

吴超的《从道家哲学视角看〈红楼梦〉医学场景》[1]，李远达的《〈红楼梦〉补药叙事与明清温补风俗》[2]，杨勇军的《〈红楼梦〉中的温补疗法与"人参谶兆"》[3] 等论文。他们对《红楼梦》与传统医学思想做了较为深入的挖掘，也留下了充裕的探讨空间。

如果留心查考，读者可能会发现，在现有的一些《红楼梦》与医药研究著作中，通常会逐一解读《红楼梦》里的中药材、食补疗法、疾病疗法。这类著作在纷繁复杂的论说背后，有一个比较清晰的底层逻辑，即论证曹雪芹有多么熟悉传统医学，分析小说的疾病描写有多么贴合古典医书的记载，等等。这样的论证相当于将摇曳多姿的小说文本的丰富可能性归结于考实的历史附庸，不少研究因而呈现出知识性较重的色彩。有一些论说的着力点在于揭示小说中使用了哪些医药知识，其目的于文学文化史而言，最多不过是证明作为小说家的曹雪芹有多么懂医学，多么博学多才。其中某些看法自然具有相当的穿透力，但也有部分看法在当今这个知识爆炸的社会，能够给读者带来的阅读价值是较为有限的，其意义甚至会随着知识检索与习得变得更容易而进一步下降。反过来讲，如果读者想了解中国古代医学知识，又何必要通过艺术化变形了的《红楼梦》呢？

我的切入点虽是医学，但关切的核心词是叙事，而非知识本身。这是我所谓"新读法"的要义所在。

---

[1] 吴超：《从道家哲学视角看〈红楼梦〉医学场景》，山西医科大学 2020 届硕士论文。

[2] 李远达：《〈红楼梦〉补药叙事与明清温补风俗》，《红楼梦学刊》2021 年第 6 期，第 127—147 页。

[3] 杨勇军：《〈红楼梦〉中的温补疗法与"人参谶兆"》，《曹雪芹研究》2022 年第 3 期，第 22—39 页。

大观园的病根：《红楼梦》人物的身心困局

"诗无达诂"，是我时常在第一节课写在黑板上或者敲在PPT里的内容。越是伟大的文学文本，其可阐释的空间应该越具有广阔性与深邃性。《红楼梦》显然是这样一个"伟大的文本"[1]，其内生性的丰富多彩注定了解读可能存在多重歧义性。从这个角度说，其实也大可不必苛责前人的读法。

但是，文本的内涵与外延再丰沛，总存在一个阐释边界。每一个时代，各不相同的读者也总能够形成一个文本阐释空间的最大公约数。因此，我们认为，仅就《红楼梦》而言，误读、歧解，似乎从文本生成的清代中期就已经萌发。尤其是晚清、近代的评点者们，作为较早一批读者，为我们提供了丰富的可供批评的素材。

例如，小说第十回提到了一位来为秦可卿看病的儒医。针对儒医张友士的名字及他所开药方，清代评点家太平闲人张新之、护花主人王希廉和近代评点家王伯沆各有一两处对此做出了评点。关于张友士之名，张新之评点道："有此一士也，亦作者自托。长弓善攻，用以攻秦氏之[病]。"[2] 王伯沆的评点也不遑多让，扯到了清代名医叶天士身上："按张之名，必有用意，岂'友'叶天士乎？不然，未必有此身分及医道。细看下文便知。"[3]。细读下文，也难以读出叶天士医案的踪影。这种根据人名偶然关联进行映射的表达，是旧式评点思维局限的一种体现。

---

[1] 丽塔·卡伦（Rita Charon）等原著，郭莉萍主译：《叙事医学的原则与实践》，北京：北京大学医学出版社，2021年，第206页。

[2] （清）护花主人、大某山民、太平闲人评：《〈红楼梦〉三家评本》，上海：上海古籍出版社，2021年，第158页。不特别说明，本书《三家评本》均出自该书，仅标注页码。

[3] 张一兵、周宪主编：《王伯沆批校红楼梦》第1册，南京：南京大学出版社，2010年，第176页。不特别说明，本书王伯沆评均出自该书，仅标注页码。

然而，拒绝过度阐释，是件难度很大的技术活儿。又如第二十一回，护花主人王希廉总评曰："天色才明，宝玉即披衣靸鞋，往黛玉房中，描出宝玉夜间虽睡在自己房中，却一心只在黛玉、湘云处，与《西厢》'梵王宫殿月轮高'一样笔法。"① 这段评语将《西厢记》文本与《红楼梦》相关联，提升了解读的丰富性。但王伯沆针对此评道："胡说""下流人心思，自己写出"②。细想张生对崔莺莺的惦念确乎与宝玉对黛玉、湘云的关怀不同，王伯沆此说有一定道理。然而，转眼只见本回中宝玉对四儿之名指桑骂槐，"袭人和麝月在外间听了半日，抿嘴儿笑"，对此王伯沆写下了如是评语，"上一回晴雯说'交杯未吃，先上头了'，又云'你们那瞒神瞒鬼的'，麝月亦一言不辨，正是暗写。此处两人之笑，各各印心。看官若以为因蕙香而笑，便是呆汉③。"不知道读者如何体会，反正我感觉自己就是呆汉，此段没看出什么深意。袭人和麝月不过因宝玉幼稚的指桑骂槐而发笑，断不至于想到什么自己的心事上去。所以，晚清近代的评点家往往容易填坑后又踩坑。

其实，《红楼梦》的上述误读、歧解，或者局限于读者思维观念，或受制于时代的文化语境，又或者纯粹是跑偏了读成了梦魇。那么，不妨试一试新读法——以祛病之眼目阅读小说文本，进而透过疾病的世界，揭示疾病在小说叙事中的价值与意义，找到《红楼梦》人物、大观园和整个贾府的病根儿。我们在这部书

---

① 《〈红楼梦〉三家评本》，第32页。
② 《王伯沆批校红楼梦》，第308页。
③ 《王伯沆批校红楼梦》，第302页。

中试图为大家揭示的是小说《红楼梦》中的疾病知识、思想与信仰在何种程度上参与到小说艺术构成之中。换言之，我们的目的是探究小说家如何用传统社会的医学知识为我们搭建起一个大观园日常生活时空的舞台。形形色色或健康或患病的人物在舞台上唱念做打、闪展腾挪，无比鲜活而真实。当然，这个真实是理之所必然的艺术真实，而不一定也没必要是严丝合缝的医药的历史真实。更重要的是，《红楼梦》这部中国古代社会的百科全书让我们可以形象化地了解古人艺术化与理想化了的疾病世界，从中受到超越于古典医学的具有积极意义的当下启迪。

从思想旨趣角度讲，一部大书《红楼梦》，其主旨在为"闺阁昭传"，要陈说"闺阁中本自历历有人"，必然要写人之心性气质，也一定会围绕人的生老病死而展开情节，敷演故事。我们甚至可以说，生命主题是《红楼梦》的核心话题，其实也是一切关切人的生存困境、折射生命经验的经典小说以至于文艺作品的根本关切。因此，我们读《红楼梦》，是有理由以疾病为钥匙，进而打开大观园厚重而又富于魅力的大门的。

本书立足于阐明小说《红楼梦》疾病叙事的奥义，尤其是医学知识、思想与信仰如何参与小说叙事建构历程。望闻问切，本是传统医学的四种基本诊断方法，以疾病为视角探究《红楼梦》这部经典著作中结构、叙事、人物与医学之间的关联，很可能是《红楼梦》整本书阅读的一种较有新意的探索。应该讲，《红楼梦》形成了一套自洽的疾病表述系统，包含疾病、医疗、药物、养生四重叙事，关涉身心健康双重场域，指向"生死观念"这一维度。本书共七章，导言和结语各一章，主体部分从病—医—药—养叙事、身心场域、生死观念三方面分为上中下三编，六个章节逐一从疾病视角打开《红楼梦》文本，对《红楼梦》人物的病根做全景式探讨。

二、从林黛玉的病开始说起

谈《红楼梦》人物的病根，我们首先面对的是林黛玉的疾病。记得有一位医生从现代医学角度阐述林黛玉得了什么病，然后这位医生非常详细地为林黛玉列了临床大病历，举出小说文本中的证据来论证林黛玉的疾病。大致存在这样几种可能：A 肺结核；B 肺动脉高压；C 二尖瓣狭窄；D 抑郁症；E 其他疾病。不知道聪明的读者你怎么看？可以写下你心中的答案和你的理由。

_____

_____

_____

_____

_____

_____

_____

_____。

如果我们将《红楼梦》120 回看作一个整体的话，林黛玉的病证可以列表如下。

疾病名称	疾病症状	小说材料	回数
1. 肺结核	痰中带血 发热盗汗	"香腮带赤"①	第26回
		"痰中好些血星","痰中一缕紫血,簌簌乱跳"	第82回
2. 肺动脉高压		"不足之症","从会吃饮食时便吃药"	第3回
		"黛玉每岁至春分秋分之后,必犯嗽疾。"	第45回
3. 二尖瓣狭窄	两腮通红	"只见腮上通红,自羡压倒桃花,却不知病由此萌。"	第34回
		人参养荣丸	第3回
		天王补心丹	第28回
		"左寸无力,心气已衰。"	第83回

---

① （清）曹雪芹著、无名氏续：《红楼梦》，北京：人民文学出版社，2008年，第354页。本书中所引《红楼梦》原文，如不特别注明，皆出自此版本。

导　言　《红楼梦》人物的疾病隐喻结构

（续表）

疾病名称	疾病症状	小说材料	回数
4. 抑郁症		"日间听见不干自己的事，也必要动气，且多疑多惧。不知者疑为性情乖诞……"	第83回

　　这张表中所列是将现代医学疾病名称、症状与小说文本证据相匹配，举凡肺结核、二尖瓣狭窄、肺动脉高压、抑郁症等症。这是目前临床专家们比较认可的几种林黛玉疾病的可能。细读此表，由于每一种都能在文本中找到相应的证据，因此也都很有几分道理。据说，针对二尖瓣狭窄和肺动脉高压这两种临床医学界呼声最高的林黛玉病患，医生们在2019年还公开进行过一场辩论①。但如果读者从文本现象抽丝剥茧，深入阅读小说，也许会发现，每一种可能的疾病都能在小说中找到相反的例证。

　　我们先举出最常见的，也是《红楼梦》阅读史上拥趸最多的一个案例——肺结核来进行剖析。小说中的反例是黛玉刚进贾府，就跟贾母心尖尖上的肉——贾宝玉每天生活在一起，小说里的描写是"日则同行同坐，夜则同息同止，真是言和意顺，略无参商"。就算贾母不在乎外孙女的生命，难道也不在乎孙子吗？

---

① 林黛玉死于肺结核？心内科医生：我们不同意！医学界 2019-06-02 21：15. https：//mp. weixin. qq. com/s/yywkon-K4-D0L3zv973k7Q

毕竟贾宝玉可谓是"千顷地，一棵苗"。不过，有人可能会说，古人的医学知识可能不一定知道肺结核需要隔离。或者换句话说，他们可能并不在乎。我们还是从小说文本中找证据。第七十八回王夫人遣晴雯后，来向贾母回事，其中一个重要的理由就是女儿痨。可见痨病这种传统社会的"不治之症"在古人那里非常受重视，甚至成为将人赶出去的一个堂而皇之的借口。因此，反观黛玉所患疾病，肺结核的可能性就有限了。

当然，有读者可能会有疑问，你说的那个肺动脉高压和二尖瓣狭窄，不是有医生提出证据吗，难道也不是黛玉所患的疾病？事实上，很遗憾地告诉大家，如前所述，细致辨析小说文本中的症状，我们都能找到相反的例证。肺动脉高压确实会一春一秋犯咳疾，但肺动脉高压进展到后期出现的蓝唇和杵状指却不可能是林黛玉的样貌。同理，"多疑多惧"确实是抑郁症的可能症状之一，但古人所说的"郁症"和现代临床上所定义的抑郁症还是有非常大的差别的。

在林黛玉可能患有的疾病中，现代医学证据最为充分的可能要数二尖瓣狭窄一类心脏病了。尤其小说第三十四回描述黛玉"腮上通红""却不知病由此萌"，这可能是典型的二尖瓣狭窄面容，简称"二狭面"；第八十三回又通过王太医之口说出黛玉明确的诊断是"左寸无力，心气好衰"。结合黛玉日常服用人参养荣丸、天王补心丹一类药物，似乎二尖瓣狭窄这个结论是无法简单推倒的。但如果结合文献证据，后四十回出现的诊断结论能否代表曹雪芹原意？"腮上通红"与"病萌"之间究竟是因果逻辑，还是隐喻关系，可能还需要在小说文本中寻找答案，不能简单做判断。

聪明的读者应该已经明白，上述犹如探案般为林黛玉诊病的过程，在北大医学院的课堂上我已经反复演练过十数轮了。这一过程习惯上被称为小说诊断学或者文学诊断学。简言之，就是以小说或者文学作品为材料来诊断疾病。这作为一种文化现象，在20世纪末的欧美学术界曾一度流行过。那么，它到底是不是靠谱的？在我看来，这种努力本身是一种人类思维的益智性探索，但仅就文学叙事维度而言，它是徒劳无功的，也是根本不可能得出确切结论的。因为小说家的写作目的并不是要告诉你某人患某种疾病的原因是什么。小说不是医学教科书，它是为了塑造人物、描写情节，为的是表达一个民族的隐秘的精神生活史。

如果从这个维度来看，我们认为，《红楼梦》中甚至没有任何一个药方，可以真正治愈身体的疾病。当然，大家如果能举出反例，那太好了，也请务必告诉我。细读文本，有心的读者会发现《红楼梦》中那些大大小小的药方，以现代医学的眼光看，你几乎找不到其治愈疾病的证据。颇具意味的是，在小说第四十二回，贾母老太太的病确实治好了，王熙凤的女儿大姐的发热也治好了，但王太医为这一老一小开出的药方是让她们静养。小说第五十三回开篇，还专门提到了"贾宅中的风俗秘法"："无论上下，只一略有些伤风咳嗽，总以净饿为主，次则服药调养。"净饿法门是否效验如神，是医学家讨论的范畴，但无论如何，我们总不能认为净饿是药方吧。所以，我们认为《红楼梦》中开出的药方，似乎都没有真正治好疾病。

大观园的病根:《红楼梦》人物的身心困局

三、隐喻与疾病的隐喻

如此说来,《红楼梦》中林黛玉的疾病描写岂不就没有必要研究了么?此处有必要引入一种疾病隐喻的观点,透过隐喻性思维来看黛玉的疾病。那么,什么是隐喻?《墨子·小取》中就有记载:"譬也者,举他物而以明之也。"[1] 差不多同时,西方哲人亚里士多德也有类似看法:"用一个表示某物的词借喻它物,这个词便成了隐喻词。"[2] 无论是"譬"还是"隐喻",指的都是一种文学理论或者修辞学理论中的本体和喻体之间的关系,只不过这种"像"的关系隐去了比喻词。

隐喻可以分为三个层面:最基础的层面,它是一种修辞手法。比方我们说栗子味儿的面老倭瓜。不知道读者有没有听过相声大师侯宝林先生的一个段子,里面有一句吆喝声"栗子味儿的面老倭瓜"。面老倭瓜大家都吃过,其实就是南瓜,甜甜的,但不是很香。但小贩的吆喝声却将同样面甜但是很香的栗子做了比附,还脱落了比喻词,让人听起来就流口水。这就是用一个你熟悉的,比拟一个你不熟悉的。这是最基础最简单层面的隐喻。

隐喻的第二个层次定义是"对语言标准用法的偏离"。这个看似有些令人费解,怎么叫对标准用法的偏离呢?其实也不难理解,我们人类认识陌生事物,需要通过一种形象化的类比,类比

---

[1] (清)孙诒让撰:《墨子间诂》卷十一,北京:中华书局,2001年,第416页。

[2] 〔古希腊〕亚里士多德著,陈中梅译注:《诗学》,北京:商务印书馆,2017年,第149页。

导　言　《红楼梦》人物的疾病隐喻结构

过程中必然产生一定程度的偏离。这种对标准内涵外延的偏离就成了思维方式。例如，在现代医学教学上，讲到腰椎间盘突出症，必然会提到腰椎之间纤维环包绕着的髓核，那么如何用一句话来形容髓核的质感呢？在医学院，不少教师选择了"胶冻状的髓核"这个比喻。髓核的质感是胶冻状的，Q弹的，非常生动形象，很好理解，但毕竟不是髓核本体。这其实就是隐喻的第二重含义。

那么，对于隐喻最宏观的定义是"人类理解世界的一种方式"。这是第三层的隐喻定义。我们通过类比偏差的方式认知外在事物，久而久之，反过来塑造了我们认知世界的方式。类似"栗子味的面老倭瓜"的隐喻在日常生活中还有许多，例如掌声的海洋、球鞋儿的红酒等等，不胜枚举。古人早就发现了这一点，《易传·系辞下》就曾记载："古者包羲氏之王天下也，仰则观象于天，俯则观法于地，观鸟兽之文，与地之宜，近取诸身，远取诸物，于是始作八卦，以通神明之德，以类万物之情。"① 包羲就是伏羲氏，这种"近取诸身"的认知世界的方式，我们称之为隐喻性思维。我们不能小瞧了这种思维方式，从中国传统医学取类比象的思维，到传统政治天人感应的伦理逻辑，再到古人认知宇宙万物运行规则，都与隐喻性思维密切相关。甚至可以说，隐喻性思维是中国人思维方式的重要底色。同时，它对于我们理解林黛玉以及一切《红楼梦》人物的疾病至关重要。

说完了隐喻，我们看看什么是疾病隐喻。这个概念的提出者

---

① （清）阮元校刻：《周易正义》卷八《系辞下》，北京：中华书局，2009年，第179页。

是美国作家、艺术评论家，20世纪下半叶西方最著名女性知识分子之一的苏珊·桑塔格。她有部名著叫《疾病的隐喻》，由两篇长论文构成，分别是《作为隐喻的疾病》和《艾滋病及其隐喻》。

苏珊·桑塔格在这部名著中首先界定了疾病与隐喻的关联性："我的主题不是身体疾病本身，而是疾病被当作修辞手法或隐喻加以使用的情形。我的观点是，疾病并非隐喻，而看待疾病的最真诚的方式——同时也是患者对待疾病的最健康的方式——是尽可能消除或抵制隐喻性思考。……我写作此文，是为了揭示这些隐喻，并藉此摆脱这些隐喻。"[1] 在行文中她列举出了肺结核、癌症、艾滋病、梅毒等疾病的隐喻，给人留下了深刻印象。譬如肺结核，可以说是文学色彩最浓厚的一种疾病了。19世纪浪漫主义文学中那些身材瘦削、两颊潮红、生性敏感、才华盖世的诗人，像拜伦、雪莱、济慈等等，都曾被怀疑或确诊患有肺结核。笔者曾读到过一本书叫作《飘零的秋叶——肺结核文化史》，系统介绍了肺结核的隐喻义[2]。再比如梅毒，据说1494年的时候，今天意大利的那不勒斯曾有不少士兵患上了一种怪病，下体不明原因地溃烂。因为他们刚刚出征过法国，因此他们的疾病就被命名为"法国病"；然而几乎同时，法国南部地区也有类似患者，他们因为刚刚与那不勒斯军队交战过，他们所患的疾病就被理所当然地称为"那不勒斯病"。实际上，经过研究，人们发现，他们患上的都是梅毒，一种来自新大陆的可怕疾病。中世纪教会

---

[1] 〔美〕苏珊·桑塔格（Susan Sontag）：《疾病的隐喻》，上海：上海译文出版社，2020年，第5页。

[2] 参见余凤高：《飘零的秋叶——肺结核文化史》，济南：山东画报出版社，2004年。

也曾一度将梅毒命名为"天惩"。

无独有偶,现代社会以来,癌症发病率越来越高。与之相伴的疾病隐喻也层出不穷。笔者曾在医院诊室里见过一位患者,当医生告知她不幸患上了肺部肿瘤的噩耗时,她下意识地拍着大腿恨道:"我怎么可能得这种病呢?小区里的流浪猫都是我喂的!"读者朋友们细想,小区里的流浪猫都是她喂养的,与她罹患肿瘤有什么必然联系吗?但当我们与疾病劈面相逢,人性中的脆弱属性和隐喻情节就很有可能同时袭来。苏珊·桑塔格为我们揭橥了一个时常被我们忽略的真相:无论是结核、梅毒、癌症,还是艾滋病,疾病的隐喻是广泛存在的。要知道,苏珊·桑塔格是反对一切隐喻的,她认为应该还疾病以本来面目。发现疾病隐喻,并反思和批评它,是苏珊·桑塔格的一大贡献。

四、林黛玉疾病隐喻的四层结构

如果我们以疾病隐喻为视角,观察《红楼梦》中林黛玉的疾病隐喻,也许会有别样的收获。我认为林黛玉的疾病隐喻至少囊括四层结构:"作为生物医学的疾病",对应"病痛感";"作为审美对象的疾病",对应"病美感";"作为文化隐喻的疾病",对应"病耻感";"作为政治伦理的疾病",对应"病无力感"。我们的医生朋友,也包括沉迷文学诊断学的读者们之所以弄不明白林黛玉究竟患了什么病,在我看来,其根源正在于他们很多时候过度关注"作为生物医学的疾病",这个层面所对应的仅仅是林黛玉的病痛感。然而,在这个层面之外,还有"作为审美对象的疾病"—"作为文化隐喻的疾病"—"作为政治伦理的疾病"

15

三个层面。他们所对应的病美感—病耻感—病无力感结合在一起，构成了林黛玉疾病隐喻的四维结构，经由疾病—隐喻—疾病隐喻三级推演而出（图1）。

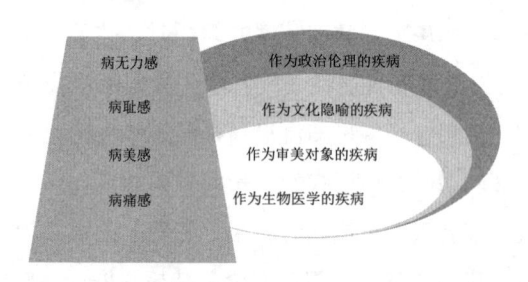

图1　疾病—隐喻—疾病隐喻三级推演

具体而言，林黛玉的疾病隐喻可以聚焦前述四个关键词：病痛感、病美感、病耻感、病无力感。这四个维度都有隐喻意义。

首先，看病痛感。其实不仅关涉生物医学的疾病本身，更多的是在探讨林黛玉的疾病体验。我们都知道，黛玉进贾府时曾自述：自会吃饭起就吃药，所以才会看起来天生有不足之症。随着疾病进展，小说第四十五回时，黛玉已是"每岁至春分秋分之后，必犯嗽疾"。这种疾病给黛玉带来的是行动不便，心情烦闷，渴望陪伴排遣，又厌倦人打扰。小说里写得明白："总不出门，只在自己房中将养。有时闷了，又盼个姊妹来说些闲话排遣；及至宝钗等来望候他，说不得三五句话又厌烦了"（第四十五回）。到了小说第七十六回，黛玉在凹晶馆与湘云夜话，曾亲述自己的疾病体验："大约一年之中，通共也只好睡十夜满足的。"如果我们不急着给文学人物诊病，而是将自己代入黛玉的生命视角中，这样的生活是多么绝望而无趣啊！睡睡不着、吃吃不好，终日与药为伴，生物医学的疾病给少女林黛玉的生命织就了一张何其美

导　言　《红楼梦》人物的疾病隐喻结构

丽的罗网与樊笼。①

　　其次，看病美感。这是文学作品不同于其他文体独有的疾病隐喻。从文学审美层面说，《红楼梦》中人物往往具有一种病态美。以林黛玉为例，又可以包含两个方面——他人眼中的病态美和黛玉的自我审美。他人眼中的病态美比如"病如西子胜三分"，这是贾宝玉眼中的林黛玉。因为小说交代过，林黛玉一到贾府就曾自述说："我自来是如此，从会吃饮食时便吃药，到今日未断，请了多少名医修方配药，皆不见效。"（第三回）久而久之，黛玉自己也觉得自己的病态其实也挺美的，例如照镜子时候，她"只见腮上通红，自羡压倒桃花，却不知病由此萌"（第三十四回）。病美感可能是《红楼梦》疾病隐喻塑造的一个极为成功的开掘。小说叙述者用极为包容而又悲悯的笔锋，冷峻地描摹了一位天生多病而又如此美丽的少女短暂的一生。这种开掘不仅体现在小说艺术的维度上，而且也体现在中国人精神生活史维度上，力道深沉而笔触温存。

　　在病美感之外，再说病耻感。如果说病美感是小说家的一种精神再创造，那么小说中的病耻感则在社会生活层面仍发挥着可怕的作用。在《红楼梦》里，林黛玉的病耻感又可以细分为道德化和信仰化两个方面。简言之，道德化大致的意思是："我有病，我有罪！"黛玉就时常陷入这种疾病体验之中，例如小说第三十二回黛玉的"又喜又惊，又悲又叹"论，黛玉自认为"况近日每觉神思恍惚，病已渐成，医者更云气弱血亏，恐致劳怯之症。你

----

①　王怀义：《疾病、隐喻与生存——以林黛玉的病症为中心》，《红楼梦学刊》2015 年第 2 期，第 139—155 页；李晓华：《斯人也而有斯疾也——论林黛玉疾病与其命运之关联》，《红楼梦学刊》，2020 年第 5 期，第 317—330 页。

17

大观园的病根:《红楼梦》人物的身心困局

我虽为知己,但恐自不能久待;你纵为我知己,奈我薄命何!"在黛玉的生命中,肯定有不少时刻处于自叹"薄命"的精神内耗中。与此相关,信仰化的病耻感,其大致意思是:"我有病,是因为我上辈子犯了错。"我们知道,林黛玉前世是西方灵河岸上三生石畔的一株绛珠仙草,被赤瑕宫神瑛侍者所浇灌,这一辈子是来"还泪"的。所以她的病一生也好不了。除非"除父母之外,凡有外姓亲友之人,一概不见,方可平安了此一世"。(第三回)在日常生活中,我们也许没有小说人物那么宿命性的信仰化病耻感,但读者朋友恐怕也或多或少地见过身边的患者对自身疾病作林黛玉式思考,例如"得了肿瘤,是我前世造孽"等等。

最后,也是读小说时最不易察觉的一个层面,是政治伦理层面的疾病隐喻,即病无力感。这个层面之所以不容易被发觉,是因为大多数时候,我们都是就小说人物的疾病谈疾病,停留在探讨身心健康层面,很少结合中国古人隐喻性思维来探讨疾病隐喻。所谓病无力感,也有两方面含义,一方面意味着《红楼梦》中的疾患,尤其是主要人物的身心疾患,往往具有"胎带"属性,例如林黛玉的不足之症、薛宝钗的"热毒",往往是天生的,由人物性格所决定的。总之,往往难以彻底痊愈,最终甚至可能因此丧命。这有点儿类似于我们今天面对那些老年慢性非传染性疾病的感受,迁延日久,难以根治。面对它们,人们往往是无力的,这正是医学的边界所在,也是医学人文存在的必要之处。

这一点古今攸同,另一方面则属于古人思维方式的独特面向。那就是将医学治病救人的原理与社会运行规则,甚至宇宙万物运转规律进行隐喻性关联。归纳起来,就是"自古医道通治道",或者更直接地讲——"大医医国"。以这种思维来看,林黛玉"胎带"的不足之症,隐喻着贾府的"百足之虫,死而不僵",更揭示出传统社会晚期根本性的、内生性的弊病。因此,这位美丽少女的疾患根本就无药可救。有读者可能会质疑,曹雪芹写作《红楼梦》的时代,中国社会仍处在所谓康乾盛世之中,为何会出现天道—治道—医道(天—地—人)三者的隐喻结构呢?这可能不得不提,小说作为一种文体,独特而敏锐的社会嗅觉了。小说家结撰一部百万字的鸿篇巨制,不可避免地将他所观察到的社会生活的方方面面,艺术化地再现于小说文本之中。他们能够敏锐察觉到社会的疾病与危机,但却无能为力,也不可能有任何作为,提不出任何有效的解决办法。但有时正因为提不出有效方案,反过来揭示出了更具有普遍意义的人性的悲剧,这可能从侧面印证了那句流传已久的名言:"小说是一个民族的秘史。"

在上述四层结构的疾病隐喻之中,与我们读者的现实生活最为息息相关的是社会文化层面的疾病隐喻,也就是病耻感。有研究表明,病耻感是这样让患者绝望的,统共分五步。我们就拿糖尿病举个例子吧。第一步,标记:这个人得了糖尿病,贴上了一个标签;第二步,刻板印象:这个人得了糖尿病,一定是"管不住嘴,迈不开腿",嫌弃;第三步,隔离:这个人有糖尿病,我们不带他喝啤酒、撸串儿了,孤立他;第四步,情感反应:患者感受到了周围人的敌意,"我有病,我自责,我低落";第五步,地位丧失及歧视。[1] 归结起来,上面的"绝望五步"告诉我们病耻感是如何困扰患者,甚至威胁他们的生命的。小说中的林黛玉

---

[1] 徐晖、李峥:《精神疾病患者病耻感的研究进展》,《中华护理杂志》,2007年第5期,第455—458页。

便是如此。

结合上面疾病隐喻的四重结构,我们可以据此绘制出她的疾病隐喻路线图:《红楼梦》中的少女林黛玉,在她孱弱疾病的躯体里,孕育出绝世的才华,身心复合、因缘际会催生出她追求凄美爱情的生命理想,然而事与愿违,在病痛感、病美感、病耻感与病无力感的缠绕下,她身体不允许、心理不支撑、家庭无依托、社会无条件,绝无可能实现她的理想,最终只有"魂归离恨天",走向毁灭这一条道路。

五、中国式疾病隐喻解答方案

透过林黛玉的疾病隐喻,我们来反思中西方隐喻的不同路径。西方式的疾病隐喻有着鲜明特点:反思隐喻、批判隐喻、创造新隐喻。不要以为苏珊·桑塔格批判完隐喻就万事大吉了,她也承认:"要居住在由阴森恐怖的隐喻构成道道风景的疾病王国而不蒙受隐喻之偏见,几乎是不可能的。"[①] 人们总会自觉不自觉地赋予疾病以新隐喻。认识到疾病隐喻的危害是非常必要的,但隐喻是一种思维方式,层出不穷,无可回避。该怎么办才是问题的关键。

以此作为对照,传统中国式的疾病隐喻则具有朴素的自然主义倾向。承认隐喻、利用隐喻,最终实现与隐喻和谐共处。典型的例子是《红楼梦》第八十三回王太医给林黛玉进行的诊断:"六脉皆弦,因平日郁结所致……日间听见不干自己的事,也必

[①] 〔美〕苏珊·桑塔格:《疾病的隐喻》,第5页。

导　言　《红楼梦》人物的疾病隐喻结构

要动气,且多疑多惧。不知者疑为性情乖诞,其实因肝阴亏损,心气衰耗,都是这个病在那里作怪。"细味王太医这段话,看似平平无奇,实则蕴含智慧。首先,王太医给出了他对林黛玉疾病的医学诊断:六脉皆弦,平日郁结。按《素问·玉机真脏论》的说法,"端直以长,故曰弦"。弦脉指的是端直而长,指下挺然,仿佛按到琴弦的脉象。从传统医学角度指向了林黛玉的郁结,但后面的话则意味更深,超越了生物医学层面,王太医说:林黛玉必是平日听见不干自己的事儿,也要多疑多惧,这是症状,可解读为这并不是性情乖诞,换言之,不是个性问题,而是"肝阴亏损,心气衰耗"的病在作怪。我曾跟一位年轻医生聊这段话,他是一个老北京人,古道热肠,听后不由感慨道:林黛玉不是性格怪、心眼儿小,而是让病给"拿"的呀。"拿"这个词,多么生动形象,饱含温情呀。

透过王太医这段中国式疾病隐喻的"完美解答",我们可以看到中国古人对于疾病隐喻进行了何种积极利用、合理归因和正向引导。也可以看到,它与苏珊·桑塔格式的去魅还原和让疾病回归疾病本身之间的显著差异。其实,时至今日,王太医式的疾病隐喻解决策略仍有借鉴意义。无论是面对肺结核、艾滋病、梅毒、肝炎等传染性疾病,还是恶性肿瘤、高血压、糖尿病等慢性病。我们都可以在冷冰冰的科学化指标之下,发现潜藏的疾病隐喻。然而,更重要的是,直面隐喻,用善意解决隐喻,消解疾病隐喻带给患者的窘境,既是医学从业者的职业精神,也是全社会公民的社会公德。

六、《红楼梦》人物的疾病隐喻与主旨意蕴

解读林黛玉的疾病隐喻，看似是以《红楼梦》小说中一个人物为切入点，算得上是一个小切口，但因为林黛玉在小说中的特殊地位，反而可以串联起普遍性的现象，甚至可以直接指向《红楼梦》全部人物疾患隐喻，乃至整部大书的主旨意蕴。这便是洞开了一个大世界。

基于此，我们提出《红楼梦》疾病隐喻的"4-4-3"结构：小说家通过病—医—药—养四重叙事，打开了疾病—医生—药物—观念四个世界，最终指向了个体病弱—家族衰亡—社会危机的三维同构结构（图2）。四重叙事是小说文本为我们创设的时空场景，病兼身心，医为媒介，药有隐喻，养是常态。在此基础上，逐次为我们展开疾病世界、医生世界、药物世界以及形而上的观念世界。更重要的是，《红楼梦》不仅仅为我们"呈现"传统社会形形色色的医药与健康世界，它还通过描摹小说人物的身心病弱进而揭示家族衰亡以及潜藏于盛世地表以下的社会危机。这种思维方式从认识论角度讲，是隐喻性的。个体病弱、家族衰亡、社会危机三者分别对应着古人思维中的医道、治道和天道，三者正是天—地—人三才之道。构成上述三维同构关系核心的是自《周易》开始便深入到我们民族文化心理根底里的"近取诸身"隐喻性思维。天—地—人三才也好，身—心二元也罢，它们在生活在传统社会的小说家看来，具有同源、互动、互感的结构性关联。在我看来，这是《红楼梦》疾病隐喻的根本意义之所在。

导　言　《红楼梦》人物的疾病隐喻结构

四重叙事　　　病—医—药—养叙事

四个世界　　　疾病—医生—药物—观念世界

三维同构　　　个体病弱—家族衰亡—社会危机

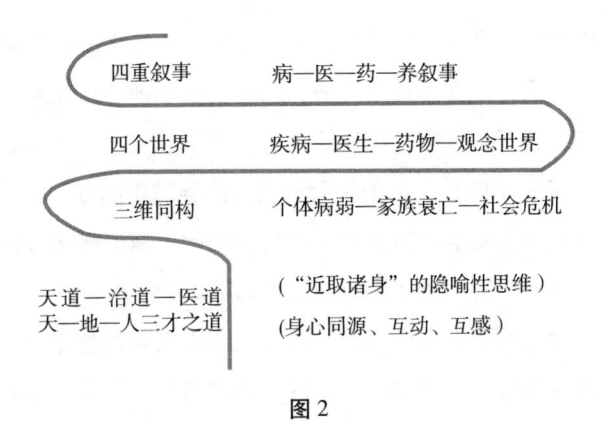

天道—治道—医道　　（"近取诸身"的隐喻性思维）
天—地—人三才之道　（身心同源、互动、互感）

图 2

通过小说人物疾患，究竟能否开掘出如此广阔的空间，或者说，指向如此宏大的意旨呢？窃以为是完全可以的。

20 世纪二三十年代，鲁迅先生在《中国小说的历史的变迁》中曾敏锐地发觉到："自有《红楼梦》出来以后，传统的思想和写法都打破了。"[①]《红楼梦》的人物疾患或者说医药叙事，之所以能经得起隐喻结构阐释，其根本原因是，它并非简单地对前代小说传统进行机械复制，也绝不是小说家为了掉书袋、卖弄自己的渊博，更不是为了刊印时夹带上自己无人问津的酸诗醋文。小说家"披阅十载，增删五次"，十年辛苦不寻常，为的是"为闺阁昭传"，为女儿写心。然而女儿之传如何昭，心如何写？可能就不得不触及人物的身心健康。我们可以反过来想，如果林黛玉身心状态像鲁智深一样，"赤条条来去无牵挂"般洒脱爽利，那么，还是我们熟悉的那个复杂、敏感、孤傲而又多情的林黛玉吗？

20 世纪 50 年代，吴组缃先生曾深刻剖析了贾宝玉，也包括

[①] 鲁迅：《鲁迅全集》第九卷《中国小说的历史的变迁》，北京：人民文学出版社，2005 年，第 343 页。

大观园的病根:《红楼梦》人物的身心困局

林黛玉们的生存窘境。他认为,《红楼梦》中的主要人物都有些像"一个樵夫,坐在树枝丫上面,用斧子砍他所坐的那枝丫;他所要砍掉的,正是他赖以托身的。这个故事是可笑的;但就历史现实说,却是可悲的!"① 如果我们代入到林黛玉或贾宝玉的视角去看,他们的苦闷是结构性的,摆脱不掉的,他们所厌弃的宗法家族、传统社会正是他们赖于依靠的,砍树的斧子挥动得越有力,他们自身的毁灭来得越快。因此,小说主要人物才会呈现出对新生的向往与对旧有的怀恋,在两者之间反复彷徨、挣扎与内耗。透过林黛玉们疾病隐喻的根源探索,我们依然可以见出吴先生看法的烛照人心与掷地有声。

讨论《红楼梦》人物疾患与主旨的问题,不可避免地要触及"悲剧"这一经典看法。自 1904 年王国维《红楼梦评论》② 开始,我国学术界逐步接纳了《红楼梦》是一部悲剧的说法。但究竟何为中国小说语境下的"悲剧",学界有不少分歧。鲁迅先生"悲剧是将有价值的东西撕碎了给人看"的著名论断是被广泛接受的一种。具体到《红楼梦》的文本语境里,有研究者是这样认识这个问题的:"在曹雪芹的心中,真正的悲剧可能并不一定是彻底的毁灭,而是'美中不足'式的、永远难以平复的缺憾。所谓'落了片白茫茫大地真干净',可能也不一定是家破人亡,而是内心的无法填补的空虚。"③ 无论是林黛玉,还是贾宝玉,他们

---

① 吴组缃:《论贾宝玉典型形象》,《北京大学学报(人文科学版)》,1956 年第 4 期,第 32 页。

② 参见俞晓红:《王国维〈红楼梦评论〉笺说》,北京:中华书局,2004 年。

③ 刘勇强:《中国古代小说史叙论》,北京:北京大学出版社,2007 年,第 434 页。

导　言　《红楼梦》人物的疾病隐喻结构

病弱的身躯与敏感的精神此消彼长、二律背反。最终抒发的是作者对往昔"烈火烹油，鲜花着锦之盛"的刻骨追忆，揭示出作者内心永远也无法填补的空虚。这可能才是《红楼梦》悲剧的本质性解读，至少是其中之一。以曹雪芹式的悲剧论，《红楼梦》中几乎没有任何一个药方治愈了人物的身心疾病，有的却是疗愈读者的心灵，以作者的苦难稍稍慰藉读者人性抑或心理上的空虚。

从疾病隐喻的角度讲，《红楼梦》是背靠传统，面向未来的。有不少研究者从《红楼梦》中找寻到《诗经》《楚辞》、六朝风流的传统等等，可能都是对的，因为《红楼梦》就是一部在传统社会行将瓦解前夜撰著的集大成的小说作品。但同时更应该关注，《红楼梦》面向未来，直至我们每一个现代读者心灵的深切关怀。这种关怀深切地作用于千百年来进化缓慢的我们的人性，既具有医学人文的价值，也具有普遍的社会意义。

在导言的最后，我想用一个关于散钱和索子的故事来作结。明代黄瑜的《双槐岁钞》中讲过一个很有哲理的故事，说弘治朝的两位内阁大老——海南人丘濬和洛阳人刘健，丘濬手不释卷、诗文满天下，却被刘健嘲讽为"一屋散钱，只欠索子"。没想到丘濬气势丝毫不输，立刻反唇相讥道："刘希贤有一屋索子，只欠散钱"。刘健听后的反应是"默然甚愧"。[①] 故事中的散钱与索子，其实都有隐喻。如果以《红楼梦》而论，散钱譬喻小说文本以及汗牛充栋的研究资料，出入文史，往往容易无所适从；而索子则譬喻串联起原始文献、文本材料的视角、理念与方法。百余

---

① （明）黄瑜撰，魏连科点校：《双槐岁钞》卷十，北京：中华书局，1999年，第221—222页。

年来，无数根独特而精警的索子串联起了小说中无数的碎玉散金，号为"红学"，蔚为大观。然而如果以林黛玉等《红楼梦》人物疾患为切入点，从疾病叙事的视角出发，贯穿起疾病隐喻的"4—4—3"结构，窃以为还是一条不那么寻常的索子，用以串联起荣国府内、大观园中的一地散钱，通过上述阐释，应当是合乎逻辑的，也是换新眼目、另立排场的一次尝试与探险。让我们一起以疾病为视角，重新打开《红楼梦》。

第一章　大观园中的疾病世界

当我们谈论大观园人物的病根时，必然会涉及一个更本质的问题：什么是疾病？关于疾病，最广泛的定义，可能是人体的一种非健康且需要医疗干预的生活状态。如果以社会文化的视角看，疾病给人们带来的是或长或短的社会关系乃至社会身份的剥离。常言道，人吃五谷杂粮，哪有不生病的？疾病是每个人生命旅程中必不可少的一类或大或小的站点，有的驿站小些，停驻个三五天，继续出发；有的则大得多，让人的身体乃至精神被迫停歇，人们的社会关系出现一连串儿的错愕、调整甚至完全无法恢复。我们都明白，疾病是人生的必修课，有时下课铃响起，社会关系彻底剥离，生命也就此消歇。

所以说，疾病亦大矣。

疾病既是健康生活状态的反面，又能够促使人们反思自己与自身、他人、社会与环境之间的复合关系。正因为如此，病中琐记一类著述，成为文学表达的常客。基于此，作为一部传统社会百科全书的《红楼梦》自然而然地呈现了各色人物的形形色色的疾病。无论是读者十分关注的林黛玉"娇袭一身之病"，还是薛宝钗的"胎里带来的一股热毒"，无论是王熙凤的"下红之症"，还是秦可卿的"夭亡"之疾，以及史湘云的"肩窝疼"、晴雯的"小伤寒"，甚至柳五儿的"弱疾"，无不为读者所瞩目。放眼整个贾府，用贾母的话说，真是"病的病，弱的弱"（第七十一回），连他老人家的心尖肉宝玉也不例外，免不了"外头好，里头弱"（第二十九回），仿佛真的患上了一种"痴病"。

可以说，在我们观察大观园人物生活世界时，疾病是最浅表的文化现象，同时也是最容易被忽略的人物呈现。每当读者略过小说中那些似懂非懂、距离我们今天生活相对较远的病症与药名时，我们不妨反过来想想，如果没有疾病描写，《红楼梦》人物还可能像现在读到的那样血肉丰满、气韵生动吗？或者说，我们分析小说人物疾患，并不是要为人物确诊，为读者提供靠谱的医学知识，那绝非我们的目标。我们所瞩目的是，小说描绘了哪些人物的病症，这些病症对贾府中人的生活又产生了怎样的深远影响？这一讲，我们将打开大观园人物的疾病世界。

第一节　爱恋成疾：林黛玉的"娇袭一身之病"

林黛玉到底所患何病，这是一个《红楼梦》读者至为关心的问题。我们在导言中曾给出了一番分析。无论是现代医学所提出的肺结核、二尖瓣狭窄、肺动脉高压还是抑郁症，很多时候，都难以在小说文本中找到坚实的证据，可以说，通过阅读小说文本来为林黛玉诊病是徒劳的，但这并不意味着解读林黛玉的疾病毫无意义。这里，我想从一个爱恋成疾的视角，带着大家一起走进林黛玉的"娇袭一身之病"。

一、林黛玉的原生疾病

林黛玉的病似乎是胎带的。用小说第二回的话讲："近因女学生哀痛过伤，本自怯弱多病，触犯旧症的，遂连日不曾上学。"至于什么旧症，我们不清楚，但总之林黛玉还未出场，体现出的身体特征就是"怯弱多病"的，而且到了"连日不曾上学"的程度。

第一章　大观园中的疾病世界

也许是为了深描黛玉的人物性格气质，《红楼梦》第三回黛玉一入贾府，小说就从旁观者视角对黛玉的体态举止进行了一番描摹，并由此展开了一段暗示黛玉未来命运的对话：

> 众人见黛玉年貌虽小，其举止言谈不俗，身体面庞虽怯弱不胜，却有一段自然的风流态度，便知他有不足之症。因问："常服何药，如何不急为疗治？"黛玉道："我自来是如此，从会吃饮食时便吃药，到今日未断，请了多少名医修方配药，皆不见效。那一年我三岁时，听得说来了一个癞头和尚，说要化我去出家，我父母固是不从。他又说：'既舍不得他，只怕他的病一生也不能好的了。若要好时，除非从此以后总不许见哭声；除父母之外，凡有外姓亲友之人，一概不见，方可平安了此一世。'疯疯癫癫，说了这些不经之谈，也没人理他。如今还是吃人参养荣丸。"

这段黛玉在贾府众人面前的初次亮相中，有几个关键词：不足之症、癞头和尚和人参养荣丸。首先，来看不足之症。过往解读黛玉的不足之症，往往紧贴着小说文本中"身体面庞虽怯弱不胜"来谈黛玉的身体怯弱，面庞娇小，实则应该结合"却有一段自然的风流态度"的定评来综合参详。正因为黛玉"举止言谈不俗"，身体又瘦弱，内心与外表之间存在反差，因此才会令贾府之人认定她有先天"不足"。这种不足之症可以说伴随了黛玉一生，是黛玉一登场便贴上的一个标签，对于理解林黛玉的疾病与性格气质至关重要。那么如何治疗黛玉的不足之症呢？小说借黛玉之口给出了答案。

其次，看癞头和尚。用林黛玉自己的说法，她从会吃饭时起便吃药，从未断绝。看来一般的药物只能是治标不治本，起不到关键性作用。那么唯一可能起效的方案便来自一位癞头和尚。他在林黛玉三岁时提出要化她出家。三岁的独生女儿，林如海夫妇如何肯放。于是，癞头和尚便留下了判词式的"治疗"建议：既然父母舍不得黛玉出家，那恐怕他的病一生也好不了。除非满足以下两个条件，其一，从此以后不许听见哭声，其二，"除父母之外，凡有外姓亲友之人，一概不见"。如此，才能保一世平安。熟悉小说情节的朋友肯定知道，这个外姓亲友指的就是贾宝玉。按照癞头和尚的预示，黛玉自从踏进贾府、见到宝玉那一刻起，便免不得哭声，也不可能平安了此一世了。从这个意义上讲，黛玉的怯弱之病是一生也好不了的，是她人物设置的有机组成部分。

最后，了解一下所谓人参养荣丸的叙事功能。这是一味中医学领域真实存在的常用药。它是一种益气补血、养心安神，具有温补气血功效的药物。早在北宋的《太平惠民和剂局方》中就已出现了"人参养荣汤"[①]，包括这几味药物：人参、当归、黄芪、白术、茯苓、桂心、熟地黄、五味子、远志、陈皮、杭芍、甘草等。在中医临床上，一般用于心脾不足、气血两亏、形瘦神疲、食少便溏、病后虚弱。细读小说《红楼梦》会发现，不止黛玉，王熙凤等人也在服用人参养荣汤/丸的加减。这可以说是一种贾

[①] （北宋）宋太医局编：《太平惠民和剂局方》，北京：中国中医药出版社，2020年，第163页。

府中女性标配的温补药物。有研究认为人参养荣丸一类补药使用过量，会迫血妄行，甚至导致吐血。①《黄帝内经·至真要大论》说："夫五味入胃，各归所喜，故酸先入肝，苦先入心，甘先入脾，辛先入肺，咸先入肾，久而增气，物化之常也。气增而久，夭之由也。"②《内经》强调的是五味入胃，各自归入所喜的脏腑，酸入肝、苦入心、甜入脾、辛入肺、咸入肾，久而久之就会增气，这是脏腑运行的规律，气增加得太久，这就是夭亡的根源。除了医书，《红楼梦》评点者脂砚斋在此处的评点却相当值得玩味："人生自当自养荣卫"。所谓"自养荣卫"，"荣卫"泛指周身气血，而"自养"的涵义更值得深思。其中隐约透露出黛玉的一生隐喻着前世是绛珠仙草，她将自身合成为药，用以滋养荣国府，这似乎也合情合理。

事实上，我们知道，黛玉也好，荣国府也罢，不仅他们的努力是徒劳的，而且也根本做不到"自养"。脂砚斋所谓"自养"，多少有些妥协自保的反讽意味。黛玉孤身投靠，本来谨小慎微，她受到环境漠视、挤压，反而生出一种"孤高自许，目无下尘"的清高气度，以及逐渐萌发的对爱情的渴望。这些情绪都违背了癞头和尚的"疯话"。

小说中真正能做到自养的女孩子是薛宝钗。她"行为豁达，随分从时"，深得下人们的心。然而，她却从来不服用人参，在小说第四十五回，她还劝说黛玉少服人参。她在用药上的重点是清热毒，而不是温补，在这一点上也和林黛玉根本对立。小说叙

---

① 刘映芬：《黛玉早夭，过在常服补药》，《开卷有益（求医问药）》，2001年第3期，第24页。

② （唐）王冰：《黄帝内经素问》，北京：人民卫生出版社，1963年，第544页。

述的反讽之处就在于黛玉服用自养的养荣丸，却身体越发消减。她精通自养之道，因此她的抉择便更觉痛苦。

　　推而广之，红楼女儿服用的人参养荣丸，其实都没有起到很好的"自养荣卫"之功，最典型的例证是王熙凤。①这里先卖个关子，后文详细展开。

二、宝黛爱恋之后的黛玉疾患进程

　　正如癞头和尚所预示的那样，林黛玉在《红楼梦》第三回中见到了那个宿命中的混世魔王，那个令她一世不得安宁的"外姓亲友"——贾宝玉。当然，此时的贾宝玉还未长大，还只会从身体审美上夸赞这个"我曾见过的"妹妹。关于宝玉眼中的黛玉，小说是这样描写的："两弯似蹙非蹙罥烟眉，一双似泣非泣含露目。态生两靥之愁，娇袭一身之病。泪光点点，娇喘微微。闲静时如姣花照水，行动处似弱柳扶风。心较比干多一窍，病如西子胜三分。"根据今天还能看到的《石头记》各种抄本，我们发现林黛玉的容貌描写是不大稳定的。正所谓情人眼里出西施，宝玉眼中的黛玉，正是"心较比干多一窍，病如西子胜三分"。可问题在于，"心较比干多一窍"是如何看出来的？有研究者认为，病如西子，意思是林黛玉跟西施的心疼病一样，故而应当是心脏病。可是如此解读文学作品就呆了，还是应当将宝玉眼中的黛玉之病纳入爱恋成疾的谱系中进行观察。

---

① 李远达：《〈红楼梦〉补药叙事与明清温补风俗》，《红楼梦学刊》，2021年第6期，第127—147页。

第一章　大观园中的疾病世界

说到爱恋成疾，这涉及宝黛爱情的分期问题，学术界有四期说、五期说、六期说之分。我们采取一个普遍认同的分期，将宝黛爱情的前世今生都纳入进来，综合考量：（1）木石前盟阶段。主要是神瑛侍者浇灌绛珠仙草。（2）恋情萌芽阶段。从黛玉进贾府，二人"日则同行同坐，夜则同息同止"，暗生情愫，两小无猜。（3）恋爱试探阶段。从宝钗进府开始，黛玉吃醋，宝黛二人因"金玉良缘"而相互试探，时常争吵，直到宝玉说出："你放心"（第三十二回），并在自己挨打后给黛玉送去旧手帕为止。（4）平静焦虑期。二人经过一番彼此互证心意，深知彼此，然而囿于礼法，又不可能再进一步了。因此进入平淡的恋爱时光，二人一起参与海棠诗社，作诗联句，但同时，随着年龄增长，黛玉身体渐弱，宝玉也时常神思恍惚。（5）悲剧爆发阶段。黛玉日渐病重，贾宝玉也日渐痴傻。"两个人见了面，只得用浮言劝慰，真真是亲极反疏了"（第八十九回）。经过掉包计，最终魂归离恨天。

这里需要做一个说明。曹雪芹是《红楼梦》前八十回作者没有疑问，不少学者并不认可后四十回的艺术成就。我们在探讨林黛玉及《红楼梦》人物疾患问题的时候，考虑再三，还是将后四十回纳入进来。因为，虽然后四十回存在这样那样的问题，但毕竟给了小说人物一个完整的生命历程。这一历程还是由距离作者时代不甚远的同代人续补完成的。因此，我们讨论小说人物的疾患、健康与死亡之时，不经特殊说明，一般都以一百二十回本《红楼梦》通行本为蓝本。今天大家看到的通行本（人民文学出版社）是经过整理者反复甄别、优中选优的结果。

在宝黛爱恋试探及平静焦虑期，林黛玉逐渐长大，她的疾病

35

也悄然萌发、暗地生长。例如小说第三十四回写黛玉收到晴雯送来的旧手帕,"体贴出手帕子的意思来,不觉神魂驰荡","如此左思右想,一时五内沸然炙起",连作了三首题帕诗,"林黛玉还要往下写时,觉得浑身火热,面上作烧,走至镜台揭起锦袱一照,只见腮上通红,自羡压倒桃花,却不知病由此萌"。题帕诗,是黛玉的名作,举凡"枕上袖边难拂拭,任他点点与斑斑"(其二),"窗前亦有千竿竹,不识香痕渍也无?"(其三),皆是脍炙人口的名句。不过,有医生却从疾病角度发觉了异样。例如重庆医科大学附属第一医院的黄玮教授就根据小说文本中"腮上通红,自羡压倒桃花,却不知病由此萌"之说,认为黛玉之病很符合现代临床医学的"二狭面",因此很可能是二尖瓣狭窄。然而,小说描写中的"自羡压倒桃花"一般的"腮上通红",完全有可能是情志因素导致的;更加不确定的是,传统医学语境中的"病",大概率与现代医学对应的心脏器质性病变缺乏必要关联。这一点,我们在导论部分已做过剖析。

到了《红楼梦》第四十五回和第五十五回,随着小说中宝黛爱情的进展,林黛玉的病症增多了。例如第四十五回中,"黛玉每岁至春分秋分之后,必犯嗽疾";而第五十五回"时届孟春,黛玉又犯了嗽疾"。可见,宝玉和黛玉恋爱进展过程中,随着黛玉的长大,她每年到换季之时便会犯嗽疾。症状虽然都是咳嗽,但这显然与社会大众对于肺结核的发病规律认识不同。难能可贵的是,小说第四十五回除去描写黛玉之"嗽疾",还呈现了黛玉患病的一些原因及众人的反应:

今秋又遇贾母高兴,多游玩了两次,未免过劳了神,近日又复嗽起来,觉得比往常又重,所以总不出门,只在自己房中将养。有时闷了,又盼个姊妹来说些闲话排遣;及至宝钗等来望候他,说不得三五句话又厌烦了。众人都体谅他病中,且素日形体娇弱,禁不得一些委屈,所以他接待不周,礼数粗忽,也都不苛责。

从小说叙述可知,林黛玉的病症因游玩劳神所致,独自一人时烦闷,人来相陪又觉厌烦,是个"形体娇弱,禁不得一些委屈"的症候。这样就更与具有传染性的肺结核相去甚远了。总体而言,《红楼梦》前八十回中林黛玉的症候写得相对较虚,缺乏质实的疾病呈现,尤其是脉象表达。

这一点,在小说后四十回中发生了较大变化。例如小说第八十二回描写林黛玉"喉间犹是哽咽,心上还是乱跳,枕头上已经湿透,肩背身心,但觉冰冷。……觉得心头一撞,眼中一黑,神色俱变,紫鹃连忙端着痰盒,雪雁捶着脊梁,半日才吐出一口痰来。痰中一缕紫血,簌簌乱跳"。痰中带血,心神不定,疾患日渐沉重了。

在小说第八十三回中,叙述者展现了整部小说中都十分罕见的一段林黛玉的脉案:

小厮们早已预备下一张梅红单帖,王太医吃了茶,因提笔先写道:六脉弦迟,素由积郁。左寸无力,心气已衰。关脉独洪,肝邪偏旺。"木气不能疏达,势必上侵脾土,饮食无味,甚至胜所不胜,肺金定受其殃"。气不流精,凝而为痰;血随气涌,自然咳吐。理宜疏肝保肺，涵养心脾。虽有补剂，未可骤施。姑拟黑逍遥以开其先，复用归肺固金以继其后。不揣固陋，俟高明裁服。又将七味药与引子写了。

以传统医学的观念看，王太医的脉诊结果，与小说第四十五回薛宝钗劝慰林黛玉时所言，处在同一症候延长线上。薛宝钗所说的"先以平肝健胃为要，肝火一平，不能克土，胃气无病，饮食就可以养人了"，与此处王太医诊断中的"木气不能疏达，势必上侵脾土，饮食无味，甚至胜所不胜，肺金定受其殃"，何其相似乃尔。不过，第八十三回中，王太医脉诊中获取的信息核心是以下六句话："六脉弦迟，素由积郁。左寸无力，心气已衰。关脉独洪，肝邪偏旺"，其中，也暗藏了传统医学以"积郁"为林黛玉病症之源的判断。这一方面是传统医学病因论认知系统使然，另一方面，也为后四十回展开黛玉的郁症描写提供了预示。

三、后四十回中黛玉的郁症描写

按照《诸病源候论》的讲法，"忧愁思虑伤心"[①]。林黛玉心血暗耗，肝阴易致亏损。小说第八十三回中，王太医所谓"关脉独洪"，当是提示黛玉肝邪偏旺，是为郁症。所以，黛玉得的是抑郁症吗？显然无法确诊。道理很简单，传统医学归纳的郁症范围比现代医学抑郁症要大出不少。传统医学所谓郁，乃停滞之意。朱丹溪在《丹溪心法》卷三说："气血冲和，万病不生，一

[①] （隋）巢元方：《诸病源候论》卷三，北京：华夏出版社，2008年，第53页。

有怫郁，诸病生焉。故人身诸病，多生于郁。"① 到了明代，张景岳将《黄帝内经》中"五气之郁"分为怒郁、思郁与忧郁三种进行论述，更为体系化。② 这些显然比现代临床诊断中的抑郁症范围要更宽。尽管如此，林黛玉的郁症，在小说中也有着非常充分的描摹。

早在前八十回中的第七十六回，四更天色，林黛玉与好姐妹史湘云在凹晶馆联句时，黛玉就曾透露出自己终年失眠。用小说里的话说是"大约一年之中，通共也只好睡十夜满足的"，要知道此时的林黛玉不过是十几岁的少女，便已失眠到如此严重的程度。《景岳全书·不寐》中认为："盖寐本乎阴，神其主也。神安则寐，神不安则不寐。"③《血证论》也说："寐者，神返舍，息归根之谓也。"④ 黛玉之失眠，本质上是神魂不安所致。

那么，熟悉《红楼梦》的读者一定明白，导致黛玉神魂不安的，只能是对木石前盟、对宝玉不负自己，抱有的一丝幻想。信念成为黛玉的"心理支柱"。这也是为何后四十回林黛玉郁症描写增多，甚至到了闹自杀的地步。小说第八十九回描写黛玉一腔心事，又窃听了紫鹃和雪雁关于宝玉定亲的话，"虽不很明白，已听得了七八分，如同将身撂在大海里一般"。这时的黛玉，"思前想后，竟应了前日梦中之谶，千愁万恨，堆上心来。左右打算，不如早些死了，免得眼见了意外的事情，那时反倒无趣。又

---

① （元）朱震亨撰：《丹溪心法》卷三，北京：中国书店，1986年，第230页。
② （明）张介宾：《景岳全书》卷十九，上海：上海科学技术出版社，1959年，第354—361页。
③ （明）张介宾：《景岳全书》卷十八，上海：上海科学技术出版社，1959年，第328页。
④ （清）唐容川：《血证论》，上海：上海人民出版社，1977年，第110页。

想到自己没了爹娘的苦,自今以后,把身子一天一天的糟踏起来,一年半载,少不得身登清净"。

耐人寻味的是,黛玉糟蹋身子的方式十分独特,她选择了舍被而眠:"紫鹃进来看时,只见黛玉被窝又蹬下来,复又给他轻轻盖上。"(第八十九回)可能黛玉本就体质单弱,信念崩塌,寻常的着凉,也足以要了她的性命。如此求死,也极有黛玉特色了。小说中颇为出彩地呈现了黛玉糟蹋身子,宝玉已有觉察,却不敢实言相告,因此亲极反疏的微妙情感变化:

> 原来黛玉立定主意,自此已后,有意糟踏身子,茶饭无心,每日渐减下来。宝玉下学时,也常抽空问候,只是黛玉虽有万千言语,自知年纪已大,又不便似小时可以柔情挑逗,所以满腔心事,只是说不出来。宝玉欲将实言安慰,又恐黛玉生嗔,反添病症。两个人见了面,只得用浮言劝慰,真真是亲极反疏了。

小说后四十回的描写如何评价,是一个见仁见智的问题。在多数读者看来,从整体上说,小说续书的艺术水准确实不如前八十回原著。不过,此处宝玉和黛玉二人因误会各存心事,各怀芥蒂,日日见面,却只能以浮言相劝,这就是最遥远的心灵距离,用我们中国式的含蓄表达,正是"亲极反疏"了。这一笔情感状写,窃以为是具有涵盖力的。

正是由于宝黛二人情愫的难以直言,含蓄隐晦,所以虽然贾母、王夫人皆知二人之事,然而终不知此次黛玉发病的心因款曲。在小说叙述中,黛玉的疾病是一日重似一日,眼看就要不起了:

第一章　大观园中的疾病世界

　　那黛玉虽有贾母王夫人等怜恤，不过请医调治，只说黛玉常病，那里知他的心病。紫鹃等虽知其意，也不敢说。从此一天一天的减，到半月之后，肠胃日薄，一日果然粥都不能吃了。黛玉日间听见的话，都似宝玉娶亲的话，看见怡红院中的人，无论上下，也像宝玉娶亲的光景。薛姨妈来看，黛玉不见宝钗，越发起疑心，索性不要人来看望，也不肯吃药，只要速死。睡梦之中，常听见有人叫宝二奶奶的。一片疑心，竟成蛇影。一日竟是绝粒，粥也不喝，恹恹一息，垂毙殆尽。

　　如果按照正常叙事逻辑，黛玉即将内心憋闷地死去。然而续书叙述者在此笔锋一转，描绘了事情的转机——小说第九十回中，小说让紫鹃、雪雁的消息源亲口转述了老太太的心意。侍书说："老太太心里早有了人了，就在咱们园子里的。……又听见二奶奶说，宝玉的事，老太太总是要亲上作亲的，凭谁来说亲，横竖不中用。"如此，黛玉的一片疑心，化作漫天烟云，消散不见。解铃还须系铃人，也再次向园中之人证明了黛玉的心病之源。

　　然而在后四十回中受读者诟病最多的"调包计"之后，第九十六回黛玉终于从傻大姐处获悉了宝玉结婚的真相，小说描写黛玉的身心反应也颇为真实：

　　那黛玉此时心里竟是油儿酱儿糖儿醋儿倒在一处的一般，甜苦酸咸，竟说不上什么味儿来了。停了一会儿，颤巍巍的说道："你别混说了。你再混说，叫人听见又要打你了。你去罢。"说着,自己移身要回潇湘馆去。那身子竟有千百斤重的,两只脚却像踩着棉花一般,早已软了,只得一步一步慢慢的走将来。走了半天,还没到沁芳桥畔,原来脚下软了。

身子沉重,脚却软了。黛玉的精神支柱垮了,因此"身子往前一栽,哇的一声,一口血直吐出来"。这段描写脍炙人口,令人想起了《葬花吟》里"一年三百六十日,风刀霜剑严相逼"的名句。也同时引出了黛玉之死的病根。在小说第九十七回中,详细描摹了贾母等人眼中黛玉的病症:

> 贾母道:"且别管那些,先瞧瞧去是怎么样了。"说着便起身带着王夫人凤姐等过来看视。见黛玉颜色如雪,并无一点血色,神气昏沉,气息微细。半日又咳嗽了一阵,丫头递了痰盒,吐出都是痰中带血的。大家都慌了。只见黛玉微微睁眼,看见贾母在他旁边,便喘吁吁的说道:"老太太,你白疼了我了!"贾母一闻此言,十分难受,便道:"好孩子,你养着罢,不怕的。"黛玉微微一笑,把眼又闭上了。外面丫头进来回凤姐道:"大夫来了。"于是大家略避。王大夫同着贾琏进来,诊了脉,说道:"尚不妨事。这是郁气伤肝,肝不藏血,所以神气不定。如今要用敛阴止血的药,方可望好。"

林黛玉此时已经面无血色、神气昏沉、气息微细、痰中带血,用贾母的话讲"不是我咒他,只怕难好"。请来的王大夫给黛玉做了临终诊断："郁气伤肝，肝不藏血，所以神气不定。"有的中医研究者就此给出了黛玉疾病的另一种解释：人参养荣丸等补药过量，迫血妄行，导致了黛玉的吐血之症。按照《内经》所记，"久而增气，物化之常也。气增而久，夭之由也"。①黛玉临终前的吐血，很可能与一直以来的服药不对症有关，但更关键的因素显然来自情志方面。可以说，后四十回对于黛玉郁症的描摹延续了前八十回的疾患特征，又做了一些与小说情节相匹配的延展，为读者完整呈现了林黛玉爱恋成疾的完整生命流程。

如果以一百二十回本《红楼梦》作为一个整体来观察，林黛玉的疾患是在多种因素综合作用下的必然结果。身体基础、心理基础与环境因素都是诱因，情志因素导致的身心交瘁、精神崩溃是黛玉之死的主因。为情而生，还情之债，爱恋成疾，心疾早夭，当可以概括林黛玉疾病在小说文本中的丰富意涵。

第二节 "聪明"致病：《红楼梦》中的妇科疾患

《红楼梦》的主旨在开卷第一回便已言明。所谓为"闺阁昭传"，如何能少得了妇科疾病。反过来说，作为传统社会难言之隐的妇科疾病，在小说中对塑造女性性格气质有着至关重要的作用。

对于小说中妇科疾患，第十回儒医张友士在陈述秦可卿病因时的一番话非常具有标志性意义。张友士说："大奶奶是个心性

---

① 《黄帝内经素问》，第544—545页。

大观园的病根：《红楼梦》人物的身心困局

高强聪明不过的人；聪明忒过，则不如意事常有；不如意事常有，则思虑太过。"这套叙事逻辑，对于妇科疾患具有总纲性质。最令人惊奇的是，这种叙事模式在古典医学妇科著作中体现得比较零散，并不清晰。换句话说，这是服务于小说叙事需要的一种艺术创造。

与之相对的是妇科疾病疗法，张友士也提出了《红楼梦》中著名的"益气养荣补脾和肝汤"。这个方子如果排除字谜的解读方式，从传统医学的视角看，是一个治疗月经不调的医方，没有办法体现出张友士具有"断人生死"的能力，但却与病因探源一起构成了《红楼梦》妇科疾病的生成逻辑：女性心性高强，聪明忒过→思虑太过→忧虑伤脾→肝木忒旺→月经不调。小说叙述者用这一因果链条串联起"王熙凤—秦可卿—尤二姐"等大观园内外的妇科疾病患者的庞大图景。

同时，我们也应注意到，在《红楼梦》中，女性妇科病的隐喻至少包含以下四个方面：女科知识、小说叙事、人物塑造与小说主题。《红楼梦》女性疾患与此前世情小说之间存在着深刻联系，例如晚明《金瓶梅词话》中的吴月娘、李瓶儿等人物都曾患过妇科病。《词话》在妇科病描写方面有导《红楼梦》先路的作用，例如《词话》第七十六回中，任医官就曾为吴月娘诊脉，并对吴月娘的病因进行了剖析："老夫人原来禀的气血弱，尺脉来的又浮涩。……老夫人服过，要戒气恼，就厚味也少吃。"[①] 这令人想到了《红楼梦》第六十九回，尤二姐不慎堕胎后的诊断结

---

① （明）兰陵笑笑生著，陶慕宁校注：《金瓶梅词话》，北京：人民文学出版社，2000年，第1027—1028页。

果。无怪乎脂批说,《红楼梦》"深得《金瓶》壶奥"。我们且以王熙凤疾患之叙事意义为例,对女性疾患做深入剖析。

一、王熙凤病症之始:"小月"引起的"下红之症"

王熙凤,被周汝昌先生认为是《红楼梦》的双主人公之一,她不仅是"金陵十二钗"中"机关算尽"的代表,也作为贾府的掌家奶奶,串联起了大观园内外的是是非非。可以说,解读清楚王熙凤的疾病隐喻,对于《红楼梦》中的妇科病之叙事意义,就能够进行本质性的把握。更重要的是,与寄人篱下的小姐林黛玉不同,王熙凤是贾府的掌家人,她的疾病描写,所折射出的社会生活面相更为深广。

让我们从小说首次描写王熙凤患病开始。小说第五十五回描写王熙凤"刚将年事忙过","便小月了,在家一月,不能理事,天天两三个太医用药"。小月,就是小产,这本来谈不上是什么大病,但叙述者耐人寻味地描摹了凤姐疾病进展的过程:

> 凤姐儿自恃强壮,虽不出门,然筹画计算,想起什么事来,便命平儿去回王夫人,任人谏劝,他只不听。王夫人便觉失了膀臂,一人能有许多的精神?凡有了大事,自己主张;将家中琐碎之事,一应都暂令李纨协理。李纨是个尚德不尚才的,未免逞纵了下人。王夫人便命探春合同李纨裁处,只说过了一月,凤姐将息好了,仍交与他。谁知凤姐禀赋气血不足,兼年幼不知保养,平生争强斗智,心力更亏,故虽系小月,竟着实亏

45

虚下来，一月之后，复添了下红之症。他虽不肯说出来，众人看他面目黄瘦，便知失于调养。王夫人只令他好生服药调养，不令他操心。他自己也怕成了大症，遗笑于人，便想偷空调养，恨不得一时复旧如常。谁知一直服药调养到八九月间，才渐渐的起复过来，下红也渐渐止了。此是后话。

细读这一大段王熙凤的病症描摹，读者大约会产生一系列疑问：王熙凤的小月持续了多久？有哪些症状？何以如此严重呢？按照小说行文，她对自己的病情，最担心的是什么？王熙凤的病在大观园中产生了怎样的影响？最后，小说叙述者塑造王熙凤的病，其目的何在？

要破解这一连串疑问，我们须先从病症解读开始。按照小说描摹，王熙凤小产之后，"虽系小月，竟着实亏虚下来"，大约过了一个月，又添了"下红之症"。从传统医学的角度说，下红之症指的是经期延长和崩漏。中医经典认为，冲为血海，脾胃为气血生化之源。倘若，脾胃健康，运化自如，那么女性就能血海充盈，月经如期而至，届时而归。反之，倘若女性脾胃亏虚，便气血生化不足，血海空虚，则经期延长，甚至崩漏。这套逻辑，在第十回张友士解读秦可卿之病时也用过。

耐人寻味的是，小说对于"下红之症"的归因。小说写"凤姐禀赋气血不足，兼年幼不知保养，平生争强斗智，心力更亏"，以至于小产后失于调养，到了淋漓不止，众人都能看出黄瘦的程度。从叙事隐喻角度破解，应该如何理解"下红之症"，进而理解《红楼梦》中妇科病的涵义呢？

第一章 大观园中的疾病世界

王熙凤小月一段,脂批没有留下评点,大某山民(姚燮)的评点把小月解释引向了玄乎之境:"小为阴,月又阴,上演《否》象,至此又进二阴,则《剥》矣。破败之势,必从他始。"① 这种解释不利于今天的读者在现有知识框架下进行解读。

相较而言,近代学者王伯沆的评点将医学知识、日常经验与小说细节结合得很紧密。他在"谁知凤姐禀赋气血不足,兼年幼不知保养"这一句后,评点道,"此四字全书仅见,刺之深矣。四十六回尚述贾母说赦之言:'放着身子不保养。'凤亦云:'不比年轻,做这些事无碍。'其实年轻亦未尝无碍也。"当小说叙及"一月之后,又添了下红之症"后,王伯沆又做了如下评点:"按方书,少妇崩证都系房室不慎所致。"评点者读书之细还体现在,小说写"众人看他面目黄瘦,便知失于调养"。王评说:"与十六回秦钟所犯医案正同。""他自己也怕成了大症,遗笑于人"之后,王伯沆又说:"病无可笑,若致'年幼不知保养'之病,不免可笑耳。"②

王伯沆抓住王熙凤疾病"年幼不知保养"这个关键词,揭示出"少妇崩证系房室不慎所致"的近代医学知识,并将这种知识作为小说叙事的潜台词,构成了塑造王熙凤疾病根由与命运转折的关键节点。以此为出发点,反观小说第五十五回描写的王熙凤小月场景,除了叙事功能可以解读外,似乎更具有深广的文化史、女性生活史价值。

所谓"房室不慎",指的是王熙凤在小月期间,依然与贾琏

---

① 《〈红楼梦〉三家评本》,第891页。
② 《王伯沆批校红楼梦》第二册,第754页。

如常亲热。因此小说叙述语言才会将"兼年幼不知保养"与"禀赋气血不足""平生争强斗智"相并列，作为王熙凤小月之后下红的主要病因。在《红楼梦》中，第四十六回贾母提到的"保养身子"，指的主要就是房事。因为老太太紧接着就让儿子贾赦不要"左一个小老婆，右一个小老婆的"。

值得一提的是，在小说中，关于王熙凤夫妇的情事，是一条暗线，展现的颇为隐晦，但从叙述肌理中，也可以看出端倪。小说第七回周瑞家的送宫花，来到凤姐院中，正巧遇到凤姐与贾琏"秘戏"：无论是"小丫头丰儿坐在凤姐房门槛上，见周瑞家的来了，连忙摆手儿叫他往东屋里去。周瑞家的会意，忙蹑手蹑足往东边房里来"，还是"只听那边一阵笑声，却有贾琏的声音。接着房门响处，平儿拿着大铜盆出来，叫丰儿舀水进去"，其意甚明。脂批也说："阿凤之为人，岂有不着意于'风月'二字之理哉？若直以明笔写之，不但唐突阿凤身价，亦且无妙文可赏。若不写之，又万万不可。故只用'柳藏鹦鹉语方知'之法，略一皴染，不独文字有隐微，亦且不至污渎阿凤之英风俊骨。"意思是凤姐之为人，必是个风月中老手，然而却不能明写、直写，只能暗写、侧写，方不唐突了她的身份，这就叫作"略一皴染"，才能不致污蔑亵渎了王熙凤的人格与气质。

另外，小说第三十回写宝玉午间闲逛，路过凤姐院落，"只见院门掩着。知道凤姐素日的规矩，每到天热，午间要歇一个时辰的，进去不便"，大约也有另一重含义。正如第十三回叙凤姐自贾琏送黛玉去扬州后，"心中实在无趣，每到晚间，不过和平儿说笑一回，就胡乱睡了"。第七十四回写王夫人拿着绣春囊来找凤姐兴师问罪，说道"你们又和气。当作一件顽意儿，年轻人儿女闺房私意是有的",这些都在明里暗里写出夫妻生活繁密。至少从凤姐角度说,她是忠实于丈夫贾琏的,只不过在传统社会不平等的两性关系下,凤姐虽然家族很有势力,但依然难免遭受婚姻的不忠诚和性剥削,哪怕是在小产之后。尽管这种剥削,很可能是凤姐在传统社会规约之下的"自愿"行为。这可能是王伯沆批语能给我们提示的社会文化层面的深刻意蕴。

二、王熙凤的病情进展:羞说"血山崩"

随着小说情节的推进,王熙凤的病实际上并没有完全好转,时好时坏,甚至还加重了。从第七十二回回目"王熙凤恃强羞说病,来旺妇倚势霸成亲"就能看出来。耐人寻味的是,王熙凤为何"羞说病",难道只是"恃强"这一原因吗?小说是如何体现"羞说"二字的?且看这段原文:

> 鸳鸯听了,只得同平儿到东边房里来。小丫头倒了茶来。鸳鸯因悄问:"你奶奶这两日是怎么了?我看他懒懒的。"平儿见问,因房内无人,便叹道:"他这懒懒的也不止今日了,这有一月之前便是这样。又兼这几日忙乱了几天,又受了些闲气,从新又勾起来。这两日比先又添了些病,所以支持不住,便露出马脚来了。"鸳鸯忙道:"既这样,怎么不早请大夫来治?"平儿叹道:"我的姐姐,你还不知道他的脾气的。别说请大夫来吃药。我看不过,白问了一声身上觉怎么样,他就动了气,反说我咒他病了。饶这样,天天还是察三访四,自

己再不肯看破些且养身子。"

鸳鸯道："虽然如此，到底该请大夫来瞧瞧是什么病，也都好放心。"平儿道："我的姐姐，说起病来，据我看也不是什么小症候。"鸳鸯忙道："是什么病呢？"平儿见问，又往前凑了一凑，向耳边说道："只从上月行了经之后，这一个月竟沥沥淅淅的没有止住。这可是大病不是？"鸳鸯听了，忙答道："嗳哟！依你这话，这可不成了血山崩了。"平儿忙啐了一口，又悄笑道："你女孩儿家，这是怎么说的，倒会咒人呢。"鸳鸯见说，不禁红了脸，又悄笑道："究竟我也不知什么是崩不崩的，你倒忘了不成，先我姐姐不是害这病死了。我也不知是什么病，因无心听见妈和亲家妈说，我还纳闷，后来也是听见妈细说原故，才明白了一二分。"平儿笑道："你该知道的，我竟也忘了。"

细读文本，我们不禁要追问，明明是平儿的主人王熙凤"羞说"，叙述者为何要成本大套地讲述平儿与鸳鸯的对话？在对话过程中，鸳鸯为什么红了脸，平儿为什么说是鸳鸯该知道的？更为根底的问题是，在《红楼梦》中，女儿们谈论血山崩怎么就成了禁忌？

其实，小说不经意间为我们揭示出的，是一个传统社会妇科疾病知识圈层的大问题：妇科病由于隐私性，受到传统礼法规约，即便是女性，年轻女孩儿们也不应该了解得十分详细。妇科知识在传统礼教约束下，成了已婚妇女专享的一份私密知识，作为未出阁的女孩儿，鸳鸯无意间提到"血山崩"，自然就会遭到平儿的提醒，也就因此"红了脸"。当鸳鸯给出补充解释："你倒忘了不成,先我姐姐不是害这病死了。"突破妇科知识禁忌的唯一方式是血淋淋的亲身经历,自己或者姐姐妹妹曾患此病。换取的才是平儿们"你该知道的,我竟也忘了"的回答。那么,在传统社会,一般女性对于妇科疾病的知识匮乏达到何种程度,便可想而知了。

在小说第七十四回"抄检大观园"之后,王熙凤身体再次淋血不止,叙述者描摹得颇具春秋笔法:

> 谁知到夜里又连起来几次,下面淋血不止。至次日,便觉身体十分软弱,起来发晕,遂撑不住。请太医来,诊脉毕,遂立药案云:"看得少奶奶系心气不足,虚火乘脾,皆由忧劳所伤,以致嗜卧好眠,胃虚土弱,不思饮食。今聊用升阳养荣之剂。"写毕,遂开了几样药名,不过是人参、当归、黄芪等类之剂。

太医来看过王熙凤的病,所开之方"不过是人参、当归、黄芪等类之剂"。这里面"不过"二字,表露出王熙凤时常看病,所开之药方也总是这几样,从无新鲜的。这既体现出王熙凤之病的顽固迁延,也同时揭示了王熙凤疾病的隐喻意义:她的病,根本就无药可医。

三、王熙凤疾病的叙事功能与隐喻意义

王熙凤作为小说中举足轻重的人物,其疾病叙事功能值得深入剖析。纵观《红楼梦》,小说第五十五回是王熙凤人生与身心

的一道分水岭。此前的她，杀伐决断、心性高强、聪明能干，刚柔相济地统摄着多方势力暗流涌动的大观园；此后的她，仿佛换了个人，病痛交加，身子软弱，不得不一再休养，极不情愿地逐渐让出了掌家之权。这两方面在五十五回回目中体现得十分明白，"辱亲女愚妾争闲气　欺幼主刁奴蓄险心"。虽然没有一个字写凤姐，但如果没有熙凤之暂时性退场，便既无法通过赵姨娘"争闲气"来展示探春理家之才，亦无缘由暴露"刁奴蓄险心"。从叙事功能角度说，王熙凤的不在场为众人预留了舞台，揭示了许多掩盖已久的矛盾。然而，叙述者塑造王熙凤的妇科病绝不仅仅只有"退场"这么简单。

要想探究王熙凤妇科病的隐喻义，恐怕还是要到《红楼梦》第五回王熙凤的判词里寻找答案：

后面便是一片冰山，上面有一只雌凤。其判曰：
　　凡鸟偏从末世来，都知爱慕此生才。
　　一从二令三人木，哭向金陵事更哀。

关于判词中的"一从二令三人木"，众说纷纭，甲戌本脂批认为这是"拆字法"。吴恩裕先生在《有关曹雪芹十种·考稗小记》中分析得十分清楚："凤姐对贾琏最初是言听计'从'，继而对贾琏可以发号施'令'，最后事败终不免于'休'之。故曰'哭向金陵事更哀'云云。"[①] 研究脂批提供的线索，凤姐后来为

---

① 吴恩裕：《考稗小记：曹雪芹红楼梦琐记（增订本）》，北京：北京联合出版公司，2020年，第55页。

贾琏所休弃大约是可信的。在小说中,冷子兴演说荣国府曾提到的"金陵王",正是王熙凤的娘家,用凤姐自己的话说,叫"把我王家的地缝子扫一扫,就够你们过一辈子呢",情势也与末句相合。

判词前画中的"雌凤"立于"冰山"之上,整体上暗喻着凤姐独揽大权,难以持久。具体地说,"冰山"典故在《资治通鉴·唐玄宗天宝十一载》中就有:有人劝张彖去拜见杨国忠以谋富贵。张表示:"君辈倚杨右相如泰山,吾以为冰山耳。若皎日既出,君辈得无失所恃乎?"① 画面中的"雌凤",当指王熙凤孤独失偶。同时,"冰山"还可理解为"雪山"。雌凤不能久立于雪山,使得"雪山崩"即"血山崩"之隐指成为可能。

按照《红楼梦》十二支曲中[第十支·聪明累]所载,王熙凤的一生定评当是"机关算尽太聪明,反误了卿卿性命"。所谓"聪明",尤其是"太聪明",在中国文化语境中,绝不是一句好话。在强大的"守拙"传统之下,机关算尽式的聪明必然会导致"生前心已碎,死后性空灵。家富人宁,终有个家亡人散各奔腾"的悲剧结局。从这个意义上说,小说后半部,王熙凤因小月引起的"下红之症",到"血山崩"的"羞说病",再到不过吃些人参、当归、黄芪之类温补药物,基本上无效,都是在从疾病的角度,反复隐喻王熙凤以及一切《红楼梦》中的妇科病的病根儿,全在"太聪明"。与之相应,《红楼梦》中的女儿越是精明强干,

---

① (宋)司马光编著,(元)胡三省音注:《资治通鉴》卷二一六,北京:中华书局,1956年,第6915页。

越是容易遭受"枉费了,意悬悬半世心;好一似,荡悠悠三更梦"的结局,最后等待她们的,只能是"忽喇喇似大厦倾,昏惨惨似灯将尽",能不令人感慨一声:"呀!一场欢喜忽悲辛。叹人世,终难定!"可以说,王熙凤判词和《聪明累》曲子,正是《红楼梦》中妇科病的根本指向之所在。

第三节　病弱副册:晴雯的"小伤寒"与柳五儿的"弱症"

《红楼梦》第五回,贾宝玉神游太虚幻境,在"薄命司"中"见有十数个大厨,皆用封条封着。看那封条上,皆是各省的地名厨。宝玉一心只拣自己的家乡封条看,遂无心看别省的了。只见那边厨上封条上大书七字云:'金陵十二钗正册'",又见"金陵十二钗副册",又一个写着"金陵十二钗又副册"。副册以香菱为首,又副册以晴雯为尊。按照警幻仙姑的解释:"贵省女子固多,不过择其紧要者录之。下边二厨则又次之。"虽是副册、又副册,但终究不是"无册可录"的"庸常之辈"。

既然是一部为"闺阁昭传"的小说,正册而外,又岂能少得了副册、又副册之病弱。我们以又副册之首晴雯和虽未写明位分却也十分出彩的柳五儿的疾患书写为例,分析《红楼梦》中病弱副册之患病原因与叙事意义。

一、秋海棠的"小伤寒":晴雯的个性与疾患

在怡红院中,"心比天高,身为下贱,风流灵巧招人怨"的晴雯在小说中生过两次大病:第五十一至五十三回和第七十四至七十七回,前一次明确写是"小伤寒",后一次只说病得"四五日水米不曾沾牙"。两相对照,写法上真有些许差别。且看《红楼梦》第五十一回叙述晴雯起病之由:

> 麝月便开了后门,揭起毡帘一看,果然好月色。晴雯等他出去,便欲唬他玩耍。仗着素日比别人气壮,不畏寒冷,也不披衣,只穿着小袄,便蹑手蹑脚的下了熏笼,随后出来。宝玉笑劝道:"看冻着,不是玩的。"晴雯只摆手,随后出了房门。只见月光如水,忽然一阵微风,只觉侵肌透骨,不禁毛骨悚然。心下自思道:"怪道人说热身子不可被风吹,这一冷果然利害。"一面正要唬麝月,只听宝玉高声在内道:"晴雯出去了!"晴雯忙回身进来,笑道:"那里就唬死了他?偏你惯会这蝎蝎螫螫老婆汉像的!"

传统医学讲求外感病的六淫,即风、寒、暑、湿、燥、火六种外感病邪之统称。其中,又以风邪为"六淫之首"。[1]《黄帝内

---

[1] 张东方主编:《中医药学概论》,武汉:华中科技大学出版社,2022年,第313页。

经·素问·上古天真论》就曾提到:"夫上古圣人之教下也,皆谓之虚邪贼风,避之有时,恬惔虚无,真气从之,精神内守,病安从来。"① 相反,如果"虚邪贼风",不知躲避,则多半会生外感之疾。《素问·太阴阳明论》也说:"伤于风者,上先受之。"② 所以等到次日起来,"晴雯果觉有些鼻塞声重,懒怠动弹"。按理说,外感一类小疾,原没什么大不了的。宝玉的反应却揭示出贾府温情脉脉主仆关系之下的另一层面相:

> 宝玉道:"快不要声张!太太知道,又叫你搬了家去养息。家去虽好,到底冷些,不如在这里。你就在里间屋里躺着,我叫人请了大夫,悄悄的从后门来瞧瞧就是了。"晴雯道:"虽如此说,你到底要告诉大奶奶一声儿,不然一时大夫来了,人问起来,怎么说呢?"宝玉听了有理,便唤一个老嬷嬷吩咐道:"你回大奶奶去,就说晴雯白冷着了些,不是什么大病。袭人又不在家,他若家去养病,这里更没有人了。传一个大夫,悄悄的从后门进来瞧瞧,别回太太罢了。"老嬷嬷去了半日,来回说:"大奶奶知道了,说吃两剂药好了便罢,若不好时,还是出去为是。如今时气不好,恐沾带了别人事小,姑娘们的身子要紧的。"晴雯睡在暖阁里,只管咳嗽,听了这话,气的喊道:"我那里就害瘟病了,只怕过了人!我离了这里,看你们这一辈子都别头疼脑热

---

① 《黄帝内经素问》,第3页。
② 《黄帝内经素问》,第180页。

的。"说着，便真要起来。宝玉忙按他，笑道："别生气，这原是他的责任，唯恐太太知道了说他，不过白说一句。你素习好生气，如今肝火自然盛了。"

按照这段介绍，贾府规矩，丫鬟仆妇，一遇外感之疾，便要"搬了家去养息"，唯恐"时气不好"，"沾带了别人"。这个"别人"自然指的是主子们。晴雯听到老嬷嬷转述大奶奶李纨的话，立刻气得嚷了起来："我那里就害瘟病了，只怕过了人！"宝玉连忙劝道：别生气，这也是她的责任。此处这个"他（她）"，指的是李纨。这样一位佛爷似的人物，也成了晴雯发泄的对象，因此宝玉也只得以疾病来掩饰尴尬，说道"你素习好生气，如今肝火自然盛了"。熟悉晴雯结局的朋友一定能够明白，叙述者所谓伏脉千里，晴雯从刚起病起，便与个性气质紧密关联。倘若是袭人、麝月生病，断不会有如此声口。

随后，因为是背着人找来的大夫为晴雯诊病，不熟悉贾府中规矩，还闹了不少笑话，我们留待下一章去分析。宝玉看过医生开的药方，忍不住吐槽了一番，又给出了自己的解决方案：

> 那大夫方诊了一回脉，起身到外间，向嬷嬷们说道："小姐的症是外感内滞，近日时气不好，竟算是个小伤寒。幸亏是小姐素日饮食有限，风寒也不大，不过是血气原弱，偶然沾带了些，吃两剂药疏散疏散就好了。"……宝玉看时，上面有紫苏、桔梗、防风、荆芥等药，后面又有枳实、麻黄。宝玉道："该死，该死，他拿着女孩儿们也像我们一样的治，如何使得！凭他有

什么内滞，这枳实、麻黄如何禁得。谁请了来的？快打发他去罢！再请一个熟的来。"……一时茗烟果请了王太医来，诊了脉后，说的病症与前相仿，只是方子上果没有枳实、麻黄等药，倒有当归、陈皮、白芍等，药之分量较先也减了些。宝玉喜道："这才是女孩儿们的药，虽然疏散，也不可太过。旧年我病了，却是伤寒内里饮食停滞，他瞧了，还说我禁不起麻黄、石膏、枳实等狼虎药。我和你们一比，我就如那野坟圈子里长的几十年的一棵老杨树，你们就如秋天芸儿进我的那才开的白海棠，连我禁不起的药，你们如何禁得起。"……说着，只见老婆子取了药来。宝玉命把煎药的银吊子找了出来，就命在火盆上煎。晴雯因说："正经给他们茶房里煎去，弄得这屋里药气，如何使得。"宝玉道："药气比一切的花香果子香都雅。神仙采药烧药，再者高人逸士采药治药，是最妙的一件东西。这屋里我正想各色都齐了，就只少药香，如今恰好全了。"一面说，一面早命人煨上。

这一段宝玉的"无事忙"，至少说明两点：其一，宝玉是略通医术的，而且他的医学知识根底于小说家写作时代盛行于江南富贵阶层的温补医派。其二，宝玉的药物知识，只在女孩子们面前才会流露，"尽一尽心"，体现出了宝玉对晴雯等怡红院中女儿的深刻关怀，将自己比作野坟圈子里老杨树，将女儿们比作秋天的白海棠。熬药之时，晴雯担心弄得满屋子药气，宝玉却偏说"药气比一切的花香果子香都雅""这屋里我正想各色都齐了，就只少药香",真是关怀备至,令人动容。

到了小说第五十三回,晴雯的外感症状不仅没有痊愈,反而加剧。起因是一次熬夜加班,这就是《红楼梦》中著名的"病补雀金裘"事件。清代以来,不少晴雯题材的人物画,都会选取这个场景,既能体现晴雯的心灵手巧,又反映她的敢于任事,一心一意为了宝玉:

> 话说宝玉见晴雯将雀裘补完,已使的力尽神危,忙命小丫头子来替他捶着,彼此捶打了一会歇下。没一顿饭的工夫,天已大亮,且不出门,只叫快传大夫。一时王太医来了,诊了脉,疑惑说道:"昨日已好了些,今日如何反虚微浮缩起来,敢是吃多了饮食?不然就是劳了神思。外感却倒清了,这汗后失于调养,非同小可。"一面说,一面出去开了药方进来。宝玉看时,已将疏散驱邪诸药减去了,倒添了茯苓、地黄、当归等益神养血之剂。宝玉一面忙命人煎去,一面叹说:"这怎么处!倘或有个好歹,都是我的罪孽。"晴雯睡在枕上嗐道:"好太爷!你干你的去罢!那里就得痨病了。"

从王太医看来,晴雯的病是由一开始的"外感",逐步"劳了神思",渐至"汗后失于调养"。虽与之前那位胡庸医的诊断近似,所开药物却全然不同,减轻了疏散驱邪药的分量,增加了益神养血之药。也有研究者认为,此处晴雯的病已属不轻,一味用药轻灵,反致迁延日久,不能去根。归结起来,晴雯"小伤寒"的病根,当是判词中那句"寿夭多因毁谤生,多情公子空牵念"。

大观园的病根:《红楼梦》人物的身心困局

　　第七十七回描写晴雯遭王夫人遣逐回家,宝玉偷偷前去探望。"当下晴雯又因着了风,又受了他哥嫂的歹话,病上加病,嗽了一日,才朦胧睡了。忽闻有人唤他,强展星眸,一见是宝玉,又惊又喜,又悲又痛,忙一把死攥住他的手。"晴雯最终结局,按照小丫头转述:"晴雯姐姐直着脖子叫了一夜,今日早起就闭了眼,住了口","未正二刻他咽了气"(第七十八回)。本回中还出现了著名的"痴公子杜撰芙蓉诔"情节,也产生了红学史上著名的"晴为黛影"说。

　　《红楼梦》的不少读者和批评者都认为,小说描写晴雯之病及死亡过程,与林黛玉恰构成镜像。第七十七回庚辰本脂批说:"晴雯为聪明风流所害也。一篇为晴雯写传,是哭晴雯也。非哭晴雯,乃哭风流也。"张新之在小说第八回中评点道:"晴雯乃黛玉影子也。"涂瀛的《红楼梦问答》也说:"晴雯,黛玉之影子也。写晴雯所以写黛玉也。"[1] 在小说第七十四回中,陈其泰的评点最为诛心:"晴雯为王夫人痛恨至此,所以借映黛玉也。恐读者不觉,故有像林妹妹云云,及老太太的人云云,以醒眼目。袭人留房,而知薛婚之已定,晴雯被逐而知黛玉之必死。如镜照影,若离若合。善悟者,自得之。"[2] 可以说,陈其泰以一百二十回本作为一个整体进行剖析,站在今天的立场上看,不少推测都是站不住脚的,但晴雯之病亡,与王夫人显然是脱不开干系的。以八十回本看,小说越写到后半部,以王夫人为代表的家长,对

---

　　[1] 朱一玄编:《中国古典小说名著资料丛刊〈红楼梦〉资料汇编》,天津:南开大学出版社,2012年,第720页。
　　[2] 朱一玄编:《中国古典小说名著资料丛刊〈红楼梦〉资料汇编》,天津:南开大学出版社,2012年,第744页。

于大观园女儿的摧残便越凶残。又副册之首的晴雯如此，本就患有"弱疾"的柳五儿更是如此。

二、玫瑰露难拯"弱疾"：柳五儿的气质与病体

在《红楼梦》中，反常识的是，只有宝玉、黛玉和柳五儿患有"弱疾"。对于柳五儿而言，"弱疾"不仅是对她体态气质的一种客观摹写，也是一种"压倒桃花"式的身体审美。这位大观园中独特的小丫头出场很晚，要到小说的第六十回才交代她的身世："这柳家的有个女儿，今年才十六岁，虽是厨役之女，却生的人物与平、袭、紫、鸳皆类。因他排行第五，便叫他是五儿。因素有弱疾，故没得差。近因柳家的见宝玉房中的丫鬟差轻人多，且又闻得宝玉将来都要放他们，故如今要送他到那里应名儿。"

以叙述者口吻介绍人物，可见，柳五儿之资质与地位之不能匹配。无论是她娘厨役柳嫂子，还是五儿自己，此刻心里想的都是如何能到怡红院中当差。注意，与本在怡红院中的一等丫鬟诉求不同，接近宝玉，并不是有什么奢望和非分的希冀，只是渴望能够送去应名儿，"差轻人多"，将来能够被放出，仅此而已。然而命运的齿轮开始转动，一场"玫瑰露引来茯苓霜"，让柳五儿蒙受了不白之冤。小说第六十一回是这样写的：

> 这里五儿被人软禁起来，一步不敢多走。又兼众媳妇也有劝他说，不该做这没行止之事；也有报怨说，正经更还坐不上来，又弄个贼来给我们看，倘或眼不见寻

了死，或逃走了，都是我们的不是。于是又有素日一干与柳家不睦的人，见了这般，十分趁愿，都来奚落嘲戏他。这五儿心内又气又委屈，竟无处可诉；且本来怯弱有病，这一夜思茶无茶，思水无水，思睡无衾枕，呜呜咽咽直哭了一夜。

柳五儿在被怀疑偷窃玫瑰露时，心中又气恼又委屈，一夜茶饭不思，加之怯弱多病，呜呜咽咽哭了一夜，冤案平反后没过多久就"气病了"。小说第六十三回，写宝玉偶然想起柳五儿之事情，询问知情者小燕，才从小燕处得知："我才告诉了柳嫂子，他倒喜欢的很。只是五儿那夜受了委屈烦恼，回家去又气病了，那里来得。只等好了罢。"宝玉听了，不免后悔长叹，只得暂时作罢。

关于柳五儿的结局，在前八十回和后四十回中颇有些差异。按照小说第七十七回王夫人之说："前年我们往皇陵上去，是谁调唆宝玉要柳家的丫头五儿了？幸而那丫头短命死了，不然进来了，你们又连伙聚党遭害这园子呢。你连你干娘都欺倒了，岂止别人！"似乎柳五儿已经病死了。然而后四十回中的第一〇九回竟然还写到了"候芳魂五儿承错爱"，描写宝玉"偷偷的看那五儿，越瞧越像晴雯，不觉呆性复发"：

宝玉笑道："实告诉你罢，什么是养神，我倒是要遇仙的意思。"五儿听了，越发动了疑心，便问道："遇什么仙？"宝玉道："你要知道，这话长着呢。你挨着我来坐下，我告诉你。"五儿红了脸笑道："你在那里躺着，我怎么坐呢。"宝玉道："这个何妨。那一年冷天，也是你麝月姐姐和你晴雯姐姐顽，我怕冻着他，还把他揽在被里渥着呢。这有什么的！大凡一个人总不要酸文假醋才好。"五儿听了，句句都是宝玉调戏之意。那知这位呆爷却是实心实意的话儿。

应该说，后四十回在此处将宝玉错爱五儿写得这般调戏，多少有失水准。五儿口内的"养神"与宝玉心中的"遇仙"之分别，更是将宝玉的"意淫"生生写成了"皮肤烂淫"。我更愿意相信前八十回中柳五儿的结局是短命夭亡，不再受这等絮烦与聒躁。

三、从未出现的"女儿痨"：大观园女儿疾患的说辞

所谓"女儿痨"，在《红楼梦》中出现在第七十八回，王夫人向贾母解释遣晴雯之理由：

> 王夫人便往贾母处来省晨，见贾母喜欢，便趁便回道："宝玉屋里有个晴雯，那个丫头也大了，而且一年之间，病不离身；我常见他比别人分外淘气，也懒；前日又病倒了十几天，叫大夫瞧，说是女儿痨，所以我就赶着叫他下去了。若养好了也不用叫他进来，就赏他家配人去也罢了。……"贾母听了，点头道："这倒是正理，我也正想着如此呢。但晴雯那丫头我看他甚好，怎么就这样起来。我的意思，这些丫头的模样爽利言谈针

线多不及他,将来只他还可以给宝玉使唤得。谁知变了。"王夫人笑道:"老太太挑中的人原不错。只怕他命里没造化,所以得了这个病。俗语又说'女大十八变'。况且有了本事的人,未免就有些调歪。老太太还有什么不曾经验过的。三年前我也就留心这件事。先只取中了他,我便留心。冷眼看去,他色色虽比人强,只是不大沉重。"

向贾母申明要遣走既定的宝玉屋里人,王夫人是需要充分理由的。王夫人的核心论据就是:"前日又病倒了十几天,叫大夫瞧,说是女儿痨,所以我就赶着叫他下去了。""叫大夫瞧",自然"女儿痨"就是大夫说的,一方面增强了可信度,另一方面也隐藏了王夫人的主观好恶。近代评点者王伯沆因此说,王夫人这是"阴贼语",甚至"当堕拔舌地狱"。[①] 由此可见,"女儿痨"或者"痨病",成为小说中葬送女儿最冠冕堂皇的理由。

细味小说,用过近似"女儿痨"一类说辞的还有贾母,甚至晴雯自己。第六十九回,贾母说尤二姐之死道:"信他胡说,谁家痨病死的孩子不烧了一撒,也认真的开丧破土起来。既是二房一场,也是夫妻之分,停五七日抬出来,或一烧或乱葬地上埋了完事。"尤二姐本是吞金自逝,可贾母在王熙凤的撺掇下心下不悦,因此便找了个"痨病死的孩子"的理由,以示应草草安葬。

最为耐人寻味的是,最后被说成是"女儿痨"的晴雯自己,在刚患病之时,也曾多次提及"痨病"。例如第五十一回,老嬷

---

① 《王伯沆批校红楼梦》第三册,第1090页。

嬷回禀了李纨，说晴雯患病，转述了李纨让她出去养病的建议，"晴雯睡在暖阁里，只管咳嗽，听了这话，气的喊道：'我那里就害瘟病了，只怕过了人！我离了这里，看你们这一辈子都别头疼脑热的。'"第五十三回，宝玉看过药方后，为晴雯担心，晴雯睡在枕上嗔道："好太爷！你干你的去罢！那里就得痨病了。"

可以说，瘟病、痨病、女儿痨，在晴雯身上似乎是近义词，朦胧地指向民间知识系统中的传染病。"传染—隔离"的条件反射，也使得驱逐女儿成为合情合理的手段。因此，捏造出来的无中生有的理由被王熙凤、王夫人，乃至贾母，反复使用。

第四节 "病的病，弱的弱"：《红楼梦》疾病寓意

《红楼梦》写了那么多疾病，写了那么多女儿疾病，这些女儿的疾病究竟有何寓意呢？别急，咱们先从小说中一个反复出现的套话聊起："病的病，弱的弱"。换句话也是一样，贾母常说："外头好，里头弱。"

一、人物命运暗示："外头好，里头弱"

《红楼梦》第二十九回，写贾母率领众人去清虚观打醮，张道士忙抱住宝玉问了好，又向贾母笑道："哥儿越发发福了。"贾母回道："他外头好，里头弱。又搭着他老子逼着他念书，生生的把个孩子逼出病来了。"所谓外头好，自然是上承张道士之夸

赞；里头弱，自然指的是宝玉的精神、心理状况，并没有外在看起来那般强健。

与此类似的表述，还有"病的病，弱的弱"。第七十回，写到林黛玉的病已经比较严重了，贾宝玉也是时常三灾八难，贾母曾说"病的病，弱的弱。"第七十六回，贾府中秋夜宴，夜深人散去，贾母问王夫人："那里就四更了？"抬眼看众人都已散去，还感叹道："也罢。你们也熬不惯，况且弱的弱，病的病，去了倒省心。"这当然是贾母年老喜热闹，不喜人散去的强为之辞，但反复出现的内、外与病、弱，都足以引发对这部"病弱"《红楼梦》的深层次思考：首先，为什么《红楼梦》中的男男女女，从女孩儿到老妇人，都处在不健康/亚健康之中？其次，小说为何会集中描写女性疾患？再次，小说中的形形色色的人物疾患有什么寓意？

一言以蔽之，笼统可言：疾患，是小说叙事的必然需要；疾患，是人物设置的内在要求；疾患，是刻画形象的重要侧面；疾患，更隐喻着那些无法被理解的"新人"终将毁灭的命运。

二、文化审美寓意：衰弱的身与敏感的心

具体来说，《红楼梦》之写病，首先意在写人。大观园中之人物，尤其是女儿，其疾患大抵与其性格、气质紧密贴合。黛玉的多疑敏感、凤姐的聪明太过、晴雯的心比天高、柳五儿的弱症，皆是人各一病，绝不雷同。更进一步说，身心疾患所映射出的人物关系也是独一无二的。一位红楼女儿患病，那么谁是患病者，谁是保护者，谁是污名者，谁是迫害者？倘若晴雯不是"四五日水米不曾沾牙，恹恹弱息，如今现从炕上拉了下来，蓬头垢面，两个女人搀架起来去了"，也难以写出王夫人遣晴雯手段之狠辣。疾患能够揭示小说人物平时不常见的面相，也能为人物立意写心。

其次，《红楼梦》写疾病，重在病患体验，这是古代医案文本所不具备的，而是小说所独善优长者。无论是林黛玉，还是王熙凤，甚至是贾宝玉，他们私自感叹："能病了几天，竟把杏花辜负了！不觉已到'绿叶成荫子满枝'了！"这正是通过疾患，对生命本真的最佳书写。小说通过对不同个体生命疾病体验或显或隐的描摹，来体现哲理化的生活感悟，更揭示对生命与环境关系之思考。

最后，疾患在小说中具有三个维度的隐喻含义：个体病弱—家族没落—社会危机。这虽然在导言中已经申明，但此处需要强调的是，《红楼梦》人物的三重隐喻结构的成立与新变，即小说中每一位不健康的个体，都映带出摧残他们的家族群体，甚至扩展到日益深重的社会危机。用思想史家葛兆光的话说："在古代中国人的意识里，自然也罢，人类也罢，社会也罢，它们的来源都是相似的，它们的生成轨迹与内在结构是相似的，由于这种相似性，自然界（天地万物）、人类（四肢五脏气血骨肉）、社会（君臣百姓）的各个对称点，都有一种神秘的互相关联与感应关系。""天—地—人"三者互为因果，构成了堆叠隐喻。

三、历史社会哲思：闺阁昭苦，女儿传悲

疾患叙事是小说为"闺阁昭传"最有力的抓手之一，蕴含着

深厚的历史社会哲思。两百五十年前的一位男性小说家，立志为女儿昭什么，传哪些，这是一个颇为耐人寻味的话题。

一方面，小说透过人物尤其是女性疾患之揭示，表达了"千红一窟""万艳同悲"的深切悲剧意识。前文曾提及中国式悲剧的话题，"真正的悲剧可能并不一定是彻底的毁灭，而是'美中不足'式的、永远难以平复的缺憾。所谓'落了片白茫茫大地真干净'，可能也不一定是家破人亡，而是内心的无法填补的空虚"。作为一部中国文化经典，《红楼梦》作者的细腻笔触始终贴合着人物性格去塑造悲剧，温厚而沉郁。

另一方面，小说中林黛玉、薛宝钗、王熙凤等一干女儿通过疾患表征出的悲苦，更是古往今来女性之苦楚，是失衡的传统社会结构性的、不可调和的苦楚。正如"有恩的，死里逃生；无情的，分明报应。欠命的，命已还；欠泪的，泪已尽。冤冤相报实非轻，分离聚合皆前定。欲知命短问前生，老来富贵也真侥幸。看破的，遁入空门；痴迷的，枉送了性命。"甲戌本侧批说："这是将通部女子一总。"爱恋成疾，心疾早夭，这是林黛玉的疾患隐喻，也是林黛玉的宿命悲剧；聪明成疾，外强中干，这是王熙凤的羞说病，也有王熙凤的不得已。然而，世上谁人又能自外于黛玉、熙凤呢？

第一章　大观园中的疾病世界

小　结

　　《红楼梦》中描写了形形色色的女性疾患，紧扣着为"闺阁昭传"的主题展开。以"娇袭一身之病"贯穿林黛玉的爱恋成疾，用"聪明"致病，勾连王熙凤的妇科病因；陈说晴雯的"小伤寒"与柳五儿的"弱症"，是为病弱副册写心；追述"病的病，弱的弱"，是探求《红楼梦》疾患之多层寓意。透过大观园女儿的疾患世界，能够使读者精准进入人物的脆弱身心场域，破解堆叠在一处真真假假的隐喻套层，读懂"千红一窟""万艳同悲"之根由，揭橥"开辟鸿蒙，谁为情种"之谜题。

第二章 《红楼梦》的医者塑造

《红楼梦》塑造了很多医生，这是一个不争的事实。但曹公笔下的医生形象写得如何？是否囊括了传统社会对医者认知的大多数叙事规约？这是个见仁见智的问题。就连脂砚斋批评小说第十回中的儒医张友士时，也曾吐槽："医生多是推三阻四，拿腔做调。"可见，即便小说家身边人，也对小说中之医者形象，莫衷一是。概括而言，小说塑造了张友士、王济仁、胡君荣、王一贴等一系列医生群像。值得注意的是，小说反映的医患关系中，叙述者强化了遵守礼仪、叙事技巧等因素，弱化了医术高超的影响因素。《红楼梦》中的众多医者，他们与贾府的医患关系得到了深刻的揭示与体现。更重要的是，小说让处在不同身份地位的医者，交汇到贾府的厅堂闺阁中来，儒医张友士与佛医癞头和尚，太医王济仁与铃医王一贴，明医王济仁、张友士与庸医胡庸医、胡君荣等三对医者形象，两两联袂出场，明暗互补，参差互鉴，由内而外，由小见大，辐射广大的社会生活面相，共同构建了一幅清代中叶贵族之家的全景式诊疗图景。

第一节　《红楼梦》医生知多少？

从大观园中的疾患，谈到《红楼梦》中的诊疗，其中最核心的要素就是医生。小说中描写的诊疗行为与医治思想，都围绕着"医者—患者"这对社会关系展开。所以首先应该知道，《红楼梦》中有哪些医生。

大观园的病根：《红楼梦》人物的身心困局

一、《红楼梦》中的医生类别

在了解小说中的医者之前，我们还要先熟悉传统社会的医生分类。众所周知，中国古代医者身份复杂。以门类分，有内科、外科，还有喉科、眼科等专科医生，在小说写作的清代中叶，传统医学整体上以内科为主①；以身份属性看，则有儒医、道医、佛医等。

《红楼梦》小说中，以社会地位分，从最上层的御医（太医）、最受尊敬的儒医，到给普通人看病的坐堂医，乃至走方医（铃医），非常多样化。按照我们习惯上的想法，《红楼梦》里的大家贵族，应该只请御医诊治吧？其实，各种身份的医生都出现了。张友士（儒医）、王太医（济仁）（御医）、胡庸医/君荣（游医）、王一贴（铃医）、秃头和尚、一僧一道（僧医、道医），甚至特定情境下的宝钗、宝玉。叙述者赋予了宝钗、宝玉丰富的古典医学知识，这是一种人物设置，并让他们使用这些知识，或关爱自己的姐妹兄弟，或关爱大观园的众姐妹。在小说中，医生诊病事虽小，但辐射的社会生活面相却十分深广。请医问药过程也被艺术化地呈现出来，甚至比古代名医的医案还要详细，而且真实可感。

---

① 李建民：《华佗隐藏的手术：外科的中国医学史》，台北：东大图书股份有限公司，2011年，第108页。

第二章 《红楼梦》的医者塑造

二、《红楼梦》的医学知识与思想背景

同时，与前代通俗小说相比，《红楼梦》中的医学知识含量，也值得关注。小说所反映的医学知识、思想，与清中叶温补医派的思想表达恰可对照，这也为我们提供了一个审视《红楼梦》医事的思想参照系。

谈到《红楼梦》的医学背景，最为重要的是清中叶甚为流行的温补医派。所谓温补医派，一般认为，以明代的薛己、赵献可、张介宾（景岳），清代黄玉路（元御）为代表[1]，也有学者将汪机、孙一奎、李中梓等重视阳气作用的医家也算进去。[2] 他们的医学思想继承自金元时期易水人张元素（洁古）、李杲（东垣）的"补土""厚补中宫"尚温热之药的用药传统，主张重视肾、脾为人生之本。张景岳认为，"阳非有余""阴亦不足"，批判刘完素（河间）"寒凉攻下"派，否认朱丹溪"相火为元气之贼"之说，认为明人体质不及古人，"补阳为先务"。转化生成社会思想，与富贵之家进补风习相结合，逐渐流播成为明清两代社会的医学"常识"。

然而，事物随着时间推移，都不同程度地走向反面。温补医派在清代的流弊大致有这么几点：首先，医家放弃辨证，滥用参附一类热性药；其次，病家"宁可补死，不愿虚死"；第三，社

---

[1] 张志远：《中医源流与著名人物考》，北京：中国医药科技出版社，2015年，第465页。

[2] 程传浩、曹珊、许二平：《〈红楼梦〉医案与明清温补学派之探究》，《中医学报》2018年第9期，第1665—1668页。

会崇尚进补,与尽孝和财力挂钩,例如著名的独参汤即"救命谎"笑话。以明清温补医派的知识系统作为参照系,《红楼梦》用药习惯、诊疗行为和医疗理念都不甚新鲜,反映了清中叶贵族之家的日常医学思想水平。当然,医药思想也不是《红楼梦》这部小说的写作任务,它们只是为小说中医者形象与医患关系充当背景而发挥作用。

第二节 儒医张友士的体面

《红楼梦》第十回,有这样一位能够"断人生死"的儒医张友士出场。小说全景式地展示了儒医张友士为宁国府贾蓉之妻秦可卿诊病的细致过程,在小说描写中也具有独树一帜的地位:

> 那先生笑道:"大奶奶这个症候,可是那众位耽搁了。要在初次行经的日期就用药治起来,不但断无今日之患,而且此时已全愈了。如今既是把病耽误到这个地位,也是应有此灾。依我看来,这病尚有三分治得。吃了我的药看,若是夜里睡的着觉,那时又添了二分拿手了。据我看这脉息:大奶奶是个心性高强聪明不过的人;聪明忒过,则不如意事常有;不如意事常有,则思虑太过。此病是忧虑伤脾,肝木忒旺,经血所以不能按时而至。大奶奶从前的行经的日子问一问,断不是常缩,必是常长的,是不是?"这婆子答道:"可不是,从没有缩过,或是长两日三日,以至十日都长过。"先生

听了道:"妙啊!这就是病源了。从前若能够以养心调经之药服之,何至于此。这如今明显出一个水亏木旺的症候来。待用药看看。"……贾蓉看了,说:"高明的很。还要请教先生,这病与性命终久有妨无妨?"先生笑道:"大爷是最高明的人。人病到这个地位,非一朝一夕的症候,吃了这药也要看医缘了。依小弟看来,今年一冬是不相干的。总是过了春分,就可望全愈了。"贾蓉也是个聪明人,也不往下细问了。于是贾蓉送了先生去了,方将这药方子并脉案都给贾珍看了,说的话也都回了贾珍并尤氏了。尤氏向贾珍说道:"从来大夫不像他说的这么痛快,想必用的药也不错。"贾珍道:"人家原不是混饭吃久惯行医的人。因为冯紫英我们好,他好容易求了他来了。既有这个人,媳妇的病或者就能好了。他那方子上有人参,就用前日买的那一斤好的罢。"贾蓉听毕话,方出来叫人打药去煎给秦氏吃。

宁国府的重孙贾蓉之妻秦可卿病了,小说先写尤氏,说家里的大夫"商量着立个方子,吃了也不见效,倒弄得一日换四五遍衣裳,坐起来见大夫"。然后,公公贾珍说神武将军的公子冯紫英有位"幼时从学的先生","姓张名友士,学问最渊博的,更兼医理极深,且能断人的生死"。贾珍认为:"合该媳妇的病在他手里除灾亦未可知"。儒医张友士面对贾府的邀请,没有即刻前往,而是对来请的小厮说了一套"拜了一天的客""精神实在不能支持"的理由,说"调息一夜,明日务必到府",还说"大人的名帖实不敢当"。因此,蒙府本脂砚斋批语道:"医生多是推三阻四，拿腔做调。"① 当然，换一个视角，作为有一定社会地位的医者，即使面对贾府这般地位显赫的家族，张友士也不是可以召之即来挥之即去的。他的"论病细穷源"从此处就开始了。当然，还要结合小说删落的秦可卿之死相关段落，综合讨论张友士之诊脉场景。

一、张友士诊脉场景的过度阐释

所谓"过度阐释"，关键点在于何者为"度"，这又是一个十分复杂的问题。我的基本看法是，在《红楼梦》生成的那个时代，和评点的那个时代，以及我们今天这个时代，读者群体的公共意识对于具体文本的阐释，存在一条边界。这条边界不应当是模糊的，而是具体的、历史的、清晰的。很遗憾，过度阐释显然超越了这条边界。

在上述文本的场景中，秦可卿之脉象与秦可卿之性格、命运紧密相关。按照脂批提示，"遗簪""更衣"和"淫丧天香楼"等情节的删减，为张友士诊病蒙上了一层"雾霾"。当然，最近也有学者对提供"遗簪""更衣"情节提示的靖藏本进行辨伪，可备参考②。这也反过来说明秦可卿之死是红学界关注的焦点，作者在此处布下了疑阵。此疑阵是否属于"故布"，见仁见智。但如果从文本中搜罗蛛丝马迹，更有甚者，将张友士为秦可卿开

---

① 陈庆浩编著：《新编脂砚斋石头记评语辑校（增订本）》，北京：中国友谊出版公司，1987年，第211页。不特别说明，本书脂砚斋夹批、眉批等均出自该书，仅标注页码。

② 高树伟：《红楼梦靖藏本辨伪》，北京：中华书局，2024年。

出的著名药方"益气养荣补脾和肝汤"解读出了密电码一样的感觉。仿佛这不再是一张药方，而是某种神秘力量命令秦可卿"自我了断"的暗示。

清代读者至此，更难免深文周纳一番。例如，护花主人王希廉："张友士细说病源，莫止作病看，须知是描出一副色欲虚怯情状。"① 近代评点者王伯沆针对这条总评，严厉批评道："不作病看，更作什么看。"后来王伯沆再读《红楼梦》，又用黄笔批注，更是认为："心、眼、口俱秽，此是下流人语。"② 下不下流暂且不论，三家评本中无处不在的引申，很有引人深思的价值，但也不排除过度阐释之嫌。评点家张新之的话尤甚："人参为首，人身难得也。十全止九，明缺陷也。中寓逍遥，开合死趣也。引寓失心太早。引有数目，而方用排开，却无分两，是无所谓病，并无所谓方，与论不及尺同意。"③

秦可卿之死，是否因"色欲虚怯"，自是红学史上的一桩公案。晚清、近代的《红楼梦》评点中无处不在的引申，有时候也确有其引人深思的价值。对小说文本中的人物、情节进行讽刺揶揄，这本是读者权利，然而，每一个时代必然有其公共认同的一套价值规约，如果距离这套公共价值规约太远，那这样的读法，就确乎值得商榷了。更重要的是，对于后来的读者深入理解小说，也起不到必要的增益性价值。

---

① 《〈红楼梦〉三家评本》，第163页。
② 《王伯沆批校红楼梦》第一册，第180页。
③ 《〈红楼梦〉三家评本》，第162页。

二、儒医身份与贾府尊崇

抛开现有文献不足征的药方解读,《红楼梦》第十回中,张友士诊病一段,呈现了最为繁复的诊疗程式,至少经历了"友人引荐—名帖邀请—医生推辞—接受邀请—欣然应诊"的全过程。读者朋友一定很感兴趣,为什么第十回会费劲儿描写一个医生的出场呢,派个人喊他来不行吗,派人去捆他来不行吗,这就要从儒医讲起。

张友士在小说中是一位儒医。传统社会中,"儒医"的地位十分尊崇,这源于医生身份的模糊性。按照历史脉络梳理可以知道,早在先秦时期,巫医不分,先民的医术往往来自于巫术。所谓巫术,其思想根源是泛神论,先民认为人之所以会害病,是由于受到某种神秘力量的左右,因此要用巫术来驱鬼祈神。需要注意的是,这种思想是长期存在的。在地域上,以楚地为中心绵延不绝;在人群上,以民间信仰形式保留至今。考察春秋战国以至秦汉的一些医简,其中包含不少巫术因子。但此时的诸子百家主要是道家,已经从"道"出发,立足阴阳五行,在经验基础上建构人体内在的类宇宙秩序,传统医学开始从巫术中挣脱、分离。以"天人相应"为基础的传统中医学,受到包括儒家在内的广泛认同。这一时期,儒家还没有取得自外于诸子百家的超然地位。秦始皇"焚书坑儒",史载唯独不焚的是医药、卜筮、种树之书。

西汉以后,独尊儒术,医生地位相对下降。到了隋唐两朝,科举制度逐步完善,药王孙思邈提出了"大医精诚"说,鼓励医者秉仁心、修仁术。两宋时代,印刷术的发达为医学知识的普及

第二章 《红楼梦》的医者塑造

提供了先决条件，不少考不中科举的士人、儒生转而业医，"不为良相，则为名医"的口号被不断提出，甚至附会到范仲淹身上，儒医在传统社会的地位日益凸显。① 延及明清时代，有论者说："范文正公有言：士大夫不为良相，当为良医。斯言也，其以医道通治道之名言乎。盖良相治国，良医治病，守经达权，无二理也。"② 尤其是《红楼梦》写作的清代中叶，医学作为一门技术，越来越多地被赋予了政治隐喻的含义。那个时代的名医徐灵胎，在《医学源流论》中有专章论说医道与治道之关系，称作《医道通治道论》。他在文中开篇即立论道："治身犹治天下也。"力证医学之理与治国之道之间的紧密联系。在这篇宏文的结尾，徐灵胎这样总结：

> 天下大事，以天下全力为之，则事不堕，天下小事，以一人从容处之，则事不扰。患大病以大药制之，则病气无余；患小病以小方处之，则正气不伤。然而施治有时，先后有序，大小有方，轻重有度，疏密有数，纯而不杂，整而不乱。所用之药，各得其性，则器使之道；所处之方，各得其理，则调度之法。能即小以喻大，谁谓良医之法，不可通于良相也。③

---

① 余新忠：《"良医良相"说源流考论——兼论宋至清医生的社会地位》，《天津社会科学》2011年第4期，第120—131页。
② 缪遵义著，魏治平点注：《松心堂医学笔记"引言"》，《浙江中医杂志》2000年第4期，第161页。
③ （清）徐灵胎：《徐灵胎医学全书》，太原：山西科学技术出版社，2014年，第97页。

大观园的病根：《红楼梦》人物的身心困局

在徐灵胎的叙述中，将医生的开方用药与治理国家同构。他认为，治病如治国，需要根据病症的大小，来决定下药的轻重。大病用大药才能痊愈，小病用小药方能不伤正气。同时，下药一定要治疗及时，有次序、讲章法，轻重缓急，丝丝不乱。这样说，正是他所谓的"小以喻大""良医之法""通于良相"。然而不出意料的是，明清小说记录下的并非徐灵胎这类名医的心曲，乃是社会公众对标榜儒医以射利的揶揄。

除了《红楼梦》，最有代表性的要数晚清咸丰年间的通俗小说《忠烈全传》。在这部书的第三十五回中，提到了小说人物顾孝威，他为妻子孙兰娘请来诊脉的黄医官，这位医官水平姑且不论，上来先是一番自我吹嘘、天花乱坠，堪称孙思邈"大医精诚"论的真实"镜像"：

> 二夫人两手脉都看了，没有甚事，恭喜只是喜脉。学生有秘制保胎无忧丹，可转女成男，安宁坐草……虽然离不得望闻问切，至于敝道中有得到人家，以八面风而话相探，人以为他识证，岂不知套人口气，总是入门之谈，学生最恨。不是学生夸口，说二夫人若是请敝道中人来看，未必看得出是喜脉，不知说些甚的呢。前日，王吏部的夫人也有些病，学生诊了脉，问了病源，看了气色，心下就明白得紧。到家查了古方，参以己见，把那热者凉之，虚者补之，停停当当，不消三四回药儿，登时好了。后来又觉有些不快，又请我去。学生一看说是喜脉，代她安了胎，后来平平安安生下大头大脸一个公子。那吏部公也感小的得紧，不论

第二章 《红楼梦》的医者塑造

尺头银两加礼送来。那夫人又有梯己谢礼,吏部公又将公子拜我为继父。后来又送学生一个匾儿,鼓乐喧天送到家来。匾上写道:"儒医活世"四个大字。近日也有几个善书的朋友,看见说道:"写的是甚么体?一个个飞得起的。况学生幼年曾读数行书,因为家事消乏,就去学那歧黄之术。真正那儒医二字一发道的着哩。"①

在喋喋不休的自述中,黄医官除了表露自己对于"套人口气"的敝道中人的深恶痛绝,就是吹嘘自己为高官夫人安胎妥当、收到谢礼等事。讽刺的是,这位黄医官吹嘘的归结点仍在"儒医"上面,说友人送了他一块匾,上面写着"儒医活世"四个大字。我们如果将这位"儒医"黄医官,和《红楼梦》中的张友士相比,高下立判,很大程度上在于二人对于同道截然相反的态度。在小说叙述中,"儒医活世"一类牌匾成了庸医招摇撞骗的幌子,儒医在传统社会公众心中地位有所下降。可以说,透过明清小说的滤镜,我们发现,在明清时代,儒、医关系发生了转折,与前代叙事文中良性伴生关系迥异。这可能也是通俗小说能为我们今天的读者带来重要的认识价值之处。

《红楼梦》第十回,借助秦可卿之病,呈现了"家走的这群大夫",与能断人生死的儒医张友士之间的天渊之别。小说借尤氏之口批评家里的大夫:"现今咱们家走的这群大夫,那里要得?""一个个都是听着人的口气儿,人怎么说,他也添几句文话

---

① 古本小说集成编辑委员会:《忠烈全传》第三十五回,上海:上海古籍出版社,1994年,第516—518页。

儿说一遍。可倒殷勤的很，三四个人一日轮流着倒有四五遍来看脉。他们大家商量着立个方子，吃了也不见效，倒弄得一日换四五遍衣裳，坐起来见大夫，其实于病人无益。"尤氏的意思，大约是家里这些医生水平不行，就是态度还不错。谁也不敢拿主意，最后都是大家商量着立个方子，吃了也不怎么见效。尤氏的说法，体现了贵族之家问诊的一种困境，当然也是一个常态：与普通百姓缺医少药不同，贵族大家有权有势，经常是医生环绕；相互推诿，病人非常痛苦，总受折腾；医生妥协："大家商量着立个方子"。

耐人寻味的是，引起贾珍兴趣的是张友士的儒医身份："学问最渊博的，更兼医理极深，且能断人的生死。"小说展开了极为繁复的请医问药活动：贾珍派人送名帖去请张友士，张友士先是推辞说："今日拜了一天的客，才回到家，此时精神实在不能支持，就是去到府上也不能看脉。"张友士又再次强调："医学浅薄，本不敢当此重荐，因我们冯大爷和府上的大人既已如此说了，又不得不去，你先替我回明大人就是了。大人的名帖实不敢当。"极尽谦逊婉转之能事。同时，我们也能从小说叙述中读出些许扭扭捏捏，正如蒙府本的脂批说的那样"医生多是推三阻四，拿腔做调"。尽管拿腔作调，但张友士的诊断结果是获得了贾珍认可的："人家原不是混饭吃久惯行医的人。因为冯紫英我们好，他好容易求了他来了。""不是混饭吃久惯行医的"，这句话说明，在贾府这样的贵族心中，传统社会许多"久惯行医"的医者，其直接目的就是牟利。

细读宁国府邀请张友士这段文字，就会发现一组对照：宁国府自身的那些医生和张友士所代表的儒医的巨大差异。

二者医术差异很大。府中的医生倒是"殷勤",但却"大家商量着立个方子",疗效不佳;张友士却是一开始推三阻四,欣然前来后,就诊断个明明白白。

贾府主人对他们的态度不同。对前者的评价是"要不得",而对后者则是"从来大夫不像他说的这么痛快""人家原不是混饭吃久惯行医的人"。正因为张友士不是贾府中常当差的医生,而是专门请来的儒医,所以从贾珍、尤氏到贾蓉等主人都倍加礼遇。

三、张友士论病穷源的叙事意义

小说从张友士的身份写起,然后描摹繁复的请医问药流程,最后就是为了引出更重要的"论病细穷源"。究竟何谓张友士的"论病细穷源"?跳开小说描写,其逻辑根源是传统医学对于"医道"与"治道"关系的一种执着。医生一定要穷根溯源,讲得明明白白,才是能为"良相"的那种"良医"。按照小说叙述,张友士说:"据我看这脉息:大奶奶是个心性高强聪明不过的人;聪明忒过,则不如意事常有;不如意事常有,则思虑太过。此病是忧虑伤脾,肝木忒旺,经血所以不能按时而至。大奶奶从前的行经的日子问一问,断不是常缩,必是常长的。"这应该就是叙述者所说的论病细穷源了。其实就是医生帮助患者寻找病根。所谓"心性高强聪明不过",也与传统医学医案表述有一定差异,更像是对人物个性气质的定性描摹。

中医思维根植于中国传统思维模式,根本上都是以道德为终极关怀。无论温补还是寒凉,各医派皆重视病源,并且认为病源不仅是致病之机,而且反映出患者的脾气秉性、家庭环境,乃至道德情操。这种思维方式根深蒂固,延续至今。相应地,医家们也善于用探寻病源的方式,开导读者,提升沟通效率,增进医患关系。清代名医吴鞠通在《医医病书》中就曾表达过:"详告以病之所由来,使病人知之,而不敢再犯。又必细体变风变雅,曲察劳人思妇之隐情,婉言以开导之,庄言以振惊之,危言以悚惧之,必使之心悦诚服,而后可以奏效如神。"[①] 换句话说,就是作为医生,必须向患者讲明白疾病的根源,才能探究清楚幽微的心理隐疾,进而婉言开导、重言震惊、危言惊惧,最终达到使患者心悦诚服的效果,在塑造良好医患关系的同时,疗愈患者疾病,也治愈医者心灵。

小说中张友士"断人生死"的判断看似惊悚,实则指向了秦可卿之死的必然性。贾府中原先那些医生与张友士的巨大差异,也烘托出张友士诊断结果的神秘性:"人病到这个地位,非一朝一夕的症候,吃了这药也要看医缘了。依小弟看来,今年一冬是不相干的。总是过了春分,就可望全愈了。"这不禁令人想起了现代医学所面临的棘手问题,例如当下的医生,遇到肿瘤晚期患者,家属也常问医生类似的问题:"病人还能活多久?"张友士的回答堪称经典,既委婉又巧妙:"今年一冬是不相干的",说明据医生推测,还有一段时间的生存期;"总是过了春分,就可望全愈了",意即患者的病到了次年春天,如果病情好转,那就有希望了。

[①] (清)吴鞠通:《吴鞠通医学全书》,太原:山西科学技术出版社,2015年,第189页。

第二章 《红楼梦》的医者塑造

很遗憾,秦可卿去世恰在隔年正月里。此处,小说现存文本存在时间上的跳跃,按照脂砚斋批语提示,根据学者们研究,应该是删去部分情节所导致不能接榫。按照小说叙述模式,秦可卿之死期,当是不出张友士之所料的。从小说叙事的角度看,这种借人物之口表达的预叙一般都十分准确。反过来又验证了张友士"能断人生死"的神秘感,也为"金陵十二钗"中最早死亡的秦可卿之死蒙上了一层宿命色彩。

张友士的身份很尊崇,虽论病细穷源,但药方却很平常,这是为什么?张友士的神秘性是不是别有反讽意味?让我们重读秦可卿药方。有一种探佚式解读如是说:人参、白术、云苓、熟地、归身……意思是"人身白术云,令熟地归身",隐喻着让秦可卿自行了断①。更有甚者,认为这个药方是一篇神奇的"药方密信",被认为是雍正十四弟写给曹家的"密信"。全信约略表达了如下意思:"那人已经败输了。有旨:'让他到熟知的地方去,且白刃穿胸。'皇上岂只知道享福;他差护卫们,破坏了那山盟海誓之约。现在,真正的厄运已经来到。想拖延,到哪里去求?看到这些字,期望早早去掉幻想。十四。"② 对于这种看法,自然是可以一笑了之。

然而,不能回避的是,秦可卿药方的寻常,与儒医张友士出身的尊崇,在文本层面实质上构成了一种反讽。胡文彬先生认为:"秦可卿青春早亡,但她的形象却给《红楼梦》增添了光彩""正是秦可卿之死,将小说中所有的人物调动起来,有声有色地

---

① 参见刘心武:《秦可卿之死》,北京:华艺出版社,1994年。
② 方瑞:《秦可卿的药方》和《秦可卿药方"探秘"》,《红楼实梦——秦可卿之死释秘》,北京:中国广播电视出版社,2005年。

走上前台,演出了这出人世间的悲剧"。因此,小说中的秦可卿之死,"不仅仅在于作者通过这个艺术典型的塑造来揭露封建贵族阶级的腐朽性,更重要的是预示了一个具有深远意义的事实——坍塌的封建之'天',已经是无人可'补'了"。[①] 回天乏术,是秦可卿的命运使然,也是贾府命运的缩影。

第三节　太医王济仁的治疗理念

王太医是谁?他名叫王济仁,小说中他来贾府为贾母看病时,身着六品服色,是太医院正堂王君效侄孙,与贾府有世交。平日里时常出入贾府,后来还曾从军公干。作为御医的王济仁,医术高明,却也八面玲珑,贾府的老人和小孩都很喜欢他。

一、诊病深描:人人都爱王太医

那么,王太医是如何看病的?《红楼梦》第四十二回写得异常详尽:

> 一时只见贾珍、贾琏、贾蓉三个人将王太医领来。王太医不敢走甬路,只走旁阶,跟着贾珍到了阶矶上。早有两个婆子在两边打起帘子,两个婆子在前导引进

[①] 胡文彬:《论秦可卿之死及其在〈红楼梦〉中的典型意义》,《江淮论坛》,1980年第6期,第90—94+121页。

去,又见宝玉迎了出来。只见贾母穿着青绉绸一斗珠的羊皮褂子,端坐在榻上。两边四个未留头的小丫鬟都拿着蝇帚漱盂等物;又有五六个老嬷嬷雁翅摆在两旁,碧纱橱后隐隐约约有许多穿红着绿戴宝簪珠的人。

从礼仪角度讲,面对贾府的盛大排场和周到礼数,"王太医不敢走甬路,只走旁阶",显得战战兢兢,如履薄冰。贾母拒绝用幔子遮面,"王太医便不敢抬头,忙上来请了安"。小说叙述者采用中国古典叙述模式中的代入视角,从王太医眼中观察贾母仪容和周围铺陈、丫鬟仆妇人等。直到他看到,"碧纱橱后隐隐约约有许多穿红着绿戴宝簪珠的人。王太医便不敢抬头,忙上来请了安"。为什么不敢抬头,因为碧纱橱后面就是贾府的年轻女性们了,"非礼勿视",王太医深谙此道。王太医在跟贾母一番寒暄之后,"老嬷嬷端着一张小杌:连忙放在小桌前,略偏些。王太医便屈一膝坐下,歪着头诊了半日,又诊了那只手,忙欠身低头退出"。从小杌子的摆放,到王太医以半蹲的恭敬姿态为贾母诊治。他"屈一膝"的坐态,"歪着头"诊脉的神情,再到"欠身低头退出"的姿态,这都是古代医书所不曾提供给我们的宝贵诊疗细节。王太医的一系列行为和情态,凸显出诊疗之礼仪,贾府自然也青睐如此遵守礼仪的王太医,促成了良好的医患关系。

他向贾母交代病情道:"太夫人并无别症,偶感一点风凉,究竟不用吃药,不过略清淡些,暖着一点儿,就好了。如今写个方子在这里,若老人家爱吃便按方煎一剂吃,若懒待吃,也就罢了。"经过详细诊断,贾母所患症状轻微,因此王济仁主要是给予家属精神抚慰,就连开的药也是吃或不吃皆可,把选择权交予患方，看似推卸责任，实则对于贾母这样的大家长，留下了实足的体面与选择权，令患者有如沐春风之感。

王太医如此谦恭守礼，一方面说明他身为御医，十分熟悉古代中国上层社会的诊疗规矩；另一方面也从反面证明了古代贵族诊疗行为中的森严壁垒与权力关系。在整个第四十二回的场景描摹中，真正让王太医受到贾府中人青睐的似乎不是他的高超医术，反而是社会地位、遵守礼仪、叙事技巧等，使他和贾府之间建立了长期并成功的医患关系。这是一个值得我们深思的有趣话题。

二、净饿为主：王太医的治疗理念

王太医的治疗理念也别具一格，依然是第四十二回，王太医对贾府一家老小的病有一番恰如其分的表达：

> 王太医说："太夫人并无别症，偶感一点风凉，究竟不用吃药，不过略清淡些，暖着一点儿，就好了。如今写个方子在这里，若老人家爱吃便按方煎一剂吃，若懒待吃，也就罢了。"说着，吃过茶写了方子。刚要告辞，只见奶子抱了大姐儿出来，笑说："王老爷也瞧瞧我们。"王太医听说忙起身，就奶子怀中，左手托着大姐儿的手，右手诊了一诊，又摸了一摸头，又叫伸出舌头来瞧瞧，笑道："我说姐儿又骂我了，只是要清清净净的饿两顿就好了，不必吃煎药，我送丸药来，临睡时用姜汤研开，吃下去就是了。"

从医术角度说，王太医是太医院的御医，医术自不用说。更难能可贵的是，他基于准确辨证，为贾母做了积极的心理疏导。诸如"并无别症""偶感风凉""不过略清淡些，暖着一点儿，就好了""清清净净的饿两顿"。王太医的话，分寸感强，留有患者选择的余地，在准确辨证、谨慎作答的基础上又带有几分诙谐，难怪贾府上下都喜欢他，所以小说中后来他也多次出场。

王太医的"净饿疗法"，在小说五十三回被誉为是"贾宅中的风俗秘法"。这套秘法所谓的"无论上下，只一略有些伤风咳嗽，总以净饿为主，次则服药调养"，其实主要意图就是以适度的饥饿，使得肠胃得到荡涤，身体得到休息。小说第四十二回也是一样。巧姐儿因在风里吃了块糕就发起了热，找王太医看病时，王太医也说清清净净地饿两顿就好了。晴雯因热身子吹了冷风，又替宝玉补雀金裘而更加严重，也净饿了两三日，又辅以药物调治，调养了几日便好了。

得了病，以"净饿"为主，是个什么道理呢？根据《备急千金要方》记载："饱卧而食，乃生百病，不消成积。"[1] 贾府上自老祖宗贾母，下至众丫鬟，日常都不需要做什么费体力的活儿，难免不消化，易得病。所以，少吃点清淡的或者净饿几顿，清一清肠胃，肠胃的负担轻了，病也好了大半了，然后再辅助些药物，自然更容易治愈。病愈后，细细调养一番，也就大好了，这也就是所谓"贾宅秘法"之奥妙。殊不知，这套逻辑在民间转化、凝结，最终生成了一句俗语"饿不死伤寒"。明代江瓘在

---

[1] （唐）孙思邈：《备急千金要方》卷二十七，北京：人民卫生出版社，1955年，第479页。

《名医类案》卷一中就记载了一个相反的案例：

> 万历十六年，南都大疫，死者甚众。余寓鸡鸣僧舍，主僧患疫十余日，更数医，皆云禁饮食，虽米饮不容下咽。病者饥甚，哀苦索食。余曰：夺食则愈，虽有是说，此指内伤饮食者言耳。谚云：饿不死伤寒，乃邪热不杀谷，虽不能食，亦不致死。经云：安谷则生，况病挟内伤不足之证，禁食不与，是虚其虚，安得不死？强与稀粥，但不使充量，进补中益气汤而愈。若此类者甚众，余未尝禁饮食，而活者不少。每见都城诸公，但说风寒二字，不辨有无内伤虚实，一例禁绝饮食。有二十余日，邪气已尽，米饮尚不容入口而饿死者何限？表而出之，以为习俗之戒。①

《名医类案》中讲述了明万历十六年（1588），南京发生了瘟疫，鸡鸣寺的住持也患病十余天，换了好几个大夫，都让他不要吃喝，饿得住持"哀苦索食"。叙述的医生认为民谚中的"饿不死伤寒"指的是患者外感邪热，因为"邪热不杀谷"，所以不致伤身。如果辨证不准确，把"内伤不足之症"误诊为伤寒，就会导致"禁食不与，是虚其虚，安得不死？"因此，辨证准确，是王太医的制胜法宝。小说多次描写王太医"托着大姐儿的手，右手诊了一诊"，正是此意。反过来想，贾府习俗里"净饿"也并

---

① （明）江瓘，（清）魏之琇编著；潘桂娟、侯亚芬校注：《名医类案正续编》，北京：中国中医药出版社，1996年，第25页。

非适合每位公子小姐。

小说中最能体现王太医诊疗思想的要数第五十一回。小说描述晴雯因着凉头疼发烧,宝玉不敢大张旗鼓请大夫,害怕按照贾府规矩,晴雯又要被撵回家去休养。因此叫个小厮请了一位胡庸医前来诊脉,结果开出的药方上面有"紫苏、桔梗、防风、荆芥等药,后面又有枳实、麻黄"。宝玉十分不满,于是又让茗烟请了"王太医来,诊了脉后,说的病症与前相仿,只是方上果没有枳实、麻黄等药,倒有当归、陈皮、白芍等,药之分量较先也减了些"。

明清时代,尤其到了《红楼梦》写作的清中叶,统治集团上层也多少懂一些药理保健知识,所以,在找医生为他们诊脉下药时,王公贵人出于安全考虑,往往一个病请三五位医家"会诊","商量着出一个方子"。实际上,谁的思路也没能贯彻到底。久而久之,为了免责与自保,也妥协于权力的喜好,御医们逐渐形成了喜好温补、用药清灵的职业习惯。小说描写王太医为晴雯下药,合乎宝玉心思,这就体现得尤其突出。王太医这是多年习得的职业惯性。

三、痰迷有别:王太医的沟通典范

前八十回中,最能体现王太医地位与作用的,首推第五十七回"紫鹃试莽玉"一节。黛玉侍女紫鹃在"桃花树下"试探宝玉,假意告诉他林姑娘要回南边去了,引出了宝玉"直呆了五六顿饭工夫"。宝玉从黛玉住所潇湘馆的回廊上,到沁芳亭后头桃花底下,再到怡红院中的卧房,他的疾患状态一步步加重。从"魂魄失守,心无所知",到"一头热汗,满脸紫胀",最后终于发展到"两个眼珠儿直直的起来，口角边津液流出，皆不知觉"。王太医在前来诊断时，也不知道病因，故而做了详尽剖白：

> 王大夫也不解何意，起身说道："世兄这症乃是急痛迷心。古人曾云：'痰迷有别。有气血亏柔，饮食不能熔化痰迷者；有怒恼中痰裹而迷者；有急痛壅塞者。'此亦痰迷之症，系急痛所致，不过一时壅蔽，较诸痰迷似轻。"贾母道："你只说怕不怕，谁同你背医书呢？"王太医忙躬身笑说："不妨，不妨。"贾母道："果真不妨？"王太医道："实在不妨，都在晚生身上。"贾母道："既如此，请到外面坐，开药方。若吃好了，我另外预备好谢礼，叫他亲自捧来送去磕头；若耽误了，打发人去拆了太医院大堂。"王太医只躬身笑说："不敢，不敢。"他原听了说"另具上等谢礼命宝玉去磕头"，故满口说"不敢"，竟未听见贾母后来说拆太医院之戏语，犹说"不敢"，贾母与众人反倒笑了。一时，按方煎了药来服下，果觉比先安静。

王太医劈首一句"急痛迷心"，便是为宝玉之病定了性。紧接着，便开始展开一番引经据典的理性分析，他不自觉地回忆起医书中的相关表达——古人曾说过："痰迷的症状有所分别。有的是因为患者气血亏弱，饮食不能熔化痰迷而导致的；有的则是因为愤怒导致中痰裹邪而迷的；有的则是因为突如其来的情绪刺激而导致的阻塞。"贾宝玉的病症虽然也是痰迷症，但因为是情绪因素导致的，不过是一时的阻塞遮蔽心神，是各种痰迷中较轻

第二章 《红楼梦》的医者塑造

的一种。

贾母哪里听得懂这些专业术语,急忙打断道:"你只说怕不怕,谁同你背医书呢。"这处细节,表面上看与今天医患关系中焦急无措的患者家属有几份类似,实则不然。贾母作为贾府的最高统治者,以她的年辈、地位和修养,绝非不尊重医生而胡乱打断,她只是意在提醒王太医:你跟患者及家属用他们能听得懂的方式进行交流。小说虽然是艺术作品,但文本所反映的当时人的知识构成与行为逻辑却往往比历史记载更为动人心魄。

贾府中的医患沟通隐含着一个古老的套路——"怕不怕"。在清代中期,"怕不怕"是一个病家常用的询问方式。清代名医吴鞠通在《医医病书》中就曾专门就此难题给出自己的回答,这一节的题目就叫"十、答病家怕不怕":

> 论凡诊,病之家多有以怕不怕问医家者,答之不易,非可以径情答之也。最期大者,答以不怕,则小病必大,大病必危,虽不怕亦必答以怕也。再三警戒,以收其放态之念,而后可成功。胆小者,答以怕甚,则病家毫无主见,甚至日延十数医,师巫杂进,必不可救矣。必医者有识见,有担当,答以有可救之理,但不可乱,而后可成功。时下一概答以不怕,盖以都下风气答以怕甚则另延医矣。只为自己打算,不为病人打算,恶在其为医也。①

---

① (清)吴瑭著,李刘坤主编:《吴鞠通医学全书·医医病书》,北京:中国中医药出版社,1999年,第147页。

大观园的病根：《红楼梦》人物的身心困局

　　生活在两百年前的吴鞠通面临着与我们今天的医生类似的困境：患者家属最关心的是，这病要不要命。医生不是神仙，医学也不是万能的，面对瞬息万变的病情，医生凭借经验该如何对答，确实是个难题。有的医生为了留住患者，赚取名利，一律回答说："不怕"，结果耽误治疗，致人死亡的，有的则反之。在清中叶的名医吴鞠通看来，"怕不怕"既是当时病家最爱问的棘手话题，同时也是涉及医者职业道德的大问题。吴鞠通提出了自己的答案："答以有可救之理，但不可乱，而后可成功。"有些具体问题具体分析的意思。对照小说，王太医忙躬身笑说："不妨，不妨。"贾母道："果真不妨？"王太医道："实在不妨，都在晚生身上。"王太医辨证准确，故而说"不妨"获得了贾母的信任。

　　读到这里，我想这对我们今天的医疗工作者也有启发：患者的诉求与医生在诊疗过程中的某些阶段，很可能是不完全统一的。在本回中，贾母和贾府中人只关心宝玉的病是否会危及生命？而王太医出于医者的职业习惯与修养，自然而然地想要探究清楚病理，于是乎不经意之间造成了医患交流的障碍与隔膜。然而，王太医毕竟是世家名医，很快就调整了自己的叙述策略，忙回答说："实在不妨，都在晚生身上。"贾母眼看危机解除有望，也为了缓和紧张气氛，跟医生开起了玩笑："既如此，请到外面坐，开药方。若吃好了，我另外预备好谢礼，叫他亲自捧来送去磕头；若耽误了，打发人去拆了太医院大堂。"贾母的话柔中带刚，既表达了对王太医医术的信任与治愈宝玉的期许，又在玩笑中暗含着些许威胁。当然这种"威胁"可绝不会像今天许多"医闹"那样诉诸成真。因此，很能见出这位诗礼簪缨之族的气度与水准。

回顾第五十七回王太医诊病一段描写，在整部《红楼梦》中堪称医患沟通的典范。虽然叙述文字不多，但一波三折，读者的心也跟着王太医而波动。王太医与贾母的交流在谈笑风生中进行，又将医患间利害关系展现得淋漓尽致。小说叙述者对于医患之间不同声音的描摹与呈现，值得今天的读者玩味与细读。

第四节　两位胡庸医的叙事意义

《红楼梦》是如何描写庸医的？这关涉小说、戏曲等中国古代俗文学中源远流长的"斗医"传统（详见第五节）。更重要的是，也涉及小说叙述者的谋篇布局。换句话说，有些叙事功能，只能让庸医来承担，有些叙事角色，只有庸医才适合扮演。当然，归根到底，《红楼梦》中到底有几位庸医？他们真的昏庸吗？这是一个有趣的问题。

一、两个庸医，版本不同

可能有读者会问：怎么是两个胡庸医呢？不是一个吗？这里面其实有个《红楼梦》的版本问题。众所周知，《红楼梦》的版本比较复杂，简单区分，可以分为脂本系统和程本系统。前者以抄本为主，后者则是刻本。造成这个问题的主要分歧在脂本系统和程本系统的第六十九回，例如庚辰本第六十九回"小厮们走去，便请了个姓胡的太医，名叫君荣。"程甲本作"小厮们走去，便仍旧请了那年给晴雯看病的太医胡君荣来。"① 两相对比，自然可以知道，清代后期读者大多数没有见过脂本系统，所以多认为胡庸医与胡君荣是一个人；而现代读者阅读整理本，则对第五十一回的"胡庸医"和第六十九回的胡君荣有所区分。细味文本的肌理，这两回中出现的胡大夫确实个性气质有很大不同。因此，我们采信脂本系统，认为他们是两个庸医。

二、胡庸医如何"乱用"虎狼药

我们先看胡庸医的言行举止。《红楼梦》第五十一回详细描写了胡庸医为晴雯诊病的细节，大家一起来体会一下，这位大夫到底庸不庸？如果确是庸医，那他庸在哪里？

> 正说时，人回大夫来了。宝玉便走过来，避在书架之后。只见两三个后门口的老嬷嬷带了一个大夫进来。这里的丫鬟都回避了，有三四个老嬷嬷放下暖阁上的大红绣幔，晴雯从幔中单伸出手去。那大夫见这只手上有两根指甲，足有三寸长，尚有金凤花染的通红的痕迹，便忙回过头来。有一个老嬷嬷忙拿了一块手帕掩了。那大夫方诊了一回脉，起身到外间，向嬷嬷们说道："小姐的症是外感内滞，近日时气不好，竟算是个小伤寒。幸亏是小姐素日饮食有限，风寒也不大，不过是血气原

---

① （清）曹雪芹著，无名氏续：《红楼梦校注》第六十九回，北京：北京师范大学出版社，1987年，第1112页。

弱，偶然沾带了些，吃两剂药疏散疏散就好了。"说着，便又随婆子们出去。

彼时，李纨已遣人知会过后门上的人及各处丫鬟回避，那大夫只见了园中的景致，并不曾见一女子。一时出了园门，就在守园门的小厮们的班房内坐了，开了药方。老嬷嬷道："你老爷且别去，我们小爷罗唆，恐怕还有话说。"大夫忙道："方才不是小姐，是位爷不成？那屋子竟是绣房一样，又是放下幔子来的，如何是位爷呢？"老嬷嬷悄悄笑道："我的老爷，怪道小厮们才说今儿请了一位新大夫来了，真不知我们家的事。那屋子是我们小哥儿的，那人是他屋里的丫头，倒是个大姐，那里的小姐？若是小姐的绣房，小姐病了，你那么容易就进去了？"说着，拿了药方进去。

小说所描写的胡庸医，大体上是谨守礼仪的："那大夫见这只手上有两根指甲，足有三寸长，尚有金凤花染的通红的痕迹，便忙回过头来。"常常出入贵族之家，胡庸医想必也懂得规矩，心里揣度着是位小姐，因此在诊脉后回话时，开口便称"小姐的症"。他后面在"守园门的小厮们的班房"内开出药方，听到老嬷嬷说了一声"小爷罗唆"。他心内就狐疑了。这位胡庸医不仅对自己的医术产生了怀疑，更对自己对人情世故的经验产生了怀疑。他说："方才不是小姐，是位爷不成？"小说叙述者当然是通过外来医生的视野再次描摹怡红院宝玉房间"竟是绣房一样"，反复皴染出宝玉与众不同的脾气秉性。然而，也写出了胡庸医对自己判断的心里没底，生怕弄错了人，开错了药。

大观园的病根：《红楼梦》人物的身心困局

另一方面，胡庸医开出的药方，"上面有紫苏、桔梗、防风、荆芥等药，后面又有枳实、麻黄"，成为宝玉要打发他去的主要原因。宝玉的原话是："该死，该死，他拿着女孩儿们也像我们一样的治，如何使得！凭他有什么内滞，这枳实、麻黄如何禁得。谁请了来的？快打发他去罢！再请一个熟的来。"所谓枳实，在医典中有"破积有雷厉风行之势，泻痰有冲墙倒壁之威"，主要功用是破气行痰，以通痞塞。既是通气行塞，难免损伤真气，所以多用于实邪较重的证候，一般不宜多用常用。另一种麻黄，也属于辛温解表药，具有发散风寒、发汗解表之功效。它主要适用于伤寒而无汗的表实证，禁用于表虚自汗及肺虚喘咳者。在明清医案的表达中，江南地区之人用量较少，据说因为药力太大，不适于南方人体质。再读胡庸医药方，紫苏、桔梗、防风、荆芥等也都有行气宣滞、发汗解表之功效，药劲儿较猛。

咱们仅就麻黄而论，这是一种先民使用很早的药物。新疆小河墓地出土的女尸身上就佩有麻黄枝条。《伤寒论》中就有著名的麻黄汤，主要用于"太阳病，头痛发热，身疼腰痛，骨节疼痛，恶风，无汗而喘者，麻黄汤主之[1]"。在明清医家的论述中，麻黄的使用是一个争议焦点。例如，明清之际的陈士铎在《本草新编》中认为麻黄"虽可为君，然未可多用。盖麻黄易于发汗，多用恐致亡阳也。……或问麻黄易于发汗，用何药制之，使但散邪，又不发汗耶？曰：麻黄之所尤畏者，人参也。用麻黄而少用人参，则邪既外泄，而正又不伤，何致有过汗之虞。倘疑邪盛之

---

[1] （汉）张机撰，上海中医学院中医基础理论教研组校注：《伤寒论》，上海：上海人民出版社，1976年，第12页。

时不宜用参,则惑矣。夫邪轻者,反忌人参。而邪重者,尤宜人参也。用人参于麻黄汤中,防其过汗亡阳,此必重大之邪也,又何足顾忌哉。"[1] 陈士铎等人主张用人参于麻黄汤中,能够避免"重大之邪"者"过汗亡阳"。

清代中后期,与《红楼梦》同时而稍晚的《吴鞠通医案》中也曾记载了一则生动的案例:"人之畏麻黄如虎者,为其能大汗亡阳,未有汗不出而阳亡于内者,汤虽多,但服一杯,或半杯,得汗即止,不汗再服,不可使汗淋漓,何畏其亡阳哉。但此症闭锢已久,阴霾太重,虽尽剂未必有汗。予明日再来发汗,病家始敢买药,而仙芝堂药铺竟不卖,谓想是钱字,先生误写两字,主人亲自去买,方得药。服尽剂,竟无汗。"吴鞠通经过准确辨证,认为这位患者应该使用麻黄,但家属以及当时社会舆论却形成了一种"畏麻黄如虎者"的情绪,以至于药铺以为医生误将"钱"写成了"两"。直到主人亲自去买,才购得麻黄,还不能起到效果。[2] 当时社会文化对药物使用之偏见,可见一斑。

近代河北名医张锡纯在《医学衷中参西录·麻黄解》中对患者体质与麻黄使用做了充分论说,他引用陆九芝的说法认为:"麻黄用数分,即可发汗,此以治南方之人则可,非所论于北方也。盖南方气暖,其人肌肤薄弱,汗最易出,故南方有麻黄不过钱之语;北方若至塞外,气候寒冷,其人之肌肤强浓,若更为出外劳碌,不避风霜之人,又当严寒之候,恒用七八钱始能汗者。"

---

[1] (清)陈士铎:《陈士铎医学全书·本草新编》,太原:山西科学技术出版社,2012年,第113页。

[2] (清)吴瑭著,李刘坤主编:《吴鞠通医学全书·吴鞠通医案》,北京:中国中医药出版社,1999年,第268—270页。

张锡纯认为"夫用药之道，贵因时、因地、因人，活泼斟酌以胜病为主，不可拘于成见也①。"这可以看作近代医家对于麻黄一类虎狼药使用的一种精辟总结。可以说，辨证施治是传统医学活的灵魂。

从小说叙述维度说，《红楼梦》有意将以暖药与寒药、女儿药与虎狼药两两对应起来。贾宝玉将"乱用虎狼药"的罪责推给了胡庸医，再请来的王太医了解贾府中人的体质、禀赋，尤其是用药习惯，改成了当归、陈皮、白芍等药，且减了量，体现了江南仕宦人家流行的温补医派。这既是御医用药轻灵、注重剂量的一种艺术化折射，也是警惕虎狼药乱用摧残女儿的一种"疾病—药物"隐喻。

三、胡君荣的"误诊"疑云

如果说《红楼梦》第五十一回胡庸医的行为仅仅是不了解患者体质，"胡乱"用药，那么第六十九回中胡君荣的行径，则无论如何也不能简单以"庸"来概括了。他的操作涉及医德。至少从文本提供的有限证据可以看出，他存在心术不正、医德有亏，乃至草菅人命的可能。且看小说第六十九回：

> 小厮们走去，便请了个姓胡的太医，名叫君荣。进来诊脉看了，说是经水不调，全要大补。贾琏便说：

---

① 张锡纯：《医学衷中参西录（上、下）》，石家庄：河北科学技术出版社，2017年，第383页。

第二章 《红楼梦》的医者塑造

"已是三月庚信不行,又常作呕酸,恐是胎气。"胡君荣听了,复又命老婆子们请出手来再看看。尤二姐少不得又从帐内伸出手来。胡君荣又诊了半日,说:"若论胎气,肝脉自应洪大。然木盛则生火,经水不调亦皆因由肝木所致。医生要大胆,须得请奶奶将金面略露露,医生观观气色,方敢下药。"贾琏无法,只得命将帐子掀起一缝,尤二姐露出脸来。胡君荣一见,魂魄如飞上九天,通身麻木,一无所知。一时掩了帐子,贾琏就陪他出来,问是如何。胡太医道:"不是胎气,只是瘀血凝结。如今只以下迁血通经脉要紧。"于是写了一方,作辞而去。贾琏命人送了药礼,抓了药来,调服下去。只半夜,尤二姐腹痛不止,谁知竟将一个已成形的男胎打了下来。于是血行不止,二姐就昏迷过去。贾琏闻知,大骂胡君荣。一面再遣人去请医调治,一面命人去打告胡君荣。胡君荣听了,早已卷包逃走。

分析《红楼梦》第六十九回胡君荣的行止,有一处颇有争议,便是如何理解"魂飞天外,一无所知"一句?我也曾就此与我的学生们讨论过。他们都能回答出五六种答案,大多能言之成理。可见《红楼梦》文本的阐释空间,还是十分巨大的。我也仅仅就阅读经验,给出可能性,毕竟"诗无达诂"。

一种传统的看法是胡君荣好色,被尤二姐的美貌所刺激,所以"通身麻木,一无所知",进而导致"误诊"。然而细读文本可知,胡君荣并不是贾府中时常走动的太医,而是贾琏因尤二姐不适而命小厮另请来的医生。他并不是贾府所熟悉的王太医,身份

103

底细也并不清楚。但有一点可以确定,胡君荣一开始认为尤二姐所患为"经水不调",治疗方案是"全要大补",继而再次诊脉,又看了尤二姐面色,得出的结论变成了"瘀血凝结",给出的相应治疗方案变为了"下迁血通经脉"。从"补"到"通",胡君荣的方案在调整,关键在于,他看到尤二姐面庞那一刻内心究竟在思考什么?

根据后文写到"凤姐比贾琏更急十倍"的反常举动,王熙凤的话值得细读,她说:"咱们命中无子,好容易有了一个,又遇见这样没本事的大夫。"于是天地前烧香礼拜,自己通陈祷告说:"我或有病,只求尤氏妹子身体大愈,再得怀胎生一男子,我愿吃长斋念佛。"可见王熙凤一直关注尤氏怀胎,并且将尤氏当作潜在最有力的竞争者。因此理性推知,此处胡君荣很可能综合脉诊、面诊、家属问诊等信息,已经发现了尤二姐怀有男胎,兹事体大,内心挣扎,然而受命于王熙凤的暗害活动,才导致他"魂飞天外"。如果此种推论有可能成立,胡君荣的误诊喜脉则极有可能是医德败坏、草菅人命的恶劣行径。

果然,按照小说描写:"只半夜,尤二姐腹痛不止,谁知竟将一个已成形的男胎打了下来。于是血行不止,二姐就昏迷过去。贾琏闻知,大骂胡君荣。一面再遣人去请医调治,一面命人去打告胡君荣。"打下成形男胎,对于任何人家来说,都是无法接受的。更何况子息艰难的贾琏。耐人寻味的是,"胡君荣听了,早已卷包逃走。"逃走,是胡君荣医德有亏的直接后果。

在此段行为的末尾,小说中引用了"这里太医"的说法,说尤二姐"本来气血生成亏弱,受胎以来,想是着了些气恼,郁结于中。这位先生擅用虎狼之剂,如今大人元气十分伤其八九,一时难保就愈。煎丸二药并行,还要一些闲言闲事不闻,庶可望好"。算是给胡君荣的"误诊"下了断语。事情的处理结果是:"急的贾琏查是谁请了姓胡的来,一时查了出来,便打了半死。"

《红楼梦》善用对比手法,第五十一回和第六十九回至少有两重对比:其一是胡庸医与王太医的对比,二者用药不同,用心也大有不同。这也反映到贾府对待他们的态度。对待胡庸医,是"宁可多些好,别少了,叫那穷小子笑话,不说咱们不识戥子,倒说咱们有心小器似的"(麝月语)。对待王太医,则是"王太医和张太医每常来了,也并没个给钱的,不过每年四节大趸送礼,那是一定的年例"。尊重天差地别,迥然不同。

其二则是患者处境的不同。第五十一回中患病的是怡红院中宝玉贴身的丫头晴雯,因此宝玉百般呵护,甚至声称:"我和你们一比,我就如那野坟圈子里长的几十年的一棵老杨树,你们就如秋天芸儿进我的那才开的白海棠。"极尽关怀之能事;然而,到了小说第六十九回,阖府上下都疏远了的苦尤娘,此刻只能接受一位来路不明的胡君荣,又是号脉,又是看脸,几经折腾,最终断送了腹中胎儿,也间接了结了自己的生命。

从王太医到胡庸医再到胡君荣,我们可以发现一个规律:贵族之家进府诊病的医者中,越本分守礼,医术越高明,说病越清晰,因而疗效越好,形象越正面。小说叙述者似乎有意在诊疗水平与遵守规矩的程度之间建立起某种逻辑关系。这种对照的根源,是这些医者、是外部世界得以窥探园中风光与闺阁情状的少数男性之一。

虎狼药摧残女儿,晴雯在宝玉的保护下躲过一劫,尤二姐则没有这么幸运。再次重温第六十九回里"这里太医"的论断:

"这位先生擅用虎狼之剂,如今大人元气十分伤其八九,一时难保就愈。"所谓虎狼药,是明清江南温补医派流行之时,人们尤其是富贵人家对于药性生猛的一类药物的统称。庸医往往擅长用此药杀人,明医可以用它救命。《红楼梦》以此为背景知识,结构出晴雯与尤二姐的两次遭遇虎狼药,隐喻着女儿为大观园外的势力所摧残,而宝玉的保护也只能解决一时的问题,面对终将逝去的女儿们,终是无能为力。

第五节　铃医王一贴的医者自嘲

《红楼梦》"王道士胡诌妒妇方"的情节脍炙人口。小说描绘了贾宝玉来天齐庙上香,午间与王一贴闲谈,偶然想起不久前薛蟠与妻子夏金桂大闹的事情,因而发问,引出王一贴的一番解颐妙论,最后一句更是被庚辰本脂砚斋批语评为"寓意深远,在此数语":

宝玉道:"我问你,可有贴女人的妒病方子没有?"王一贴听说,拍手笑道:"这可罢了。不但说没有方子,就是听也没有听见过。"宝玉笑道:"这样还算不得什么。"王一贴又忙道:"这贴妒的膏药倒没经过,倒有一种汤药或者可医,只是慢些儿,不能立竿见影的效验。"宝玉道:"什么汤药,怎么吃法?"王一贴道:"这叫作'疗妒汤':用极好的秋梨一个,二钱冰糖,一钱陈皮,水三碗,梨熟为度,每日清早吃这么一个梨,吃来吃去就好了。"宝玉道:"这也不值什么,只怕未必见效。"

王一贴道："一剂不效吃十剂，今日不效明日再吃，今年不效吃到明年。横竖这三味药都是润肺开胃不伤人的，甜丝丝的，又止咳嗽，又好吃。吃过一百岁，人横竖是要死的，死了还妒什么！那时就见效了。"说着，宝玉茗烟都大笑不止，骂"油嘴的牛头"。王一贴笑道："不过是闲着解午眠罢了，有什么关系。说笑了你们就值钱。实告诉你们说，连膏药也是假的。我有真药，我还吃了作神仙呢。有真的，跑到这里来混？"

一、王一贴的身份：是道士，也是铃医

在明清社会，"王道士逐渐成为无能道士的通用代名，成为民众的准共同知识，从而构成了曹雪芹塑造《红楼梦》王道士形象的文化语境。曹雪芹把戏曲人物王道士的性格特征化入'王一贴'身上"[1]。王一贴按照传统社会的职业来进行划分，具有多重身份，他是道士，也是铃医。铃医是传统社会医生身份中社会地位最低的一群人。他们既被视为以卖膏药糊口的江湖术士，又可以是走街串巷，为穷苦人治病疗疾的乡村医生。曹雪芹描写社会生活的笔触是深广而细腻的，笔力也是雄健的。王一贴以及他开出的这剂疗妒汤，研究者有过不少解读。有学者从中医理论出发，认为王一贴的方子"蕴藏玄机"[2]，也有学者认为曹雪芹的药

---

[1] 吴真：《王道士变形记：俗文学经典人物形象的代名化》，《文学遗产》，2023年第2期，第111—120页。

[2] 张晓洁编著：《读红楼话养生》，北京：中国中医药出版社，2010年，第136页。

方大多不能吃,因为"根本治不了病"①,其中当然也包括这剂"疗妒汤";同样,关于"疗妒汤"的寓意,有研究者认为疗妒汤"讽刺了一种幼稚的、简单化的思维方式②。"另外还有学者从小说结构出发,认为该情节既是为了"博大家哈哈一笑,似乎又印证了补天的终极目的和荒唐的不可能性"③。那么,王一贴疗妒汤的寓意究竟为何?本文将从"疗妒汤"与医学文化渊源、戏曲"斗医"传统和小说疗妒叙事三个方面加以考察。咱们先从"疗妒"文化渊源说起。

二、解妒饮和化妒丹:"疗妒汤"的医学文化渊源

我们来看看王一贴故事的直接源头——"疗妒"文化。"疗妒"是中国古代文学,尤其是通俗文学的一个主题。嫉妒可能是人的天性使然,在两性关系不平等被制度化的中国传统社会,文学作品中的"悍妒"被强加于女性。从史传文学中"叔向之母妒"④开始,妒妇与疗妒的话题周而复始,相关的文学作品层出不穷,绵延了两千多年。明清时代,描写疗妒的戏曲小说非常多见。戏曲有汪廷讷《狮吼记》、吴炳的《疗妒羹》,小说以《醒世姻缘传》《醋葫芦》为代表的疗妒文学十分繁荣。

---

① 蔡义江:《追踪石头——蔡义江论红楼梦》,杭州:浙江文艺出版社,2012年,第330页。
② 詹丹:《〈红楼梦〉与中国古代小说再阐释》,上海:上海古籍出版社,2014年,第102页。
③ 马经义:《红楼论稿集》,成都:四川大学出版社,2017年,第262—263页。
④ (清)阮元校刻:《春秋左传正义》卷三十四,北京:中华书局,2009年,第4280页。

第二章 《红楼梦》的医者塑造

谈到"疗妒",食疗是一种出现甚早的方法:《山海经》里记载过鸧鹒能疗妒,《南史》中记载梁武帝曾以鸧鹒鸟做成疗妒羹给自己的郗皇后。明代的杨慎还据此写过一篇《仓庚传》的小说。除了鸧鹒,中医史上还有用草本食物治疗嫉妒的药方。明遗民傅山在《傅青主女科》就曾记载过一种神奇的"解妒饮",药方如下:黍、谷(各九十粒),麦(生用),小黑豆(各四十九粒,豆炒熟),高粱(五十五粒)。从书中叙述可知,傅山对自己的解妒饮非常自信:"若怀娠而仍然嫉妒,必致血郁堕胎。即幸不堕胎,生子多不能成。方加解妒饮合煎之,可保无虞,必须变其性情,始效。"① 对此,有当代中医研究者也认为:"此方之妙,解肝郁,宣脾困,扶土抑木,带脉通达而种子。"② 黍、谷、麦等寻常的食物,可能怎样吃也很难起到"变其性情""扶土抑木,带脉通达"的药用功效。当然,傅山的解妒饮很可能已与《红楼梦》的疗妒汤在思维结构上存在一定的同源性,也就是说这几味都是食物,吃着吃着人总是要死的,活到一百岁还嫉妒什么?只是《红楼梦》的疗妒汤比傅山的解妒饮更进一步:怀疑其有效性,将之当作心理安慰剂,这种理念在古代疗妒方中应居主要方面。

当然,心理安慰剂未必毫无效果。最戏剧性的一幕来自晚明张岱笔下的化妒丹。《陶庵梦忆》卷三《逍遥楼》中,记载了一则故事,明代显宦朱赓因陈夫人悍妒,非常头疼,他祈祷神灵,

---

① (清)傅山:《傅青主女科》,北京:中国医药科技出版社,2016年,第46页。

② 张莹:《朱衣道人治疗不孕症经验》,中国中医药学会等编:《中国道家医学文化研究》,合肥:黄山书社,1997年,第416页。

"求化妒丹"。得到后让夫人服用,没想到夫人竟由此"与公相好如初",原因令人啼笑皆非:"老头子有仙丹,不饷诸婢,而余是饷,尚昵余。"① 故事颇具喜剧色彩,寥寥数语刻画出陈夫人悍妒的表象之下,其与高官丈夫朱赓之间不易察觉的那份情感基础。如果陈夫人真的是一位不可理喻,对丈夫完全丧失感情的"妒妇",又怎么可能被朱赓如此简单的"骗术"所蒙蔽?有趣的是"疗妒丹"竟然达到了疗效,也就真的实现了乩仙的预判和朱赓的目标。透过这则故事,我们反观《红楼梦》中所谓不悍妒、主动替丈夫贾赦求取鸳鸯的邢夫人,也可以说在毫不嫉妒的同时,其对于贾赦的夫妻情感也冷漠至极。

从上述化妒丹叙事可知,真正起效的疗妒方应该具备化解夫妻矛盾的叙事功用。这可以视为《红楼梦》中疗妒汤的医学文化渊源。小说家借鉴了之前古典医学文化传统中的情节因素,并加以重新建构,创造出"疗妒汤"。在据信是曹雪芹创作的最后一回文本中,叙述者讲述了王一贴胡诌"疗妒汤"的故事,引得众人大笑。脂砚斋夹批说:"此科诨一收,方为奇趣之至。""疗妒汤"奇在何处,恐怕不能当作评点家故弄玄虚,草草看过。

疗妒题材的作品,其情节走向,往往有两种关键结果:其一,成功疗治妒妇的性格;其二,消灭妒妇的身体,也就是让其与妒同归于尽。妒妇最终都会被剥离嫉妒属性,回归到认同并顺从夫权的道路上。这可能是因为古人在日常生活中早已发现,被认定为疾病的"嫉妒",本质上是很难通过药物治疗的。普通的

---

① (明)张岱著,林邦钧注评:《陶庵梦忆注评》卷三,上海:上海古籍出版社,2023年,第126页。

第二章　《红楼梦》的医者塑造

木石草药在复杂的人类情感乃至社会结构性矛盾面前，往往无能为力，此理古今攸同。然而，这正是疗妒文学作品所回避，而《红楼梦》作者所着力处。

《红楼梦》前八十回的叙述者，面对夏金桂的悍妒，显得有几许无奈。王一贴的用意其实是承认"妒"存在的合理性，这可以看作是对古代疗妒文学写作方式的一种消解与重构。说到底，"妒"并不能从医学方面得到有效的"疗"，但又确实影响了古人家庭关系的和谐与健康，甚至会导致因妒忌生恨的惨剧的发生。

对于"妒妇"，曹雪芹的方案其实是一种通达宽容的处世态度的体现。相信如果他来完成的《红楼梦》后面回目的内容，不会出现夏金桂颇为不堪的勾引薛蝌，下毒自噬（第一百三回"施毒计金桂自焚身"）的场景，这又回归到"妒妇—淫妇"一体两面的叙述传统上去了，毫无新意，也缺乏艺术感染力，类似于今天网络文学中的"爽文"，以及影视剧中出轨渣男进监狱的爽剧。

三、"膏药也是假的"：医者自嘲与被消解的"斗医"传统

如果以铃医的标准而论，王一贴最令人印象深刻之处在于自嘲，他竟然会说"连膏药也是假的"。结合贾宝玉与王一贴交谈的午间场景，以及他的表达："不过是闲着解午盹罢了，有什么关系。说笑了你们就值钱。"读者也许可以解读为，王一贴所说的寓意并没有那么深远，然而这看似不经意之间的调侃笔墨，实则很可能微妙地回应了中国俗文学脉络中传承了数百年的"斗医"传统。

可能您好奇了，什么叫作"斗医"呢？这是宋杂剧中就已经

出现的一种戏曲故事。讲的是两个医生相互拆台,最后,一个医生把另一个医生赶下台的故事。大致类似于今天的相声艺术中的"学看病"这一个门类。它来自于《辍耕录》"院本名目",其中专门列有"大夫家门"一项,细目中有二十六风、伤寒赋、合死汉、三百六十骨节、便痈赋等。最早可见于宋金杂剧的《双斗医》(《辍耕录》"院本名目·诸杂大小院本")。

在古典文学中,医生是可以戏谑的,是俗文学戏谑和嘲讽的对象。元杂剧《窦娥冤》《魔合罗》《碧桃花》中出现的"赛卢医"。连上场诗都大同小异:"行医有斟酌,下药依《本草》。死的医不活,活的医死了。""我做太医最胎孩,深知方脉广人才。人家请我去看病,着他准备棺材往外抬。""我是赛卢医,行止十分低。常拐人家妇,冷铺里做夫妻。"

"双斗医"在《西厢记》第三本第四折,元曲选本《降桑葚蔡顺奉母》第二折等作品中得到保留。"双斗医"的情节颇为曲折漫长,我们撮要概括其叙事程式为:请医看病—两净扮医—胡乱诊断—被谴赶走。这种程式虽然变化丰富,但是总体而言,各种剧情虽"繁简不同,但主要的穿插意思是相同的","不过是上场人物的重复现象来引起更多的笑话罢了"。

"斗医"在晚明时代已很成熟。由戏曲到小说,《金瓶梅词话》第六十一回中描写西门庆与请来的庸医赵龙岗(捣鬼)的对话,可以视作"单斗医"的优秀代表,虽然这段主体情节来自李开先《宝剑记》第二十八出。尽管在小说重要人物李瓶儿临死之时,忽然上演这样一段"斗医"闹剧,还是显得有几分别扭,但西门庆、韩道国等人物的性格,还是与前后文本保持了一致。小说中的赵龙岗用认不认得自己,来判断患者是否意识清醒,用

第二章 《红楼梦》的医者塑造

"非伤寒,只为杂症,不是产后,定然胎前"等明显不通医理的方式,与经营着生药铺的西门庆讨论着李瓶儿的病情,小说从一开始就告诉了读者,这是一场引人发笑的闹剧。这段对话最滑稽之处,莫过于赵龙岗为李瓶儿所开的药方:"甘草甘遂与硇砂,黎芦巴豆与芫花,姜汁调着生半夏,用乌头杏仁天麻。这几味儿齐加,葱蜜和丸只一挝,清晨用烧酒送下。"略有中医常识的人,都能读出其中的喜感:甘草与硇砂、巴豆与芫花、信石(砒霜)、半夏与乌头,要么是药性相反之物,要么是毒性很高之药。如此服药,无异于服毒自尽。

随后,叙述者让何老人点破赵龙岗闹剧,传承了戏曲中"斗医"的作用。尤为引人瞩目的是,何老人认为可信的医生应该懂得"脉息病源",而赵龙岗则是反面的代表:"专一在街上卖杖摇铃"。"卖杖摇铃"本是铃医的行医方式,然而到了小说戏曲的"斗医"传统中,却指代了不光彩的铃医形象,这也体现出传统社会大众对于铃医的某种普遍偏见。

在《红楼梦》的时代,此种偏见依然存在,小说家利用了社会大众对于铃医的偏见,创造性地通过王一贴的自嘲,进而塑造出王一贴"疗妒汤"这一"斗医"传统的特例。王一贴所说的"连膏药也是假的",一方面是为了帮助贾宝玉解午盹,故意引他发笑;另一方面,也是一种自我解嘲。他彻底消解了医生的权威,反而拉近了宝玉与自己的心理距离,实际上消解了中国文学传统中渊源有自的"斗医"故事。

四、"我还吃了作神仙":轻喜剧叙事意义

《红楼梦》中不乏轻松诙谐的笔调,但王一贴的疗妒汤,还是使得小说在第八十回充满了快活的空气。这要从宝玉"疗妒"之问说起。他尚未娶妻,却担心薛大哥哥与新婚妻子夏金桂的矛盾,更挂念遭受毒打的香菱。因此他询问王道士:"可有贴女人的妒病方子没有?"脂砚斋认为,疗妒汤叙事"结至上半回正文""细密如此",恰揭示出"疗妒汤"的小说结构意义。虽然从整体上看,"疗妒汤"不过是段小插曲,看似微不足道,然而叙述者将这样一段轻喜剧性质的故事情节安排在第八十回出现,显得匠心独运,十分重要。

从情节设置角度说,王一贴故事所处位置独特,前面的金桂打闹、香菱挨打,后面的迎春哭诉等悲伤情节给读者所带来的是悲凉的末世感,唯有天齐庙烧香、王道士胡诌疗妒汤的故事成为前后几回中唯一一抹轻松色彩,既纾解了小说叙述给读者带来的不佳情绪,又以轻喜剧的方式开启了后续的情节。王一贴的医者自嘲,消解掉"斗医"传统叙事的同时,深深的无奈与落寞感也一并解构了庄严与神圣。

从人物塑造来讲,王一贴这位前八十回中仅出现一次的小人物,因为这剂"疗妒汤"从古代文学作品众多的铃医形象中脱颖而出,成为传统社会铃医的代表。他既有丰富的江湖经验,谙熟与贵胄之家打交道的方式,又懂得用巧妙的叙述话语宽慰少年公子,传递妒不可疗的积极观念。表面上看,王一贴是在为主人公贾宝玉提供"疗妒"之方,实际上,他传递给宝玉的是一种人生

经验：人生实难，许多事不可能强求，顺其自然既是宽容，也是智慧。更进一步说，古今铃医不可能自曝其短，叙述者意在借王一贴之口重复小说主旨："假作真时真亦假，无为有处有还无。"膏药的真假并不重要，王一贴用"疗妒汤"，疗愈宝玉目睹香菱遭遇后的一系列心理创伤及生命困惑，这才是曹雪芹的用心所在。疗妒汤虽然对夏金桂没有作用，但对贾宝玉却有着良好的致笑作用，哪怕只是暂时的。

最后，王一贴是《红楼梦》中最具自我解嘲意识的一位医者。他开出的"疗妒汤"看似诙谐，实则透露着淡淡哀伤。他的心理治疗理念，是在看似寻常的解嘲背后，传递一种达观自信的人生态度。其实，他的方案也未尝不是对于贾府大厦将倾的一种形式独特的别样开解。嫉妒本不是药物能够医治，医生在无可奈何之际，只能选择"话疗"来宽慰。这个道理，古今攸同。

第六节 《红楼梦》的医者评判与反传统描写

《红楼梦》描写了当时社会中各种身份地位的医者形象，也形成了一定的医者评判标准。纵览小说中的好医生，无论是张友士，还是王济仁，都是在"论病细穷源"的基础上做有限度的医疗，有时为传统诊疗行为做减法："净饿为主"；用药平和轻灵；良好医患沟通。只不过，前者"减"的是自己与潜在的患者家属之间的距离，后者则"减"的是潜在的患者的身体与心理负担。同时，《红楼梦》中的医者形象又隐含着一种对传统社会"医道—治道"结构性隐喻的超越，因而具备了反传统描写的价值。

大观园的病根：《红楼梦》人物的身心困局

一、医者身份与沟通技巧：小说医患关系的轴心

在传统社会统治秩序之下，医者身份往往决定了医患关系的走向，因此礼仪也便成为医患关系中最重要的影响因素之一。《红楼梦》描绘的是钟鸣鼎食的贵族家庭的生活百态，在小说的诊疗过程中，医者礼仪成为了影响医患关系的重要因素。儒医与佛医、太医与铃医、明医与庸医这三组医者都参与的情节中，虽然他们的判别标准迥异。儒医与佛医强调文化身份，太医与铃医区分社会地位，明医与庸医侧重诊疗水准。通览全篇，小说都着重描写了他们在诊疗过程中的礼仪，并且有意建立起礼仪和医患关系之间的逻辑关系。

在《红楼梦》第十回中，张友士受邀到贾府为秦可卿诊病，言语之间表现得十分谦恭有礼，姿态放得很低："晚生粗鄙下士，本知见浅陋，昨因冯大爷示知，大人家第谦恭下士，又承呼唤，敢不奉命。但毫无实学，倍增颜汗。"贾珍自然也以礼相待，小说中成功的医患关系就此展开。

王济仁能够成为贾府的常客，也与他遵守礼仪密不可分。在第四十二回中，面对贾府的盛大排场和周到礼数，"王太医不敢走甬路，只走旁阶"，显得如履薄冰；贾母拒绝用幔子遮面，"王太医便不敢抬头，忙上来请了安"；老嬷嬷拿来一张小杌，"王太医便屈一膝坐下"，以半蹲的恭敬姿态为贾母诊治。王太医的一系列行为和情态凸显出诊疗之礼仪，贾府自然也青睐如此遵守礼仪的王太医，促成了良好的医患关系。

反观胡庸医和胡君荣，在诊疗过程中不遵守礼仪，对医患关系造成了负面影响。在第五十一回中，胡庸医一见晴雯伸出手，"便忙回过头来"，也是遵守医礼的体现，但是背后向嬷嬷打听患者的身份，则是破坏了诊疗社交礼仪，与其"庸医"身份相符。第六十九回中的胡君荣甚至提出要求尤二姐"将金面略露露，医生观观气色，方敢下药"，这可是在传统社会严男女之大防的规约下，彻底扰乱秩序的越轨行径。耐人寻味的是，后续的情节也同时揭示了这场医患关系的失败。

在《红楼梦》中，医患沟通的叙事技巧也是决定医患关系的关键因素。医患之间建立起和谐关系的，往往基于医者掌握了良好的叙事技巧。小说塑造的成功医患关系，都与医者高超的叙事技巧有关，而失败的医患关系中，医者往往缺乏叙事技巧。小说第十回中，当贾蓉问起秦可卿的病是否危及性命时，张友士的回答极尽委婉曲折之能事："人病到这个地位，非一朝一夕的症候，吃了这药也要看医缘了。依小弟看来，今年一冬是不相干的。总是过了春分，就可望全愈了。"他的回答先是委婉地表达了患者秦可卿病情严重，能否痊愈并非确定之事，又表达了确切的生存期和痊愈的希望，兼顾了患方和医方的体面。

作为贾府的常客，御医王济仁更是在医患沟通中，将叙事技巧发挥到了极致，例如在第四十二回中王济仁向贾母交代病情道："太夫人并无别症，偶感一点风凉，究竟不用吃药，不过略清淡些，暖着一点儿，就好了。如今写个方子在这里，若老人家爱吃便按方煎一剂吃，若懒待吃，也就罢了。"经过详细诊断，贾母所患症状轻微，因此王济仁主要是给予家属精神抚慰，就连开的药也是吃或不吃皆可，把选择权交予患方，看似推卸责任，实则对于贾母这样的大家长，留下了实足的体面与选择权，令患者有如沐春风之感。

反之，缺乏叙事技巧也可导致医患关系走向失败。在第五十一回中，胡庸医称晴雯的病仅仅是"小伤寒"，"吃两剂药疏散疏散就好"，但是开的药方却是"虎狼药"。其中原因可能是他初来乍到，想用猛药快速去除病症，获得贾府青睐，但是由于缺乏叙事技巧，没有向患方充分讲明利害，导致他开的药与说的话自相矛盾，最终遭到患方贾宝玉的嫌弃，只叫"快打发他去吧"。在小说第六十九回中，胡君荣为怀孕的尤二姐看诊，言语中尽是"经水不调""若论胎气，肝脉自应洪大"等空洞的术语，丝毫不考虑患方的接受能力，更重要的是，从医理的角度讲，胡君荣的三次表述之间也是自相矛盾的，可以说不仅毫无叙事技巧可言，甚至是逻辑混乱的。如此庸医，难怪尤二姐最终遭遇误诊而流产。由此可见，叙事技巧有助于医生获取患者的信任，实现共同决策，让患者更加接纳医生，有助于构建成功的医患关系，缺乏叙事技巧则可能破坏医患关系。

值得注意的是，小说《红楼梦》在塑造医患关系时，医术的作用被刻意弱化了。不仅如此，小说在塑造医者形象时，叙事重心不在医疗事件本身，而在医者角色对现在人物关系之影响，可以说是有意识地弱化了医者的身份属性，也即弱化了医术层面的叙事功能。换言之，在《红楼梦》中，成功的医患关系并不与高超的医术构成一一对应关系。

以太医王济仁为例，在小说第四十二回中，他给贾母开的方子，甚至不用真的服药，只是起到安慰剂的作用，便可令患方心悦诚服。而他对于奶子抱来的大姐儿的诊断，更是"只需静饿两顿，吃些丸药即可"。王济仁的医术无疑是高超的，但是这些诊疗完全体现不出王济仁的高超医术，反而是社会地位、遵守礼仪、叙事技巧等，使他和贾府之间建立了长期并成功的医患关系。当然，医者医术低劣往往会导致医患关系的破裂，比如胡庸医和胡君荣，但是小说塑造的重点仍是医者的社会地位、遵守礼仪、叙事技巧等非医术因素，医术对于医患关系的影响被削弱了。

二、《红楼梦》中的医者群像与医患"心象"

《红楼梦》中塑造了三组身份地位的医者形象，并着力描绘了儒医的自尊自重、太医的谦冲自牧、庸医的自轻自贱和铃医的自嘲四个形象，呈现出清中叶丰富多样的医生自我认知谱系。小说《红楼梦》中，张友士对于自身的医者职业怀有很强的自尊、自重态度。在第十回中，儒医张友士面对贾府的邀请，没有当即前往，而是以"拜了一天的客""精神实在不能支持"为由，需要"调息一夜，明日务必到府"，以至于蒙府本的脂批忍不住说道："医生多是推三阻四，拿腔做调。"作为具有一定社会地位的医者，即使面对贾府这般地位显赫的家族，张友士也非召之即来挥之即去。他的回复既表现了张友士对于贾府的尊重，同时又隐含了对自己的尊重。

小说中的王济仁身为太医，非常尊重自己的医者身份，对贾府的各位患者尽到了应有的责任。在小说第五十七回中，他为贾宝玉的诊治尤其能突出这一点。一开始，对于贾宝玉的疑难杂症，王济仁也感到困惑，不自觉地"背医书"，思考解决之法，贾母要他"只说怕不怕"，他即使困惑，也毫无逃避责任之意，答复道："实在不妨，都在晚生身上。"与之相反，小说所描写的庸医胡君荣则是对患者极其不负责任，身为医者却自轻自贱。在第六十九回中，他的言行和神态显示了他对尤二姐的病毫无把握，却仍强行诊治，导致了尤二姐的流产，出事后闻风而逃，对医者的责任和身份抛之脑后。

另外，引人深思的是，《红楼梦》中的医者群像与医患"心象"，还体现在医患交往行为中所体现出的经济诉求。尽管小说塑造了多样化的医患关系，但是他们仅是清代社会普遍认知里的医者形象，摆脱不开追名逐利。即使是自尊自重的张友士，上京的目的也是"给他儿子来捐官"；已是六品御医的王济仁，"亦谋干了军前效力，回来好讨荫封的"，缺席了尤二姐的诊治，否则悲剧或许可以避免；胡庸医的药方即使不被采纳，贾府也要给足诊金，以防被说"有心小器"；王一贴更是为了求利才贩卖那无用的膏药。总之，小说《红楼梦》的叙述者所塑造的医者群像虽然表面上脱离了经济描写，但实质上仍然隐含着经济行为的影子。可以说，《红楼梦》的医者形象与医患关系，看似重心在以医者为描摹对象，实则是从社会公众的常识理性出发，对医者群像加以艺术化呈现，其中折射出的自然是清中叶医患关系的社会"心象"。

三、《红楼梦》医事的非政治化描写

在传统社会的语境中，政治与医学总有着千丝万缕的联系。例如作为"金元四大家"殿军的朱震亨曾说："凡言治国者，多借医为喻，仁哉斯言也。"① 作为《红楼梦》的同时代人，名医

---

① （元）朱震亨著，田思胜等主编：《朱丹溪医学全书·格致余论》，北京：中国中医药出版社，2006年，第13页。

第二章 《红楼梦》的医者塑造

徐大椿曾在《医学源流论》中对王朝运势做了一番今天看起来不免牵强附会的论说:"天地之气运,数百年一更易,而国家这气运亦应之。上古无论,即以近代言,如宋之末造,中原失陷,主弱臣弛,张洁古、李东垣辈立方,皆以补中宫,健脾胃,用刚燥扶阳之药为主,《局方》亦然。至于明季,主暗臣专,膏泽不下于民,故丹溪以下诸医,皆以补阴益下为主。至我本朝,运当极隆之会,圣圣相承,大权独揽,朝纲整肃,惠泽旁流,此阳盛于上之明征也。又冠饰朱缨,口燔烟草,五行惟火独旺,故其为病,皆属盛阳上越之证,数十年前,云间老医知此义者,往往专以芩、连、知、柏,挽回误投温补之人,应手奇效,此实与运气相符。"[①]

然而,作为今天的读者,稍微熟悉古代中国的政治运行规律和王朝兴替历程,都会知道,基于王朝命运谈论当时人们主要患病机理的简单归纳是不靠谱的。因为人吃五谷杂粮,生百千病,绝非单一受到"王朝气运"这一个因素影响。这套逻辑的背后,还是我们之前强调过的,古人观念世界在天—地—人三才之间建立起的隐喻性逻辑联系。

反观《红楼梦》,叙述者虽然也深受同源同构互感思维结构影响,但在具体医者及医学叙述中,却能够避免受到简单机械式政治化论的波及。归结起来,《红楼梦》的医者形象,颇有几点积极启示:其一,张友士"论病细穷源"是传统医学思想最核心的理念,隐含的辨证施治、存人不治病等观念至今仍有合理性。

---

① (清)徐灵胎:《徐灵胎医学全书·医学源流论》,太原:山西科学技术出版社,2014年,第97页。

其二,"净饿为主""用药平和轻灵"的王太医治疗理念有鲜明的温补医派的色彩,在准确辨证基础上大多有效。其三,医者仁心,医德为贵;不乱用寒凉攻下的虎狼药,适度治疗等价值观很有意义。当然,《红楼梦》中的医者也具有偏好人参、肉桂一类贵重热药,喜爱燕窝等新奇食补,同时一味强调净饿习俗等问题。

综上所述,曹雪芹也并不具备同时代吴鞠通、徐大椿等医家一样的医学知识与素养,《红楼梦》中所塑造的医者、反映出的医学知识也没有一些研究者所称颂的那么高深。他的贡献在驱驰乾隆朝贵族之家已成为常识的医药知识,来塑造人物、创设情节,艺术化再现清中叶温补医派支配下的大观园中女儿的生命挽歌。

第二章 《红楼梦》的医者塑造

小　结

　　《红楼梦》的医生形象丰富多彩，儒医与佛医、太医与铃医、明医与庸医三个维度、两两成对出现的医者形象，体现了清代医患关系的患者视角与社会"心象"。根植于清中叶医学思想文化情境，医生叙事与医学思想之间不可避免地呈现出互渗关系。"论病细穷源""净饿为主"和"乱用虎狼药"是小说中三组典型的医事场景，表征出清中叶医学界的三种诊疗观念，状写了三对医生形象。同时，也代表了《红楼梦》叙述者浸淫于温补医派知识系统中而又能以独到艺术眼光驱驰医学知识与思想，为塑造人物、结撰叙事服务的雄健笔力。同时，曹雪芹笔下的医疗场景又是对传统社会医道隐喻结构某种程度上的一种背离，使得医学叙事复归人文情境，引发读者的生命思索。

第三章 钟鸣鼎食之家的药物隐喻

不知道各位读者是怎么理解药物的？家里常备的感冒药、止痛药、止泻药，还是祖传的大力丸、神仙水，大家都有在家中常备某些药物的习惯吧？但可能大多数的读者，没怎么思考过我们触手可及的药物，跟我们是什么关系？药能治病，也能伤身。一些朴素的民谚为我们提供了简略版的思考框架，例如我小时候常听父亲念叨："药医不死病"，后来才知道下句是"佛渡有缘人"。这一章咱们就来走进贾府这个钟鸣鼎食之家，来了解一下贾府中那些著名的人参养荣丸、冷香丸、玫瑰露、茯苓霜以及西洋风味的汪恰洋烟、依弗哪，在小说叙事中都有哪些寓意吧！

第一节　《红楼梦》药性文化的探因溯源

咱们先看一个引子，在元杂剧中叫作楔子，指的是那些看似跟主题关系不大，实则凸显了《红楼梦》药性文化的生成逻辑。先讲一则唐代宗宰相元载的故事。据《新唐书·元载传》记载，唐大历十二年（公元777年）元载事败，"籍其家，钟乳五百两，诏分赐中书、门下台省官，胡椒至八百石，它物称是。"[1] 唐李绰《尚书故实》的记载更夸张："元载破家，籍财货诸物，得胡椒九百石。"[2] 八百石，按照唐制，约合六十吨。如果是九百石，就更多了。从此，胡椒八百石成了文人墨客诗文中的一个著名典故。

---

[1] （宋）欧阳修、宋祁撰：《新唐书》卷一四五，第15册，北京：中华书局，1975年，第4714页。

[2] 王汝涛编校：《全唐小说》，济南：山东文艺出版社，1993年，第2311页。

例如北宋苏轼在《欧阳叔弼见访》中就曾说过："胡椒铢两多，安用八百斛。"[①] 黄庭坚的《梦中和觞字韵》也曾提到"何处胡椒八百斛，谁家金钗十二行。"[②] 可问题是，唐朝的权相元载要那么多胡椒干什么？

一、"拥有"：药物隐喻思想探因

元载的目的，自然是"拥有"这些药物。所谓"拥有"药物，就像拥有一切象征财富的东西，当然也包括药物。用《红楼梦》第七十七回中薛宝钗的话说："这东西虽然值钱，究竟不过是药，原该济众散人才是。咱们比不得那没见世面的人家，得了这个，就珍藏密敛的。""拥有"，或者"珍藏密敛"，这是中国药性文化赖以生成的心理基础。

按照唐代孙思邈《千金翼方》记载："胡椒味辛，大温，无毒，主下气温中，去痰，除藏腑中风冷，生西戎，形如鼠李子。调食用之，味甚辛辣，而芳香当不及蜀椒。"[③] 所谓蜀椒，不是我们今天熟悉的辣椒，那是新大陆的产物，要到明清，主要是清中后期以后，才会大量出现在国人的餐桌上。这里的"蜀椒"，指的是花椒。可见，孙思邈是将胡椒当作一种"生西戎"的昂贵域外药物来对待的。我想这也就是元载家中要积蓄胡椒的原因。因

[①] （宋）苏轼撰，（清）王文诰辑注，孔凡礼点校：《苏轼诗集》卷三四，北京：中华书局，1982年，第1815页。

[②] （宋）黄庭坚撰，（宋）任渊、史容、史季温注，刘尚荣校点：《黄庭坚诗集注》卷十八，北京：中华书局，2003年，第622页。

[③] （唐）孙思邈著：《孙思邈医学全书·千金翼方》卷三，太原：山西科学技术出版社，2016年，第607页。

为它贵,而且难得。

无独有偶,晚明小说《金瓶梅》中,西门庆富裕的侍妾李瓶儿也曾低调炫富:"奴这床后茶叶箱内,还藏着四十斤沉香、二百斤白蜡、两罐子水银、八十斤胡椒椒。你明日都搬出来,替我卖了银子,凑着你盖房子使。"① 李瓶儿是大名府梁中书的侍妾、东京花太监侄儿花子虚的正妻,饶有资财。此处让西门庆代卖的皆是罕物。最贵重的当数胡椒。小说后文写到李瓶儿的家当"共卖了三百八十两银子",而后文写西门庆"起盖花园""先拆毁花家那边旧房,打开墙垣,筑起地脚,盖起卷棚山子、各亭台耍子去处",也只用了五百两银子。可见胡椒确是罕物。

明末清初人丁耀亢,在《天史》中曾吐槽元载坐拥胡椒八百石这一行为艺术:"人生中寿六十,除去老少不堪之年,能快乐者四十余年耳。即极意温饱,亦不至食胡椒八百石也。惟愚生贪,贪转生愚。黄金虽积,不救燃脐之祸,三窟徒营,难解排墙之危,事于此侪,亦大生怜悯矣。"② 清人阮葵生在《茶余客话》卷十五中,更进一步将对元载个人贪婪的批评上升到普遍意义上,他认为:"昔人诮元载胡椒八百石为长物。予谓彼时当是贵物,如今之参桂也。"③ 人参、肉桂,在明清温补医派流行的社会语境下,确实价格高昂。因此,不必嘲讽古人珍藏胡椒,当时人收藏人参、肉桂的行为也不遑多让。

---

① (明)兰陵笑笑生著,陶慕宁校注:《金瓶梅词话》,北京:人民文学出版社,2000年,第174页。

② (清)丁耀亢著,宫庆山、孟庆泰校释:《天史》校释,济南:齐鲁书社,2009年,第220页。

③ (清)阮葵生著,王泽强点校,张强主编:《阮葵生集》下,西安:陕西人民出版社,2009年,第1079页。

大观园的病根:《红楼梦》人物的身心困局

  其实何止我们的祖先,在中世纪的欧洲,胡椒的价格甚至是用一定量的黄金或白银进行衡量的,甚至常被用作借贷和纳税的媒介。据说,7世纪时,有些萨维利亚商人在胡椒中添加银屑来增重;"贵如胡椒"是中世纪法国民间的流行语。有研究认为,在大航海时代到来以前的欧洲,胡椒还算香料中比较便宜的一种,肉桂、长椒、高良姜、丁香和肉豆蔻都比胡椒贵,药用的龙涎香、樟脑、麝香、番红花的价格更高。[①] 由此可见,无论中外,这些兼具香料与药用功能的物项受"拥有"观念支配,都是值得"珍藏密敛"的。

  聊完胡椒,让我们再回到这个根本性问题,何谓"拥有"?它的意思也不过是人对某种物/人享有命名权、支配权、使用权、处置权和收益权。在中国古代,人们能想到的最著名的对"拥有"进行思辨的名作应该是欧阳修的《六一居士传》。这位北宋的"一代文宗"在文章中设置了主客问答的方式,论证"有"与"一"之间的奇妙辩证关系,"客有问曰:'六一,何谓也?'居士曰:'吾家藏书一万卷,集录三代以来金石遗文一千卷,有琴一张,有棋一局,而常置酒一壶。'客曰:'是为五一尔,奈何?'居士曰:'以吾一翁,老于此五物之间,是岂不为六一乎?'"[②]客人问他拟定书斋名叫"六一",是什么意思?居士回答说:藏书、金石、琴、棋、酒。客人不解道:这是五"一"呀。居士不慌不忙答道:我这样一个翁,"老"于此五物之间,难道不是"六一"吗?

---

  ① 田汝英:《"贵如胡椒":香料成为中世纪西欧的奢侈品现象析论》,《贵州社会科学》,2015年第7期,第53—58页。
  ② (宋)欧阳修撰,李逸安点校:《欧阳修全集》卷四四,北京:中华书局,2001年,第634—635页。

第三章　钟鸣鼎食之家的药物隐喻

在看似文字游戏般的回答中，欧阳修在"有"与"一"、人与物之间建立起深刻关联。人既是物的拥有者、命名者，反过来又被物所塑造、所标记，甚至物我合一、物我两忘。所谓"老于此五物之间"，正是指时间在人的身体上留下衰老的痕迹，确证了物对于人的存在的意义。这典型地代表了北宋士大夫讨论三者关系的一种范式：宇文所安所谓"拥有（ownership）—命名（naming）—快乐（happiness）"三者之间建立起联系。① 实际上，在唐代甚至更早的时代，"拥有—快乐"辩证关系的探讨就已展开，最著名的是"孔颜之乐"："饭疏食饮水，曲肱而枕之，乐亦在其中矣。不义而富且贵，于我如浮云。"（《论语·述而》）和"一箪食，一瓢饮，在陋巷，人不堪其忧，回也不改其乐。"（《论语·雍也》）② 相比之下，唐代以前儒家所追求的快乐不一定建立在拥有的基础上，甚至有反拥有的倾向，而宋代以后，快乐之实现，往往有赖于拥有与命名行为的存在。士人们所介怀的，只在所拥有之物是否俗不可耐，他们并不想斩断拥有与快乐之间的逻辑链条。因此，苏轼才会在《欧阳叔弼见访》诗中强调："胡椒铢两多，安用八百斛。"胡椒是重要的，但不需要拥有太多。跟元载的胡椒八百石一起被士人抨击的，还有北宋末年童贯家中抄出的"理中丸千斤"。③

---

① 〔美〕宇文所安：《快乐，拥有，命名——对北宋文化史的反思》，卞东波编：《中国古典文学与文本的新阐释》，合肥：安徽教育出版社，2018年，第191页。
② 李学勤主编：《论语注疏》卷七、卷六，北京：北京大学出版社，1999年，第91、75页。
③ （明）沈德符：《万历野获编》卷八，北京：文化艺术出版社，1998年，第223页。

大观园的病根：《红楼梦》人物的身心困局

绍续"拥有"药物传统，《红楼梦》第十二回中描写贾瑞被王熙凤"毒设相思局"后，连羞带病，"倏又腊尽春回，这病更又沉重。代儒也着了忙，各处请医疗治，皆不见效。因后来吃'独参汤'，代儒如何有这力量，只得往荣府来寻。"对自己无礼的贾瑞要吃"独参汤"，身为掌家奶奶的王熙凤的态度却十分明白：不给"那整的"，只"将些渣末泡须凑了几钱，命人送去"。对此处情节，脂批评论道："然便有二两独参汤，贾瑞固亦不能微好，又岂能望好，但凤姐之毒何如是？终是瑞之自失也。"贾瑞先得罪了王熙凤，才落得如此下场。这也充分说明了王熙凤此时在贾府中的支配地位。"拥有"药物，便是掌握权力，给与不给，都在二奶奶一句话。

二、"说药"传统：《红楼》药性文化溯源

在传统医学语境中，特定药物具有某种药性，本身就是一种文化现象。药性之寒温凉热作为一种修辞，进入舆论场，被应用于具体文学文化场景中，则更是一个纷繁复杂到令人眼花缭乱的文化史趣题。我们只能从药名诗赋切入"说药"传统，略窥其门径。在中国文学的园地里，"说药"传统经历了一个从文学现象发展到文学伎艺的漫长历程。从现象到伎艺，必须跨越文字游戏、功能性药名和药性人格化这三个阶段。

我们先看文字游戏阶段的药名诗赋，早在《诗经》《楚辞》《山海经》中就已出现中药材的名称。药名诗赋大致可以分为两类：一类是诗人在诗歌创作中的文字游戏，本质上说就是药名参与诗歌艺术创作的一种尝试。这一类从东汉的离合体，经由六朝

第三章　钟鸣鼎食之家的药物隐喻

的王融、简文帝、庾肩吾、沈约，唐宋时，有张籍、柳宗元、皮日休、陆龟蒙、王安石等人陆续创作，不断积累。另一类则是中医学家利用诗赋形式传播药理知识，有利于中医药的推广与普及。例如宋代崔嘉彦《医方药性赋》、署名金代李杲的《珍珠囊药性赋》、元代胡仕可的《图经本草歌括》等。前者是文学创作经验的积累，后者是药性知识的储备，都是药名诗赋发展衍生过程中不可或缺的环节。

接着，我们说功能性药名。所谓功能性，指的是药名在叙事文本中承担一定的叙事功能和意义，如果删除或者替换为近义词，叙事的正常意脉就会被打断。这种功能可能由多种因素共同完成，包括但不局限于谐音、双关等修辞手法。例如，《三国志·蜀书·姜维传》裴松之注中有一则著名的例证，裴松之引用了孙盛《杂记》讲述了一则姜维早年的逸事："初，姜维诣亮，与母相失，复得母书，令求当归，维曰：'良田百顷，不在一亩，但有远志，不在当归也。'"[①]"远志"与"当归"都是药名，同时双关姜维的理想与志向。如果替换成近义词，则表意虽然准确，却在修辞层面显得姜维不够含蓄，不符合儒将的身份。

值得一提的是，在唐五代的俗文学作品中，功能性药名十分常见。著名的一例是敦煌《伍子胥变文》里，伍子胥与妻子的一段对话：

其妻遂作药名诗问曰："妾是伩茄（五加）之妇细

[①]（晋）陈寿撰，（南朝宋）裴松之注，陈乃乾校点：《三国志》卷四四，北京：中华书局，1982年，第1063页。

辛，早仕于梁，就礼未及当归，使妾闲居独活。藁茇（高良）姜芥，泽泻无怜，仰叹槟榔，何时远志。近闻楚王无道，遂发材狐（柴胡）之心，诛妾家破芒消，屈身首（苜）遂。葳蕤怯弱，石胆难当，夫怕逃人，茱萸得脱。潜形菌草，匿影藜芦，状似被趁野干，遂使狂夫莨（菪）茗。妾忆泪沾赤石，结恨青箱，夜寝难可决明，日念舌乾卷柏。闻君乞声厚朴，不觉踯躅君前。谓言夫睪麦门，遂使苁蓉缓步。看君龙齿，似妾狼牙，桔梗若为，愿陈枳壳。"子胥答曰："余亦不是仵茄之子，亦不是避难逃人，听说途（余）之行李。余乃生于巴蜀，长在藋乡，父是蜈公，生居贝母，遂使金牙采宝，支（之）子远行。刘寄奴是余贱朋，徐长卿为之贵友。共渡蘘河，被寒水伤身，三（二）伴芒消，唯余独活。每日悬肠续断，情思飘飘，独步恒山，石膏难渡。披岩巴戟，数值狼（柴）胡，乃意款冬，忽逢钟乳。留心半夏，不见郁金，余乃返步当归，芎穷（藭）至此。我之羊齿，非是狼牙，桔梗之情，愿知其意。"①

　　《伍子胥变文》所述，发生在伍子胥来到家门前，却不敢与妻子相认的场景中。前半段，妻子的对话表达了对丈夫的思念，同时也谴责了楚王的暴行，更对丈夫来到面前却不敢相认表示了疑虑。一句"仵茄"谐音"伍家"，表示自己矢志不渝地忠于丈

---

① 项楚编：《敦煌变文选注·（增订本）》，北京：中华书局，2019年，第31—32页。

第三章　钟鸣鼎食之家的药物隐喻

夫,拉近了两人的心理距离。后面如细辛、当归、远志、桃仁(逃人)、苁蓉等,都是谐音双关,烘托出妻子的艺术形象;相较而言,伍子胥的答诗则传递着更为复杂的情感,他一方面在感性上十分渴望夫妻相认,另一方面理智又告诉他:小不忍则乱大谋,不能在此刻走漏消息。伍子胥的药名诗中,有许多不可确解的药名,然而正是这些隐语,塑造出伍子胥此刻纠结矛盾的心理,也恰与此前伍妻的药名诗相映成趣。药名的功能性,在这段文本中发挥了非常重要的修辞作用。敦煌变文中的功能性药名,为宋元之际的"说药"伎艺以及戏曲中的功能性药名积累了成功的经验。

到了宋代,随着城市经济发展,勾栏瓦肆中的说话艺术得到长足进步。"说药"伎艺应运而生。诸如《东京梦华录》《武林旧事》《夷坚志》等宋人笔记都已记载。胡士莹指出,所谓说药伎艺,"大概指的是说一些药性或医疗故事,为自己的卖药作宣传"。后来,在宋元以后的戏曲和说唱艺术中,"大量运用药名来作譬喻、隐语等文字游戏"的作品。"后世的剧本和小说中,常有把一些药物的性质、用途,作了浅易的说明,或者以各种药名缀演故事并作人名的,可能就是宋代'说药'这一伎艺的发展。"[①] 著名的例证是《西厢记》第三本第四折中,写张生患相思病,而红娘前来探病,并借机给张生送上一服药方:

"【小桃红】'桂花'摇影夜深沉,醋酸'当归'浸。[末云]桂花性温,当归活血,怎生制度?[红唱]

[①] 胡士莹:《话本小说概论》,北京:商务印书馆,2011年,第155—156页。

面靠着湖山背阴里窨,这方儿最难寻。一服两服令人恁。[末云]忌甚么物?[红唱]忌的是'知母'未寝,怕的是'红娘'撒沁。吃了呵,稳情取'使君子'一星儿'参'。"①

考察药方,"桂花""当归""知母""红娘""使君子""参"等都具有双关性,它们既是十分对症的六味中药,对于张生的心病有一定缓解作用,同时,也暗示着莺莺与张生的订约。红娘用传递药方的方式,让张生明白崔莺莺的心迹。在戏曲叙事中,此处的药名韵文,就成为维系受阻的崔张二人关系的重要纽带。

相似的例子也出现在明清时代的通俗小说中。例如《西游记》第二十八、三十六两回分别出现了药名诗。我们仅以第三十六回为例,全诗如下:"自从益智登山盟,王不留行送出城。路上相逢三棱子,途中催趱马兜铃。寻坡转涧求荆芥,迈岭登山拜茯苓。防己一身如竹沥,茴香何日拜朝廷?"② 这首诗寄寓着取经道路的艰难险阻,如果将药名替换为同义的形容词或动词,取经道路艰难的程度会大打折扣,诗歌也会变得索然无味。

最后,我们来看看药性人格化。所谓药性人格化,就是中药材不仅在文本中承担一定的叙事功能,而且还从一个不太重要的叙事要素转而成为叙事的主要因素之一——人物。换句话说,就是作家

---

① 王季思:《王季思全集·西厢记增订校注》,石家庄:河北教育出版社,2005年,第397页。

② (明)吴承恩:《西游记李卓吾评本》,上海:上海古籍出版社,1994年,第474页。

为文学作品中的人物赋予了药性特征所具备的那些精神气质。当然,药性剧中的人格化也经历了一个缓慢的历史过程:我们以《药会图》系列剧本的主人公甘草为例,据杜颖陶考证,从《本草》记载陶弘景"此草最为众药之主"的话,到元代王义山《稼村类稿》卷十三载《甘国老传》,甘草的形象被逐步人格化。《甘国老传》中是这样写甘草出身的:"甘国老,汾州人也,以草名见于神农氏《本草》,名松、名遂兄弟也,与松善,遂所行辄相反。"[①] 这篇传记以史传笔法描绘了甘国老的家庭出身与社会关系,虽然完成了药性人格化的文字转换,但呈现方式还是相当简略的。

将甘草这味常见药材凝定为文学作品中的"国老"形象,并进行通俗演绎的,要数清代小说《草木春秋演义》了。在这部小说中,汉王曾经派遣甘国老向番王求和,但是遭到拒绝。甘草虽然地位尊崇,但是终究并非这部以神魔斗法战争为主要情节的小说的主要人物。直到在清代药性剧《药会图》的第一回和最后一回中,出场的主要人物才成为国老甘草,与《草木春秋演义》最大的不同也在于,《药会图》中的国老甘草是取得了成功的。

另外,晚清近代广泛传抄在中原地区的药性剧,往往不顾剧情走向,将药性强行人格化,从而导致戏曲文本的正常叙事被撕裂。如《药会图》第四回《路旁幸遇马齿苋》中,写武生扮马齿苋与副旦交战,副旦唱的一支曲子:"我昨日,不防你,中你一箭。你今日,为什么,又来张精!咱两个,化食谷,消毒气,必得大蒜。顷刻间,使石羔,解肌热,坠你头疼。"[②] 从这段中可

[①] (元)王义山撰:《稼村类稿》卷十三《甘国老传》,《景印文渊阁四库全书》本,台北:台湾商务印书馆,1986年,第150—156页。

[②] 贾治中、杨燕飞:《清代药性剧》,北京:学苑出版社,2013年,第134页。

知,剧作家利用双关谐音,顺畅地进行着叙述,最后忽然写到"石羔(膏)"能够"解肌热,坠你头疼",我们大致能够明白,叙述者的目标是表示两人交战时相互"骂阵",表示要让对方"头疼"的意思,然而这种情境,似乎与"石羔(膏)"的药性关系不大。

纵观清代通俗小说《草木春秋演义》和晚清药性剧《群英会》《药会图》等,作家试图将数百种药物的药性都进行人格化加工,作为文学作品的人物设置呈现出来,不能不说在中国文学史上都是一个大胆的创举。

同时,也应该认识到,药性知识是古人日常生活中的重要知识,也是古代士人知识谱系中最为我们今人所忽略的"七巧板"之一。因而,他们的文学创作,无论诗歌、小说、戏曲,都对药性文化有所涉猎。《红楼梦》不是一个偶然,它是古典文学作品丰富药性文化知识含量的必然体现,也是源远流长的药性文化中的一个闪光点。

明末清初已经开始,并在晚清达到高潮的药性人格化叙事模式,《红楼梦》没有借鉴和参与,而是将药性知识融入小说情节之中去。用小说家所掌握的药性知识结构情节、塑造人物,更重要的是,利用明清时代人们赋予药性的想象,隐喻人物的性格与气质,甚至囊括小说的整体意蕴。这包括但不仅限于补药、香药、虎狼药与西洋药。

第二节　不足之症终须"补"：
《红楼梦》的补药文化

补药，在传统医学中并没有明确定义，但它却是明清上层社会普遍服用的药物。清代有所谓"富贵之人，则必常服补药，以供劳心纵欲之资"的说法。《红楼梦》中出现了众多补药，也存在着对服用补药行为的反思。且看小说第四十五回，宝钗关怀黛玉的一番话：

> 宝钗道："昨儿我看你那药方上，人参肉桂觉得太多了。虽说益气补神，也不宜太热。依我说，先以平肝健胃为要，肝火一平，不能克土，胃气无病，饮食就可以养人了。每日早起拿上等燕窝一两，冰糖五钱，用银铫子熬出粥来，若吃惯了，比药还强，最是滋阴补气的。"

在宝钗的劝慰中，人参、肉桂药性太热，燕窝却能滋阴补气。药物与温补之间如何建立起逻辑关系，是本文探究的出发点。小小的几味补药，在小说中所营造的叙事氛围，引出的是一个关于清代补药知识，在小说中艺术化呈现的有趣话题。[①]

[①] 李远达：《〈红楼梦〉补药叙事与明清温补风俗》，《红楼梦学刊》，2021年第6期，第127—147页。

大观园的病根：《红楼梦》人物的身心困局

一、补药与滋助药：温补风俗下的众声喧哗

关于补药，中医学界缺少清晰的界定。清代名医徐大椿在《医学源流论》直言：

> 古人病愈之后，即令食五谷以养之，则元气自复，无所谓补药也。黄、农、仲景之书，岂有补益之方哉？间有别载他书者，皆托名也。自唐《千金翼》等方出，始以养性补益等各立一门，遂开后世补养服食之法。以后医家凡属体虚病后之人，必立补方以为调理善后之计。若富贵之人，则必常服补药，以供劳心纵欲之资。而医家必百计取媚，以顺其意。其药专取贵重辛热为主，无非参、术、地、黄、桂、附、鹿茸之类，托名秘方异传。其气体合宜者，一时取效，久之必得风痹阴涸等疾，隐受其害，虽死不悔。此等害人之说，固不足论。①

当代名医干祖望的看法很有代表性："补，是补充、补给、补缺、填补、修补之谓。凡短的加长、薄的垫厚、断的连接……都是补，所以，人身体里缺什么，就补什么。气虚补气，血虚补血，阳虚补阳，阴虚补阴，脾虚补脾，肾虚补肾。"② 由此可见，

---

① （清）徐灵胎：《医学源流论》卷下，《徐灵胎医学全书》，太原：山西科学技术出版社，第108页。
② 干祖望编著：《干祖望医书三种·医话选粹·临床经验文选·新医医病书》，济南：山东科学技术出版社，2008年版，第146页。

第三章 钟鸣鼎食之家的药物隐喻

"补"本是一种治病用药的思路，位列中医"八法"之末。然而在清代尤其是《红楼梦》诞生的清中叶乾隆朝，由于特定的历史文化环境，许多医家用药偏重温补，尤其对于社会中上层的"富贵之人"。徐灵胎一针见血地指出，"常服补药，以供劳心纵欲之资"。他定义的"补药"，可以看作是通俗小说中滋助药的生活原型。

温补风俗，是明清时代广泛流行的一种医药文化现象。明清医家在面对纷繁复杂的病情时，由于用药思维定式与复杂的医患心理博弈，偏向于开出较为积极稳妥的人参、肉桂一类温补性质的药物，为患者治疗。清代的医家论补药，呈现出鲜明的两极化倾向：温病大家如吴有性、吴鞠通、徐灵胎等人反对滥用补药，批评当时社会上流行的"不怕病死，只怕虚死"的不正之风；与之形成鲜明对照的，则是清初新安名医吴楚，他相信，人参在"虚脱危殆"之时，有"起死回生之功"。不仅医家，清代最高统治者似乎也参与到补药的讨论中，康熙和乾隆两位皇帝都对滥用补药持否定态度。例如，康熙皇帝关于曹寅患疟疾的朱批："南方庸医，每每用补剂，而伤人者不计其数，须要小心。曹寅元肯吃人参，今得此病，亦是人参中来的。"[①] 乾隆皇帝的《咏人参》诗也表示："善补补人常受误，名言子产误宽难。"[②]

康熙年间，扬州医生史典的看法，代表了当时社会的普遍认识："贵介之家，平日淫欲，事所时有，一当病发，即疑为虚，重投人参。大寒大热俱伏在内，始而以参治病，既而用药治参。

[①] 陈可冀主编：《清宫医案集成》，北京：科学出版社，2009年，第19页。
[②] （清）长顺修，李桂林纂，李澍田等主点校：《吉林通志·天章志》，长春：吉林文史出版社，1986年版，第89页。

病可治，参难治，是两病也。虽有扁鹊，莫措其手。"① 富贵之家，平日纵欲太过，因心虚而怀疑自己肾虚，渴望补药成为一种必然的补偿心理。

贾府用人参的描写最能说明问题，甲戌本小说第三回有一则脂批，记述了当时流行的一则笑话：

> 甲眉：近闻一俗笑语云：一庄农人进京回家，众人问曰："你进京去可见些个世面否？"庄人曰："连皇帝老爷都见了。"众罕然问曰："皇帝如何景况？"庄人曰："皇帝左手拿一金元宝，右手拿一银元宝，马上捎着一口袋人参，行动人参不离口。一时要屙屎了，连擦屁股都用的是鹅黄缎子，所以京中掏茅厕的人都富贵无比。"试思凡稗官写富贵字眼者，悉皆庄农进京之一流也。盖此时彼实未身经目睹，所言皆在情理之外焉。又如人嘲作诗者亦往往爱说富丽话，故有"胫骨变成金玳瑁，眼睛嵌作碧琉璃"之诮。余自是评《石头记》，非鄙薄前人也。

《红楼梦》的补药叙事，诞生于这样一种有争议的温补文化氛围之中。话语竞逐与争议纷繁，恰好使得小说叙述者有能力超脱于原生而具体的医药知识之上，施展其如花妙笔，以补药知识为塑造人物与结构故事服务。《红楼梦》的叙述者扬弃了《金瓶

---

① （清）史典撰：《愿体医话》，曹炳章编：《中国医学大成续集》第43册，上海：上海科学技术出版社，2000年，第22页。

梅词话》《林兰香》等前代世情小说中补药的狎邪属性，将猎奇式地状写胡僧药的功用，升华成为刻画人物形象、推进情节发展的人参养荣丸等补药笔墨。

《红楼梦》加工整合了明清世情小说传统中滋助药故事，将之与清中叶民间温补知识相结合，创造性地暗讽前代小说补药描写，以补药与虎狼药两相对照，将原先较为单一的狎邪故事扩展成为可以涵盖人物性格、情节推进、整体意蕴的复合式叙事结构。

《红楼梦》中给人留下印象最深刻的补药是人参。从林黛玉进贾府时就已服用的人参养荣丸，到病入膏肓的贾瑞索求的独参汤。从秦可卿生病所服的益气养荣补脾和肝汤，到王熙凤罹患下红之症后要配制的调经养荣丸。更不必提，王夫人偶一失记的天王补心丹，和宝玉为黛玉开出的所谓"暖香丸"。我们发现，《红楼梦》中的药方大多都有人参成分。小说明白无误地表征出，作为病态进补的人参、作为财富象征的人参以及作为典型化的小说意象的人参，三重意蕴纠合在一起的叙事功能。

二、病态进补：《红楼梦》中"养荣丸"

我们先来看作为病态进补的人参叙事。小说中的人参等补药，表面上看是人们对药物的使用和认识，实质上则关涉到人物病态的进补理念与无效的疗救行为之间的勾连与映射。前文提到的人参养荣丸，可以称得上是"红楼梦第一药"，不少研究者探讨过其寓意。笔者以为，在小说第三回黛玉进贾府，亲口说出如今正在吃人参养荣丸，脂砚斋就已给出了相当值得玩味的解读：

大观园的病根:《红楼梦》人物的身心困局

"人生自当自养荣卫"。值得注意的是,戚序本"生自"作"参原",这句也变成了"人参原当自养荣卫",意思就有了些许不同。"人生自当"表达的是一种以人参隐喻人生的明白意蕴,而"人参原当"则是可以理解为对药性的解读。以《红楼梦》的命名构思习惯来看,"人参养荣"意指"人生自当自养荣卫"为贴切。然而,重点在"自养荣卫"的"自养",它与"净饿为主"的《红楼梦》养生观念相近。荣卫泛指周身气血,而"自养"的涵义更值得深思。

《红楼梦》的养生观本身来自于古典医学传统,并且也无甚新意。然而,叙述者在用惜福养生的传统观念比拟黛玉之时,还是发生了系统性的解释障碍:黛玉孤身投靠,本来谨小慎微,她受到环境漠视、挤压,反而生出一种"孤高自许,目无下尘"的清高气度,以及更重要的逐渐萌发的对爱情的渴望。这些情绪都违背了癞头和尚的"疯话"。假设黛玉的一生真是如同一个绛珠仙草的比喻,那一株滋养荣国府的绛珠仙草,即使合成了药,也根本做不到"自养"。在这里,自养多少有些妥协自保的意味。小说中真正能做到自养的女孩子是薛宝钗,她"行为豁达,随分从时",深得下人们的心。所以小说叙述的反讽之处就在于,黛玉服用自养的养荣丸,却身体越发消减。她精通自养之道,因此她的抉择便更觉痛苦。推而广之,《红楼梦》中女儿服用的人参养荣丸,其实都没有起到很好的"自养荣卫"之功,其中最典型的例证是王熙凤。

作为病态进补的典型场景,更具意味的一处细节,是《红楼梦》第十二回贾瑞死前求"独参汤"的描写。它塑造了王熙凤与王夫人截然不同的人物性格侧面,表征了无效疗救在小说文本层面的荒诞感，映射出在清中叶社会文化中，人参是"救命谎"的讥讽认识。前人研究多侧重分析此段叙事对王熙凤狠毒性格与王夫人慈爱之间的反差对比。己卯本夹批就认为："王夫人之慈若是""夹写王夫人"。脂砚斋也提出："凤姐之毒何如是？终是瑞之自失也。"表面上看，贾瑞之死，与王熙凤的见死不救有很大关系，然而他也承认："便有二两独参汤，贾瑞固亦不能微好，又岂能望好。"其中便透露出清代社会一般补药知识对"独参汤"的暧昧态度。

追溯独参汤的历史，它早在宋代医书中便已经出现。《宋史》卷四一五载："真德秀入参大政，必元移书曰：'老医尝云，伤寒坏证，惟独参汤可救之，然其活者十无二三。先生其今之独参汤乎？'"[①] 在宋代，医家认为独参汤是可以治疗"伤寒坏症"的良药。但到了清代，随着民间滥补之风盛行，社会上反而出现了对独参汤的微词，最有代表性的是李光庭所记载的"救命谎"。他认为《移真德秀书》中提到的独参汤"亦喻言也"。作者直言不讳道："今医病者至无可如何之候，则曰只好用独参汤，俗所谓救命谎者是也。"[②] 救命本是医药之职分，然而此处却与"谎"相连，令人油然而生一种荒诞感。张俊等学者在小说描写独参汤之时也点评道："方名虽真，然亦含嘲讽。"[③] 可见，贾瑞服用独参汤是救命谎般的无效疗救，得到了研究者的认可。

[①] （元）脱脱等撰：《宋史》第36册卷四百一十五，北京：中华书局，1977年版，第12460页。

[②] （清）李光庭：《乡言解颐》卷三，陶御风、朱邦贤、洪丕谟等编：《历代笔记医事别录》，天津：天津科学技术出版社，1988年版，第226页。

[③] （清）曹雪芹著，（清）程伟元、高鹗整理，张俊、沈治钧评批：《新批校注红楼梦》第十二回，商务印书馆，2013年版，第240页。

大观园的病根：《红楼梦》人物的身心困局

独参汤的描写，还有一处颇具意味的细节：王夫人命王熙凤凑些给贾瑞送去，王熙凤选择"将些渣末泡须凑了几钱"。渣末泡须不如全枝的药力强，这是常识。然而在清代档案中，连皇帝也曾亲自过问参须的使用，例如《内务府郎中倭和等奏清茶房太监领内用参须折》记载，康熙四十七年十一月二十四日，"副总管太监刘进忠、李进朝遣清茶房大太监孙国安、明自忠来称取去内用参须一两；二十八日，副总管太监刘进忠、李进朝遣清茶房大太监孙国安、明自忠来称取去内用参须一两。"又皇帝给康熙四十八年三月二十二日由郎中倭和、员外郎乌勒瑚交奏事治仪正傻子、主事双全奏折的批示说："此后各处取参，著将芦须搀合发给，若仅给参须，没有力量。再将库存人参，除留二百斤外，其余著发交曹寅变卖。所得价银，俟伊冬季回京时带来可也。"[①]参须虽然不如人参全枝，也在专营售卖范围之内。王熙凤送去"渣末泡须"，虽然态度敷衍，但也实非要为贾瑞之死负全责。在《红楼梦》的语境中，上好的人参，也不足以挽救贾瑞的生死。贾瑞之死，完全是咎由自取，而独参汤的服用，也是小说中众多病态进补导致无效疗救的一个突出代表。

纵览小说叙事，不只是人参叙事，《红楼梦》中的补药还囊括当归、黄芪甚至玫瑰露等名贵药材，小说中几乎所有贵族也都有进补的习惯。有的是明写，有的则是暗写。明确写出的，如小说第三回、第十回、第七十四回林黛玉、秦可卿、王熙凤所合之药方，尤其是第七十四回，王熙凤药方"不过是人参、当归、黄

[①] 故宫博物院明清档案部编：《关于江宁织造曹家档案史料》，北京：中华书局，1975年，第66页。

芪"这句中的"不过是"三字,将贵族小姐们日常进补的风俗摹写出神。这不过是日常服用的,有病治病,无病进补,已成风俗。

既然贵族公子小姐们如此热衷进补,丫鬟仆妇们也便上行下效起来。《红楼梦》第六十回"玫瑰露引出茯苓霜"的故事,先叙柳嫂子自相矛盾地对女儿诉说玫瑰露的药性:"虽然是个珍贵物儿,却是吃多了也最动热。竟把这个倒些送个人去,也是个大情。"在柳五儿追问下,柳嫂子回答道:"送你舅舅的儿子,昨日热病,也想这些东西吃。如今我倒半盏与他去。""最动热"与"治热病"二者的表述本身是矛盾的,然而"热"与"补"在民间知识系统中的紧密逻辑关系也得以显形。

第四十五回中宝钗对黛玉的知心话:"人参肉桂觉得太多了。虽说益气补神,也不宜太热。"宝钗这番表达的深层次用意,曾引起红学家们不小的争议。但仅就对于进补的态度而言,"虽说益气补神,也不宜太热"确乎代表了叙述者对病态进补的反思,也代表了清中叶社会有识之士的某种共识。宝钗为黛玉开出的燕窝,也是一味滋补性质的药物,按照小说描写,久服用能够"平肝健胃""滋阴补气"。在叙述者看来,燕窝虽是补药,但与人参、肉桂比较起来,最大的优点是药性温和,重在滋阴,而非温补。小说家将一正一反的进补现象与思想,都用艺术化的方式加以呈现,并不急于用叙述语言给出判断,而是将这些进补知识转化为小说人物的对话,充实了知识密度,也塑造了此处人物关系的转折。

三、"卖油的娘子水梳头"：补药象征财富与权力

《红楼梦》中关于人参等补药的叙事，还有一个重要维度，是小说的补药描写在清代温补风俗熏染之下，已经在药物属性之外，逐渐具备了金融属性：富贵之家"珍藏密敛"，藏人参以示既富且贵。以人参为代表的补药，成为财富和权力的象征物。小说叙述者在小说情节的第十一回、第十二回、第二十八回、第七十七回等回目，分别涉及补药的价格，其中既映带出清中叶人参等补药价格的波动，又恰好位于脂本系统小说文本的前、中、后部，暗示着贾府从钟鸣鼎食，一步步发展到"卖油的娘子水梳头"，不可避免地走向没落。贾母保存的一大包"朽糟烂木"的人参等补药，只能无可奈何地象征着贾府昔日的春秋鼎盛。

我们知道，清代实行人参官卖制度，曹雪芹的祖父曹寅家族更曾长期掌管江南的人参买卖事务。这方面，王人恩、黄一农等学者都已经做了非常清晰的梳理与讨论。应该说，结合家史与小说描写可知，小说家不仅熟悉人参的药理药性，也熟悉人参的价格波动，甚至对当时江南地区流行的人参造假也有了解。更耐人寻味的是，小说叙事还艺术化地呈现了清中叶人参价格波动与贾府财力盛衰。

第十一回王熙凤对秦可卿说："咱们若是不能吃人参的人家，这也难说了，你公公婆婆听见治得好你，别说一日二钱人参，就是二斤也能够吃的起。"王熙凤作为贾府的管家奶奶，口里说出的"能吃人参的人家"，定然是作准的。小说在后一回恰好描写了贾瑞病后向贾府求"独参汤"的情节。有了"代儒如何有这力量"的

对照，贾府能吃得起人参更成为身份地位的象征。反过来讲，贾瑞家与贾府比虽然贫寒，但好歹也是贾氏宗亲，名门望族的支庶，尚且无力购买独参汤，那社会上的普通家庭就更可想而知了。

小说第二十八回，贾宝玉要为林妹妹"配一料丸药"，开口竟索要三百六十两银子。王夫人听后的第一反应是说道："放屁！什么药就这么贵？"后面宝玉开出的头胎紫河车、人形带叶参、龟大何首乌、千年松根、茯苓胆以及人戴过的珍珠，这些药共同特点都是滋补药物，都极为难得，因此价钱也很昂贵。如果"三百六十两不足"是叙述者或者评点窜入正文的话，表明清中叶的当事人已经知道，仅头胎紫河车和人形带叶参两项补药，三百六十两银子都不够用，可见补药价格之高昂。此处贾宝玉与母亲及姊妹谈笑间的戏说"暖香丸"，到了小说第七十七回王熙凤生病配制调经养荣丸之时，却成了"翻寻了半日，只向小匣内寻了几枝簪挺粗细的"。真正如王夫人所说的"卖油的娘子水梳头"。显而易见，小说后半部的贾府，经济上早已入不敷出，财力日趋枯竭。

那么，小说家选择人参作为财富标记物来暗示贾府财力耗竭，有什么必然原因么？一方面，小说家的笔触可能幽微地折射出雍正初年到乾隆中期人参价格的变动。这方面可参考史料，如雍正二年闰四月二十六日的《江宁织造曹　等奏销参银两已解交江南藩库折》，详细记载了康熙末年和雍正初年各等级人参的价钱。雍正皇帝曾下旨责问曹家："人参在南省售卖，价钱为何如此贱？早年售价如何？著问内务府总管。"[①] 而前面我们反复提及

[①] 故宫博物院明清档案部编：《关于江宁织造曹家档案史料》，北京：中华书局，1975年，第160—161页。

大观园的病根:《红楼梦》人物的身心困局

的那位徐灵胎也在《慎疾刍言》中,忠实记载了从乾隆元年到乾隆三十二年左右,人参的价格增长了二十余倍。[①] 也从侧面佐证了,人参这味代表性补药的价格,在《红楼梦》酝酿诞生的长历史阶段是有过剧烈波动的。

另外,由于补药价格的上涨,导致全社会服用补药的文化心理都悄然发生变化:从病患及家属角度说,服用人参等补药,就等于与富贵人和孝子等社会身份相挂钩;另一方面,从医者角度讲,开出补药既能够牟利,又是投患者所好,还能规避医患纠纷的风险。晚清陆以湉在《冷庐医话》中就曾分析道:"近时所称名医,恒喜用新奇之药,以炫其博。价值之昂不计也,甚至为药肆所饵。凡诊富人疾,必入贵重之品,俾药肆获利,此尤可鄙。"[②] 可见,清代温补风俗是医患合力的产物。

不过,小说也用冷峻的笔墨展现了另外一个事实,补药脱离了药用价值,日久年深,必然成为废物。用宝钗的话说就是:"这东西虽然值钱,究竟不过是药,原该济众散人才是。"我们姑且不论叙述者的叙事意图,单纯从文本层面看,宝钗的话,其实顺着王夫人的思路延展开去:贾府上下,人参都用光了,只有贾母那里竟还有一大包人参,可惜"已成了朽糟烂木,也无性力的了"。宝钗的话"咱们比不得那没见世面的人家",似乎是对贾母"珍藏密敛"人参的行为进行了一定程度的暗讽,乃至于批评。

[①] 徐灵胎《慎疾刍言》:"吾少时见前辈老医,必审贫富而后用药,尤见居心长厚。况是时参价,犹贱于今日二十倍,尚如此谨慎,即此等存心,今日已不逮昔人远矣。"(清)徐灵胎著:《徐灵胎医学全书》,太原:山西科学技术出版社,2014年,第496页。

[②] (清)陆以湉:《冷庐医话》卷一,上海:上海卫生出版社,1958年,第9页。

宝钗的话，似乎也在点醒世人：昂贵的补药虽然象征着财富和地位，但这些与财富地位本身一样，都只是短暂的，一旦过时，也就如"朽糟烂木"，灰飞烟灭了。

当社会上温补成风，当人参越来越稀有、脱离药用属性、向富贵地位象征属性靠拢之时，权力关系也便产生。小说第十二回写贾瑞求"独参汤"，管家的王熙凤态度十分明确：不给"那整的"，只"将些渣末泡须凑了几钱"。拥有补药，也就是掌握权力。给与不给，都在琏二奶奶一句话。然而天道好还，到了小说第七十七回王熙凤自己生病配药，却阖府上下都找不到上好的人参了。王夫人不由感慨道："自来家里有好的，不知给了人多少。这会子轮到自己用，反倒各处求人去了。"《红楼梦》叙述者擅长用今昔对比反衬的手法摹情状物，正如第一回《好了歌》解注中的"金满箱，银满箱，展眼乞丐人皆谤"。这样的笔法，既状写贾府今昔盛衰之变，又记述参价波动浮沉的生活心影。将一味药的价格、性质做如此细致的铺排，笔力之细腻远非前代小说能比。

当人参等补药尊贵无比之时，社会各阶层都会为它倾心，甚至成为富贵的代名词。例如，前述《红楼梦》第三回甲戌本脂批中，庄人想象皇帝"行动人参不离口"的诙谐表达。与此相关，补药也成为社会各阶层馈赠的最佳礼物之一。在小说第六十回中，柳嫂子的哥嫂将茯苓霜作为回礼赠送给柳五儿，并特意嘱咐："第一用人乳和着，每日早起吃一钟，最补人的；第二用牛奶子；万不得，滚白水也好。"礼尚往来，中国人的礼物讲求对等交换。茯苓霜之所以能够成为与进上的玫瑰露对等的礼物，一方面是因为它的不易获得，价值不菲；另一方面，也是因为它

151

"最补人的"。昂贵和补人似乎建立起了稳固的逻辑关系,这种民间医学逻辑,时至今日也依然发挥着效力。以至于,小说第八十回王一贴口中的膏药,具备了"调元补气,开胃口,养荣卫,宁神安志"的滋补功效,皆是投人之所共好。

《红楼梦》中的补药隐喻内涵丰富:"补"既是人类所共同面对的一种精神困境,又是积极有为的一种文化心态。小说家不仅用"补"草蛇灰线地串联起小说叙事,而且也用"补"增厚了小说的文化意蕴,疗愈了现实生活所造成的心灵创伤,隐喻了生命本质的缺憾性。《红楼梦》继承了《金瓶梅》以来世情小说中滋助药的叙事,创造性地将其与清中叶的温补风俗相结合,将补药知识运用到小说情节结构之中。

第三节 薛宝钗的"冷"和"热":
冷香丸与明清香药文化

如果让读者朋友选出一种能够代表薛宝钗个性气质的药物,我想绝大多数人都会毫不犹豫地脱口而出:冷香丸!冷香丸因其想象奇特、制作技法具体可操作,引来今天不少人的复刻。据品尝过的人说,味道苦极了,一点儿也不好。本节我们并不是要讨论冷香丸的可操作性,恰恰相反,正是要论述冷香丸的非现实性与象征意味。请看《红楼梦》第七回冷香丸出场前后的描写:

> 宝钗笑道:"那里的话。只因我那种病又发了,所以这两天没出屋子。"周瑞家的道:"正是呢,姑娘到底

第三章 钟鸣鼎食之家的药物隐喻

有什么病根儿,也该趁早儿请个大夫来,好生开个方子,认真吃几剂药,一势儿除了根才是。小小的年纪倒作下个病根,也不是顽的。"宝钗听了便笑道:"再不要提吃药,为这病请大夫吃药,也不知白花了多少银子钱呢。凭你什么名医仙药,从不见一点儿效。后来还亏了一个秃头和尚,说专治无名之症,因请他看了。他说我这是从胎里带来的一股热毒,幸而先天壮,还不相干;若吃寻常药,是不中用的。他就说了一个海上方,又给了一包药末子作引子,异香异气的,不知是那里弄了来的。他说发了时吃一丸就好。倒也奇怪,吃他的药倒效验些。"周瑞家的因问:"不知是个什么海上方儿?姑娘说了,我们也记着,说与人知道,倘遇见这样病,也是行好的事。"宝钗见问,乃笑道:"不用这方儿还好,若用了这方儿,真真把人琐碎死。东西药料一概都有限,只难得'可巧'二字:要春天开的白牡丹花蕊十二两,夏天开的白荷花蕊十二两,秋天的白芙蓉蕊十二两,冬天的白梅花蕊十二两。将这四样花蕊,于次年春分这日晒干,和在药末子一处,一齐研好。又要雨水这日的雨水十二钱,……"周瑞家的忙道:"嗳哟!这么说来,这就得三年的工夫。倘或雨水这日竟不下雨,这却怎处呢?"宝钗笑道:"所以说那里有这样可巧的雨,便没雨也只好再等罢了。还要白露这日的露水十二钱,霜降这日的霜十二钱,小雪这日的雪十二钱。把这四样水调匀,和了丸药,再加十二钱蜂蜜,十二钱白糖,丸了龙眼大的丸子,盛在旧磁坛内,埋在花根底下。若发了病

153

时,拿出来吃一丸,用十二分黄柏煎汤送下。"周瑞家的听了笑道:"阿弥陀佛,真巧死人的事!等十年未必都这样巧的呢。"宝钗道:"竟好,自他说了去后,一二年间,可巧都得了,好容易配成一料。如今从南带至北,现在就埋在梨花树底下呢。"周瑞家的又问道:"这药可有名字没有呢?"宝钗道:"有。这也是那癞头和尚说下的,叫作'冷香丸'。"周瑞家的听了点头儿,因又说:"这病发了时到底觉怎么着?"宝钗道:"也不觉甚怎么着,只不过喘嗽些,吃一丸下去也就好些了。"

一、以花为药：冷香丸的构成与寓意

关于冷香丸的构成,甲戌本有一条脂砚斋的夹批:"以花为药,可是吃烟火人想得出者?"按照小说描写,冷香丸的主料是春天开的白牡丹花蕊十二两,夏天开的白荷花蕊十二两,秋天开的白芙蓉蕊十二两,冬天开的白梅花蕊十二两。辅料有雨水这日的雨水十二钱,白露这日的露水十二钱,霜降这日的霜十二钱,小雪这日的雪十二钱。炮制方法则是次年春分这日晒干,和在末药一处,一齐研好。四样水调匀,和了丸药。再加蜂蜜十二钱,白糖十二钱。之所以都以十二为数,脂砚斋也给了提示:"凡用'十二'字样,皆照应十二钗。""周岁十二月之象。"这味冷香丸配得是否有真实依据,脂砚斋也给过判断:"诸公且不必问其事之有无,只据此新奇妙文悦我等心目,便当浮一大白。"

如此"新奇妙文",冷香丸究竟有何寓意,这在红学史上也是众说纷纭。医家往往考证其药用价值,文学家探究其结构作用，探轶家则钩沉其政治影射……其实，甲戌本脂砚斋夹批说得好："卿不知从那里弄来，余则深知是从放春山采来，以灌愁海水和成，烦广寒玉兔捣碎，在太虚幻境空灵殿上炮制配合者也。"所谓"放春山""灌愁海""广寒玉兔""太虚幻境空灵殿上"恰好对应冷香丸炮制的时、空、社会、心理四维因素，照应着传统医学文化中的"时（四时）—空（环境）—社会—心理—生物"思维模式。

从"时"的角度说，冷香丸的炮制，有三个关键性寓意："时节""时令"与"时机"。冷香丸的"时节"与"时令"书写，是显而易见的。春夏秋冬四季节、雨露霜雪四节令，非时不食，正体现了传统中医文化对于"时"之重视。更重要的是，在显性的"时节""时令"之下，潜藏着的是儒家对"时"之根本性、哲理化的把握。所谓"君子藏器于身，待时而动。"（《周易·系辞下》）"时止则止，时行则行，动静不失其时，其道光明。"（《周易·艮卦·象传》）"时"在传统文化里早已不只是医学领域的话题，它既关乎人之身心，又关乎个人的出处穷通、家国社会的兴衰更替。正如导言中所讲，"个体—家庭—社会"三者之间是同源、同构、互感的。

在"天—地—人"三位一体结构中，古人对于"时"的关切，可以称得上是第一顺位的。唐代赵自厉有《时赋》说得好："从龙者云，召风者虎，物之相应，时哉则侣。……时可以谋身，时可以达命。……日月贞辉，时合晦明；大火流兮，岁律云暮；春花歇兮，寒露将生。感天时之兴替，矧人事之穷亨。时乏良工，龙泉掩彩；时逢伯乐，骥坂长鸣；借如红树呈色，玉颜含粲。贵当时而则荣，耻后时而贻叹。古之君子，谋于终始，荐之惟贤士或知己。刺途者棘，垂阴者李，其道可存，将来之士，迁乔者莺，待时而鸣；芬庭者兰，候时而荣。《易》曰：时止则止，时行则行。自古而观，惟时之大，岂独夫今日之青者也。"（《文苑英华》卷二四）可以说，这将古人对"时"与自然、人事、社会历史之辩证关系揭示得淋漓尽致。反观冷香丸之对"时节""时令"之把握，可以说既是小说家对传统文化的浸淫与濡染，自然而然地化入小说意象，又是小说塑造"时宝钗"（第五十六回回目"敏探春兴利除宿弊　时宝钗小惠全大体"）这一特殊人物形象之必然要求。

　　从人物设置角度看，薛宝钗的人格气质更多与"时机"有关：无论是"行为豁达，随分从时"，还是"罕言寡语，人谓藏愚；安分随时，自云守拙"，都是传统社会对大家闺秀的一种规约。薛宝钗是这套规约的自觉践履者。在小说第五十六回中，李纨、探春与宝钗三人商议如何"兴利除宿弊"，平儿作为暂时隐退的王熙凤的代表，在旁参谋。宝钗先提出了一套总方针："幸于始者怠于终，缮其辞者嗜其利。"接着在三人商定的具体方案之外，对"蘅芜苑和怡红院这两处大地方竟没有出利息之物"这个问题，提出了可行性方案："我倒替你们想出一个人来：怡红院有个老叶妈，他就是茗烟的娘。那是个诚实老人家，他又和我们莺儿的娘极好，不如把这事交与叶妈。他有不知的，不必咱们说，他就找莺儿的娘去商议了。那怕叶妈全不管，竟交与那一个，那是他们私情儿，有人说闲话，也就怨不到咱们身上了。如此一行，你们办的又至公，于事又甚妥。"获得了众人交口称赞。此处，己卯本脂砚斋夹批道："宝钗此等非与凤姐一样，此是随时俯仰，彼则逸才蹭蹬也。""随时俯仰"其核心要义就是"随

第三章　钟鸣鼎食之家的药物隐喻

时"：不主动，不扭捏，留心观察，切中肯綮。这既符合薛宝钗暂住园中的亲戚身份，也符合大观园兴利除弊的整体利益。此处还有个版本问题，戚序本第五十六回回目作"识宝钗"，因此总评道："宝钗认的真，用的当，责的专，待的厚，是善知人者，故赠以'识'字。"据此认为宝钗之"识"与探春之"敏"相合，"何事不济"？其实，此处薛宝钗的表现，称得上既"时"又"识"，二者恰凑成宝钗行止的一体两面。

接着说，冷香丸配料表中的另一重寓意要素："白"。无论是配制冷香丸的主料——白牡丹、白荷花、白芙蓉、白梅花，还是辅料——雨水、白露、霜降、小雪四节令的降水，以及合药必须的蜂蜜、白糖，乃至埋藏成药的梨花树底下。可以说，除去送药的引子"黄柏煎汤"，其他意象都与"白"紧密相关。这便涉及中国传统的色彩寓意学了。

人类为什么会对某种色彩产生相关的或丰富、或单调的意义联想呢？这是一个十分深刻的问题。大概因为色彩是社会生活中最兼具直观性与隐喻性的二元统一体。某种色彩出现在人们的视线里，首先给人的印象是先入为主的，是植入式的，但同时，与文字，甚至图像相比，缺少了复杂线条与表意符号的堆叠，反而更容易将真实意图隐藏起来，显得具有隐喻性。正因为如此，色彩在中西方文化中都诞生了丰富的寓意学指向。"白"在悠久的中国文化传统中，已经积淀了独特的意蕴，儒、释、道三家对此都有充分阐释与言说：儒家的"绘事后素"与"白贲"之象；道家的"五色目盲"与"虚室生白"境界；佛家尤其是禅宗公案里的"银碗盛雪""雪月藏鹭"譬喻与心性证悟关系，皆是如此。

无论是白牡丹、白荷花、白芙蓉，还是白梅花，在古典诗词

大观园的病根:《红楼梦》人物的身心困局

意象中都有着丰富的表达。白牡丹如中唐大诗人白居易的《白牡丹·和钱学士作》:"城中看花客,且暮走营营。素华人不顾,亦占牡丹名。……对之心亦静,虚白相向生。"晚唐五代王贞白的《白牡丹》:"谷雨洗纤素,裁为白牡丹。异香开玉合,轻粉泥银盘。"白荷花如白居易《赠别宣上人》:"上人处世界,清净何所似。似彼白莲花,在水不着水。"晚唐陆龟蒙的《白莲》:"素蘤多蒙别艳欺,此花端合在瑶池。无情有恨何人觉?月晓风清欲堕时。"《红楼梦》中的白芙蓉指的是秋天开放的木芙蓉花,著名的古诗有白居易的《题元八溪居》:"晚叶尚开红踯躅,秋芳初结白芙蓉。"歌咏白梅花的名句,首推宋人卢梅坡的"梅须逊雪三分白,雪却输梅一段香",还有便是元末王冕的《白梅》诗:"冰雪林中著此身,不同桃李混芳尘。忽然一夜清香发,散作乾坤万里春。"更具哲理意味的要数陈景沂《全芳备祖》引的咏白梅诗:"色如虚室白,香似主人清。冷香疑到骨,琼艳几堪餐。"虚室生白、冷香到骨,正与薛宝钗的居所环境和个性气质相匹配。可以说,冷香丸以花为君料,以雨露霜雪为臣料,其艺术构思,渊源有自。从《离骚》中的"夕餐秋菊之落英"到宋遗民诗人真山民的《王廉使》"公余诗兴清于雪,细嚼梅花入肺肝。"再到南宋晚期罗椅的《酬杨休文》"卧看山月凉生梦,饥嚼梅花香透脾"。归结起来,冷香丸的艺术形象浸透了传统社会士人品性高洁、傲然独立的精神气韵,同时也复合了随分从时、和光同尘的儒家理想。

可是仅仅这些,还不足以象征宝钗。耐人寻味的是,按小说描写,服用冷香丸的药引子是"用十二分黄柏煎汤送下"。甲戌本脂批说:"末用黄柏更妙。可知'甘苦'二字,不独十二钗,世皆同有者。"无独有偶,戚序本脂批也说:"历著炎凉,知著甘苦,虽离别亦自能安,故名曰冷香丸。又以谓香可冷得,天下一切无不可冷者。"脂批所谓"甘苦",大抵指的是黄柏味苦。黄柏,别名黄檗、檗皮,药书记载其性味"苦寒",有清热泻火之功效。更重要的是,在中国文化里,"饮冰食檗"的典故为人所熟知,也写作"饮冰吞檗"。唐代诗人白居易在《三年为刺史》(其二)诗中说:"三年为刺史,饮冰复食檗。唯向天竺山,取得两片石。此抵有千金,无乃伤清白。"李商隐在《为荥阳公上仆射崔相公状》中也曾剖白:"饮冰食檗之规,实惟素诚,敢有贰事?"此成语意即为人清白。近代名人梁启超的书斋便名"饮冰室",也有类似意思。引人深思的是脂批中"谓香可冷得,天下一切无不可冷者"一句,直接揭示了冷香丸所隐藏的"冷"与"热"的辩证关系。

二、浑厚故也:薛宝钗的"冷"与"热"

众所周知,冷香丸是薛宝钗精神气质的象征。可是,冷香丸毕竟不是薛宝钗本身,只是一种同构化的象征物,一种取类比象的隐喻结构。薛宝钗本人具有哪些特征,反过来能够与冷香丸这味药物相匹配呢?我们还需要从甲戌本脂批中找答案:"浑厚故也,假使颦、凤辈,不知又何如治之。"这句话十分明确地表征出薛宝钗禀赋与林黛玉、王熙凤之不同,也就是说,在评点家看来,她是一个"浑厚"之人。

何谓"浑厚"呢?这个词在传统社会语境中,广泛使用在文学理论、绘画理论和品评人物精神气质等方面。例如,明代汪瑗的《楚辞集解》说:"受气之浑厚而不可变化也。"① 又如,晚清名臣曾国荃在给侄儿曾纪泽的书信中,叮嘱子侄辈应"敛精神于浑厚之中"。② 古人言说中的"浑厚",指的是一种天然纯朴、不事雕琢、禀赋厚重的身心状态。浑厚之宝钗,发病症状是"只不过喘嗽些",吃一丸冷香丸就好了。那么病因何在呢?小说也有交代:"从胎里带来的一股热毒,幸而先天壮,还不相干。"原来,宝钗的先天浑厚之体之所以会喘嗽,全都是由于胎里带的一股热毒。那么,我们势必要追问,什么是热毒呢?

按照小说戚序本中脂砚斋夹批的说法:"'热毒'二字画出富家夫妇,图一时遗害于子女,而可不谨慎?"甲戌本侧批也说:"凡心偶炽,是以孽火齐攻。"据研究,在中医学史上,"胎毒"可以细分为两个阶段:宋金元时期,"血秽胎毒"的认识占主流;元明清时期,则以"欲火胎毒"为主。所谓"欲火胎毒",在古人的医学知识谱系中,很可能指的是天花痘疹一类疫病的病因。因此,脂砚斋的评点才会将宝钗口中的"热毒"与"富家夫妇,图一时遗害于子女""凡心偶炽""孽火齐攻"等观念联系在一起。冰清玉洁的宝钗所谓的"胎内热毒"竟然与父母的"孽火"有关,她胎里带出来的炽热"凡心"可想而知。小说家如此设置,似乎为这一人物创设了"原罪"一般。而这种"胎毒",在明清时代的普通知识中,竟然是天花痘疹这类可怕疾病的根源。我们无法证明小说家此处"热毒"笔墨与彼时横行天下的痘疹疫

---

① (明)汪瑗撰,董洪利点校:《楚辞集解》,北京:北京古籍出版社,1994年,第246页。

② (清)曾国荃撰,梁小进主编:《曾国荃集》第5册,长沙:岳麓书社,2008年,第403页。

病之间的确切关系，但退一步讲，痘疹源于"欲火胎毒"应是明清时代较为通俗的一种医学知识，因而才会被小说家拿来塑造人物、创设情境。

无论怎样，既然薛宝钗胎带一股"热毒"，自然要用"冷香"进行对症下药。无论"时"，还是"白"，抑或是"甘苦"，都是一种意象化了的文学建构。事实上，传统文学里，与冷香相仿佛的"白雪"一类意象，本身就具有"解热"之功效。例如苏轼在《雪堂记》中说："不寒而栗，凄凛其肌肤，洗涤其烦郁，既无炙手之讥，又免饮冰之疾。""饮冰"也好，"嚼雪"也罢，其意义都在于呈现士人精神的清逸脱俗，是对红尘扰攘保持一份警惕与疏离。《庄子·逍遥游》中有一段对冰雪之神人的理想化描摹："藐姑射之山，有神人居焉。肌肤若冰雪，绰约若处子，不食五谷，吸风饮露，乘云气，御飞龙，而游乎四海之外；其神凝，使物不疵疠而年谷熟。"有研究者认为，"热毒"之想象来源于释道，他们认为"热毒"是佛教和道教哲学中重要的"精神喻象"，由"热"（躁、火、焚）到"冷"（静、清、宁），往往象征着个体生命由耽溺痴迷走向清净解脱的过程。[①]

抽离开宗教的、哲学的喻象，回过头来审视文本中的人物，这样一位小说着力塑造的"丰年好大雪"式的大家闺秀，平日给人的印象是"气暖了，吹化了姓薛的"（第六十五回兴儿语）。是不是也可以理解成，薛宝钗在努力服用人工制成的冷香丸来压制胎里带来的天然的热毒呢？

---

① 马涛：《热毒·冷药·雪中高士——释、道哲学光照下的"冷香丸"及其文化寓义》，《红楼梦学刊》，2019年第1期，第158—176页。

三、蔷薇硝、茉莉粉：明清香药与《红楼梦》叙事

与上一节补药不同，香药在传统医学范畴里有着清晰定义，它们指的是一类本草或动物的药用部分能够散发芳香气味，起到"芳香辟秽""解表散邪""通窍止痛"之作用的药物。一般来说，草本类的包括青蒿、菖蒲、薄荷，木本类的包括沉香、檀香，花果类的包括辛夷、香附、玫瑰、丁香，动物类的包括麝香、龙涎香等。冷香丸在其中属于草本花果类的。香药之所以在明清时代广泛使用，与明清医家在思想上的创新有关。由于温病频仍，他们发明了"邪从口鼻而入"的病机理论，认为邪从口鼻入，则治亦从口鼻。[①] 所以《红楼梦》中也记载了以鼻烟来治疗"塞鼻"，意在"取嚏"的疗法。例如第五十二回，晴雯鼻塞声重，宝玉就命"取鼻烟来，给他嗅些，痛打几个嚏喷，就通了关窍"，其实也是采用了香药的作用机理。

在小说中，香药真正大放异彩，参与到叙事进程中的是第六十回。这一回的回目就是四种香药名称的组合："茉莉粉替去蔷薇硝，玫瑰露引来茯苓霜。"此处只选取前半情节，贾环向宝玉讨蕊官送芳官的蔷薇硝。芳官不情愿送他，因用茉莉粉敷衍了贾环，引来赵姨娘责骂的风波：

原来贾政不在家，且王夫人等又不在家，贾环连日

[①] 严世芸主编：《中医学术发展史》，上海：上海中医药大学出版社，2004年，第480页。

第三章　钟鸣鼎食之家的药物隐喻

也便装病逃学。如今得了硝，兴兴头头来找彩云。正值彩云和赵姨娘闲谈，贾环嘻嘻向彩云道："我也得了一包好的，送你擦脸。你常说，蔷薇硝擦癣，比外头的银硝强。你且看看，可是这个？"彩云打开一看，嗤的一声笑了，说道："你是和谁要来的？"贾环便将方才之事说了。彩云笑道："这是他们哄你这乡老呢。这不是硝，这是茉莉粉。"贾环看了一看，果然比先的带些红色，闻闻也是喷香，因笑道："这也是好的，硝粉一样，留着擦罢，自是比外头买的高便好。"彩云只得收了。

赵姨娘便说："有好的给你！谁叫你要去了，怎怨他们耍你！依我，拿了去照脸摔给他去，趁着这回子撞尸的撞尸去了，挺床的便挺床，吵一出子，大家别心净，也算是报仇。莫不是两个月之后，还找出这个碴儿来问你不成？便问你，你也有话说。宝玉是哥哥，不敢冲撞他罢了。难道他屋里的猫儿狗儿，也不敢去问问不成！"贾环听说，便低了头。彩云忙说："这又何苦生事，不管怎样，忍耐些罢了。"

所谓蔷薇硝，按照《医林纂要》的记载："干之可罨金疮，去瘀生肌。"确实比银硝治癣效果好。而芳官敷衍贾环用的茉莉粉，其主料茉莉依据《本草再新》的说法，也能"清虚火，去寒积，治疮毒，消疽瘤"。王孟英《随息居饮食谱》中也说，茉莉能"和中下气，辟秽浊，治下痢腹痛"，也是一味良药，只是与蔷薇硝功效不同罢了。小说叙述者调遣了这两种传统社会大家族常见的香药，塑造了一场大观园中颇为壮观的丫鬟仆妇间的

163

冲突。

贾环作为少年直男，急着向心上的丫头卖好，又怎么能分辨得清楚哪个是茉莉粉，哪个是蔷薇硝呢？在彩云的提示下，才细看了这粉"果然比先的带些红色，闻闻也是喷香"，因而笑道："这也是好的，硝粉一样，留着擦罢，自是比外头买的高便好。"彩云只得收了，也没说什么。这本是少年主仆之间寻常的一场小误会。怎奈赵姨娘在侧，想起新仇旧恨，撺掇儿子贾环"拿了去照脸摔给他去"。彩云苦劝不住，赵姨娘终于去怡红院大闹一番，与芳官等扭打在一起，场面十分不堪。可以说，小说叙述者借助大观园中不同人等对两种香药的信息落差，制造了这场戏剧冲突，着实如戚序本总评："着笔如苍鹰搏兔，青狮戏球，不肯下一死爪""宝光四映，奇彩缤纷"。

以冷香丸、蔷薇硝、茉莉粉为代表的香药，在明清时期有了长足发展，"邪从口鼻而入"的医学思想深入人心。《红楼梦》以此为基础，创造性地塑造了宝钗用"冷香丸"来抑制"热毒"的性格隐喻；同时，运用香药知识落差，结构了芳官与赵姨娘的冲突，可以称得上香药知识的叙事样板。

第四节　汪恰洋烟、依弗哪：西洋药与清代中外医学交流

《红楼梦》中除了有补药、虎狼药、香药，当然也有西洋药。与我们的常识可能有所不同，明清时代，由于世界范围内的航海贸易，西洋药物经由南洋等地陆续传入我国。只不过传统社

第三章　钟鸣鼎食之家的药物隐喻

会的普通民众本就缺医少药，彼时西洋药物成本高昂，因为市面上罕有。清朝前期，法国传教士曾用金鸡纳霜治愈了西征期间身患疟疾的康熙皇帝，因而获得了信任。

据记载，康熙五十一年七月（1712年7月），曹雪芹祖父曹寅病重期间，康熙皇帝还曾经派快马加急送去金鸡纳霜，并给上奏的曹寅亲家李煦写下了如下批复："尔奏得好，今欲赐治疟疾的药，恐迟延，所以赐驿马星夜赶去。但疟疾若未转泻痢，还无妨，若转了病，此药用不得。南方庸医，每每用补剂，而伤人者不计其数，须要小心。曹寅元肯吃人参，今得此病，亦是人参中来的。金鸡纳霜专治疟疾，用二钱，末，酒调服，若轻了些，再吃一服，必要住的，往后或一钱，或八分，连吃二服，可以出根。若不是疟疾，此药用不得，须要认真。万嘱！万嘱！万嘱！万嘱！"[①]虽然最终还是没能救下曹寅性命，但曹家有机会接触到西洋药物，尤其是宫廷里赏赐下的西洋药，应是没有疑问的。

《红楼梦》第五十二回写宝玉为晴雯通窍，连续使用了两种西洋药，描写得十分生动翔实：

> 晴雯服了药，至晚间又服二和，夜间虽有些汗，还未见效，仍是发烧，头疼鼻塞声重。次日，王太医又来诊视，另加减汤剂。虽然稍减了烧，仍是头疼。宝玉便命麝月："取鼻烟来，给他嗅些，痛打几个嚏喷，就通了关窍。"麝月果真去取了一个金镶双扣金星玻璃的一个扁盒来，递与宝玉。宝玉便揭翻盒扇，里面有西洋珐

[①] 陈可冀主编：《清宫医案集成》，北京：科学出版社，2009年，第19页。

琅的黄发赤身女子,两肋又有肉翅,里面盛着些真正汪恰洋烟。晴雯只顾看画儿,宝玉道:"嗅些,走了气就不好了。"晴雯听说,忙用指甲挑了些嗅入鼻中,不怎样。便又多多挑了些嗅入。忽觉鼻中一股酸辣透入囟门,接连打了五六个嚏喷,眼泪鼻涕登时齐流。晴雯忙收了盒子,笑道:"了不得,好爽快!拿纸来。"早有小丫头子递过一搭子细纸,晴雯便一张一张的拿来擤鼻子。宝玉笑问:"如何?"晴雯笑道:"果觉通快些,只是太阳还疼。"宝玉笑道:"越性尽用西洋药治一治,只怕就好了。"说着,便命麝月:"和二奶奶要去,就说我说了:姐姐那里常有那西洋贴头疼的膏子药,叫作'依弗哪',找寻一点儿。"麝月答应了,去了半日,果拿了半节来。便去找了一块红缎子角儿,铰了两块指顶大的圆式,将那药烤和了,用簪挺摊上。晴雯自拿着一面靶镜,贴在两太阳上。麝月笑道:"病的蓬头鬼一样,如今贴了这个,倒俏皮了。二奶奶贴惯了,倒不大显。"

这段描写中,涉及中医的纳鼻疗法+西洋药(汪恰洋烟、依弗哪)的作用,在用药上属于中西合璧。至于什么是汪恰洋烟?学术界也有弗吉尼亚烟草和上等洋烟两种流传已久的说法。还是庚辰本脂砚斋夹批说得有理:"汪恰,西洋一等宝烟也。"而所谓依弗哪,也有研究指出就是麻黄软膏。在小说中,关于这两种西洋药的用法、药效,平时的储存管理,甚至保存的器皿,都有细致入微的描摹。可以说,《红楼梦》的汪恰洋烟和依弗哪是中西医交流史上具有典型意义的场景。

第三章　钟鸣鼎食之家的药物隐喻

小说是历史记忆的艺术化呈现。《红楼梦》中与西洋药频繁出现相关的，往往是药物的昂贵与稀有，"鹅黄笺""进上的"，不断表征，即便在钟鸣鼎食的贾府，此物也绝非寻常之品。小说第三十四回，宝玉挨打后，嫌玫瑰膏子絮烦，王夫人疼儿子，让袭人给宝玉拿去两瓶"好金贵东西"：

> 王夫人道："嗳哟，你不该早来和我说？前儿有人送了两瓶子香露来，原要给他点子的，我怕他胡糟踏了，就没给。既是他嫌那些玫瑰膏子絮烦，把这个拿两瓶子去。一碗水里只用挑一茶匙儿，就香的了不得呢。"说着就唤彩云来，"把前儿的那几瓶香露拿了来。"袭人道："只拿两瓶来罢，多了也白糟踏。等不够再要，再来取也是一样。"彩云听说，去了半日，果然拿了两瓶来，付与袭人。袭人看时，只见两个玻璃小瓶，却有三寸大小，上面螺丝银盖，鹅黄笺上写着"木樨清露"，那一个写着"玫瑰清露"。袭人笑道："好金贵东西！这么个小瓶儿，能有多少？"王夫人道："那是进上的，你没看见鹅黄笺子？你好生替他收着，别糟踏了。"

宝玉房中这两小瓶儿"好金贵东西"，一瓶是"木樨清露"，那一个写着"玫瑰清露"。到了第六十回，大约还是那瓶"玫瑰清露"，芳官儿拿来送给柳五儿，间接导致了后来柳五儿的冤狱：

> 芳官便自携了瓶与他去。正值柳家的带进他女儿来散闷，在那边犄角子上一带地方逛了一回，便回到厨房

内,正吃茶歇脚儿。芳官拿了一个五寸来高的小玻璃瓶来,迎亮照看,里面小半瓶胭脂一般的汁子,还道是宝玉吃的西洋葡萄酒。母女两个忙说:"快拿旋子烫滚水,你且坐下。"芳官笑道:"就剩了这些,连瓶子都给你们罢。"五儿听了,方知是玫瑰露,忙接了,谢了又谢。

可怜柳五儿母女,一开始不认得这个"五寸来高的小玻璃瓶"里装的"小半瓶胭脂一般的汁子",还以为是"宝玉吃的西洋葡萄酒"。然而,柳嫂子却将芳官送给女儿的玫瑰露转送侄儿,生出了无限风波。

由于近代化学工业的诞生,现在保存在故宫中的清露一类药品,基本上都来自西洋药。在明清宫廷的记载中,西洋药的使用也十分普遍。法国人白晋和张诚编写的《西洋药书》一书,用满文写成,现存康熙内府写本,里面记载了西药如金鸡纳霜、巴思地略、额尔西林等。石振铎的《本草补》被誉为是"西洋传入药物学之嚆矢"。[①] 这些著述,都表征着西洋药在《红楼梦》诞生时代的历史生态,与小说文本彼此呼应。

归结起来,汪恰洋烟、依弗哪、玫瑰清露、木樨清露等西洋药在明清时代广泛流传。曹雪芹以此为基础,写了上流社会对这些西洋药的态度。西洋药既是《红楼梦》小说医药知识的重要背景之一,也是小说创作生态的一个剪影。

---

① 范行准:《明季西洋传入之医学》,上海:上海人民出版社,2012年,第122页。

第三章　钟鸣鼎食之家的药物隐喻

小　结

　　《红楼梦》中涉及补药、虎狼药、香药和西洋药等多种门类的药物，每一种药物都有其自身特定的隐喻意义。从小说药性文化源流看，《红楼梦》的药物隐喻来自于"珍藏密敛"或"拥有"的观念。《红楼梦》继承了《金瓶梅》以来世情小说中滋助药的叙事，创造性地将其与清中叶的温补风俗相结合，将补药知识运用到小说情节结构之中。补药构思从结构上与补天、补裘以及补恨相互照应。补天无才、补裘无功与补药无益三者互为表里，事实上构成了社会—家族—身体三重毁灭的叙事结构。同时，小说家敏锐地将明清香药知识应用于小说人物性格隐喻与细节描写之中，创造性地塑造出冷香丸这样一味浓缩了古典士人精神品格的药物，凸显出薛宝钗的"冷"与"热"。引人瞩目的是，《红楼梦》中还出现了诸如汪恰洋烟、依弗哪、玫瑰清露和木樨清露等众多西洋药，代表了清代中外医学交流的实绩。曹雪芹以清代前期西洋药在上层社会使用为基础，写出了贵族生活中西洋药制造的叙事烟波。

　　总而言之，《红楼梦》的药物叙事，虽然汲取了前代世情小说的艺术手法，但没有在药性人格化这个叙事维度向前推进，而是将药性知识、药物隐喻融入到小说情节中去，用药性知识结构情节、塑造人物，更重要的是利用明清时代人们赋予药性的想象，隐喻人物的性格与气质，甚至囊括小说的整体意蕴。

第四章 荣国府里的养生书写

众所周知，疾病与健康的辩证关系中，养生是十分重要的一个砝码。传统医学所谓"上医治未病"，老百姓常说的"三分治，七分养"，说的都是这个道理。祛病强身，更是古往今来一切人们的健康保障。传统医学中的养生思维，是一套包括了作息、饮食、运动和娱乐等诸多方面的复合型系统。通过考察《红楼梦》可以发现，小说所描绘的贾府中人，其生活方式在森严规矩之下又充满着弹性与变通。荣国府中人，既有养生知识丰富、生活节律相对健康者，如贾母、王夫人；也有日常养生做得不够到位的贾宝玉、林黛玉、王熙凤等。可以说，《红楼梦》为我们展现了传统社会有闲阶层的一整套成体系的养生祛病、提高生活质量的价值体系。我们可以把它概括为"四有"生活："作息有法、饮食有节、运动有方、娱乐有道。"这一章，我们就来聊一聊荣国府里的"四有"生活及其叙事意义。

第一节　"作息有法"的奥秘：睡中觉与开夜宴

　　早睡早起，作息规律，是我们从小就接受的最朴素的健康教育。传统社会日出而作、日入而息的简单生活，一直是许多人的理想生活状态。然而，在今天的中国城市，尤其是大城市里，大家工作压力大，作息不规律的现象十分普遍。"爆肝""头秃"等流行语让人既心酸又无奈。《红楼梦》中的主人公生活在两百多年前，他们的作息规律是什么样的？会不会有我们一样的困扰和烦恼呢？本节，咱们一起来解读贾府的作息奥秘。

大观园的病根：《红楼梦》人物的身心困局

一、作息有法之一：自成规律的贾府作息

养成一个规律的作息，是保障健康的先决条件。那么，贾府中人是怎样作息的呢？① 很多读者可能下意识地认为，他们也是一天三顿饭，朝九晚五作息。但其实贾府中人锦衣玉食，才不是打工人呢。小说中记载，贾府作息执行的是早睡早起，每日饔、飧二食的制度。也就是说，大观园中的人们，一天竟然只吃两顿饭！他们不仅正餐次数少，而且还很忙碌。

每天五更，也就是早上3点到5点钟，贾府中人就要起床了；卯正，也就是6点来钟，他们就要开始一天的活动，掌权的理事，下人们服侍、迎来送往等等；而真正的早饭要到巳正前后才会摆上，也就是到上午10点钟左右吃早餐。这里有个概念需要解释：古人所说的餐或者饭，我们可以理解为正餐，也就是说早上10点钟他们吃正式的早餐，而起床后饿了，其实是可以吃"点"的，就是我们今天说的"早点"那个"点"。所以，清代宫廷跟贾府一样，一日饔飧二食，但两餐之间会有点，都有定例，其实吃得也不少。另外，关于饔食的时间——隅中。许嘉璐在《中国古代衣食住行》中解释道："古人按太阳在顶空中的位置标志时间，太阳行至东南角叫隅中，朝食就在隅中之前，那个时刻叫食时。依此推测，大约相当于上午九点左右。"此后的午初（11：00—12：00）是理事、休闲时间。大约在午正（12点）

---

① 李远达：《歇午与夜宴：〈红楼梦〉微观时间设置的叙事潜能和文化意蕴》，《红楼梦学刊》，2020年第5期，第73—98页。

174

时分，贾府中人按照惯例，有一个时辰左右的午休。午休之后就要安排飧食，也就是晚饭了。关于晚饭时间，小说中没有明确提及，但按照古人惯例是在晡时，也就是申正（16点）左右。晚饭后掌灯，合府人等就要闭门休息，安排婆子"坐更上夜"，结束一天充实的生活。

当然，跟我们今天的作息是一样的，贾府作息不可能也不应该一成不变。他们的作息时间会因季节和忙闲有所调整，具体来说，可以细分为四种情况：

首先，根据不同季节日光的长短进行调整，例如第三十回写宝玉"知道凤姐素日的规矩，每到天热，午间要歇一个时辰的"，第五十回贾母说："我因为天短了，不敢睡中觉，抹了一回牌"，都属于这种情况。

其次，根据事务的忙碌程度而临时调整作息，这方面小说中描写最多的是丧事，例如第十四回王熙凤协理宁国府，当众规定："卯正二刻我来点卯，巳正吃早饭，凡有领牌回事，只在午初刻。戌初烧过黄昏纸，我亲到各处查一遍，回来上夜交明钥匙。"大办丧事期间，王熙凤早晨六点钟就要办公，不可谓不辛苦，日常作息很难保持如此勤勉；又比如第五十八回写老太妃薨逝，贾母等人按照朝廷祭祀礼仪执行作息也属此类。有时，临时变故也会导致作息的微调，例如第五十五回写凤姐小产，探春和李纨管理园中事务，"故二人议定：每日早晨皆到园门口南边的三间小花厅上去会齐办事。吃过早饭，于午错方回房"，就属于这一类。

再次，特殊的节令，例如元宵、中秋、重要人物的生日等，贾府中可能还会安排夜宴。例如，第十七、十八回的元妃省亲，

大观园的病根:《红楼梦》人物的身心困局

第二十二回的阖府观灯猜灯谜,第五十三、五十四回的元宵开夜宴,第六十三回的"寿怡红群芳开夜宴",以及第七十五、七十六回的荣宁两府夜宴庆中秋等场景。这样的场景毕竟不是常例,所以在面临黛玉的质疑之时,协理家务的李纨便笑道:"一年之中不过生日节间如此,并无夜夜如此,这倒也不怕。"不过,由于这些偶然出现的夜宴都涉及重要人物与情节,有充分的叙事潜能可以挖掘,因而往往都是小说浓墨重彩的篇章。

最后,一日之内的作息调整,还与人物身体状况、心情好坏以及是否歇午等因素有关,例如第三十回,袭人被宝玉不慎踹伤,"只觉肋下疼的心里发闹,晚饭也不曾好生吃"。第六十七回叙凤姐"连说带骂,直闹了半天,连午饭也推头疼,没过去吃",这也是小说中唯一一次提到"午饭",出自列藏本。据研究,这回是后人补缀,不是曹雪芹的原笔,所以也可以忽略不计。第二十四回小红劝贾芸回去时,说宝玉"今儿也没睡中觉,自然吃的晚饭早"。这些时间的"议定"与执行,显然与贾府日常作息有所不同,却也相差不远。

从整体上看,小说中贾府作息的特点可以归纳为:早睡早起,饔飧二食,歇午为常例,逢节开夜宴。这种看似合理而规律的生活节奏,如果放到传统社会"日出而作,日入而息"的规律之中,就非常好理解。即使是钟鸣鼎食的贾府,大多数人的生活也遵循着早睡早起、一日两餐饭的健康习惯。

然而,《红楼梦》的精彩之处往往不在于为读者呈现惯例,更在于突出特例。接下来我们要分析"睡中觉"和"开夜宴"的时空设置。贾宝玉为什么会在侄媳妇秦可卿床上睡觉?王熙凤午休时间都干些什么?一本正经的贾政什么时候说过笑话?林黛玉和贾宝玉爱情最大胆的一次公开发声在什么时候？且听我慢慢道来。

二、作息有法之二："睡中觉"的学问

　　细细品读，我们就会发现《红楼梦》中许多重要场景都发生在"睡午觉"的时间。例如第五回，宝玉在秦可卿屋中歇中觉；第七回王熙凤的午间秘戏；第八回，贾母看戏后回家歇中觉；第十九回、二十六回宝黛午间暖语；第三十回，宝玉"调戏"金钏儿；第四十八回，李纨至暖香坞看画，只见惜春正困乏，在床上歪着睡午觉……

　　从生理上说，午睡为什么重要？李渔在《闲情偶寄》中为读者算了一笔账：午睡只有长夏适宜，因为长夏一日，等于残冬两日，如果只有晚上休息，白天不睡，等于以一分休息，抵挡四倍的辛劳，精力肯定跟不上。从文献中，我们可以知道，李渔家是一日三餐制的，吃罢午餐，他主张消消食，然后做些事务，等事务未完，自然而然地睡着，是午睡的最佳境界。谈论"午睡之乐"，李渔说得令人无法反驳。

　　同时，李渔还谈到了午睡的季节性："况暑气铄金，当之未有不倦者。倦极而眠，犹饥之得食，渴之得饮，养生之计，未有善于此者。"① 夏季正午午休，有利身体健康。因此，宝玉知道"凤姐素日的规矩，每到天热，午间要歇一个时辰的"，冬季就不一定了。

　　《红楼梦》中还提到了一个睡中觉的医学知识："怕停食。"

---

①　（清）李渔撰：《李渔全集》第3卷《闲情偶寄》卷六《颐养部》，杭州：浙江古籍出版社，1991年，第323页。

大观园的病根：《红楼梦》人物的身心困局

第十九回黛玉自在床上歇午，丫鬟们皆出去自便，满屋内静悄悄的，宝玉揭起绣线软帘，进入里间，只见黛玉睡在那里，忙走上来推她道："好妹妹，才吃了饭，又睡觉"，将黛玉唤醒。黛玉见是宝玉，因说道："你且出去逛逛。我前儿闹了一夜，今儿还没有歇过来，浑身酸疼。"宝玉道："酸疼事小，睡出来的病大。我替你解闷儿，混过困去就好了。"林妹妹身体娇弱，时常困倦，"怕停食"这个医学知识就被小说家安排来作为宝玉关心黛玉的一个情节。顺便提一句，宝玉的医学知识非常丰富，但细心的读者可能会发现，宝玉的满肚子健康知识只会在姐妹们面前显摆，绝不可能到贾政、贾雨村他们面前卖弄。

虽然如此，我们发现，《红楼梦》中"睡中觉"的这套规矩，在明代以前的医书里很少见。这可能也与"日出而作，日入而息"的社会作息有关。古人要抓紧利用白日时光，普通人午后更是不得闲暇，所谓"锄禾日当午"，劳作中人午后大概不会有功夫睡大觉。

清代江南士人（有闲阶层）对于精致生活的建构，逐渐改变了"宰予昼寝"的思维桎梏，曹寅也受此影响。翻阅他的《楝亭诗钞》，《甲戌仲夏二十二日》《磁枕》《晚晴述事有怀芷园》《睡起》《蓼斋过西轩》《西轩》，以及《楝亭词钞》的《蝶恋花》《贺新郎》等诗词，都明确提到了"午憩"的内容。诗中无不体现着曹寅对于午睡之乐的深切体会，丝毫不逊于李渔。且看他自道午睡之酣畅："午汗乍融残睡美，谁破馀酣，绿树风微起。"[①]

---

① （清）曹寅撰：《楝亭集·楝亭词钞》，上海：上海古籍出版社，1978年，第597页。

第四章　荣国府里的养生书写

又看睡起之闲适："漠漠桐花蜜主声，苇帘自下午风轻。日长可有不厘务，一字香销心太平。"① 曹寅的午憩诗，堪与《闲情偶寄》相媲美，同样是一位得"睡中三昧"者。

《红楼梦》热衷于"睡中觉"场景的描摹，与曹雪芹追怀祖父有很大的关系。祖父午睡之乐，自然而然地可能被写进小说中，与小说家对"西"的敏感一显一隐②，共同构成了小说家对祖德的一种追念与致敬。

当然，"睡中觉"在小说中还是情节设置的需要。午睡从生理上不是必须的，都在于叙事需要，与夜卧之必须不同。因此，它具有叙事弹性：想让宝玉做梦，便安排他午后困倦，想安排他调戏金钏儿，便不令他睡中觉，皆为合情合理。歇午之设置机动灵活，变化无穷，叙事潜能无限，故每每为叙事者用到。例如不睡的经典案例，宝玉的闲游逛与凤姐的秘戏时。

接着，睡梦相连，午睡很自然联想到做梦。贾宝玉在秦可卿床上所做的梦，确实是整部书中的大关节。一部红楼，以甄士隐午梦开始，又以贾雨村午梦终。关键性梦境皆在中午，夜间只有托梦。叙述者何以偏爱午梦？奇幻：两次太虚幻境（甄士隐、贾宝玉）、梦甄宝玉……展现谁的梦境（贾宝玉、王熙凤）不展现谁的（贾母、王夫人、史湘云）。

最后，睡觉有一定的私密性。小说选择哪些午睡场景可以被

---

① （清）曹寅撰：《楝亭集·楝亭诗钞》卷七，上海：上海古籍出版社，1978年，第315页。

② 甲戌本第二回脂批："'后'字何不直用'西'字？恐先生堕泪，故不敢用'西'字。"庚辰本第二十八回脂批："大海饮酒，西堂产九台灵芝日也。批书至此，宁不悲乎？"同回甲戌本脂批曰："西堂故事。"（清）曹雪芹著，脂砚斋评：《红楼梦脂汇本》第2回、28回，长沙：岳麓书社，2011年，第21、334页。

观看,也耐人寻味。黛玉的"每日家情思睡昏昏"与湘云的"醉卧芍药茵"可以被观看,观看者是宝玉;而宝钗则是封建淑女,睡态也是隐私,不能被观看,一如雪白的膀子,所以从不写宝钗之午睡,只为叙事需要,并不是宝钗就一定不午睡。

在观"睡"者与被看者中,最耐人寻味的是贾宝玉。宝玉不仅看人午睡,而且也被看:第五回宝玉梦游太虚幻境,秦可卿和袭人等四个丫鬟都守在身边,然而这一处描写毕竟是隐而不发的。小说描写不同女孩子观看宝玉午睡情态的是第三十六回。夏日午后,宝钗"意欲寻宝玉谈讲以解午倦",顺路进了怡红院,看见"宝玉在床上睡着了,袭人坐在身旁",于是跟袭人一番交流。袭人出去走走,宝钗坐下代绣宝玉的肚兜。宝钗忽听宝玉在梦中喊骂说:"和尚道士的话如何信得?什么是金玉姻缘,我偏说是木石姻缘!"宝钗"听了这话,不觉怔了"。宝钗眼中的宝玉,没有睡态,只有声音。小说家安排之妙就在于,宝玉梦中喊骂的声音恰与自己有关,宝玉在梦中无意识地否定了宝玉与宝钗的"金玉姻缘",而肯定了黛玉与宝玉的"木石姻缘"。这在小说中是一个关键节点,却从宝钗偶尔听到中得来。

总结说来,"睡中觉"是对"日出而作,日入而息"的传统作息的一种悖反,它挑战了儒家对于"昼寝"的禁忌,追怀了曹寅潇洒的名士歇午传统。同时,又给小说增添了充盈的叙事弹性,创造出事关小说大局的太虚幻境,以及宝黛"意绵绵静日玉生香"和宝玉调戏金钏儿等经典艺术场景,丰富了小说的艺术内涵。

三、作息有法之三:"开夜宴"的禁忌

说完了睡,还得回来说说吃。刚才我们提到了,贾府与清宫

保持一致，执行的是饔飧二食制度。细读小说，其实《红楼梦》里还有许多日常饔飧二食之外的吃饭场景，最典型的就是夜宴。

在贾府中，夜宴具有节令性，换句话说，夜宴并非常例。贾府作息是戌初便要上夜的（第十四回、第六十三回）。然而贾府合法的夜生活却寥寥无几，因此，也催生出下人们真实的夜间狂欢。第四十五回，宝钗派来送燕窝的婆子在回完林黛玉的话后，脂砚斋有一段意味深长的评语："几句闲话，将潭潭大宅夜间所有之事描写一尽。虽偌大一园，且值秋冬之夜，岂不寥落哉？今用老妪数语，更写得每夜深人定之后，各处〔灯〕光灿烂、人烟簇集，柳陌（之）〔小〕巷之中，或提灯问酒，或寒月烹茶者，竟仍有络绎人迹不绝，不但不见寥落，且觉更胜于日间繁华矣。"而属于主子们的夜生活是什么样的呢？他们在上元、中秋、生日等特定节日才会举办盛宴。

同时，夜宴对于贾府中人的健康也有负面意义。与昼宴相比，夜宴也并非满足身体健康所必须的生活环节。所以我们说，夜宴的娱乐性大于生活的必要性。虽然娱乐可以使人的身心得到放松，对健康有益。但从古典养生知识角度讲，"夜宴"违背人体自然节律，有百害而无一利。古典医学著作中此类论述不胜枚举，诸如前面提到过的《黄帝内经·素问》的《生气通天论》篇所云："暮而收拒，无扰筋骨，无见露雾，反此三时，形乃困薄。"[1]《彭祖摄生养性论》："饱食偃卧则气伤"[2]，《陶真人卫生

---

[1] 田代华整理：《黄帝内经·素问》卷一，北京：人民卫生出版社，2005年，第5页。

[2] （传）彭祖：《摄生养性论》，（清）严可均编：《全上古三代秦汉三国六朝文》第1册，石家庄：河北教育出版社，1997年，第216页。

歌》则曰:"晚食常宜申酉前,向夜徒劳滞胸膈①"。元代的忽思慧在《饮膳正要》这部饮食卫生的专著中,用通俗易懂的语言,提到了"莫吃空心茶,少食中夜饭"②。明清养生书中,明代胡文焕在《类修要诀》中编出养生口诀,告诫人们夜饭的害处:"晚餐岂若晨餐,节饮自然健脾,少餐必定神安"③,以及"饮酒千斛,不如饱餐一粥"④,等等,几乎从宴饮时间到美酒肴馔,全盘否定"夜宴"的合理性了。

如果我们将健康问题推而广之,由身体健康扩展到家族的健康可持续发展,就会发现,贾府夜饮豪宴的场景,其实于家族长期兴旺发达十分不利。在古代社会,饮食作息制度直接关乎经济能力。普通劳动者一日饔飧二食,尚且难以果腹,何谈"夜宴"呢?久而久之,"夜宴"成了统治阶层奢侈靡费的代名词。小说中第十七至十八回元妃省亲时,见大观园中豪华,就曾感叹"奢华过费"。第四十回刘姥姥二进大观园,掉落了鸽子蛋,也叹道:"一两银子,也没听见个响声儿就没了。"这虽是昼宴,借刘姥姥的目光将贾府中宴饮的奢侈靡费描写得入木三分。贾府的经济状况彼时已是入不敷出,"夜宴"的排场无疑起到了雪上加霜的作用。

---

① (南朝梁)陶弘景:《陶真人卫生歌》,(明)吴正伦辑:《养生类要》,北京:中医古籍出版社,1994年,第7页。

② (元)忽思慧:《饮膳正要》卷一,北京:中国医药科技出版社,2018年,第3页。

③ (宋)周守忠纂;(明)胡文焕辑:《养生类纂·类修要诀》,上海:上海中医学院出版社,1989年,第197页。

④ (明)胡文焕辑:《山居四要》,《寿养丛书全集》,北京:中国中医药出版社,1997年,第131页。

第四章　荣国府里的养生书写

另外，夜宴时空的独特氛围，能够将日常不容易表现出来的人际关系得以显形，让读者了解到哪些《红楼梦》人物夜晚的身心状态。例如，贾府夜宴一贯围绕贾母进行，但如果我们细致玩味小说从节下观灯（第二十二回），到元宵夜宴（第五十三—五十四回），再到中秋夜宴（第七十五—七十六回），主角贾母的变化其实十分明显：小说第五十四回中，贾母到了三更便觉"寒浸浸的起来"，玩笑到四更吃完点心就散了。而到了第七十六回，贾母不仅一再感叹家中人少，今不如昔，而且在邢夫人等众人都已困倦、姊妹们先后离场后，贾母虽然睡眼蒙胧，但仍然笑称"我不困，白闭闭眼养神。你们只管说，我听着呢"。显示出贾母对夜宴热闹的渴望之深，不愿散去。值得注意的是，这两场"夜宴"虽然都在四更前后结束，但第五十四回贾母和众人吃完点心才散去，非常祥和，一团和气；而到了第七十六回，贾母问王夫人："那里就四更了？"抬眼看众人都已散去，还感叹："也罢。你们也熬不惯，况且弱的弱，病的病，去了倒省心。"针对贾母听着尤氏说笑话，蒙胧睡眼，庚辰本夹批道："总写出凄凉无兴景况来。"从"夜宴"中贾母的言行可以看出：一方面，贾母期盼着热闹的夜宴更加长久；另一方面，她的身体状况随着年龄的增长日渐衰弱，因而心境也因景况凄凉而索然无味。贾府的最高统治者史太君的愿望与身心景况，随着夜宴情节的铺展而背离，这是小说中不易察觉的一处夜宴上的人物健康状态。

小结一下，本节我们谈了大观园中作息有法的问题。首先，睡中觉没有早期医学依据，明清以后养生学零星谈到，在诗歌中是文人慵懒形象的自我表现；与清宫作息保持一致，追念曹寅祖德。其次，开夜宴的不合理性，早睡早起与昼伏夜出的冲突，既违背古典医学知识,又与贾府上夜制度有冲突。只有特殊节令才出现,每次出现都是非日常大事件,值得浓墨重彩书写。最后,群体作息时间之下的个人作息与健康:宝玉的精神倦怠与熬夜的关系、黛玉的"睡不了一个更次"与疾病、湘云的睡态与肩窝疼、宝钗的懒怠动弹与体态微丰、贾母的休息得法与长寿关系等。

第二节　饮食有节,贾府风范:
净饿、忌口与冷酒

饮食,是维持肌体正常运转与生长发育的能量来源。在物质日益丰富的今日中国,高血压、糖尿病等富贵病越来越常见。这些"幸福的烦恼"日益成为中国社会继续前进与发展的沉重负担。早在两百多年前,钟鸣鼎食的贾府主子们已经有条件拥有这份负担了。那么,他们是如何面对满桌的山珍海味、玉盘珍馐的呢?贾府中人竟然需要通过饿肚子来防治疾病,这又是怎么回事儿呢?在这一节,会逐个为您揭秘。

一、饮食有节之一:净饿与忌口

什么是"净饿",是饿肚子吗?古典医学的讲究如何,《红楼梦》小说又是怎样表现的?带着这些疑问,我们且看小说第五十三回的一段话:

第四章　荣国府里的养生书写

晴雯此症虽重，幸亏他素习是个使力不使心的；再者素习饮食清淡，饥饱无伤。这贾宅中的风俗秘法，无论上下，只一略有些伤风咳嗽，总以净饿为主，次则服药调养。故于前日一病时，净饿了两三日，又谨慎服药调治，如今劳碌了些，又加倍培养了几日，便渐渐的好了。近日园中姊妹皆各在房中吃饭，炊爨饮食亦便，宝玉自能变法要汤要羹调停，不必细说。

原来怡红院中宝玉的大丫鬟晴雯病了，本来是伤风感冒，因为熬夜病补雀金裘，导致"反虚微浮缩起来"。常在大观园中走动的王太医说道："敢是吃多了饮食？不然就是劳了神思。外感却倒清了，这汗后失于调养，非同小可。""多吃了饮食"，照应了小说叙述者这段话中的"净饿"。小说家直接借助叙述语言告诉读者，贾府治疗伤风咳嗽一类外感病的"秘法"，居然"以净饿为主"，其次才是"服药调养"。这与我们今天的医学常识有较大的区别。日常生活中，如果遇到得病的人，我们一般会叮嘱加强营养，高蛋白、低脂肪什么的，怎么两百年前的贾府，竟然还让病人饿肚子呢？

翻阅《红楼梦》，"净饿"的例子还有不少。小说第四十二回写刘姥姥二进大观园，贾母因高兴在园子里多玩了会儿，多吃了点酒食，偶感风寒，身体不适。王太医诊断后说"不过略清淡些，暖着一点儿"。他刚要离开，王熙凤的女儿大姐儿恰巧也病了，请他给瞧病。大姐儿是因为在风里吃了块糕就发起了热，找王太医诊断后，王太医说："我说姐儿又骂我了，只是要清清净净的饿两顿就好了，不必吃煎药，我送丸药来，临睡时用姜汤研开,吃下去就是了。"前面提到的晴雯也是,她因为热身子吹了冷风又替宝玉补雀金裘而更加严重,也净饿了两三日,又辅以药物调治,调养了几日就好转了。看来,在王大夫的治疗方案里,似乎清清净净地饿两顿是主要的,而吃药调理反而成了次要的。这在古典医学中,有哪些根据呢?

原来,《黄帝内经》开篇就把"饮食有节"作为古人能够"度百岁而去"的重要条件。孙思邈的《备急千金要方》对吃有很多讲究,比方说:"(言语既慎)仍节饮食。是以善养性者,先饥而食,先渴而饮。……饱食即卧,乃生百病,不消成积聚。饱食仰卧成气痞,作头风。"意思是说善于调养身体与性情的人,先饿了再吃,先渴了再喝水。吃饱饭一定不能立即上床休息,要将腹中堆积的食物消化尽了再睡,否则就会导致气痞一类的病症,还可能患上头风。可以说关于饮食有节,古代医书讲了许多。这可能是贾府风俗中"净饿"治伤风的重要来源。小说第六十三回"寿怡红群芳开夜宴"之前,林之孝家的来查夜,责问宝玉为何没有早睡,宝玉不是还拿"怕腹中停了食"来搪塞吗?看来,"饿"与消食是贾府祛病防病的一条总方针。

不过,在古典医学领域里,其实许多病并不适合"净饿"的治疗方针。有的病如果辨证不准确,是很容易被错"饿"的。请看明代江瓘《名医类案》中记载的这则医案:明万历十六年,南京发生瘟疫。名医江瓘在治疗鸡鸣寺主僧所患的瘟疫时,发现僧人十分饥饿,到了"哀苦索食"的程度,他准确判断,认为僧人是虚症,如果禁绝饮食,会导致患者更加虚弱,甚至饿死。他断然放弃了当时医生一遇到"风寒"就得出的"净饿"做法,采取了为患者适量补充营养的办法,文献记载是"强与稀粥,但不使充量,进补中益气汤而愈",收到了很好的疗效。他对医谚中的"饿不死伤寒"提出了辨证,认为如果辨证不准确,将"内伤不足之症"误诊为伤寒,就会导致"禁食不与,是虚其虚,安得不死?"① 有了这个医学认识作为基础,我们再来看贾府中的风俗——"净饿"为主,是否也为贾府中的女儿们捏着一把汗呢?万一王太医的诊断不准确,大姐儿、晴雯,甚至尊贵的林妹妹会不会被"净饿"导致更为虚弱呢?所以,小说才要强调净饿的尺度:"净饿了两三日。"上面的医案也让我们看到贾府养生风俗秘法鲜为人知的另一面。

说完"净饿",我们来看看"饮食有节"理论的另一个重要方面:"忌口"。《红楼梦》第三十四回,是借宝玉的贴身大丫头袭人之口,说出这个养生知识的:

>　　王夫人又问:"吃了什么没有?"袭人道:"老太太给的一碗汤,喝了两口,只嚷干喝,要吃酸梅汤。我想着酸梅是个收敛的东西,才刚捱了打,又不许叫喊,自然急的那热毒热血未免不存在心里,倘或吃下这个去激在心里,再弄出大病来,可怎么样呢。因此我劝了半天才没吃,只拿那糖腌的玫瑰卤子和了吃,吃了半碗,又嫌吃絮了,不香甜。"

前一回宝玉挨了父亲贾政的毒打,着实伤得不轻。王夫人一见前来禀报的袭人就关切地询问自己的宝贝儿子有没有吃什么东

---

① (明)江瓘著,(清)魏之琇撰:《名医类案正续编》,太原:山西科学技术出版社,2013年,第33页。

西？这是母亲爱子的常情。袭人的回答很有分寸感，也很巧妙。她用一个照顾宝玉的细节，不漏声色地显示出自己对宝玉无微不至的关怀：宝玉嚷着要吃酸梅汤，自己担心酸梅是个收敛的东西，吃了万一把挨打后的热毒热血存在心里，害怕弄出大病来，所以只敢拿糖腌的玫瑰卤子和了给宝玉吃。

袭人这段话，巧妙运用了民间关于酸梅的知识：古典医学认为乌梅具有敛肺止咳、和胃止呕等作用，是一味很有收涩作用的药物，所以很不适于人挨打后食用，有可能滞涩全身气血的运行。这一民间知识，到了清代，成为普遍的养生常识。袭人这么说，既显示她照顾宝玉事无巨细、无微不至的用心，又体现她具备了贾府长辈对宝玉身边人的养生知识的预期。换句话说，袭人用一个细节体现了自己在知识储备和对宝玉关心方面，远超晴雯等怡红院其他丫鬟。也从此赢得了王夫人的信任，被提拔到宝玉准姨娘的地位。当然，袭人地位的巩固不是单一原因的，但劝宝玉忌口这个知识细节，对袭人地位的拔擢，也有一定功劳。

从小说文本来看，"净饿"和"忌口"表面上看不是饮食养生，因为没有规定吃什么，反而是限制了不许吃什么，甚至干脆让特殊类型的患者饿肚子。但实际上，它们才代表了贾府饮食养生理念最核心的部分：钟鸣鼎食的富贵之家，如何在日常的饮食中做减法。这是贾府主子们当年的重大课题，也是物质丰富之后，今天的我们应该在日常饮食中勤加思考的问题。

二、饮食有节之二："谁吃这个"的傲娇与螃蟹、鹿肉的吃法

谈完了贾府中饮食有节的理念，我们聊聊贾府中人饮食有节

的具体操作。先来看看贾母在第四十一回的一段话:

> 一时只见丫鬟们来请用点心。贾母道:"吃了两杯酒,倒也不饿。也罢,就拿了这里来,大家随便吃些罢。"丫鬟听说,便去抬了两张几来,又端了两个小捧盒。揭开看时,每个盒内两样:这盒内一样是藕粉桂糖糕,一样是松穰鹅油卷。那盒内一样是一寸来大的小饺儿。贾母因问什么馅儿,婆子们忙回是螃蟹的。贾母听了,皱眉说:"这油腻腻的,谁吃这个!"那一样是奶油炸的各色小面果,也不喜欢。因让薛姨妈吃,薛姨妈只拣了一块糕。贾母拣了一个卷子,只尝了一尝,剩的半个递与丫鬟了。
>
> 刘姥姥因见那各式各样的小面果子都玲珑剔透,便拣了一朵牡丹花样的笑道:"我们那里最巧的姐儿们,也不能铰出这么个纸的来。我又爱吃,又舍不得吃,包些家去给他们做花样子去倒好。"众人都笑了。贾母道:"家去我送你一瓷坛子。你先趁热吃这个罢。"别人不过拣各人爱吃的吃了一两点就罢了;刘姥姥原不曾吃过这些东西,且都作的小巧,不显盘堆的,他和板儿每样吃了些,就去了半盘子。

前文我们曾说过,贾府的饮食制度是饔飧二食,也就是早晚两顿正餐。大家不要以为贾府人吃得很少哦。其实,正餐之间还有点心,一般也是三顿,叫作"点"。这与清代宫廷的饮食习惯也是一致的。这一回中,贾母带着刘姥姥游园,除去两顿正餐,还描写了这顿点心。小说家将刘姥姥和贾母、薛姨妈作为一个对照：贾母看到摆上的两个精致食盒，四样点心，没什么胃口，只淡淡地问了一句："一寸来大的小饺儿"是什么馅料的？当听到是螃蟹馅儿的，贾母皱眉说："这油腻腻的，谁吃这个！"贾母捡了一个卷子，"只尝了一尝，剩的半个递与丫鬟了"，薛姨妈也只尝了一样就不吃了，真真显示了贵族之家的气派。然而，贾母口中的"谁吃这个"显然是包括不了刘姥姥的，刘姥姥别说吃，连见都没有见过如此精巧的点心，小说写她和外孙板儿"每样吃了些，就去了半盘子"。

此处，以贾母为代表的贾府饮食习俗，是在刘姥姥的映衬之下才得以显形的。用十来只鸡来烹饪的茄鲞和螃蟹馅儿的小饺儿，都是贾府精致美食的代表，然而锦衣玉食的贾母等人在大快朵颐的同时，也十分注意饮食的节制："谁吃这个"的不经意言语中，既透露出贾母与刘姥姥的悬殊认知差异，又显示了贾府饮食的自主性节制，用贾母自己的话说就是："不过嚼的动的吃两口。"这正是贾府最高统治者的一种朴素的饮食养生意识。

说完贾母，再来看看王熙凤的美食养生知识。请看第三十八回，王熙凤敢于调笑贾母额角的"福窝儿"。贾母笑道："这猴儿惯的了不得了，只管拿我取笑起来，恨的我撕你那油嘴。"王熙凤的回答也是极为巧妙："回来吃螃蟹，恐积了冷在心里，讨老祖宗笑一笑开心，一高兴多吃两个就无妨了。"直到今天，在我们的民间养生知识里，螃蟹也是寒凉属性的食物。凤姐利用这一养生知识，把在贾母面前有限度的放肆行为，转变成讨贾母笑一笑的孝顺行为。虽然从常识上说，开心和笑，似乎与疏散螃蟹的"冷"，没有必然的逻辑关系，但凤姐偏要这么说，在两者之间建

第四章 荣国府里的养生书写

立起一种民间知识的想象,似乎也就合情合理了。

还是在第三十八回,大观园中身体最柔弱的林黛玉,"因不大吃酒,又不吃螃蟹,自令人掇了一个绣墩倚栏杆坐着,拿着钓竿钓鱼"。钓着钓着,宝玉凑了过来看她,她斟了半盏酒,发现是黄酒,向宝玉说道:"我吃了一点子螃蟹,觉得心口微微的疼,须得热热的喝口烧酒。"宝玉忙说道:"有烧酒。"便令小丫鬟们"将那合欢花浸的酒烫一壶来"。黛玉则是"只吃了一口便放下了"。这段黛玉吃螃蟹的描写中,黛玉的身娇体弱,宝玉的关心备至,以及二人的亲密无间,都淋漓尽致地表现了出来。而这种温馨场景正是通过螃蟹性寒,必须要烧酒来驱寒这一养生知识,来得以呈现的。

与寒凉的螃蟹相比,鹿肉倒是一种温热的滋补食物。但《红楼梦》偏不写其滋补的一面。小说第四十九回,描写了史湘云和贾宝玉商议着烤鹿肉,被讹传为生吃,遭到了长嫂李纨的责备:

> 李纨等忙出来找着他两个说道:"你们两个要吃生的,我送你们到老太太那里吃去。那怕吃一只生鹿,撑病了不与我相干。这么大雪,怪冷的,替我作祸呢。"宝玉笑道:"没有的事,我们烧着吃呢。"李纨道:"这还罢了。"只见老婆们了拿了铁炉、铁叉、铁丝濛来,李纨道:"仔细割了手,不许哭!"

李纨是宝玉长兄贾珠的遗孀。在大观园众姊妹中最年长,也负有照看姊妹和宝玉的重任。所以当听说宝玉和湘云商量着吃生鹿肉时,第一个表示反对,指责他们下雪天吃生肉是替自己"作祸"。宝玉的回答是烧着吃,缓解了李纨的担心,但还是嘱咐他们仔细切肉之时割到手,长嫂的殷切关怀溢于言表。

总体上看,螃蟹、鹿肉等食物,虽然是贵族家庭的常见食物,但它们在民间养生知识中的寒凉温热属性,在清中叶的曹雪芹笔下,早已成为一种潜意识,成为编织情节、塑造人物关系的一种工具。同时,也通过这些细节,有意无意地透露出小说家自己的饮食养生有节的观念。

三、饮食有节之三:贾府饮品的规范与突破

与饮食有节相关,饮品在贾府中的规矩似乎也非同凡响。其中既包含了礼仪文化,也蕴含着惜福养生的民间医学认识。《红楼梦》描写饮品,非常丰富多彩,有许多红学家做过详细考证和精彩分析。我们从养生知识的角度,来辨析贾府主要饮品——茶和酒—是如何从民间知识成为贵族礼仪,再成为小说家塑造人物的手法的。

先来看看贾府饮茶知识与规范。细读小说,我们可以发现贾府确实在饮茶方面讲究颇多,例如众多红学家都分析过的第四十一回著名的栊翠庵品茶。贾母就非常讲究,不饮六安茶,要喝老君眉,用旧年蠲的雨水,等等。我们用来分析贾府饮茶养生知识与规范的案例,是小说第三回的黛玉吃茶。林黛玉初进贾府,寻常的家宴场景,小说家就描写了一个引人注目的细节,其中还包含黛玉的心理活动:

寂然饭毕,各有丫鬟用小茶盘捧上茶来。当日林如

第四章　荣国府里的养生书写

> 海教女以惜福养身，云饭后务待饭粒咽尽，过一时再吃茶，方不伤脾胃。今黛玉见了这里许多事情不合家中之式，不得不随的，少不得一一改过来，因而接了茶。早见人又捧过漱盂来，黛玉也照样漱了口。盥手毕，又捧上茶来，这方是吃的茶。

古典医学的民间知识认为，饭后立刻饮茶会损伤脾胃。这是黛玉之父林如海教导给小黛玉的"惜福养身"之道。我们知道，林家也是当时的大族。祖上既有侯爵之贵，又出身科甲，并不比贾家门第卑微。只不过到了林如海这一辈枝叶凋零，子女稀少，夫人贾敏又去世了，黛玉才不得不进贾府，依靠外祖母。寻常的一场家宴，处处冲击着小黛玉旧有的养生知识与观念：外祖母家"许多事情不合家中之式"，她也只好"少不得一一改过来"，只得接了茶。然而，经过短暂的疑惑之后，黛玉细心观察，发现下人捧上来了漱盂，黛玉才明白，这一道茶不是喝的，而是用来漱口的，再捧上来的茶"方是吃的茶"。

关于这段饮茶细节描写，清代的评点家就给予了关注。东观阁本的侧批说："极闲事，却叙得有致，以见世官之家件□不同也。"评点家姚燮则认为："极闲事却叙得有次序。"评点家说得很有道理。小说家描写初进贾府的黛玉心理，自然有一个调试的过程。从新鲜陌生到逐渐熟悉，然而这个过程又不是一个成年人的心理，必须是一个小女孩儿的心理变化，既微妙又敏感，其实是很难写的。黛玉自幼身体弱，从会吃饭起就吃药。自然对养生知识尤其在意，看到祖母家中与自家饮茶次序不同，心生疑窦，留心观察，也是最自然，最不着痕迹的心理变化。饮茶次序这一

大观园的病根：《红楼梦》人物的身心困局

贾府与林家的不同，小说家通过这件"极闲事"，用黛玉对民间饮茶知识的在意，成功地刻画了黛玉"步步留心，时时在意，不肯多说一句话，多行一步路"的行事风格与敏感多疑的性格特质。

除了饮茶的规矩，饮酒在贾府讲究也很多。因为在民间养生知识中，酒对身体的影响更大一些，因此，对于饮酒的规范更多，小说人物也反复谈论饮酒的知识，其中展现出大观园主要人物之间的微妙关系，尤其是薛姨妈、宝钗、凤姐等人先后对贾宝玉饮酒的两次议论。

小说第八回描写贾宝玉在薛姨妈处吃饭，席间谈到饮酒，宝玉说："不必温暖了，我只爱吃冷的。"薛姨妈忙道："这可使不得，吃了冷酒，写字手打颤儿。"宝钗也跟着补充道："宝兄弟，亏你每日家杂学旁收的，难道就不知道酒性最热，若热吃下去，发散的就快，若冷吃下去，便凝结在内，以五脏去暖他，岂不受害？从此还不快要吃那冷的了。"宝玉也非常听劝，"听这话有情理，便放下冷酒，命人暖来方饮。"酒究竟该冷吃还是热饮呢？看小说的叙述，作者显然是认同热吃的，但在古典医学知识中，其实也未必尽然。例如明代陆容在笔记小说《菽园杂记》中就曾记载了这样的看法：

> 尝闻一医者云："酒不宜冷饮。"颇忽之，谓其未知丹溪之论而云然耳。数年后，秋间病痢，致此医治之。云："公莫非多饮凉酒乎？"子实告以遵信丹溪之言，暑中常冷饮醇酒。医云："丹溪知热酒之为害，而不知冷酒之害尤甚也。"予因其言而思之，热酒固能伤肺，然

第四章　荣国府里的养生书写

行气和血之功居多。冷酒于肺无伤，而胃性恶寒，多饮之，必致郁滞其气，而为停饮。盖不冷不热，适其中和，斯无患害。

陆容接受了金元四大家之一的朱丹溪的理论，认为热酒伤肺，但却忽视了冷酒伤胃，容易导致气血"郁滞"，用宝钗的话说就是"酒性最热，若热吃下去，发散的就快，若冷吃下去，便凝结在内，以五脏去暖他，岂不受害？"这种民间养生知识成为《红楼梦》谈论饮酒的一重底色。小说反复强调"冷酒"的危害，似乎冷酒成了小说家反复使用的一则养生知识：薛姨妈用"吃了冷酒，写字手打颤儿"来表达对宝玉的关爱；宝钗用自己的杂学旁收，尤其是饮酒养生知识说服了宝玉，表达了自己的渊博与贤惠，也赢得了甲戌本脂砚斋夹批的好评："知命知身，识理识性，博学不杂，庶可称为佳人。"

宝玉自从在宝钗处获得了这一知识后，也开始成了"热酒"论的拥趸。在小说第三十八回，他命人烫一壶热合欢花酒给黛玉驱蟹之寒，表达了关爱，而黛玉自己也主动要求饮一口烧酒，可见饮热酒是贾府姐妹们的养生常识。到了小说第五十四回，王熙凤更是用"勿饮冷酒"这一常识提醒宝玉，注意在公共场合不可与黛玉过于亲近。可以说，叙述者对于不饮冷酒的养生知识是反复驱驰、屡验必效的。同一个"饮酒有节"的知识，为何如此好用呢？难道是曹雪芹江郎才尽，语言贫乏吗？恰恰相反，我觉得"热酒"说，恰恰说明小说家对养生知识的运用达到了灵活自如、炉火纯青的程度。我们且看第五十四回的这段故事：

在贾府其乐融融的元宵夜宴上，宝玉依次给众姊妹斟酒，到

大观园的病根：《红楼梦》人物的身心困局

了黛玉面前，她偏偏不喝，"拿起杯来，放在宝玉唇上边，宝玉一气饮干"。这个细节，我想在场的贾母和众人都应该注意到了，只是一时不知如何反应，都假作不知。只有王熙凤嘱咐宝玉"别喝冷酒"。吴组缃先生对这段细节有一番妙解："设身处地想一想，一个封建社会的闺中小姐怎么可以把自己的酒给表哥喝呢？这是大丢面子、大犯规矩的呀，十足的缺乏教养的表现。贾母又不好直接教训，由凤姐代在旁敲击一下：合欢杯是要结婚时才可以喝的呀！这里，黛玉对封建礼法的叛逆态度引起了众人的不满。"[1]

我们知道，宝黛爱恋发生的大多数空间是闺阁或者室外，二人独处或者袭人、紫鹃、雪雁等少数心腹丫鬟在场，是他们恋爱的常态。以常理揣度，阖府夜宴这种场合不适合青年爱侣公开恋情，然而林黛玉竟敢在众目睽睽之下宣示二人的特殊关系，这远比第三十八回宝玉命人给黛玉斟一壶"合欢花浸的酒"更为直白和大胆。如果说黛玉要口烧酒吃，宝玉奉上，还可理解为表哥对表妹的关心，到了第五十四回，"合欢杯"的意味就太过明显了。也许黛玉是在不经意之间"忘了情"，完成的下意识动作，但更可能是故意试探长辈的底线，是二人关系在长辈面前最为大胆的一次公开，也是对宴饮礼法的一次挑衅与突破。

小结一下，第二节我们主要分析了贾府饮食有节的一些基本特征：净饿与忌口，作为贵族之家，他们努力在饮食精致与符合礼法规范的前提下，适当做减法。患病者以净饿为主，更应该忌

---

[1] 吴组缃：《〈红楼梦〉的艺术生命》，北京：北京出版社，2020年，第16页。

口为先，避免饮食无节，百病丛生。食物与饮品寒凉温热的民间知识，已经沉淀成为贾府上下的日常养生常识。小说家游刃有余、正反两用地驱使着这些养生知识，刻画人物性格，皴染人物形象，塑造人物关系。

第三节　疏散筋骨，运动有方：对弈、飞鸢和习射

生命在于运动，这是当今社会人们的共识。大量研究表明，运动不仅对于身体健康有益，也有助于增进生命意义感的生成和存续，给他人带来自信、自律和自强的良好印象，保持与强化我们的心理与社会关系健康。在《红楼梦》中，涉及的运动种类繁多，散步、下棋、射箭，以至于放风筝、荡秋千等，多种多样。这一节我们选取其中的三种，将《红楼梦》人物运动有方的基本面貌给大家做个剪影式的呈现。对于三项运动在小说中的各自寓意，也给予一些简要的揭示。

一、运动有方之一：对弈者的性格与趣味

提起《红楼梦》中的运动，首先应被提及的是多次被描写的棋类运动。据统计，小说中描写最多的体育运动就是围棋，以百廿回本为例，提到围棋的有 15 次之多，其中前八十回提到了 12 次，后四十回则提到了 3 次。其中还有许多情节涉及重要人物的性格刻画与命运暗示。例如小说第六十二回的探春下棋就非常能

大观园的病根:《红楼梦》人物的身心困局

显示她的个性:

> 探春便和宝琴下棋,宝钗、岫烟观局。林黛玉和宝玉在一簇花下唧唧哝哝不知说些什么。只见林之孝家的和一群女人带了一个媳妇进来。那媳妇愁眉苦脸,也不敢进厅,只到了阶下,便朝上跪下了,碰头有声。探春因一块棋受了敌,算来算去总得了两个眼,便折了官着,两眼只瞅着棋枰,一只手却伸在盒内,只管抓弄棋子作想,林之孝家的站了半天,因回头要茶时才看见,问:"什么事?"林之孝家的便指那媳妇说:"这是四姑娘屋里的小丫头彩儿的娘,现是园内伺候的人。嘴很不好,才是我听见了问着他,他说的话也不敢回姑娘,竟要撵出去才是。"探春道:"怎么不回大奶奶?"林之孝家的道:"方才大奶奶都往厅上姨太太处去了,顶头看见,我已回明白了,叫回姑娘来。"探春道:"怎么不回二奶奶?"平儿道:"不回去也罢,我回去说一声就是了。"探春点点头,道:"既这么着,就撵出他去,等太太来了,再回定夺。"说毕仍又下棋。这林之孝家的带了那人去不提。

探春是贾政与妾赵姨娘所生的女儿,在"贾府四春"中排行第三。第五十五回王熙凤生病后一度和大嫂李纨一起协助管理家务。经过与刁奴们的几番斗法,探春的理家能力已经得到了阖府上下的认可。此日适逢宝玉生日,探春姊妹们都在大观园中游玩。小说便穿插进一个林之孝家的要发落彩儿的娘,来回探春话的细节。探春开始时沉迷与宝琴下棋,小说描写她"因一块棋受了敌","两眼只瞅着棋枰",许久没看到林之孝家的一干人。有趣的是,小说明明在探春下棋时写道:那个被带进来的媳妇在阶前"碰头有声"。林之孝家的等人的脚步声、宝黛二人的窃窃私语声、媳妇的下跪声,甚至碰头声,探春一概听不见。这里面就有个问题了,她是早听见了,故意装作听不见,还是真的听不见吗?我想两种可能性都有。如果是前者,探春的小姐气派与理家自信跃然纸上;如果是后者,那么探春沉迷围棋的痴态,以及从棋局中惊醒后迅速回复,果断处理的思路清晰,两方面都符合探春的性格设置。唯一的问题是,探春的棋艺似乎不如理家才能,在薛宝琴面前落了下风是显而易见的。另外,还有一个有意思的地方,小说描写探春下围棋,举重若轻地处理家务的细节,与《世说新语》中谢安"小儿辈大破贼"的典故有些许神似。二者描摹围棋中的人物谈笑游刃有余地处理棘手问题,其目的都在于塑造人物的个性与气质。

与探春性格不同,"贾府四春"中年纪最小的惜春,性格孤僻幽冷,受空门中人妙玉影响很深,如小说后四十回两次写到二人对弈,多少都富有命运暗示的意味。如第八十七回写妙玉与惜春对弈。且看二人一番对话。妙玉说:"你这个畸角儿不要了么?"惜春道:"怎么不要。你那里头都是死子儿,我怕什么。"妙玉道:"且别说满话,试试看。"惜春道:"我便打了起来,看你怎么样。"妙玉却微微笑着,把边上子一接,却搭转一吃,把惜春的一个角儿都打起来了,笑着说道:"这叫作'倒脱靴势。'"曾有红学家考证,认为续书作者对于围棋知识掌握得不透彻,存在知识谬误:例如他混淆了"扑"与"反扑"等概念,对"倒脱靴"等围棋术语的理解也存在一定偏差①。但是我觉得，这段描写和后面第一百十一回妙玉再次与惜春对弈形成巧妙的互文：二者都在说明贾府最小的小姐惜春，不仅与妙玉时常对弈，而且与她性情相近，最终也要走到"青灯古佛旁"的必然结局。所不同的是，第一百十一回的描写更引出了续书中妙玉的悲惨结局：

> 妙玉本自不肯，见惜春可怜，又提起下棋，一时高兴应了，打发道婆回去取了他的茶具衣褥，命侍儿送了过来，大家坐谈一夜。惜春欣幸异常，便命彩屏去开上年蠲的雨水，预备好茶。那妙玉自有茶具。那道婆去了不多一时，又来了个侍者，带了妙玉日用之物。惜春亲自烹茶。两人言语投机，说了半天，那时已是初更时候，彩屏放下棋枰，两人对弈。惜春连输两盘，妙玉又让了四个子儿，惜春方赢了半子。这时已到四更，天空地阔，万籁无声。妙玉道："我到五更须得打坐一回，我自有人服侍，你自去歇息。"惜春犹是不舍，见妙玉要自己养神，不便扭他。

妙玉与惜春的第二次对局已到四更深夜。这时恰遇何三引来的盗贼，见妙玉之美，顿起淫心，以致后来将妙玉劫走。这样看，这次对弈竟然成了妙玉遭难的重要原因了。回到这次对弈

---

① 章琦：《〈红楼梦〉里的围棋文化》，《红楼梦学刊》2012 年第 5 期，第 314—331 页。

中，妙玉棋艺高超，屡屡战胜惜春；而在求佛中，惜春也在妙玉潜移默化的引导下，独自清修。围棋这项运动的一大特色便是走法变化多端，神鬼莫测。小说家用围棋的走势隐喻人物的遭遇和命运，既符合棋局方寸的闪展腾挪，也寄托了其对人物性格的寄托与预示。

值得注意的是，小说中除去围棋运动，象棋也曾出现过，例如小说第二十四回写贾芸来看贾宝玉，到了贾母那边仪门外绮霰斋书房里，"只见焙茗、锄药两个小厮下象棋，为夺'车'正拌嘴"。这个细节描摹一下子将象棋玩家的身份、地位以及象棋运动中的氛围准确地渲染了出来：在《红楼梦》的时代，围棋一般是公子小姐等上层社会的爱好，而象棋则是下人们的游戏。围棋的棋局氛围比较安静，而象棋棋局则充满着叫嚷喧嚣的市井气。同为棋类运动，二者的文化气质如此迥异，而小说都能给予恰如其分地描摹，而又绝不雷同。令人惊叹于曹雪芹的知识之丰富，笔力之雄健。

二、运动有方之二：自在风鸢逐"晦气"

大观园中最令人瞩目的运动，要算放风筝了。小说第七十回对姊妹们放风筝给予了十分详尽的大段描写，大致上，将当时还在园中的贾宝玉、林黛玉、薛宝钗、薛宝琴、贾探春等众姊妹的各色情态都进行了工笔描绘，尤其令人称奇的是，小说家竟然对风筝的式样和放法如此在行。我们且看这一段：

宝玉说丫头们不会放，自己放了半天，只起房高便落下来了。急的宝玉头上出汗，众人又笑。宝玉恨的掷在地下，指着风筝道："若不是个美人，我一顿脚跺个稀烂。"黛玉笑道："那是顶线不好，拿出去另使人打了顶线就好了。"宝玉一面使人拿去打顶线，一面又取一个来放。大家都仰面而看，天上这几个风筝都起在半空中去了。一时丫鬟们又拿了许多各式各样的送饭的来，顽了一回。紫鹃笑道："这一回的劲大，姑娘来放罢。"黛玉听说，用手帕垫着手，顿了一顿，果然风紧力大，接过鏊子来，随着风筝的势将鏊子一松，只听一阵豁刺刺响，登时鏊子线尽。黛玉因让众人来放。众人都笑道："各人都有，你先请罢。"黛玉笑道："这一放虽有趣，只是不忍。"李纨道："放风筝图的是这一乐，所以又说放晦气，你更该多放些，把你这病根儿都带了去就好了。"紫鹃笑道："我们姑娘越发小气了。那一年不放几个子，今儿忽然又心疼了。姑娘不放，等我放。"说着便向雪雁手中接过一把西洋小银剪子来，齐鏊子根下寸丝不留，咯登一声铰断，笑道："这一去把病根儿可都带了去了。"那风筝飘飘摇摇，只管往后退了去，一时只有鸡蛋大小，展眼只剩了一点黑星，再展眼便不见了。众人皆仰面睃眼说："有趣，有趣。"宝玉道："可惜不知落在那里去了。若落在有人烟处，被小孩子得了还好；若落在荒郊野外无人烟处，我替他寂寞。想起来把我这个放去，教他两个作伴儿罢。"于是也用剪子剪断，照先放去。

这是贾宝玉和林黛玉放风筝的情形。贾宝玉放风筝的技术不行，几番努力，风筝只能飞起来房那么高，气得宝玉又说了句呆话："若不是个美人，我一顿脚跺个稀烂。"而黛玉博学多才，知道是宝玉风筝的顶线出了问题，所以导致飞不高，让他换了顶线再放。接着黛玉在紫鹃的帮助下，也"用手帕垫着手"，放起风筝。小说描摹黛玉放风筝可谓细致："顿了一顿，果然风紧力大，接过籰子来，随着风筝的势将籰子一松，只听一阵豁刺刺响，登时籰子线尽。"所谓籰（yuè）子，按照中国艺术研究院红楼梦研究所的注释，意思是："缠丝、纱、线等用的工具，这里指放风筝用的线车子，也叫绕（yào）子。"[①]

读者可能会奇怪，为什么曹雪芹对放风筝如此了解呢？原来，20 世纪曾有人发现了一部所谓曹雪芹佚著《废艺斋集稿》，这部书的卷二叫作《南鹞北鸢考工志》，专门讲风筝制作技艺的，在序言中，作者自称"有废疾而无告者，谋其有以自养之道。"据推测，可能是曹雪芹晚年为照顾贫寒友人所写。另外，曹雪芹的好朋友、闲散宗室敦敏，在一篇名为《瓶湖懋斋记盛》的文章中，也曾记载了曹雪芹放风筝的情景："观其御风施放之奇，心手相应，变化万千；风鸢听命乎百仞之上，游丝挥运于方寸之间；壁上观者，心为物役，乍惊乍喜，纯然童子之心，忘情忧乐，不复知老之将至矣。"如果这篇文章是真的，曹雪芹还真是一位放风筝的发烧友。当然，这部书稿和这篇文章的真伪，在红学界都有一些争议存在。但无论怎样，从小说情节来看，曹雪芹

[①] （清）曹雪芹撰，无名氏续：《红楼梦》第七十回，北京：人民文学出版社，2008 年，第 973 页。

是非常熟悉放风筝的各种知识的。而且，他还擅长运用当时的民间运动知识，来塑造笔下人物。

我们知道，到了小说第七十回，林黛玉的病已经比较严重了，贾宝玉也时常三灾八难，贾母说："病的病，弱的弱。"那么，当一个偶然飞来的风筝恰好撞在潇湘馆窗外竹子上，正在偶填柳絮词的众姊妹们也就顺势放起了风筝，为的是放一放"晦气"。这样，放风筝这项运动也带有了祈福送晦的美好寓意。在放风筝活动中，宝玉的急性子和黛玉的娇柔之态都表现得十分鲜明。二人还有一个共同点：他们都将放出去的风筝人格化。黛玉怜惜风筝上的美人，"这一放虽有趣，只是不忍"；宝玉也两次怜惜风筝上的美人，甚至"替他寂寞"，"想起来把我这个放去，教他两个作伴儿罢"。小说中颇具意味的是，还描写了薛宝钗、宝琴眼中黛玉的美人风筝，"你这个不大好看"。探春的是软翅凤凰，薛宝钗的是一连七个大雁，薛宝琴的是红蝙蝠，连带不在场的晴雯放了大鱼的，贾环要走了螃蟹的，《红楼梦》描写细致之处就在于各人的风筝都象征着各人的脾气秉性。其中，只有宝黛二人的风筝都是美人，也只有他二人能相互怜惜。

小说写宝黛的美人风筝都放走之后，探春刚要铰自己的凤凰风筝，不想远处又飞来一只别家的凤凰风筝，过一会儿飞过来一只门扇大的玲珑喜字带响鞭的风筝，三只风筝铰在一起，最后线断了，都飞远去了。喜字、凤凰，也恰暗示着探春远嫁，再不能回的结局。《红楼梦》中的风筝也预示着人物的结局，隐喻着人物的性格与关系。

三、运动有方之三：膏粱习射，破闷之法

《红楼梦》是一部架空了时代的小说，正所谓"无朝代可考"，"假借汉唐等年纪添缀"。然而曹雪芹却不可避免地将他所生活的时代与周围人的经历作为模特，描绘进了小说里。比较典型的就是满洲旗人的骑射风俗在小说中的幽微投影。例如小说第二十六回通过薛蟠宴席上与神武将军之子冯紫英的对话表现出的：

> 薛蟠见他面上有些青伤，便笑道："这脸上又和谁挥拳的？挂了幌子了。"冯紫英笑道："从那一遭把仇都尉的儿子打伤了，我就记了再不怄气，如何又挥拳？这个脸上，是前日打围，在铁网山教兔鹘捎一翅膀。"

曹雪芹写作《红楼梦》之时，他大多数时间居住在北京。作为在籍旗人，他的生活圈子，基本上是一些同样在籍的闲散宗室和旗人。通过曹雪芹朋友的诗文，我们可以看到，因为有所谓"铁杆儿庄稼"，在政治上又多失意，他们的日常生活以宴饮、作诗为主，如同《红楼梦》中所写的薛蟠、冯紫英等人一样；同时，作为满人，他们虽然技艺未必精湛，但骑射的运动风俗依然延续在他们中间，例如冯紫英闲谈中提到的自己打围被兔鹘捎了一翅膀，等等。

同样是第二十六回，宝玉无精打采地晃出了房门，他在回廊上调弄了一回雀儿，又出至院外，顺着沁芳溪，看了一回金鱼。

这时,"只见那边山坡上两只小鹿箭也似的跑来",宝玉被从懵懂中惊觉,不解其意,正在纳闷之时,"只见贾兰在后面拿着一张小弓追了下来"。我们知道,贾兰是贾宝玉长兄贾珠的儿子,是贾宝玉的侄子,在小说前八十回中一般与贾环成对出现,因为年龄小,存在感不高。可就是这位没什么存在感的小小少年贾兰,却与宝玉发生了一场耐人寻味的对话:

(贾兰)笑道:"二叔叔在家里呢,我只当出门去了。"宝玉道:"你又淘气了。好好的射他作什么?"贾兰笑道:"这会子不念书,闲着作什么?所以演习演习骑射。"宝玉道:"把牙栽了,那时才不演呢。"

我们想象一下,贾兰这么一个小朋友,拿着一张小弓,在家里的花园中追逐小鹿,本是寻常的玩闹,可面对小叔询问,贾兰却不慌不忙地答道:"演习演习骑射。"庚辰本《石头记》中脂砚斋对此有一段侧批:"答得何其堂皇正大,何其坦然之至!"堂皇正大,气度不凡。而宝玉的回答却是"把牙栽了,那时才不演呢"。小说写"宝玉道",我们无法想象宝玉说这话时的神情,是关爱的,还是略显厌烦没好气的。我觉得都有可能,甚至是两者交织在一起的。宝玉和贾兰这对小叔侄俩,在小说前八十回对话不多,但这一段对话却揭示出两人截然不同的生活态度:贾宝玉终日意思懒懒的,无所事事,反感仕途经济的正途,可能也对骑射一类活动不大感兴趣,小说后文写到贾母问贾珍,宝玉射箭有无长进,贾珍满口胡编,搪塞过去,可以为证。

同时,作为亲叔侄,贾宝玉又是关心小侄子的,叮嘱他不要跌倒，把牙齿栽坏了。小说家通过贾宝玉与贾兰叔侄对于骑射这项运动的不同态度，准确地塑造出两人人生旨趣的不同，也暗示着两人未来迥异的人生道路。正如甲戌本脂砚斋侧批所说："奇文奇语，默思之方意会。为玉兄之毫无一正事，只知安富尊荣而写。"

贾宝玉作为军功世家子弟，对骑射如此无感，是不是个特例呢？我们看小说第七十五回就可以知道，并不是如此。小说描写贾珍居丧期间，"每不得游顽旷朗，又不得观优闻乐作遣。无聊之极，便生了个破闷之法"。原来祖辈赖以安身立命的骑射运动，到了这位贾家族长手中，已经变成了破闷之法了。我们再看看，贾珍是如何破闷的：

> 日间以习射为由，请了各世家弟兄及诸富贵亲友来较射。因说："白白的只管乱射，终无裨益，不但不能长进，而且坏了式样，必须立个罚约，赌个利物，大家才有勉力之心。"因此在天香楼下箭道内立了鹄子，皆约定每日早饭后来射鹄子。贾珍不肯出名，便命贾蓉作局家。这些来的皆系世袭公子，人人家道丰富，且都在少年，正是斗鸡走狗，问柳评花的一干游荡纨裤。因此大家议定，每日轮流作晚饭之主，——每日来射，不便独扰贾蓉一人之意。于是天天宰猪割羊，屠鹅戮鸭，好似临潼斗宝一般，都要卖弄自己家的好厨役好烹炮。不到半月工夫，贾赦贾政听见这般，不知就里，反说这才是正理，文既误矣，武事当亦该习，况在武荫之属。两处遂也命贾环、贾琮、宝玉、贾兰等四人于饭后过来，

跟着贾珍习射一回，方许回去。

原来，宁国府中的这场射箭比试完全是个幌子，不过是贾府这帮纨绔子弟"卖弄自己家的好厨役好烹炮"的场合。贵族公子对于自己祖先的运动如此不擅长，贾府的堕落衰败也成了必然的事情。

有趣的是，小说似乎有意在骑射这项男儿运动之中进行性别对比。贾宝玉虽然自己对骑射不感兴趣，但却对女儿骑射的飒爽英姿有着憧憬与想象。这表现在小说第七十八回著名的《姽婳词》中，小说在写贾宝玉写出全诗的第一句"恒王好武兼好色"后，紧接着写出父亲贾政和众清客的反应："贾政写了看时，摇头道：'粗鄙。'一幕宾道：'要这样方古，究竟不粗。且看他底下的。'"贾政道："姑存之。"宝玉又道："遂教美女习骑射。秾歌艳舞不成欢，列阵挽戈为自得。"看来，在贾宝玉的想象中，骑射这项运动并非不好，只是男儿骑射，本是好武的常态，没什么好夸耀的，如果林四娘这样的女将军演习骑射，甚至亲临战阵，捐躯报国，才真是宝玉所叹息之事。正如《姽婳词》中所言："绣鞍有泪春愁重，铁甲无声夜气凉""柳折花残实可伤""马践胭脂骨髓香"。

最后小结一下，运动养生的理念古已有之。以风筝为例，《续博物志》就曾载："引丝而上，令小儿张口仰视，可泄内热。"而《燕京岁时记》中也说："风筝在天，以能明目。"除去真实的养生道理之外，我们还可以在小说中看到，无论是对弈活动脑筋、风筝驱除疾病、射箭追述祖德，小说家都将养生知识作为一种工具，为描绘人物性格、创设人物关系服务。

第四节　志趣高尚，娱乐有道：
　　　听曲、打牌与联诗

娱乐是人类不可或缺的一种文化活动，也是调节我们身心健康的必备要素。然而，积极向上的娱乐方式能够促进健康生活，增进人们对群体的认同感和个人获得感。反之则可能使人意志消沉，健康每况愈下。贾府主要人物里，贾母作为最年长有德的一位，在传统社会，她能够享寿八十三岁，除了遗传基因、生活环境、营养条件、心理状态等原因外，也与贾母一有机会就进行健康娱乐活动有关。在小说描写中，贾母是一位志趣高尚、品位极佳的贵族老妇人。

一、娱乐有道之一："如此好月，不可不闻笛"

贾母的娱乐品位，首先体现在她超群的音乐鉴赏力。我们知道，《黄帝内经》认为"五脏应五音"，通俗一些讲，就是将"宫商角徵羽"与"脾肺肝心肾"对应。明清时代的养生书也多次提到"以戏代药"的观念。事实上，好的音乐确实能够起到疏散愁闷、愉悦心灵的作用，笔记小说中也多次记载吟咏名篇来治疗疾病的故事。

《红楼梦》中的音乐娱乐，也是小说重要的一个叙事方向。在贾府众多的宴会上，中心人物贾母更是展现了她的音乐鉴赏力。说到这里，有的读者可能会问：贾母不是喜欢听热闹的戏文

大观园的病根：《红楼梦》人物的身心困局

么？这与乡村庙会上那些乡村老妪有何区别，也能称得上有品位？其实，爱热闹只是贾母音乐趣味的一方面，更多的是应景的吉祥追求。她审美趣味的核心是讲究搭配。所谓搭配就是关系。高级的音乐搭配，能给人带来极致的视听享受，起到秋水共长天一色的效果。例如小说第五十四回描写贾母对少年时家中戏班的一段回忆：

> 一时，梨香院的教习带了文官等十二个人，从游廊角门出来。婆子们抱着几个软包，因不及抬箱，估料着贾母爱听的三五出戏的彩衣包了来。婆子们带了文官等进去见过，只垂手站着。贾母笑道："大正月里，你师父也不放你们出来逛逛。你等唱什么？刚才八出《八义》闹得我头疼，咱们清淡些好。你瞧瞧，薛姨太太这李亲家太太都是有戏的人家，不知听过多少好戏的。这些姑娘都比咱们家姑娘见过好戏，听过好曲子。如今这小戏子又是那有名玩戏家的班子，虽是小孩子们，却比大班还强。咱们好歹别落了褒贬，少不得弄个新样儿的。叫芳官唱一出《寻梦》，只提琴至管箫合，笙笛一概不用。"文官笑道："这也是的，我们的戏自然不能入姨太太和亲家太太姑娘们的眼，不过听我们一个发脱口齿，再听一个喉咙罢了。"贾母笑道："正是这话了。"李婶薛姨妈喜的都笑道："好个灵透孩子，他也跟着老太太打趣我们。"贾母笑道："我们这原是随便的顽意儿，又不出去做买卖，所以竟不大合时。"说着又道："叫葵官唱一出《惠明下书》，也不用抹脸。只用这两出

叫他们听个疏异罢了。若省一点力,我可不依。"

文官等听了出来,忙去扮演上台,先是《寻梦》,次是《下书》。众人都鸦雀无闻,薛姨妈因笑道:"实在亏他,戏也看过几百班,从没见用箫管的。"贾母道:"也有,只是像方才《西楼·楚江晴》一支,多有小生吹箫和的。这大套的实在少,这也在主人讲究不讲究罢了。这算什么出奇?"指湘云道:"我像他这么大的时节,他爷爷有一班小戏,偏有一个弹琴的凑了来,即如《西厢记》的《听琴》,《玉簪记》的《琴挑》,《续琵琶》的《胡笳十八拍》,竟成了真的了,比这个更如何?"众人都道:"这更难得了。"贾母便命个媳妇来,吩咐文官等叫他们吹一套《灯月圆》。媳妇领命而去。

本回的元宵夜宴,是贾府欢乐祥和的顶点。搬演戏曲是那个时代大家族的定例,从晚明到整个清代,世家大族供养成套戏班的情况非常常见。不仅贾府,薛姨妈家和李婶娘家都有自己的戏班。这时,贾母却别出心裁,要求梨香院这般小戏子"只提琴至管箫合,笙笛一概不用"。薛姨妈等赶紧表示,听过几百班戏,"从没见用箫管的",这一句话便写出贾母与贾府的特殊讲究来。接着,贾母在闲谈中再次透露,自己像史湘云那么大的时候,史侯爷家中有一班小戏,有一个弹琴的凑趣,《西厢记·听琴》《玉簪记·琴挑》《续琵琶·胡笳十八拍》等折子戏演出时,都是用真的琴音伴奏演出。大家听后纷纷表示:"这更难得了。"红学家研究表明,贾母闲谈中提及的《续琵琶》很可能是曹雪芹的祖父曹寅所作的一部传奇。小说家在描写贾府夜宴欣赏音乐的场景中，不仅轻描淡写地映带出曹家祖辈的戏曲成就，更重要的是彰显了贾母的音乐修养与高贵品位。

如果说，第五十四回贾母对戏曲的要求是闹中取静的话，那么，第七十六回中秋夜宴上贾母的音乐喜好，则更预示着贾府即将败落的命运：

> 贾母因见月至中天，比先越发精彩可爱，因说："如此好月，不可不闻笛。"因命人将十番上女孩子传来。贾母道："音乐多了，反失雅致，只用吹笛的远远的吹起来就够了。"……正说着闲话，猛不防只听那壁厢桂花树下，呜呜咽咽，悠悠扬扬，吹出笛声来。趁着这明月清风，天空地静，真令人烦心顿解，万虑齐除，都肃然危坐，默默相赏。听约两盏茶时，方才止住，大家称赞不已。于是遂又斟上暖酒来。贾母笑道："果然可听否？"众人笑道："实在可听。我们也想不到这样，须得老太太带领着，我们也得开些心胸。"贾母道："这还不大好，须得拣那曲谱越慢的吹来越好。"说着，便将自己吃的一个内造瓜仁油松穰月饼，又命斟一大杯热酒，送给谱笛之人，慢慢的吃了再细细的吹一套来。……只听桂花阴里，呜呜咽咽，袅袅悠悠，又发出一缕笛音来，果真比先越发凄凉。大家都寂然而坐。夜静月明，且笛声悲怨，贾母年老带酒之人，听此声音，不免有触于心，禁不住堕下泪来。众人此时都不禁有凄凉寂寞之意，半日，方知贾母伤感，才忙转身陪笑，发语解释。又命暖酒，且住了笛。

第四章 荣国府里的养生书写

小说写到了第七十六回，贾府的衰相已露。前一回宁国府的夜宴，刚刚发生了祖先宗祠内的"异兆发悲音"。这一回，贾母主持的荣国府家宴，也是各种不祥征兆频现。先是贾母感叹人太少了，接着便是贾母看到月到中天，想起隔着水音听笛声。结果呜呜咽咽、袅袅悠悠，贾母和众人都被笛声所感染，心境越发凄凉。贾母甚至因此伤感坠泪。在众人的劝解之下，气氛才逐渐缓和。这是曹雪芹笔下大观园中的最后一场夜宴，如此悲凉的笛声萦绕全场。"如此好月，不可不闻笛"，这笛声不仅能调节人的情志，而且预示了人物的命运与家族的衰败，以及社会的没落。

二、娱乐有道之二：热闹非凡的"牙牌"

打牌是荣国府中最常见的娱乐方式。在小说中，几乎有贾母在的宴会，都会有打牌的情节。难怪红学家认为贾府宴会的中心人物是贾母无疑。小说也似乎处处在渲染贾母的好"热闹"：例如第二十二回，贾母出钱为薛宝钗过生日，让宝钗点戏，"宝钗深知贾母年老人，喜热闹戏文，爱吃甜烂之食，便总依贾母往日素喜者说了出来。贾母更加欢悦"。贾母追求热闹，无过于打牌了。用贾母自己的话说："你们只管顽笑吃喝。我因为天短了，不敢睡中觉，抹了一回牌，想起你们来了，我也来凑个趣儿。"（第五十回）

不过，有一点值得说明，打牌既是贾母的日常娱乐活动，又是她拉近与姐妹们感情、掌握贾府动向的一种高明的手腕。例如小说第四十六回"鸳鸯女誓绝鸳鸯偶"这个情节中，邢夫人因为

大观园的病根:《红楼梦》人物的身心困局

替自己的丈夫贾赦讨要贾母的贴身大丫鬟鸳鸯做小妾,而得罪了贾母,被一通数落,闹了好大的不痛快。下一回中王夫人、薛姨妈、凤姐等都陪着贾母打牌消闷,每个人都提着几分小心:

> 一时鸳鸯来了,便坐在贾母下手,鸳鸯之下便是凤姐儿。铺下红毡,洗牌告幺,五人起牌。斗了一回,鸳鸯见贾母的牌已十严,只等一张二饼,便递了暗号与凤姐儿。凤姐儿正该发牌,便故意踌躇了半晌,笑道:"我这一张牌定在姨妈手里扣着呢。我若不发这一张,再顶不下来的。"薛姨妈道:"我手里并没有你的牌。"凤姐儿道:"我回来是要查的。"薛姨妈道:"你只管查。你且发下来,我瞧瞧是张什么。"凤姐儿便送在薛姨妈跟前。薛姨妈一看是个二饼,便笑道:"我倒不稀罕他,只怕老太太满了。"凤姐儿听了,忙笑道:"我发错了。"贾母笑的已掷下牌来,说:"你敢拿回去!谁叫你错的不成?"凤姐儿道:"可是我要算一算命呢!这是自己发的,也怨埋伏!"贾母笑道:"可是呢,你自己该打着你那嘴,问着你自己才是。"又向薛姨妈笑道:"我不是小器爱赢钱,原是个彩头儿。"薛姨妈笑道:"可不是这样,那里有那样糊涂人说老太太爱钱呢?"凤姐儿正数着钱,听了这话,忙又把钱穿上了,向众人笑道:"够了我的了。竟不为赢钱,单为赢彩头儿。我到底小器,输了就数钱,快收起来罢。"

> 贾母规矩是鸳鸯代洗牌,因和薛姨妈说笑,不见鸳鸯动手,贾母道:"你怎么恼了,连牌也不替我洗。"鸳

214

鸳拿起牌来，笑道："二奶奶不给钱。"贾母道："他不给钱，那是他交运了。"便命小丫头子："把他那一吊钱都拿过来。"小丫头子真就拿了，搁在贾母旁边。凤姐儿笑道："赏我罢，我照数儿给就是了。"薛姨妈笑道："果然是凤丫头小器，不过是顽儿罢了。"凤姐听说，便站起来，拉着薛姨妈，回头指着贾母素日放钱的一个木匣子笑道："姨妈瞧瞧，那个里头不知顽了我多少去了。这一吊钱顽不了半个时辰，那里头的钱就招手儿叫他了。只等把这一吊也叫进去了，牌也不用斗了，老祖宗的气也平了，又有正经事差我办去了。"话说未完，引的贾母众人笑个不住。偏有平儿怕钱不够，又送了一吊来。凤姐儿道："不用放在我跟前，也放在老太太的那一处罢。一齐叫进去倒省事，不用做两次叫箱子里的钱费事。"贾母笑的手里的牌撒了一桌子，推着鸳鸯，叫："快撕他的嘴！"（第四十七回）

贾母因自己本就不喜欢的长子贾赦惦记自己的贴身大丫鬟金鸳鸯，还派邢夫人前来讨要，十分动怒。连带王夫人也被错怪了，场面一度十分尴尬，故而第四十六回小说回目中有个"尴尬人难免尴尬事"。王熙凤等借打牌之机，想要赶快驱散笼罩在贾母心头的乌云。情绪上由怒转喜，对于饱经沧桑的贾府最高统治者贾母，并不那么容易。所以凤姐借助贾母平日最爱的牌局做文章：凤姐和鸳鸯打配合，故意输钱给贾母，还假意赖账。贾母命小丫头将凤姐手里的钱拿过来，恰巧平儿又送了一吊钱来，凤姐趁机发表了一番精彩绝伦的议论：她的意思是老祖宗很善于打

215

牌，一吊钱用不了半个时辰，就被老祖宗收进钱箱子里了。平儿拿来的这吊钱也直接放进箱子吧，省得里面的钱叫两次，求团圆。凤姐把贾母箱子里的钱拟人化，就巧妙地制造了贾母牌技高明的假象，甚至暗示着贾母始终掌握着贾家的一切大小事权，冲淡了刚才贾母对众人的不信任和怨恨，引得贾母发笑，成功转怒为喜。

贾母通过一场牌局心情转好，一方面与贾母自己具有很强的心理调节能力有关，甭管经历了什么不开心的事儿，她总能找到机会，努力排遣，这是她健康长寿的重要原因；另一方面，也是王熙凤、鸳鸯等人达成默契，共同营造一个轻松欢乐牌局，逗贾母开心的孝心使然。

事实上，对于老年人，热闹的棋牌类游戏确实对身体和心理都有益处。《黄帝内经素问·调经论》认为"血有余则怒，不足则恐"，"神有余则笑不休，神气不足则悲"。金代张子和的《儒门事亲》也认为，"悲可由喜治，以谑浪亵狎之言娱之"。《红楼梦》中贾母的娱乐实践告诉我们，老年人需要热闹的棋局，更看重制造天伦之乐的孝心。

三、娱乐有道之三：诗词最是陶情

中国是诗词的国度，《红楼梦》更是诗词的园地。事实上，诗词除了具有审美价值之外，作诗行为本身，也是一种排忧解愁、有益身心的娱乐活动。沉迷于诗国大海的香菱、陶然于冬日联句的湘云，都从中获得了她们苦难人生中难得的快乐。更进一步说，大观园中的海棠社、桃花社等诗歌活动，不仅是小说浓墨重彩呈现人物性格与气质的重要场景，更是姊妹们无忧无虑地享受生命柔情的短暂时光，是千红一哭、万艳同悲的红楼悲剧中难能可贵的一抹亮色。

小说第四十八回的情节"慕雅女雅集苦吟诗"，自从以"香菱学诗"的名义选入了高中语文课本，成为代表《红楼梦》的经典场景。但大多数读者会极力赞扬香菱的风雅与灵动，也会欣赏香菱的娇憨之态，然而却很少会从香菱学诗的动机来思考诗歌对于香菱的生命意义。通过小说开篇故事，我们了解到香菱本名甄英莲，是甄士隐的女儿，因元宵夜被拐子拐走，后被薛蟠强买为妾。来到贾府后，跟随宝钗度过了几年相对安宁的时光，很快便因薛蟠娶夏金桂为妻，"美香菱屈受贪夫棒"（甲辰本第八十回回目，也有的版本作"姣怯香菱病入膏肓"），无论如何，香菱的结局非常悲惨。那么小说在第四十八回描写香菱学诗的目的是什么呢？薛蟠的外出，为香菱留出了相对自由的空间，薛宝钗的一句玩话和林黛玉偶然的点拨，在香菱本就聪慧的心灵上撒上了诗歌的萌芽。诗歌是香菱生命中唯一的亮色，而她沉溺诗歌创作的看似疯魔，实则是对丑恶现实境遇的一种超脱。在第四十八回回末写道：

> 原来香菱苦志学诗，精血诚聚，日间做不出，忽于梦中得了八句。梳洗已毕，便忙录出来，自己并不知好歹，便拿来又找黛玉。刚到沁芳亭，只见李纨与众姊妹方从王夫人处回来，宝钗正告诉他们说他梦中作诗说梦话。

大观园的病根:《红楼梦》人物的身心困局

  在这段话一旁,庚辰本脂砚斋有一段意味深长的评点:"庚夹:一部大书,起是梦,宝玉情是梦,贾瑞淫又是梦,秦[氏]之家计长策又是梦,今作诗也是梦,一并'风月鉴'亦从梦中所有,故'红楼梦'也。余今批评亦在梦中,特为梦中之人特作此一大梦也。"脂砚斋将宝玉、贾瑞、秦可卿的梦相提并论,可见对香菱梦中之诗的看重。梦寐中的诗篇也许是香菱最美妙温馨的生命求索。

  与香菱的悲惨身世相比,史湘云贵为侯门之女,境遇要好许多,但她父母双亡,依靠叔嫂过活,想要宴请大观园中姊妹,还得靠宝钗慷慨相助。日常生活,尤其是婚姻境遇,与林黛玉颇多相似之处。可以说,少年史湘云最快乐的时刻都在大观园中,尤其在争相联句的诗社之中。我们且看小说第五十回描写湘云联句时的积极表现:"湘云那里肯让人,且别人也不如他敏捷,都看他扬眉挺身的说道""湘云忙丢了茶杯,忙联道",最后湘云笑得滚到宝钗怀中,连她自己都笑道:"我也不是作诗,竟是抢命呢。"将作诗当成抢命,在一部《红楼梦》中也只有史湘云可以做得到。欢快的音符跳跃在芦雪庵中,表征着史湘云的敏捷,释放着少女的生命能量。

  其实,《红楼梦》中联句作诗的场景有许多,它们大多在曹雪芹与朋友的诗会中能够找到影子。红学家在曹雪芹朋友的朋友富察·明义的集子中找到的几首"菊花诗",恰与第三十七回"秋爽斋偶结海棠社"中众姊妹所作菊花诗题目相近。我想,中年贫病的曹雪芹,也应该能从作诗联句中,寻找到俗世少有的快乐吧,作诗如抢命,挥毫已千言,一如小说里的史湘云。当然,这一切,只能是个假如。

第四章　荣国府里的养生书写

小　结

归结起来,《红楼梦》中的养生知识,在古典小说艺术宝库中是最为丰富多彩之一的。荣国府中人的日常生活的行住坐卧,都包含着许多的养生因子,例如他们作息遵守一定法度,饮食相对节制,游戏多数有益身心,娱乐情趣高雅积极。小说中的"四有"生活,不仅是传统社会精致生活的一种艺术化呈现,也是小说家结构情节、表现人物关系的重要途径;同时,也对我们今天的健康生活有着实实在在的启迪:两百余年过去,时易世变,然而今人的忧愁苦痛、七情六欲,依然如荣国府中一般无两。当你消沉落寞之时,古人自律而积极的"四有"生活是否能给你带来些许抚慰,有能力与条件等待否极泰来、时来运转呢?我没有答案,只愿你能从节制中获得自由,从沉潜里领略快乐。

第五章 石兄的身体审美和声色空间

石兄，也就是宝玉胎带的那块石头，是《红楼梦》叙事者一次大胆的文体试验。遗憾的是，当时的读者很可能不能接受这种颇具现代意味的叙事方式。第十五回，宝玉与秦钟算账，石头没完没了，就似乎消失了。但石头作为一种潜在监控者的视角，始终存在。似乎只要宝玉在，他便在：观看园中风景，审视人物身体，体察人物困境。

从石兄的视角出发，审视园中人的身体经验，还得从宝黛这两个心细的年轻人聊起。第四十五回写黛玉刚吟罢《秋窗风雨夕》，正要就寝，忽报宝玉前来问病，聊了一会儿，到了戌末亥初，也就是晚上九点钟左右，宝玉害怕黛玉劳神，主动要走，黛玉听见雨声越发紧了，因而叮嘱道：

  黛玉笑道："等我夜里想着了，明儿早起告诉你。你听雨越发紧了，快去罢。可有人跟着没有？"有两个婆子答应："有人，外面拿着伞点着灯笼呢。"黛玉笑道："这个天点灯笼？"宝玉道："不相干，是明瓦的，不怕雨。"黛玉听说，回手向书架上把个玻璃绣球灯拿了下来，命点一支小蜡来，递与宝玉，道："这个又比那个亮，正是雨里点的。"宝玉道："我也有这么一个，怕他们失脚滑倒了打破了，所以没点来。"黛玉道："跌了灯值钱，跌了人值钱？你又穿不惯木屐子。那灯笼命他们前头照着。这个又轻巧又亮，原是雨里自己拿着的，你自己手里拿着这个，岂不好？明儿再送来。就失了手也有限的，怎么忽然又变出这'剖腹藏珠'的脾气来！"宝玉听说，连忙接了过来，前头两个婆子打着伞

大观园的病根:《红楼梦》人物的身心困局

> 提着明瓦灯,后头还有两个小丫鬟打着伞。宝玉便将这个灯递与一个小丫头捧着,宝玉扶着他的肩,一径去了。

黛玉要给宝玉点上玻璃绣球灯,宝玉害怕"失脚滑倒了打破了",因而婉拒。黛玉顺口说出了一句经典之问:"跌了灯值钱,跌了人值钱?"直斥宝玉的行为是"剖腹藏珠"。剖腹藏珠,杀害身体以保存财物,看似是荒谬至极的,但古往今来,又有多少人为财亡身呢?宝黛之间这番秋雨夜的叮嘱,既揭示了身体与价值之间永恒的抉择与博弈,又铺排了二人细致入微的爱恋心理。这大约正是我们切入大观园人物的身心世界的最佳引子。

身体是近年来文学研究的热门话题,法国哲学家大卫·勒布雷东认为:"身体具有特殊的地位,是自我存在和自我表现的不可缺少的舞台,同时还是个体的标志,形成了与外界的界限。"[1]《红楼梦》以及不少古典小说,对于身体修辞有着充分呈现。有研究者概括,身体修辞起源于人类"近取譬"的认知习惯:以最熟悉的身体为修辞工具,对抽象的事物或情感进行诠释。身体部位的等级秩序和文化含义,是身体修辞的基础,也决定了古代小说中身体修辞的使用规律。[2] 本章,我们就从身体权力秩序入手,由身体审美到身体消逝,探究大观园中的身体审美与声色空间。

---

[1] 〔法〕大卫·勒布雷东著:《人类身体史和现代性》,上海:上海文艺出版社,2010年,第3页。

[2] 李萌昀:《"具体"的语言——论中国古代小说中的身体修辞》,《中国人民大学学报》,2021年第4期,第166—176页。

第五章　石兄的身体审美和声色空间

第一节　《红楼梦》人物的身体秩序与权力关系

古人是如何认识自己的身体的？历来有不少学者做过分析，至少可以归纳为三重维度，即生物学意义上的躯体，政治社会文化中的身体，以及主观感受经验的形体。三者既有区别，又相互关联，纠结在一起，和"天—地—人"之间"同源同构互感"关系类似。

古人的身体认知也有类似特征。传统文化尤其擅长以身体喻事。以儒家为例，杨儒宾在《儒家身体观》中概括了儒家身体观的"二源三派"：所谓二源，即以《周礼》为中心的威仪身体观和以医学为中心的血气观；所谓三派，就是践形观、自然气化说和礼仪观。践形观指的是形—气—心结构，主张生命与道德合一，人身乃精神化身体，孟子是这一派观点的代表；自然气化说指的是自然与人身同是气化产物，存在内在感应，《管子》《左传》《易传》是这一观点的集中代表；礼仪观，指的是身体的社会化，即认为人的本质、身体与社会建构分不开，荀子是这一观点的代表。[1]

整体上看，身体作为天—地—人三才的中心节点，是人之所以拥有人的意识和发挥人的主观意志的屏障与根基，身体的内在秩序象征着宇宙、社会的运行规则。

古典医学知识经过漫长的发展演化，基于解剖学知识和哲学思想的双重积淀，最终确立了"元首—五脏—六腑—四肢—百

---

[1] 杨儒宾：《儒家身体观》，上海：上海古籍出版社，2019年，第1—8页。

大观园的病根:《红楼梦》人物的身心困局

骸—发须爪"的身体秩序观。各秩序层级间存在重要级别的等差,每向下一个层级,都比上一个层级所负载的生命能力与个体生命信息弱化一等。这一观念深刻影响了《红楼梦》和几乎所有古典小说的身体秩序与权力观念。

一、"口填马粪":谈身体秩序,从焦大说起

《红楼梦》里有这样一个有趣的现象,贾府中人,文化程度越低,其话语中身体词汇的含量越高。例如第七回出场的宁国府老仆焦大,因不满被安排深夜护送秦钟,趁着酒兴,破口大骂,这一节堪称小说身体词汇的一次大爆发:

> 那焦大又恃贾珍不在家,即在家亦不好怎样他,更可以任意洒落洒落。因趁着酒兴,先骂大总管赖二,说他不公道,欺软怕硬,"有了好差事就派别人,像这等黑更半夜送人的事,就派我。没良心的王八羔子!瞎充管家!你也不想想,焦大太爷跷跷脚,比你的头还高呢。二十年头里的焦大太爷眼里有谁?别说你们这一起杂种王八羔子们!"
>
> 正骂的兴头上,贾蓉送凤姐的车出去,众人喝他不听,贾蓉忍不得,便骂了他两句,使人捆起来,"等明日酒醒了,问他还寻死不寻死了!"那焦大那里把贾蓉放在眼里,反大叫起来,赶着贾蓉叫:"蓉哥儿,你别在焦大跟前使主子性儿。别说你这样儿的,就是你爹、你爷爷,也不敢和焦大挺腰子!不是焦大一个人,你们

第五章　石兄的身体审美和声色空间

就做官儿享荣华受富贵？你祖宗九死一生挣下这家业，到如今了，不报我的恩，反和我充起主子来了。不和我说别的还可，若再说别的，咱们红刀子进去白刀子出来！"凤姐在车上说与贾蓉道："以后还不早打发了这个没王法的东西！留在这里岂不是祸害？倘或亲友知道了，岂不笑话咱们，这样的人家连个王法规矩都没有。"贾蓉答应"是"。

众小厮见他太撒野了，只得上来几个，揪翻捆倒，拖往马圈里去。焦大越发连贾珍都说出来，乱嚷乱叫说："我要往祠堂里哭太爷去。那里承望到如今生下这些畜牲来！每日家偷狗戏鸡，爬灰的爬灰，养小叔子的养小叔子，我什么不知道？咱们'胳膊折了往袖子里藏'！"众小厮听他说出这些没天日的话来，唬的魂飞魄散，也不顾别的了，便把他捆起来，用土和马粪满满的填了他一嘴。

焦大骂詈语中的身体词汇大约有这些："焦大太爷跷跷脚，比你的头还高""焦大太爷眼里""挺腰子""红刀子进去白刀子出来""胳膊折了往袖子里藏"等等。尤其是"红刀子进去白刀子出来"，《红楼梦》的各个版本有许多种写法，其实都对，甲戌本脂砚斋夹批道："是醉人口中文法。一段借醉奴口角闲闲补出宁荣往事近故，特为天下世家一（笑）［哭］。"焦大的谩骂是逐渐升级的，由总管赖二，到少主子贾蓉，最终"越发连贾珍都说出来"，嚷出了那句名言："爬灰的爬灰，养小叔子的养小叔子"。甲戌本脂砚斋有条眉批说："'不如意事常八九，可与人言无二三。'以二句批是段，聊慰石兄。"这就相当于焦大用一系列身体词汇堆叠出了一个阖府皆知却无人敢说的秘密：宁国府的主人贾珍有爬灰之举。这句石破天惊的话招来的也是最强烈的责罚：焦大被小厮们"揪翻捆倒""用土和马粪满满的填了他一嘴"。

读者一定会产生疑问，为什么要往焦大嘴里填马粪呢？我想大约是这个道理：嘴是人说话的工具，堵住口便不能乱说，更重要的是堵嘴的隐喻意义：不许胡说混嗳。马粪对焦大造成的羞辱，正在于人口与马粪之间存在巨大的权力关系悬隔。

细读焦大撒酒疯的情节，焦大其实对自身在贾府中的地位，缺乏一个清晰的认知：所谓"焦大太爷跷跷脚，比你的头还高呢。二十年头里的焦大太爷眼里有谁"，"脚"与"头"之间存在着深刻的权力关系鸿沟，而焦大二十年前"眼里"的世界，也早已经不是今天的贾府所能容纳的。

焦大为什么自视甚高，小说前文通过宁国府掌家奶奶尤氏之口交代过："只因他从小儿跟着大爷们出过三四回兵，从死人堆里把大爷背了出来，得了命；自己挨着饿，却偷了东西来给主子吃；两日没得水，得了半碗水给主子喝，他自己喝马溺。不过仗着这些功劳情分，有祖宗时都另眼相待，如今谁肯难为他去。他自己又老了，又不顾体面，一味吃酒，吃醉了，无人不骂。我常说给管事的，不要派他差事，全当一个死的就完了。今儿又派了他。"因此，焦大所傲娇的资本正是贾府起家的资本——军功。凭借跟大爷们出过兵的功劳，焦大自然有受到优待的资本，但身为奴仆，即便在醉后，将主人的丑事——编派，也绝非"汉之功臣不得保其首领者"（蒙古王府本脂砚斋侧批），更不要说脚比小爷的头都高了。

第五章　石兄的身体审美和声色空间

焦大口填马粪让人想起另一则著名的尝粪故事。东汉赵晔《吴越春秋》卷七《勾践入臣外传》曾记载了吴王夫差俘虏并囚禁了越王勾践。勾践听说夫差患病，贿赂宠臣太宰嚭，说："囚臣欲一见问疾。"太宰嚭收了勾践贿赂，自然乐意效劳："即入言于吴王，王召而见之"。结果便发生了史上著名的这段味道浓郁的故事：

> 适遇吴王之便，太宰嚭奉溲恶以出，逢户中。越王因拜："请尝大王之溲，以决吉凶。"即以手取其便与恶而尝之。因入曰："下囚臣勾践贺于大王，王之疾至己巳日有瘳，至三月壬申病愈。"吴王曰："何以知之？"越王曰："下臣尝事师，闻粪者顺谷味，逆时气者死，顺时气者生。今者臣窃尝大王之粪，其恶味苦且楚酸。是味也，应春夏之气。臣以是知之。"吴王大悦，曰："仁人也。"乃赦越王，得离其石室，去就其宫室，执牧养之事如故。越王从尝粪恶之后，遂病口臭。范蠡乃令左右皆食岑草，以乱其气。①

这段描写之中，有好几处值得深思的地方。例如勾践尝粪，当然是为了讨好吴王夫差，但夫差的反应却耐人寻味，他为何要说"仁人也"？越王从尝粪恶之后，为什么会"病口臭"？范蠡为何要"令左右皆食岑草，以乱其气"？其实，吴王夫差脱口而出

---

① （东汉）赵晔撰、周生春辑校汇考：《吴越春秋辑校汇考》，北京：中华书局，2019年，第115页。

"仁人"的背后,是对勾践服从性较为满意的一种认可。他都肯为我尝粪便,他一定不敢再反抗了。勾践也打定了这种心思,主动以身体秩序为突破口,努力创造服从性。至于越王尝粪后,患上口臭,臣子们也努力使自己变得口臭,来搅乱其气,则来自于权力关系之下的身体秩序同构。

二、秦钟"打起一层油皮":身体秩序的打破

看完口填马粪所揭示的身体秩序,我们再来看看《红楼梦》中如何描写身体权力的打破及其后果。小说第九回写了著名的"顽童闹学堂"场景:

> 金荣此时随手抓了一根毛竹大板在手,地狭人多,那里经得舞动长板。茗烟早吃了一下,乱嚷:"你们还不来动手!"宝玉还有三个小厮:一名锄药,一名扫红,一名墨雨。这三个岂有不淘气的,一齐乱嚷:"小妇养的!动了兵器了!"墨雨遂掇起一根门闩,扫红锄药手中都是马鞭子,蜂拥而上。贾瑞急的拦一回这个,劝一回那个,谁听他的话,肆行大闹。众顽童也有趁势帮着打太平拳助乐的,也有胆小藏在一边的,也有直立在桌上拍着手儿乱笑,喝着声儿叫打的。登时间鼎沸起来。
>
> 外边李贵等几个大仆人听见里边作起反来,忙都进来一齐喝住。问是何原故,众声不一,这一个如此说,那一个又如彼说。李贵且喝骂了茗烟四个一顿,撵了出去。秦钟的头早撞在金荣的板上,打起一层油皮,宝玉

第五章 石兄的身体审美和声色空间

正拿褂襟子替他揉呢,见喝住了众人,便命:"李贵,收书!拉马来,我去回太爷去!我们被人欺负了,不敢说别的,守礼来告诉瑞大爷,瑞大爷反倒派我们的不是,听着人家骂我们,还调唆他们打我们。茗烟见人欺负我,他岂有不为我的;他们反打伙儿打了茗烟,连秦钟的头也打破了。还在这里念什么书!茗烟他也是为有人欺侮我的。不如散了罢。"

宝玉和秦钟结伴上学,与香怜、玉爱相熟。一日,秦钟与香怜"走至后院说体己话",不巧被璜大奶奶侄儿金荣撞见,闲言碎语,暗地结怨。又经过贾瑞拉偏架,金荣肆意谩骂,贾蔷拱火茗烟,茗烟大骂金荣,众顽童打成一锅粥。直闹到秦钟"头早撞在金荣的板上,打起一层油皮",这是宝玉发飙的导火索。客观地讲,顽童闹学堂,本没有对错之分。但金荣动手打伤秦钟,这就打破了身体秩序,给了宝玉充分谴责金荣的条件:"金荣强不得,只得与秦钟作了揖。宝玉还不依,偏定要磕头。"贾瑞表面站在金荣一边,心里实际上只要"暂息此事",只得作势劝金荣说:"俗语说的好:'杀不不过头点地。'你既惹出事来,少不得下点气儿,磕个头就完事了。"

宝玉"拿褂襟子"替秦钟揉头,一方面当然是因为宝玉与秦钟感情不同一般,另一方面也是宝玉一贯的爱惜身体观念导致,例如小说第二十六回,写宝玉与侄儿贾兰的一次园中偶遇:

(宝玉)晃出了房门,在回廊上调弄了一回雀儿;出至院外,顺着沁芳溪看了一回金鱼。只见那边山坡上两只小鹿箭也似的跑来，宝玉不解其意。正自纳闷，只见贾兰在后面拿着一张小弓追了下来，一见宝玉在前面，便站住了，笑道："二叔叔在家里呢，我只当出门去了。"宝玉道："你又淘气了。好好的射他作什么？"贾兰笑道："这会子不念书，闲着作什么？所以演习演习骑射。"宝玉道："把牙栽了，那时才不演呢。"

这可能也是小说中这对几乎每天都见面的小叔侄俩为数不多的一次对话描写。贾兰的话自然是堂皇正大之理，而宝玉叮嘱他的，却别是一番滋味：他为什么说小心栽了牙？栽了牙在古代会怎样？牙齿缺失意味着什么？牙齿缺失，是一种身体秩序的打破。从唐代开始，科举考试讲求身言书判。古代科举对士人容貌端正是有一定要求的。栽了牙，很有可能影响到贾兰的科举之路。当然，宝玉肯定想不了那么远。

另外，在古代中国如何补牙？镶牙的技术又是什么时候发明的呢？刷牙护齿，古已有之。敦煌壁画中已有刷牙图像。补牙之法，最早大约是公元659年编订的唐药典《新修本草》的记载："其法以白锡和银薄及水银合成之。亦甚补牙齿缺落，又当凝硬如银，合炼有法。"（宋·唐慎微《证类本草》）

细味这对小叔侄之间的对话，除温馨之外，也显露出两人截然不同的旨趣：同样是"淘气"，贾兰从小就会说得堂皇正大，令长辈可喜；而宝玉的精神状态则常是"没精打采"，"意思懒懒的"。从身体与精神状态角度讲，贾兰虽然年少，但是在小说中从未生病，闲来不读书，就"演习骑射"，做好体育锻炼，自然从身体到精神都是昂扬向上的健康之美；而宝玉多病，身体羸弱，精神状态也多"没精打采"的。有趣的是，贾兰的精神世界，小说绝少描摹，我们不得而知，而宝玉的精神世界却是无比丰富多彩而又精致细密的。而羸弱身体中的精致精神世界，似乎也预示着这种弱不禁风的贵族生活悲剧性的必然结局。

三、宝玉"挨打"：屁股的羞辱与惩戒

贾宝玉与他的父亲贾政关系紧张，是举世皆知的典故。父子俩矛盾爆发最集中的一次，就在第三十三回"手足耽耽小动唇舌，不肖种种大承笞挞"，宝玉"在外流荡优伶，表赠私物，在家荒疏学业，淫辱母婢"，直接导致了《红楼梦》中故事情节高潮之一的"宝玉挨打"场景诞生：

> 宝玉急的跺脚，正没抓寻处，只见贾政的小厮走来，逼着他出去了。贾政一见，眼都红紫了，也不暇问他在外流荡优伶，表赠私物，在家荒疏学业，淫辱母婢等语，只喝令："堵起嘴来，着实打死！"小厮们不敢违拗，只得将宝玉按在凳上，举起大板打了十来下。贾政犹嫌打轻了，一脚踢开掌板的，自己夺过来，咬着牙狠命盖了三四十下。众门客见打的不祥了，忙上前夺劝。贾政那里肯听，说道："你们问问他干的勾当可饶不可饶！素日皆是你们这些人把他酿坏了，到这步田地还来解劝。明日酿到他弑君杀父，你们才不劝不成！"众人听这话不好听，知道气急了，忙又退出，只得觅人进去给信。王夫人不敢先回贾母，只得忙穿衣出来，也不顾

大观园的病根:《红楼梦》人物的身心困局

> 有人没人,忙忙赶往书房中来,慌的众门客小厮等避之不及。王夫人一进房来,贾政更如火上浇油一般,那板子越发下去的又狠又快。按宝玉的两个小厮忙松了手走开,宝玉早已动弹不得了。

应该说,以传统社会父子伦理规约,贾政有充足理由责打宝玉。问题是,打的部位为什么是屁股?众所周知,臀部是人体的隐私部位,责打除了使身体疼痛,也有心灵的责罚甚至羞辱的意思。但另外,作为身体部位,屁股肉厚,没有重要器官,又使得它能够承担得起较重的责罚,疼痛感强,身体损害相对较小。

鲁迅在杂文《忽然想到》中就曾对中国打屁股小史进行过梳理,他说"身中间脖颈最细,古人则于此斫之;臀肉最肥,古人则于此打之……后人之爱不忍释,实非无因","打屁股"实在是"延国粹于一脉"。[①]

抛开宝玉挨打的具体场景,扩展到普遍历史场景之中去,古人较轻的责罚为什么要选择打屁股呢?这里可能有个反常识的认知,刑罚在特定场景之中对特定人群具有观赏性。例如古典小说《男孟母教合三迁》中,县官要笞打美男子尤瑞郎:"只因尤瑞郎的美豚,是人人羡慕的,这一日看审的人,将有数千,一半是学中朋友,听见要打尤瑞郎,大家挨挤上去,争看美豚。"晚清俞樾的《左台仙馆笔记》也记载江西玉山县的"肉鼓吹":"命左右尽去其上下衣,不留寸缕",再打屁股板子。当时"观者无虑

---

① 鲁迅:《忽然想到(一至四)》,《鲁迅全集》第三卷《华盖集》,北京:人民文学出版社,2005年,第14—15页。

234

第五章　石兄的身体审美和声色空间

数千人,争前褫夺,竟不得衣而归"。

然而,耐人寻味的是,打屁股给人带来的伤害可能不只是心理上的,身体上的责罚有时甚至可以危及生命。据说 16 世纪来华的葡萄牙人盖略特·柏来拉说:"他们的鞭子是一种竹子,从中劈开,做得光滑而无尖刺。挨打的人趴在地上,行刑人使劲用竹板打他的屁股,旁观者看见他们的凶劲都在发抖。10 下就打出了大量的血,20 或 30 下打得皮开肉绽,50 或 60 下要长期治疗,如打上一百下,那就无药可救。"(盖略特·柏来拉《中国报道》,1565)

以域外视角看古籍中时常出现的"杖责",让人不寒而栗,也难怪宝玉先被小厮们"举起大板打了十来下",后又经父亲"咬着牙狠命盖了三四十下"。王夫人赶到时,"只见他面白气弱,底下穿着一条绿纱小衣皆是血渍,禁不住解下汗巾看,由臀至胫,或青或紫,或整或破,竟无一点好处",打得宝玉已是不省人事了。直等贾母率领众人前来解救,宝玉方才脱险。

对于小说的主人公,挨打是重要的身心挫折,有挨打,就会有疗伤。小说各色闺阁人物,都会于此展露无遗。聪明的叙述者又怎会放弃这样呈现人物性格差异的机会呢?《红楼梦》第三十四回就集中写了宝钗、黛玉等人前来探望宝玉伤情的场景:

> 只见宝钗手里托着一丸药走进来,向袭人说道:"晚上把这药用酒研开,替他敷上,把那淤血的热毒散开,可以就好了。"说毕,递与袭人,又问道:"这会子可好些?"宝玉一面道谢,说:"好些了。"又让坐。宝钗见他睁开眼说话,不像先时,心中也宽慰了好些,便

点头叹道:"早听人一句话,也不至今日。别说老太太、太太心疼,就是我们看着,心里也疼……"[按:此句完整,实不像"说了半句",各本均同,唯乙卯本点去"心里也疼"四字。程本作"心里也"。]刚说了半句又忙咽住,自悔说的话急了,不觉的就红了脸,低下头来。宝玉听得这话如此亲切稠密,竟大有深意,忽见他又咽住不往下说,红了脸,低下头只管弄衣带,那一种娇羞怯怯,非可形容得出者,不觉心中大畅,将疼痛早丢在九霄云外,心中自思:"我不过挨了几下打,他们一个个就有这些怜惜悲感之态露出,令人可玩可观,可怜可敬。假若我一时竟遭殃横死,他们还不知是何等悲感呢!既是他们这样,我便一时死了,得他们如此,一生事业纵然尽付东流,亦无足叹惜,冥冥之中若不怡然自得,亦可谓糊涂鬼祟矣。"

……宝玉从梦中惊醒,睁眼一看,不是别人,却是林黛玉。宝玉犹恐是梦,忙又将身子欠起来,向脸上细细一认,只见两个眼睛肿的桃儿一般,满面泪光,不是黛玉,却是那个?宝玉还欲看时,怎奈下半截疼痛难忍,支持不住,便"嗳哟"一声,仍就倒下,叹了一声,说道:"你又做什么跑来!虽说太阳落下去,那地上的余热未散,走两趟又要受了暑。我虽然挨了打,并不觉疼痛。我这个样儿,只装出来哄他们,好在外头布散与老爷听,其实是假的。你不可认真。"此时林黛玉虽不是嚎啕大哭,然越是这等无声之泣,气噎喉堵,更觉得利害。听了宝玉这番话,心中虽然有万句言词,只

第五章　石兄的身体审美和声色空间

是不能说得，半日，方抽抽噎噎的说道："你从此可都改了罢！"宝玉听说，便长叹一声，道："你放心，别说这样话。就便为这些人死了，也是情愿的！"

关于薛宝钗和林黛玉二人对贾宝玉挨打关怀的不同，研究者已经有了太多分析。

蒙府本脂砚斋有四条侧批值得注意。写薛宝钗心疼宝玉之时，蒙府本作："行云流水语，微露半含时。""得遇知己者，多生此等疑思疑喜。"写宝玉看到黛玉在床前哭得"两个眼睛肿的桃儿一般，满面泪光"，忙以假装疼痛开解黛玉时，蒙府本侧批写道："有这样一段语，方不没灭颦儿之痛哭眼肿。英雄失足，每每至死不改，皆犹此耳。"小说写黛玉劝说宝玉时，蒙府本侧批又写道："心血淋漓，酿成此数字。"

平心而论，宝钗与黛玉对于宝玉挨打的关切都十分真诚，只是宝钗表现的方式更多地表现在宝玉肉体创伤的疗愈上，最典型的是送药，话一旦说到稍有逾越礼教处，她便自我规训起来。然而，仅仅如此，也足以使宝玉产生"得遇知己"之感；黛玉则完全是以我之眼泪还他之说，丝毫没有物质上给予帮助之念，也正因为如此，最大限度地激起了宝玉的保护欲，疗愈了宝玉的心灵——让宝玉不禁开始担忧"虽说太阳落下去，那地上的余热未散"，黛玉"走两趟又要受了暑"，甚至不惜撒谎说自己疼痛都是装样子吓人的。

细究起来，宝玉的挨打，既有咎由自取的成分，也是父子观念激烈冲突使然。小说描写深刻之处在于：贾政通过"打"，实现了父权；宝玉通过"治"，受到众人的同情，反而越发自由。屁股挨

237

打的宝玉,身体的痛苦却换来了精神的自由与生命思考的推进。

四、要"老脸"与"仗腰子":心理健康的身体表征

先说"老脸"。脸是最具有区分度的人体部位。因此,古人有"提头来见"和"传首国门"之说。同时,"脸面"是礼乐文化浸润下的一种文化产物。中国的"面子文化"始终具有两面性,脸面往往是心理是否健康的一种表征。

《红楼梦》第六回描写刘姥姥在家中筹划去贾府打秋风时,对"老脸"有一番精彩的日常表述:

> 狗儿笑道:"不妨,我教你老人家一个法子:你竟带了外孙子板儿,先去找陪房周瑞,若见了他,就有些意思了。这周瑞先时曾和我父亲交过一件事,我们极好的。"刘姥姥道:"我也知道他的。只是许多时不走动,知道他如今是怎样。这也说不得了,你又是个男人,又这样个嘴脸,自然去不得;我们姑娘年轻媳妇子,也难卖头卖脚的,倒还是舍着我这付老脸去碰一碰。果然有些好处,大家都有益;便是没银子来,我也到那公府侯门见一见世面,也不枉我一生。"说毕,大家笑了一回。当晚计议已定。

小说先交代了刘姥姥的家庭结构:刘姥姥女儿刘氏与狗儿结为夫妻,生有青儿、板儿两姐弟。狗儿祖父曾作京官,"因贪王家的势利",便连了宗,认作凤姐之祖王夫人之父的侄儿。后来

第五章　石兄的身体审美和声色空间

狗儿父亲王成"家业萧条",搬出城外原乡中居住。王成病故,狗儿接来岳母照看青、板两姐弟。狗儿因没钱办冬事,"在家闲寻气恼"。刘姥姥从旁解劝姑爷。刘氏在一旁接口道:"你老虽说的是,但只你我这样个嘴脸,怎么好到他门上去的。先不先,他们那些门上的人也未必肯去通信。没的去打嘴现世。"蒙府本侧批道:"'打嘴现世'等字,误尽许多苍生,也能成全多少事体。"

在传统社会中,"打嘴现世"观念确实耽误了许多人阶层跃迁,当然,也让许多不堪之事免于发生。这可能就是孟子所谓"羞恶之心"的世俗版本吧。刘姥姥家与王家如此疏远的亲缘关系,难怪刘姥姥到贾府连门都找不到,王熙凤也不认得这门"亲戚"。但刘姥姥凭借对人际关系的熟络和卖"老脸",竟然成功完成了第一次打秋风。

刘姥姥再进荣国府,要到小说第三十九到第四十二回了。小说第四十回描写刘姥姥跟随贾母等人游览大观园:

> 正乱着安排,只见贾母已带了一群人进来了。李纨忙迎上去,笑道:"老太太高兴,倒进来了。我只当还没梳头呢,才撷了菊花要送去。"一面说,一面碧月早捧过一个大荷叶式的翡翠盘子来,里面盛着各色的折枝菊花。贾母便拣了一朵大红的簪于鬓上。因回头看见了刘姥姥,忙笑道:"过来带花儿。"一语未完,凤姐便拉过刘姥姥来,笑道:"让我打扮你。"说着,将一盘子花横三竖四的插了一头。贾母和众人笑的不得。刘姥姥笑道:"我这头也不知修了什么福,今儿这样体面起来。"众人笑道:"你还不拔下来摔到他脸上呢,把你打扮的

成了个老妖精了。"刘姥姥笑道:"我虽老了,年轻时也风流,爱个花儿粉儿的,今儿老风流才好。"

凤姐儿拉过刘姥姥,"将一盘子花横三竖四的插了一头",原本确实是戏弄之意,为了引逗贾母和众人一笑。然而刘姥姥非但没恼,反而笑道:"我这头也不知修了什么福,今儿这样体面起来。"从众人说的"老妖精"中,刘姥姥岂能不知凤姐之意思,但她却为博众人尤其是贾母一笑,曲意找补道:自己年轻时候也风流,如今这是老风流了才好。

刘姥姥进荣国府,应该说是舍弃了一些"老脸"的,得到的是现实中非常丰厚的好处,仅平儿这边给的就有,"这是昨日你要的青纱一匹,奶奶另外送你一个实地子月白纱作里子。这是两个茧绸,作袄儿裙子都好。这包袱里是两匹绸子,年下做件衣裳穿。这是一盒子各样内造点心,也有你吃过的,也有你没吃过的,拿去摆碟子请客,比你们买的强些。这两条口袋是你昨日装瓜果子来的,如今这一个里头装了两斗御田粳米,熬粥是难得的;这一条里头是园子里果子和各样干果子。这一包是八两银子。这都是我们奶奶的。这两包,每包里头五十两,共是一百两,是太太给的,叫你拿去或者作个小本买卖,或者置几亩地,以后再别求亲靠友的"。这些银两财物,足够刘姥姥在乡间买田置产,做个小财主了。当然,刘姥姥也要面对失去脸面的辛酸,甚至耻辱。

熟悉刘姥姥故事的朋友,一定会产生疑问:刘姥姥的身心健康吗?这其实是一个难以回答的问题。从身体方面说,二进荣国府,刘姥姥喝醉了黄酒,还泻了肚。但第二天依然健健康康离去,而贾母却因多游玩了几时,第二日发起烧来。作为七十五岁的老人家,

第五章　石兄的身体审美和声色空间

刘姥姥的身体是非常健康的。另一方面，从心理角度说，文化概念的心理健康依赖于内心的平衡，过度的自我克制就是伪装。刘姥姥乐观积极，在贾府里算得上是心理健康的人之一了。但在村中时，她却也面临"打嘴现世""卖头卖脚""舍着我这付老脸"的辛酸，到底是"心为形役"，算不上有多么心理健康。更为重要的是，面子无处不在，脸面是身体的代表性符号，却也成为心理健康的表征，说明了身心在中国文化中的密不可分。

再说仗腰子，这在小说中的中下层人物的言语里，有着充分体现。第七回焦大骂道："就是你爹、你爷爷，也不敢和焦大挺腰子呢！"第九回茗烟在窗外嚷道："他是东胡同里璜大奶奶的侄儿，那是什么硬正仗腰子的，也来唬我们。"这里俗话中的"挺腰子"或"仗腰子"。腰子是肾的通俗说法，根植于"肾为先天之本"的信仰框架。其实还有撑腰、挺腰杆儿等等说法。

小说中有一例王熙凤连用"脸子"和"仗腰子"的语例，能够体现传统社会日常生活真实场景中，身体修辞的心理化趋势。第四十五回写李纨和凤姐因屈打平儿之事斗嘴：

> 李纨笑道："昨儿还打平儿呢，亏你伸的出手来！那黄汤难道灌丧了狗肚子里去了？气的我只要给平儿打报不平儿。忖夺了半日，好容易'狗长尾巴尖儿'的好日子，又怕老太太心里不受用，因此没来，究竟气还未平。你今儿又招我来了。给平儿拾鞋也不要，你们两个只该换一个过子才是。"说的众人都笑了。凤姐儿忙笑道："竟不是为诗为画来找我，这脸子竟是为平儿来报仇的。竟不承望平儿有你这一位仗腰子的人。早知道，便有鬼拉着我的手打他，我也不打了。平姑娘，过来！

241

大观园的病根:《红楼梦》人物的身心困局

我当着大奶奶姑娘们替你赔个不是,担待我酒后无德罢。"说着,众人又都笑起来了。

凤姐儿生日这天,贾琏与鲍二家的偷情,夸赞了平儿,导致平儿平白受屈挨打。李纨护持平儿,转过天来,借机取笑凤姐儿。凤姐儿忙笑道:"竟不是为诗为画来找我,这脸子竟是为平儿来报仇的。竟不承望平儿有你这一位仗腰子的人。""脸子"和"仗腰子的人"指的都是李纨。无论是脸子还是仗腰子,都是心理健康的身体外在表征,叙述者充分调动了身体部位的隐喻义,因而有法施为。

归结起来,用学者李萌昀的话说,身体修辞是一种"具体"的修辞,它提供了一个可视化的图景,帮助读者对事物直观把握;身体修辞是对事理的"体现",以身体秩序诠释世界秩序,使对象变得可以理解;身体修辞引发读者直观"体会",从而调动身体感官,去感受文本中的乐与痛。① 身体秩序是身体观的基础,一切身体观念都有赖于身体秩序而成立。《红楼梦》中的古代宗法与秩序是身体秩序的外化。身体的损伤是最直接的健康文化问题,而身体损伤的言说也蕴含在权力关系中。对于身体损伤的态度体现着不同人物的身体观,也隐喻着他们的精神状态与结局命运。

---

① 李萌昀:《"具体"的语言——论中国古代小说中的身体修辞》,《中国人民大学学报》,2021 年第 4 期,第 166—176 页。

第五章 石兄的身体审美和声色空间

第二节 大观园女性的身体审美

《红楼梦》中的女性究竟是大脚还是小脚？小说中的女性身体审美有哪些具体表现？一部为"闺阁昭传"的大书，有着怎样的女性体态审美？这样一部"大旨言情"之作，什么样的神态是最动人的？大观园中的身体审美，不仅关系到小说人物设置的妥帖与适宜，更能折射出小说创作时代普遍的身体审美风尚。本节我们就将带领大家做个导览。

一、"莲瓣无声"：大观园女性身体的暧昧部位

让我们从大观园里、怡红院中最娇俏的丫鬟晴雯说起。王夫人遣晴雯之后，晴雯病故，贾宝玉在第七十八回写了著名的《芙蓉女儿诔》，其中有几句："芳名未泯，檐前鹦鹉犹呼；艳质将亡，槛外海棠预老。捉迷屏后，莲瓣无声。"庚辰本脂砚斋夹批引用了元微之的诗："小楼深迷藏。"

诔文中的莲瓣，意思很清楚，指的是小脚。张爱玲在《红楼梦魇》中就说："小脚捉迷藏，竟声息毫无，可见体态轻盈。"[1] 周汝昌对此有不同看法，他认为："这是'词章'，完全可以借称。"但小说中涉及晴雯脚部的间接描写还有一些，最突出的是第七十回，小说写"那晴雯只穿葱绿院绸小袄，红小衣红睡鞋，披着头发，骑在雄奴身上"。按照《清稗类钞·服饰类》的记载："睡鞋，缠足妇女所著以就寝者。盖非此，则行缠必弛，且借以

---

[1] 张爱玲：《红楼梦魇》，北京：北京十月文艺出版社，2012年，第7页。

使恶臭不外泄也。"《红楼梦大辞典》"红睡鞋"条也记载:"睡鞋:缠足女子睡觉时所穿之鞋。"晴雯清晨起来,穿着睡鞋,与芳官玩闹,看来是小脚无疑了。

再说另一个确定无疑是小脚者,是香菱。小说第六十二回,宝玉对香菱说:"你快休动,只站着方好,不然连小衣儿膝裤鞋面都要拖脏。"启功先生就认为"'膝裤'即缠足妇女在小胫上系的一种饰物,又称'裤腿',这是缠足装束所特有的。"[①]

另一处明显的例证,是尤二姐、尤三姐的小脚。小说第六十九回写尤二姐初见贾母:"贾母又戴了眼镜,命鸳鸯琥珀:'把那孩子拉过来,我瞧瞧肉皮儿。'众人都抿嘴儿笑着,只得推他上去。贾母细瞧了一遍,又命琥珀:'拿出手来我瞧瞧。'鸳鸯又揭起裙子来。贾母瞧毕,摘下眼镜来,笑说道:'更是个齐全孩子,我看比你俊些。'"此处贾母口中这个"你",自然指的是王熙凤。张爱玲认为:"脂本多出'鸳鸯又揭起裙子来'一句。揭起裙子来当然是看脚,是否裹得小,脚样如何,是当时买妾惯例。不但尤二姐是小脚,贾家似也讲究此道。"至于尤三姐的金莲,《红楼梦》第六十五回写得明白:"这尤三姐松松挽着头发,大红袄子半掩半开,露着葱绿抹胸,一痕雪脯。底下绿裤红鞋,一对金莲或翘或并,没半刻斯文。两个坠子却似打秋千一般,灯光之下,越显得柳眉笼翠雾,檀口点丹砂。"把一个绰约风流、泼辣妩媚的女子写得活灵活现。其中,这对"或翘或并,没半刻斯文"的金莲在古人的审美视阈中应该发挥了不小作用。

---

① 启功:《读〈红楼梦〉札记》,刘梦溪编著:《红学三十年论文选编》中,天津:百花文艺出版社,1984年,第719页。

第五章　石兄的身体审美和声色空间

那么，大观园中的女儿都是小脚吗？还是大小脚皆有？清人洪锡绶（字秋蕃）① 在《读红楼梦随笔》中就已做过归纳：

> 红楼状诸美，但言面貌姿致、体态丰神，不及裙下双弯，或谓是书原写旗人，无金莲玉笋之足状，故略之。余曰：不然。如写旗人，则高鞋窄底，六寸肤圆，亦有可描。而况贾氏籍金陵，未尝为旗人着一笔，何独留一旗人之足乎？盖足不同身与貌。环肥燕瘦，蝰首蛾眉，各得其状，而描摹之足，则惟贵纤小而已，使同一模范，无此巧事，略为轩轾，亦足肉麻赘文也。故略之。或又曰：略之岂不使人訾其皆大足呼？非旗人而大足可乎？人人皆小足，君未留意耳。黛玉雪中赴李纨之约，换上掐金挖云红香羊皮小靴，是湘云亦小脚也。句中着一也字，则并在坐之宝钗诸人皆穿鹿皮小靴，是宝钗诸人悉小脚也。宝玉诔晴雯词曰：捉迷屏后，莲瓣无声，是咏晴雯之脚小也。老婆子骂小丫头舀壶水那里就走大了，是谓小丫头之脚小也。夫至小丫头之脚亦且小矣，余不可类推哉？不独此也，傻大姐一双大脚，独于傻大姐而称其大脚，此外岂非皆小脚乎？岂非人人皆写到乎？②

---

① 陈毓黑：《〈读红楼梦随笔〉作者考》，《红楼梦学刊》，1994年第2辑；姜复宁：《〈读红楼梦随笔〉作者洪锡绶仕宦经历补说》，《红楼梦学刊》，2021年第3期，第107—115页。

② （清）佚名氏撰：《读〈红楼梦〉随笔》，成都：巴蜀书社，1984年，第34—36页。

大观园的病根:《红楼梦》人物的身心困局

洪秋蕃的观念,归纳一下是"人人皆小足,君未留意耳"。然而事实果真如此吗?来看看他提到的林黛玉和史湘云。小说第四十九回,描写雪天"黛玉换上掐金挖云红香羊皮小靴,罩了一件大红羽纱面白狐狸里的鹤氅,束一条青金闪绿双环四合如意绦,头上罩了雪帽。……一时史湘云来了,……脚下也穿着麀皮小靴,越显的蜂腰猿背,鹤势螂形"。此处确实提到了林黛玉和史湘云穿的都是"小靴",但小靴就一定是小脚么?近代红学研究者张笑侠在《读红楼梦脚的研究之后》中就反驳了洪秋蕃的看法,他说"凡在小说中描写女子之美,必须以'小'字代表,如'樱桃小口',则不能说'樱桃大口',再者还有芙萍所引证的天足美中的'瘦小如刀条';再者说'小'之一字,他本身就有美的色彩,如美女中的名字,苏小小、苏小妹、小蛮,……似乎看见她们名字就知道是美女,可见此地(第四十九回)之'小'字不能证明林黛玉她们是小脚。"[①] 他论据充分,十分有说服力。

大观园中女儿是大脚还是小脚的问题,看似是无聊的闲话,实则涉及如何认识"裹脚"行为以及清中期女性身体审美风尚的问题。大小脚并行的贾府,正反映出传统社会贵族既遵循满俗,又仰慕汉风的杂糅身体审美现象。

在清中叶的社会风尚中,"足"之小大,成了关乎女性命运的大事。据清人福格的《听雨丛谈》卷七记载:"今举中夏之大,莫不趋之若狂,惟八旗女子,例不缠足。京师内城民女,不裹足者十居五六,乡间不裹足者十居三四。东西粤、吴、皖、云、贵

[①] 吕启祥、林东海主编:《红楼梦研究稀见资料汇编》上册,北京:人民文学出版社,2001年,第294—297页、第314—316页。

各省，乡中女子多不缠足。外此各省女子无不缠足，山、陕、甘肃此风最盛。甚至以足之纤巨，重于德之美凉，否则母以为耻，夫以为辱，甚至亲串里党传为笑谈，女子低颜自觉形秽，相习成风，大可怪也。"可见，福格对裹脚恶习是持否定态度的。当时的一些地区甚至将女子是否裹脚"重于德之美凉"，实在是歪风恶习，不仅戕害女性，也给家庭生活带来沉重负担。

总体上看，《红楼梦》叙述者主观上对于"莲瓣""香勾"等小脚借喻词并没有表现出如同时代汉族文人一样的变态嗜好。"联系清代妇女缠足的基本状况和作者的生平来看，有着南北生活经历的曹雪芹在《红楼梦》里既写满人的'天足'也写汉人的缠足，这是不争的事实。"① 当然，客观上，他也许也接受了江南汉族士人的"莲瓣"审美，例如贾母选妾标准等描写。小说家在女性身体审美方面倾向于用身体的文弱纤细取代单纯的脚部的"纤巧"，是当时文人普遍审美趣味的提纯与升华。

二、"削肩细腰"与酥臂：女性身体审美的具体表现

综合前人研究，可以说《红楼梦》在女性脚部描写上，采取了包容大小脚，以纤巧为尚的审美方针。而在女性身体审美的具体表现上，叙述者的态度似乎明确许多，即崇尚"削肩细腰"与追求酥臂。小说第三回写林黛玉初见贾府三春：

---

① 王人恩：《〈红楼梦〉里不写女人的脚吗》，《红楼梦学刊》，2012年第6期，第127—144页。

大观园的病根:《红楼梦》人物的身心困局

> 不一时,只见三个奶嬷嬷并五六个丫鬟,簇拥着三个姊妹来了。第一个肌肤微丰,合中身材,腮凝新荔,鼻腻鹅脂,温柔沉默,观之可亲。第二个削肩细腰,长挑身材,鸭蛋脸面,俊眼修眉,顾盼神飞,文彩精华,见之忘俗。第三个身量未足,形容尚小。其钗环裙袄,三人皆是一样的妆饰。

脂砚斋对此段黛玉眼中的三春容貌给予了极高评价,例如甲戌本眉批说:"浑写一笔更妙!必个个写去则板矣。可笑近之小说中有一百个女子,皆是如花似玉一副脸面。"蒙府本侧批说:"欲画天尊,先画众神。如此,其天尊自当另有一番高山世外的景象。"似乎,三春便是为了陪衬黛玉这个"天尊",而先出的"众神"。客观地讲,三春描写没有脱离古代小说描写技巧的格套,也显得有些刻画过度,失却真神。

不过,黛玉眼中的三春身体描写确实反映了叙述者的女性身体审美,或者说清中叶社会较为普遍的身体审美风尚。

我们举探春的例子来看,小说写"第二个削肩细腰"。甲戌本脂砚斋侧批说:"《洛神赋》中云'肩若削成'是也。"《洛神赋》是中国古代美人描写的标杆,其中对洛神的形容是"肩若削成,腰如约素。延颈秀项,皓质呈露"。小说描写探春的其余几句:"长挑身材,鸭蛋脸面,俊眼修眉,顾盼神飞,文彩精华,见之忘俗",也暗合了古人审美对长挑身材和细腰的追求。例如,《诗经·卫风·硕人》有"硕人其颀,衣锦褧衣。"《管子·七臣七主》说"夫楚王好细腰,而美人省食。吴王好剑,而国士轻死",《西京杂记》也有"赵后体轻腰弱,善行步进退,女弟昭仪

第五章　石兄的身体审美和声色空间

不能及也"的说法。到了明清时代，李渔在《闲情偶寄》中对女性审美有一番自己的见解："妇人之腰，宜细不宜粗。"可以说，《红楼梦》所追求的"削肩细腰"代表了古代士人的女性身体审美观。

相似的描写旨趣，还有第三回中王熙凤的"身量苗条，体格风骚"；第五回警幻仙姑的"纤腰之楚楚兮，回风舞雪；珠翠之辉辉兮，满额鹅黄"；第三十回写龄官的"这女孩子眉蹙春山，眼颦秋水，面薄腰纤，袅袅婷婷，大有林黛玉之态"；还有第四十六回鸳鸯的"只见他穿着半新的藕合色的绫袄，青缎掐牙背心，下面水绿裙子。蜂腰削背，鸭蛋脸面，乌油头发，高高的鼻子，两边腮上微微的几点雀斑"。

在审美旨趣之外，还有一点不宜忽略，那便是何时观看、谁来观看女性的身体，以及更重要的是，观看什么？第三回，林黛玉眼中的熙凤、探春，是她初来贾府对同龄姊妹的打量与审视。第五回和第三十回，贾宝玉是站在男性视角观察美丽的异性，是对女性含情脉脉的身体审美。第四十六回，邢夫人看鸳鸯则是在为贾赦选妾。

但有个特例，宝黛初见对黛玉的身体描摹：第三回写林黛玉"闲静时如姣花照水，行动处似弱柳扶风"。甲戌本脂砚斋侧批说："至此八句是宝玉眼中。……不写衣裙妆饰，正是宝玉眼中不屑之物，故不曾看见。黛玉之举止容貌，亦是宝玉眼中看、心中评。若不是宝玉，断不能知黛玉是何等品貌。"宝玉如此眼光，不仅是含情脉脉之观看，更饱含知己之欣赏。

《红楼梦》中，还写到了女扮男装，例如第四十九回写湘云身着男装，更显出细腰：

大观园的病根:《红楼梦》人物的身心困局

  湘云笑道:"你们瞧我里头打扮的。"一面说,一面脱了褂子。只见他里头穿着一件半新的靠色三镶领袖秋香色盘金五色绣龙窄褃小袖掩衿银鼠短袄,里面短短的一件水红妆缎狐肷褶子,腰里紧紧束着一条蝴蝶结子长穗五色宫绦,脚下也穿着麂皮小靴,越显的蜂腰猿背,鹤势螂形。众人都笑道:"偏他只爱打扮成个小子的样儿,原比他打扮女儿更俏丽了些。"

  明末清初的李渔在《闲情偶寄》中说:"妇人之体,宜窄不宜宽。"庚辰本脂砚斋评说:"近之拳谱中有'坐马式',便似螂之蹲立。昔人爱轻捷便俏,闲取一螂,观其仰颈叠胸之势。今四字无出处,却写尽矣。"对照《金瓶梅词话》中俯拾即是的"五短身材"之美人,"蜂腰猿背,鹤势螂形"确实在审美上具有更强的包容性。

  另外,长辈眼中的女性身体审美也与同龄人有较大差异。在第七十四回,王夫人听了王善保家的挑唆,猛然触动往事,便责问凤姐道:"上次我们跟了老太太进园逛去,有一个水蛇腰,削肩膀,眉眼又有些像你林妹妹的,正在那里骂小丫头。我的心里很看不上那个狂样子,因同老太太走,我不曾说得。后来要问是谁,又偏忘了。今日对了坎儿,这丫头想必就是他了。"这说的是王夫人眼中的晴雯。庚辰本脂批说:"妙妙,好腰!""好肩!俗云:'水蛇腰则游曲小也。'又云:'美人无肩。'又曰:'肩若削成。'皆是美之形也。凡写美人皆用俗笔反笔,与他书不同也。"写美人用俗笔反笔,有没有一种可能正是因为长辈眼中

250

第五章 石兄的身体审美和声色空间

看出。

《红楼梦》中之酥臂,见第二十八回:"宝钗生的肌肤丰泽,容易褪不下来。宝玉在旁看着雪白一段酥臂,不觉动了羡慕之心",暗暗想道:"这个膀子要长在林妹妹身上,或者还得摸一摸,偏生长在他身上。""正是恨没福得摸。忽然想起'金玉'一事来,再看看宝钗形容,只见脸若银盆,眼似水杏,唇不点而红,眉不画而翠,比林黛玉另具一种妩媚风流,不觉就呆了。"甲戌本侧批对宝钗形容有一番颂扬:"太白所谓'清水出芙蓉'",又对宝玉之反应做了注解:"忘情,非呆也。"

宝玉观察到的女儿身体审美,不止于此。第二十一回开篇有一段颇具意味的对照身体描写:

次日天明时,便披衣靸鞋往黛玉房中来时,不见紫鹃、翠缕二人,只见他姊妹两个尚卧在衾内。那林黛玉严严密密裹着一幅杏子红绫被,安稳合目而睡。那史湘云却一把青丝拖于枕畔,被只齐胸,一弯雪白的膀子撂于被外,又带着两个金镯子。宝玉见了,叹道:"睡觉还是不老实!回来风吹了,又嚷肩窝疼了。"一面说,一面轻轻的替他盖上。林黛玉早已醒了,觉得有人,就猜着定是宝玉,因翻身一看,果中其料。因说道:"这早晚就跑过来作什么?"宝玉笑道:"这天还早呢!你起来瞧瞧。"黛玉道:"你先出去,让我们起来。"宝玉听了,转身出至外边。

庚辰本夹批说:"写黛玉之睡态,俨然就是娇弱女子,可怜

251

湘云之态，则俨然是个娇态女儿，可爱。真是人人俱尽，个个活跳，吾不知作者胸中埋伏多少裙钗。"黛玉与湘云，两种不同睡态，表征出两种不同的女儿情态，重要的是，她们都只能被宝玉所观看，这种观看满怀关切。

归结起来看，《红楼梦》的女儿身体审美具有包容性：小说叙事既接纳传统士大夫以纤腰为美的身体审美，也对于宝钗的丰肌柔骨和湘云的"娇态女儿"表示欣赏。更重要的是，这种欣赏不是肉欲的亵玩，而是含情脉脉的体态审美。

三、"摇摇摆摆"和"颤颤巍巍"：《红楼梦》美人体态

如果您问我，《红楼梦》是怎样描写美人体态的，我会用"摇摇摆摆"和"颤颤巍巍"作答。这大概都不是传统的美人之态。

第八回描写林黛玉的步态："一语未了，忽听外面人说：'林姑娘来了。'话犹未了，林黛玉已摇摇的走了进来，一见了宝玉，便笑道：'嗳哟，我来的不巧了！'"甲戌本侧批针对"摇摇"评道："二字画出身份。"那么，什么是"摇摇"呢？胡适的解读是"瘦弱病躯"，俞平伯则认为体现出传统社会女性的"礼法规矩"。以我们今天的眼光看，"摇摇"两个字使林黛玉摇曳生姿的步态跃然纸上，既凸显出林黛玉的优雅气质，又令人联想到林黛玉的体弱多病和孤高自许。有趣的是，在程甲本、程乙本中，林黛玉的体态写作"摇摇摆摆"。不过是增加了一个叠词，会有很大差异吗？请看《水浒传》描写潘巧云的出场："布帘起处，摇摇摆摆走出那个妇人来。"潘巧云摇摇摆摆地走出来，自然显示

其妖俏。据研究，清中叶以后，"摇摇摆摆"的词意窄化，形容林黛玉的体态，显然不如"摇摇"为妙。

所谓"颤颤巍巍"，形容的是邢岫烟。小说第六十三回写宝玉"袖了帖儿，径来寻黛玉。刚过了沁芳亭，忽见岫烟颤颤巍巍的迎面走来"。列藏本脂批说："四个俗字写出一个活跳美人，转觉别书中若干'莲步香尘''纤腰玉体'字样无味之甚。"邢岫烟出身寒素，却"生得端雅稳重，且家道贫寒，是个钗荆裙布的女儿"（第五十七回），与妙玉友善。"颤颤巍巍"的体态更添一分美人风致。

在小说中，邢岫烟很快与薛蝌定亲。到第五十八回，贾宝玉病愈后闲步大观园，还追念起了邢岫烟：

> 宝玉便也正要去瞧林黛玉，便起身拄拐辞了他们，从沁芳桥一带堤上走来。只见柳垂金线，桃吐丹霞，山石之后，一株大杏树，花已全落，叶稠阴翠，上面已结了豆子大小的许多小杏。宝玉因想道："能病了几天，竟把杏花辜负了！不觉已到'绿叶成荫子满枝'了！"因此仰望杏子不舍。又想起邢岫烟已择了夫婿一事，虽说是男女大事，不可不行，但未免又少了一个好女儿。不过两年，便也要"绿叶成荫子满枝"了。再过几日，这杏树子落枝空，再几年，岫烟未免乌发如银，红颜似槁了，因此不免伤心，只管对杏流泪叹息。正悲叹时，忽有一个雀儿飞来，落于枝上乱啼。宝玉又发了呆性，心下想道："这雀儿必定是杏花正开时他曾来过，今见无花空有子叶，故也乱啼。这声韵必是啼哭之声，可恨

公冶长不在眼前,不能问他。但不知明年再发时,这个雀儿可还记得飞到这里来与杏花一会了?"

己卯本夹批说:"近之淫书满纸伤春,究竟不知伤春原委。看他并不提'伤春'字样,却艳恨秾愁,香流满纸矣。"伤春悲秋,本是文人常态。宝玉心中的美人邢岫烟,竟然与"伤春"结合起来,想来"颤颤巍巍"的美人体态,一定留在了宝玉的记忆里。

四、"低头"与"脸红":身体表情的古典情态

"低头"与"脸红",是小说"心理活动的古典姿态",它既是人物的姿态,也是小说叙事的姿态。[①] 同时,"低头+脸红"的情态表达,也是身体审美的重要方面。我们先看第三十四回和第四十五回两处因说错了话而脸红的描写:

> (宝钗)点头叹道:"早听人一句话,也不至今日。别说老太太、太太心疼,就是我们看着,心里也疼。"刚说了半句又忙咽住,自悔说的话急了,不觉的就红了脸,低下头来。宝玉听得这话如此亲切稠密,竟大有深意,忽见他又咽住不往下说,红了脸,低下头只管弄衣带,那一种娇羞怯怯,非可形容得出者。(第三十四回)

[①] 刘勇强:《心理活动的古典姿态——〈红心雕石〉之一》,《细读》,2015年第1期。

第五章 石兄的身体审美和声色空间

只见宝玉头上带着大箬笠,身上披着蓑衣。黛玉不觉笑了:"那里来的渔翁!"……黛玉又看那蓑衣斗笠不是寻常市卖的,十分细致轻巧,因说道:"是什么草编的?怪道穿上不像那刺猬似的。"宝玉道:"……你喜欢这个,我也弄一套来送你。……"黛玉笑道:"我不要他。戴上那个,成个画儿上画的和戏上扮的渔婆了。"及说了出来,方想起话未忖夺,与方才说宝玉的话相连,后悔不及,羞的脸飞红,便伏在桌上嗽个不住。

(第四十五回)

第三十四回描写宝钗来看望挨打了的宝玉,偶然说错了话,将内心真实的想法吐露出来,结果就"红了脸,低下头来"。这个场景在宝玉眼中则是"那一种娇羞怯怯,非可形容得出者"。她对宝玉表现出来的"心疼"之情,至少在"任是无情也动人"的她那里,已经接近于内心爱情的表达了。宝玉对此的反应是"不觉心中大畅,将疼痛早丢在九霄云外",他认为自己"不过挨了几下打,他们一个个就有这些怜惜悲感之态露出,令人可玩可观,可怜可敬。假若我一时竟遭殃横死,他们还不知是何等悲感呢!既是他们这样,我便一时死了,得他们如此,一生事业纵然尽付东流,亦无足叹惜,冥冥之中若不怡然自得,亦可谓糊涂鬼祟矣。"蒙府本侧批说:"得遇知己者,多生此等疑思疑喜。"疑思疑喜,正是贾宝玉对宝钗"低头"+"脸红"古典情态的绝妙反馈。

归结起来,《红楼梦》对于女儿的身体审美,呈现出古典小说中罕见的包容性。它既将女儿身体作为审美对象,又避免了物

255

化女性，既充分表露出对女孩子肢体美感的赞叹，又不像传统文人那般具有狎邪甚至饱含情欲。可以说，《红楼梦》的身体审美是中国古代女性身体审美的一次总结，更是一种提纯和升华。在摹写方面，叙述者如同写意画，重神髓而轻肢体，长于白描而不事雕琢。"摇摇摆摆""颤颤巍巍"的美人体态和"低头"+"脸红"的娇羞之美代表了《红楼梦》身体审美的高标。

第三节　身体消逝：宝、黛身体观的异同

按照小说文本和脂批提供的线索，贾宝玉最终归宿大约是出家做了和尚，而林黛玉则是魂归离恨天（一百二十回本）。前者舍弃了本应属于自己的社会身份，获得了精神自由，后者舍弃了青春年少的肉体生命，落得个"质本洁来还洁去"，收获了古往今来无数读者的感动与认同。然而，其实，宝黛二人最终结局的实现都有赖于"身体消逝"这一转关之完成。宝玉、黛玉的身体观也存在着由异趋同的倾向。

一、宝玉的惜身观

前文曾经提到过，贾宝玉非常爱惜大观园中人的身体。他既注重自身养生，而且非常喜欢在女孩子们面前卖弄自己熟稔养生知识。

在自身养生方面，小说第五十二回写冬天宝玉早起，天阴阴的要下雪，"小丫头便用小茶盘捧了一盖碗建莲红枣儿汤来，宝

玉喝了两口。麝月又捧过一小碟法制紫姜来，宝玉嚼了一块。又嘱咐了晴雯一回，便往贾母处来"。建莲红枣儿汤有安神养心、健脾益肾之功效，法制紫姜则有解表散寒、温中止呕的妙用。宝玉是很懂得惜身养生之道的。

宝玉在姐妹尤其是黛玉面前，卖弄养生知识，例如小说第十九回宝玉来潇湘馆恰遇黛玉歇午，让宝玉别处"逛逛"。宝玉劝说黛玉道："酸疼事小，睡出来的病大。"因为古代养生知识普遍认为"饱食即卧，伤也"。贾宝玉的养生知识是塑造宝玉关心黛玉的重要工具：因为黛玉体弱多病，传递养生知识正是表达关爱、拉近情感的最佳方式。贾宝玉和林黛玉，也只有在静悄悄的歇午时光，才有可能同床共枕说着笑话。宝玉近距离嗅到了黛玉的独特幽香，两人在耳鬓厮磨间悄然滋长着情感。静日、幽香、午盹、情话，潇湘馆中的歇午时空，成了宝玉和黛玉爱情生发的重要场景。

宝玉关怀黛玉身体、卖弄养生知识，更为经典的一例，是小说第二十八回。写到王夫人问黛玉吃的什么药，宝玉趁机卖弄自己的医药知识，甚至还要为黛玉配了一味药，脂批命名为"暖香丸"，正与宝钗冷香丸相对：

> 王夫人又道："既有这个名儿，明儿就叫人买些来吃。"宝玉笑道："这些都不中用的。太太给我三百六十两银子，我替妹妹配一料丸药，包管一料不完就好了。"王夫人道："放屁！什么药就这么贵？"宝玉笑道："当真的呢，我这个方子比别的不同。那个药名儿也古怪，一时也说不清。只讲那头胎紫河车，人形带叶参——三

大观园的病根:《红楼梦》人物的身心困局

百六十两不足——龟大何首乌,千年松根茯苓胆,诸如此类的药都不算为奇,只在群药里算。那为君的药,说起来唬人一跳。前儿薛大哥哥求了我一二年,我才给了他这方子。他拿了方子去又寻了二三年,花了有上千的银子,才配成了。太太不信,只问宝姐姐。"宝钗听说,笑着摇手儿说:"我不知道,也没听见。你别叫姨娘问我。"王夫人笑道:"到底是宝丫头,好孩子,不撒谎。"宝玉站在当地,听见如此说,一回身把手一拍,说道:"我说的倒是真话呢,倒说我撒谎。"口里说着,忽一回身,只见林黛玉坐在宝钗身后抿着嘴笑,用手指头在脸上画着羞他。

庚辰本畸笏叟眉批说:"写药案是暗度颦卿病势渐加之笔,非泛泛闲文也。"林黛玉的病情受到舅母王夫人的关注,这确实是病势渐重的表现。而庚辰本脂砚斋眉批又将黛玉之病与宝玉所开之方结合在一起对读,饶有兴味:"写得不犯冷香丸方子。前'玉生香'回中颦云'他有金你有玉;他有冷香你岂不该有暖香?'是宝玉无药可配矣。今颦儿之剂,若许材料皆系滋补热性之药,兼有许多奇物,而尚未拟名,何不竟以'暖香'名之?以代补宝玉之不足,岂不三人一体矣。"宝玉所开之药,多滋补热性药物,借姊妹玩笑场合表露关怀备至自是没得说,但正如第四十五回薛宝钗劝慰林黛玉的:"人参肉桂觉得太多了。虽说益气补神,也不宜太热。"宝玉对黛玉等姊妹的养生知识关怀,在多大程度上真的符合医理,也是小说叙述者留给我们的一个悬念。

爱惜他人身体的典型形态是爱惜自己的身体/容貌,也照顾

第五章　石兄的身体审美和声色空间

旁人的感受,例如小说第二十五回宝玉被烫伤,黛玉前去看望:

> 宝玉见他来了,忙把脸遮着,摇手叫他出去,不肯叫他看——知道他的癖性喜洁,见不得这些东西。林黛玉自己也知道自己也有这件癖性,知道宝玉的心内怕他嫌脏,因笑道:"我瞧瞧烫了那里了,有什么遮着藏着的。"一面说,一面就凑上来,强搬着脖子瞧了一瞧,问他疼的怎么样。宝玉道:"也不很疼,养一两日就好了。"

甲戌本连续用了两条夹批,说明此段是写宝玉和写黛玉的"正经笔墨",并做出一番解释道:"故二人文字虽多,如此等暗伏淡写处亦不少,观者实实看不出者。""二人纯用体贴功夫。""将二人一并,真真写他二人之心玲珑七窍。"几条脂批连起来看,宝玉与黛玉对彼此和各自"癖性"的解读,都入木三分。无怪乎二人能成为知己。

在怡红院的日常生活中,宝玉对身边的丫鬟袭人、晴雯等也表现出无微不至的关爱。甚至,第四十四回凤姐泼醋,平儿受屈打,宝玉因能为平儿理妆而感到"喜出望外"。小说描写了宝玉此刻的心理活动:"宝玉素日因平儿是贾琏的爱妾,又是凤姐的心腹,故不肯和他厮近,因不能尽心,也常为恨事。""不想落后闹出这件事来,竟得在平儿前稍尽片心,亦今生意中不想之乐也。因歪在床上,心内怡然自得。"可以说,宝玉真是警幻仙姑所说的"意淫"。

然而宝玉更看重的是内在精神的自由驰骋,甚至不惜"再不

259

要托生为人"。第三十六回,写袭人夜间人静,告诉宝玉,王夫人给她每月二两一吊钱的份例。两人闲谈,从"春风秋月,再谈及粉淡脂莹,然后谈到女儿如何好,又谈到女儿死"。宝玉"谈至浓快时",便笑道:"比如我此时若果有造化,该死于此时的,趁你们在,我就死了,再能够你们哭我的眼泪流成大河,把我的尸首漂起来,送到那鸦雀不到的幽僻之处,随风化了,自此再不要托生为人,就是我死的得时了。"小说中的贾宝玉,从爱惜身体到身体消逝,宝玉的精神境界由混沌而越发充盈,承载精神的身体则越发羸弱。"外头好,里头弱"是一种强烈的隐喻,打破了的生命能量越发痴傻,在旁人眼中也就更为怪异。精神与身体的悖反是宝玉结局的必要内因。

宝玉对自己身体的重新认识与放下,其实与黛玉惺惺相惜。

二、黛玉的自我身体认知

林黛玉是大观园中少有的清醒者,不单是因为她的病,也因为是外来的亲戚情谊,多了一分旁观者的冷静视野。可以说,林黛玉一直是清醒地直面自己的感情,也对疾病与死亡有着超越年龄的冷峻审视。

《红楼梦》第三十二回写林黛玉悄悄走来,以察宝玉和湘云之意。"不想刚走来,正听见史湘云说经济一事",宝玉又说:"林妹妹不说这样混帐话,若说这话,我也和他生分了。"林黛玉的心理描写是这样的:

林黛玉听了这话,不觉又喜又惊,又悲又叹。所喜者,果然自己眼力不错,素日认他是个知己,果然是个知己。所惊者,他在人前一片私心称扬于我,其亲热厚密,竟不避嫌疑。所叹者,你既为我之知己,自然我亦可为你之知己矣;既你我为知己,则又何必有金玉之论哉;既有金玉之论,亦该你我有之,则又何必来一宝钗哉!所悲者,父母早逝,虽有铭心刻骨之言,无人为我主张。况近日每觉神思恍惚,病已渐成,医者更云气弱血亏,恐致劳怯之症。你我虽为知己,但恐自不能久待;你纵为我知己,奈我薄命何!想到此间,不禁滚下泪来。

黛玉的"又喜又惊,又悲又叹"是小说中最著名的一处心理描写了。其细腻之处正在于喜、惊、叹、悲四字,恰好反映出,在宝黛爱恋发展的关键阶段,少女林黛玉全景式的心理剪影。

首先,她自喜于认宝玉是个知己,眼力不错;其次,惊讶于宝玉在人前一片私心称扬自己,竟不避嫌疑;再次,所叹者,乃是金玉之论和宝钗之到来。最后,也是最重要的,就是黛玉之悲,她的悲痛是多方面的,也是无法排遣的。先有父母早逝,无人为己做主,后是自己病势渐成,虽互为知己,然恐自不能久待。更悲者,便是"你纵为我知己,奈我薄命何"。

蒙府本侧批将黛玉一己之悲哀上升到普天下所有心怀郁结,不得伸张者的悲伤痛楚:"普天下才子佳人、英雄侠士都同来一哭!我虽愚浊,也愿同声一哭。"评点者有时触动心事,会心而感,能起到深化小说主旨之作用。

黛玉之喜惊叹悲,循序而深,序次不可改易。应该说,黛玉

大观园的病根：《红楼梦》人物的身心困局

一切痛楚的根源皆在于"薄命"。世界上最深刻的憾事，可能就在于知己就在眼前，而己身不能久待！从《红楼梦》后续的情节进展看，黛玉对自己身体的认知可谓独具只眼，入木三分。

后四十回为黛玉设计了一次误信传言，因而几至绝粒的自杀行为，并且设计了魂归离恨天的结局。尽管这可能有违第五回林黛玉判词对其结局命运之设计，但毕竟给了林黛玉一个完整的生命归宿，具体的艺术呈现也有可圈可点之处。因此，我们分析林黛玉的自我身体认知，也将后四十回文本纳入进来。

《红楼梦》第八十九回写黛玉听闻宝玉定亲传言后，"立定主意，自此以后，有意糟蹋身子，茶饭无心，每日渐减下来。"这是下定了死志。宝玉虽然心性敏感，但究竟不知黛玉根底心事，也察觉出她的异样，只得在下学时，也常抽空问候。只是黛玉虽有万千言语，自知年纪已大，又不便似小时可以柔情挑逗，所以满腔心事，只是说不出来。宝玉欲将实言安慰，又恐黛玉生嗔，反添病症。两个人见了面，只得用"浮言劝慰"。二人"真真是亲极反疏了"。"亲极反疏"，是续书作者体察日常生活提炼出的一个有力概括。虽然，黛玉最终在侍书的意外开解下，身心暂时复原了，但她的身心状况，自此以后便一去不回头了。直到第九十七回描写黛玉之死，小说对于黛玉的临终诊断与黛玉的自我认知有清晰描摹：

> 贾母道："且别管那些，先瞧瞧去是怎么样了。"说着便起身带着王夫人凤姐等过来看视。见黛玉颜色如雪，并无一点血色，神气昏沉，气息微细。半日又咳嗽了一阵，丫头递了痰盒，吐出都是痰中带血的。大家都

慌了。只见黛玉微微睁眼，看见贾母在他旁边，便喘吁吁的说道："老太太，你白疼了我了！"……外面丫头进来回凤姐道："大夫来了。"于是大家略避。王大夫同着贾琏进来，诊了脉，说道："尚不妨事。这是郁气伤肝，肝不藏血，所以神气不定。如今要用敛阴止血的药，方可望好。"王大夫说完，同着贾琏出去开方取药去了。

黛玉"神气昏沉，气息微细"，已至弥留状态，稍有清醒时，见是贾母，便喘吁吁说道："老太太，你白疼了我了！"白疼了我，是病重晚辈对长辈的一句临终交代，也是林黛玉对自己身体现状具体而清醒的把握。

小说紧接着就描写了著名的黛玉焚稿场景。黛玉先是要诗本子，"气的两眼直瞪，又咳嗽起来，又吐了一口血"，接着又要有字的绢子，撕不动，又叫笼上火盆，"黛玉这才将方才的绢子拿在手中，瞅着那火点点头儿，往上一撂。紫鹃唬了一跳，欲要抢时，两只手却不敢动。雪雁又出去拿火盆桌子，此时那绢子已经烧着了"。黛玉"回手又把那诗稿拿起来，瞧了瞧又撂下了。紫鹃怕他也要烧，连忙将身倚住黛玉，腾出手来拿时，黛玉又早拾起，撂在火上。此时紫鹃却够不着，干急。雪雁正拿进桌子来，看见黛玉一撂，不知何物，赶忙抢时，那纸沾火就着，如何能够少待，早已烘烘的着了。雪雁也顾不得烧手，从火里抓起来撂在地下乱踩，却已烧得所馀无几了。那黛玉把眼一闭，往后一仰，几乎不曾把紫鹃压倒。紫鹃连忙叫雪雁上来将黛玉扶着放倒，心里突突的乱跳。"

"黛玉焚稿断痴情"这一段，描写一个临终之人，先要诗本子,又要诗帕,再要火盆,每一步都不可能亲自挪动,每一步都需要假借于人,然而却毅然决然,迸发出生命最后的力量,烧毁了诗稿和绢帕,也断绝了自己在人世间一切留恋,真正做到"质本洁来还洁去"了。

三、宝黛共识:"赤条条来去无牵挂"

所谓"赤条条来去无牵挂",出自小说第二十二回演出传奇《鲁智深醉闹五台山》中的一支《寄生草》:"漫揾英雄泪,相离处士家。谢慈悲剃度在莲台下。没缘法转眼分离乍。赤条条来去无牵挂。那里讨烟蓑雨笠卷单行?一任俺芒鞋破钵随缘化!"在小说第九十七回写到黛玉临终状态时,描写"李纨轻轻叫了两声,黛玉却还微微的开眼,似有知识之状,但只眼皮嘴唇微有动意,口内尚有出入之息,却要一句话一点泪也没有了"。李纨见如此光景:

> 李纨连忙出来,只见紫鹃在外间空床上躺着,颜色青黄,闭了眼只管流泪,那鼻涕眼泪把一个砌花锦边的褥子已湿了碗大的一片。李纨连忙唤他,那紫鹃才慢慢的睁开眼欠起身来。李纨道:"傻丫头,这是什么时候,且只顾哭你的!林姑娘的衣衾还不拿出来给他换上,还等多早晚呢。难道他个女孩儿家,你还叫他赤身露体精着来光着去吗!"紫鹃听了这句话,一发止不住痛哭起来。李纨一面也哭,一面着急,一面拭泪,一面拍着紫鹃的肩膀说:"好孩子,你把我的心都哭乱了,快着收

第五章　石兄的身体审美和声色空间

拾他的东西罢，再迟一会子就了不得了。"

"赤身露体精着来光着去"，李纨作为林黛玉她们的长嫂，这里本是指责紫鹃只顾自己难过，不去预备林姑娘的后事，让她一个女孩子，临死之时，也不换好装裹离去吗？

这不经意间点染到人在生死两端的两种状态：出生时，赤条条来，没有谁是穿衣戴帽而来的，死去元知万事空，自然也是两手空空而去，正合了鲁智深唱词里"赤条条来去无牵挂"的寓意。可以说，"赤条条来去无牵挂"是戏曲塑造鲁智深形象最成功的一个"标签"，那种一无羁绊、了无挂碍的心胸气魄，真是民间豪侠中第一等人物。最耐人寻味的是，"赤条条来去无牵挂"不仅触动了古往今来无穷读者，也成为宝黛二人互印心意的一番明证。

在《红楼梦》第二十二回，宝玉看完戏回去又读《南华经》，反复思考，写下了一首偈子。其词是："你证我证，心证意证。是无有证，斯可云证。无可云证，是立足境。"黛玉偶然看到，挥毫补上一句："无立足境，是方干净。"两人的这一番偈子联句，显然不能看作少男少女之间的文字游戏。最让人容易想到的是禅宗六祖慧能的著名公案。宝玉所作之偈，正如神秀大师之偈："身是菩提树，心如明镜台。时时勤拂拭，莫使惹尘埃。"而黛玉之偈，其境界则近乎六祖慧能之开悟偈："菩提本无树，明镜亦非台。本来无一物，何处惹尘埃？"

宝黛二人从戏曲舞台上鲁智深一句唱词"赤条条来去无牵挂"想开去，宝玉所追求的是一种无拘无束的自由立足之境，因此他一开始还是爱惜身体的，是一种警幻仙姑所谓"意淫"式的自爱爱人；而林黛玉从一开始便对自己对身心状况有着超越年龄的冷峻与决绝，她所追求的不是立足之境，甚至没有立足之境，"是方干净"。

宝黛通过这番心意互证，达到了一种共识性超脱：从保养身体到弃绝身体。他们落脚到佛教禅宗的立场上，身体观遭遇生命观，死亡面前，身体何足贵，何足惜？禅宗作为《红楼梦》展开的背景，一直如影随形，不过需要强调的是，对身体终将逝去的认知并不是小说所擅长的，小说也并没有提出比释道典籍更高明的结论。

不过，《红楼梦》的成功之处在于它塑造了如此美好的两个青年男女，让他们经历生命的灿烂，享受身体的美好与逝去。追忆终将逝去的身体与生命，是小说的核心价值与启迪意义。

第五章　石兄的身体审美和声色空间

小　结

  大观园中的石兄，作为一种观察视角，塑造得其实并不很成功。清代中叶的读者，可能还不大能接受这种贴身近距离摄像头式的观察角度。但石兄那若隐若现的"眼睛"，却提示读者，《红楼梦》中有着广阔的身体审美与空间，值得我们去探索。在本章中，我们从焦大的醉骂入手，了解了《红楼梦》人物的身体秩序与权力关系，进而揭开了传统社会普遍存在的元/首—五脏—六腑—四肢—百骸—发须爪的身体秩序认同。同时，以此为出发点，从私密部位脚到体态再到情态，依次考察大观园中女性的身体审美。另外，我们以小说的第一对主人公入手，通过宝、黛身体观的异同，理解大观园人物对身体消逝的认知模式，以此由身体认知过渡到心理轸域。

第六章　贾府人物的心理困境

如果读者仔细观察《红楼梦》，细心体察贾府人物，您可能会发现一个令人泄气的事实。小说中大到情志生病，小到嫉妒，其实都是无药可医的。无论是我们聊过的夏金桂的所谓"嫉妒"，还是即将展开的尤三姐自刎与金钏儿投井，如果回到文学现场，我们将采取什么样的措施疗救他们呢？

常言道：心病还应心药治。《红楼梦》中有许多心理疾患，但却缺少专业心理诊疗的场景。一方面，古代医学实践自带心理诊疗的属性；另一方面，也反映出叙述者对心理疾患的认识不足，也是小说折射出的那个古代社会的基本状况。《红楼梦》的时代，心理健康尚未被重视。在挫折面前，贾府人物的个体无力感与集体求平安恰成一对：宝玉、惜春、妙玉的遁入空门；甄士隐、柳湘莲的出走；大姐出痘供奉"痘疹娘娘"以及"清虚观打醮"等著名场景。然而真实的贾府人物心理困境是血淋淋的，也指向千红一哭、万艳同悲的小说主题。

第一节　三姐自刎与金钏儿投井：
　　　　大观园中的自杀分析

在《红楼梦》中，大到情志生病，小到嫉妒，其实都是无药可医的。心病还须心药治。小说中的心病，有不少与心理疾患有关，但却缺少专业心理诊疗的场景。一方面，古代医学实践自带心理诊疗的属性；另一方面，对心理疾患的认识不足，也是小说折射出的那个古代社会的基本状况。我们选取《红楼梦》中心理困境最严重的结果——自杀——进行分析，然后通过对"贾府四春"心理困局的剖析，最终回到宝黛恋爱心理危机，对小说中主要人物的心理问题进行概览式解读。

我们先来看小说中女儿自杀。什么是自杀？20世纪以来，这是社会学研究取得突出成果的领域，代表性的有涂尔干《自杀论》等。一般认为，自杀不是单一诱因导致的，它有着复杂的心理因素与社会因素。在心理因素方面，包括但不仅限于自卑、敏感与丧失生活动力；在社会因素方面，主要有压迫、欺凌、绝望等。细数《红楼梦》中的非正常死亡者，人物竟有数十名！自杀是排名第一的非正常死亡方式，我们耳熟能详的林黛玉、秦可卿（脂批提示）、尤二姐、尤三姐、鸳鸯、金钏儿、司棋……可以说，每一位选择自杀的女儿，都是曹公立志为"闺阁昭传"的诱因之一。我们就拿最壮烈的尤三姐之死，和死得最憋屈的金钏儿之死，来为大家分析大观园中的自杀行为。

一、"揉碎桃花红满地"：三姐自刎"轻如鸿毛"？

自《红楼梦》出来，尤三姐这一人物引起了无数读者的共情。汪孔祥在《〈红楼梦〉谥法表》中曾对尤三姐有定评："铁中铮铮，庸中佼佼，为书绝无仅有之人。"按照古人的标准，尤三姐确乎难以符合"烈女"的特征。毕竟她出场之时，曾与宁国府长孙贾蓉玩闹调笑，甚至"上来撕嘴"。她二姐吐出的砂仁儿，"贾蓉用舌头都舔着吃了"，连身旁的丫头都看不过。尤二姐、尤三姐与贾珍、贾蓉父子间的暧昧，叙述者通过第六十三回这个场景就写透了。

然而，耐人寻味的是，尤三姐之烈，不仅出现在结局，也在

第六章 贾府人物的心理困境

她与贾府浊臭男子的虚与委蛇间，正所谓出淤泥而不染。例如，小说第六十五回写贾琏偷娶尤二姐之后，与贾珍在小花枝巷私宅偶遇，贾珍、贾琏兄弟酒后轻薄，尤三姐站在炕上，指贾琏笑说了一段堪称精彩的骂詈："你不用和我花马吊嘴的，清水下杂面，你吃我看见。见提着影戏人子上场，好歹别戳破这层纸儿。你别油蒙了心，打谅我们不知道你府上的事。这会子花了几个臭钱，你们哥儿俩拿着我们姐儿两个权当粉头来取乐儿，你们就打错了算盘了。我也知道你那老婆太难缠，如今把我姐姐拐了来做二房，偷的锣儿敲不得。我也要会会那凤奶奶去，看他是几个脑袋几只手。若大家好取和便罢；倘若有一点叫人过不去，我有本事先把你两个的牛黄狗宝掏了出来，再和那泼妇拼了这命，也不算是尤三姑奶奶！喝酒怕什么，咱们就喝！说着，自己绰起壶来斟了一杯，自己先喝了半杯，搂过贾琏的脖子来就灌，说：'我和你哥哥已经吃过了，咱们来亲香亲香。'"这一番话"唬的贾琏酒都醒了"，贾珍也不承望尤三姐有这等"无耻老辣"。无耻老辣这个词用得太到位了。贾珍、贾琏弟兄两个"本是风月场中耍惯的，不想今日反被这闺女一席话说住"。尤三姐还不依不饶，"一叠声"又叫："将姐姐请来，要乐咱们四个一处同乐。俗语说'便宜不过当家'，他们是弟兄，咱们是姊妹，又不是外人，只管上来。"尤二姐的表现是"反不好意思起来"，贾珍更是"得便就要一溜"，尤三姐断不肯放他去了。贾珍在此时也方才后悔，不承望尤三姐是这种为人，与贾琏两个"反不好轻薄起来"。

小说描写尤三姐接下来的行止，可以说与传统烈女形象毫不沾边，却又在精神内核与神髓上保有高度一致性：

大观园的病根：《红楼梦》人物的身心困局

这尤三姐松松挽着头发，大红袄子半掩半开，露着葱绿抹胸，一痕雪脯。底下绿裤红鞋，一对金莲或翘或并，没半刻斯文。两个坠子却似打秋千一般，灯光之下，越显得柳眉笼翠雾，檀口点丹砂。本是一双秋水眼，再吃了酒，又添了饧涩淫浪，不独将他二姊压倒，据珍琏评去，所见过的上下贵贱若干女子，皆未有此绰约风流者。二人已酥麻如醉，不禁去招他一招，他那淫态风情，反将二人禁住。那尤三姐放出手眼来略试了一试，他弟兄两个竟全然无一点别识别见，连口中一句响亮话都没了，不过是酒色二字而已。自己高谈阔论，任意挥霍洒落一阵，拿他弟兄二人嘲笑取乐，竟真是他嫖了男人，并非男人淫了他。一时他的酒足兴尽，也不容他弟兄多坐，撵了出去，自己关门睡去了。

针对尤三姐的行止做派，戚序本有总评说得好："尤三姐失身时，浓妆艳抹凌辱群凶；择夫后，念佛吃斋敬奉老母；能辨宝玉能识湘莲，活是红拂文君一流人物。"脂砚斋等于将小说中尤三姐短暂的出场机会分为三段：失身时、择夫后和能识人。严谨地说，这是不公正的。小说交代得明白，尤三姐的所谓"择定夫婿"，早在五年之前尤老娘的寿宴之上。与其说"择夫后"，不如说尤三姐向姐姐姐夫表露自己择夫心迹后。传统评点所谓"能识人"，也多是一种基于男性视角的趣味，这个女性有眼光，她能像红拂女一样识别出贾宝玉和柳湘莲跟其他皮肤滥淫之徒不同。然而吊诡之处正在于，最后间接害死尤三姐的正是"不一样"的贾宝玉，直接"凶手"甚至正是她心心念念的冷面情郎。尤三姐的自刎悲剧，当然有传统社会结构性不公导致的沉重压抑，但从个人角度说，她性情刚烈有余，却弹性不足。这就造成了她在面对贾珍、贾琏这一干纨绔子弟时，能够"浓妆艳抹凌辱群凶"，玩弄他们于股掌之间，却不能处理好与心上人之间的矛盾，最终落得悲剧结局。

小说第六十六回集中描写了尤三姐的自刎场景，可谓小说中令多数读者都心生震撼的一场意难平：

> 那尤三姐在房明明听见。好容易等了他来，今忽见反悔，便知他在贾府中得了消息，自然是嫌自己淫奔无耻之流，不屑为妻。今若容他出去和贾琏说退亲，料那贾琏必无法可处，自己岂不无趣。一听贾琏要同他出去，连忙摘下剑来，将一股雌锋隐在肘内，出来便说："你们不必出去再议，还你的定礼。"一面泪如雨下，左手将剑并鞘送与湘莲，右手回肘只往项上一横。可怜："揉碎桃花红满地，玉山倾倒再难扶"，芳灵蕙性，渺渺冥冥，不知那边去了。……湘莲反不动身，泣道："我并不知是这等刚烈贤妻，可敬，可敬。"湘莲反扶尸大哭一场。等买了棺木，眼见入殓，又俯棺大哭一场，方告辞而去。

小说对尤三姐的爱慕郎君柳湘莲有这样八个字的评价："冷面冷心""无情无义"。从小说描写来看，这几个字可以说不算冤枉。他在路上听贾琏介绍，轻易交出鸳鸯剑。细想后悔，又来找宝玉核实，不想宝玉也称尤氏姐妹为"真真一对尤物"。引逗出柳湘莲说出那句"东府里只怕石狮子也不干净"的名言，并且前来退订礼。从始至终，柳湘莲都生活在深深成见中。这个女孩儿家世一般，介绍人不靠谱，好兄弟暗讽，但她究竟为人如何呢？也许读者会说，这在传统社会并不重要，他也无法求证。诚然，这是一笔说不清的烂账。只有等到尤三姐以死自证清白以后，柳湘莲才留下了"刚烈贤妻"的评价，痛哭而去。这确实显得太过"冷面冷心"了。不过，柳湘莲并不是掉头不顾，拥抱自己的生活去了，小说有交代，他遁入了空门。

戚序本有则脂批将尤、柳二人的情辨析得颇有启发："余叹世人不识'情'字，常把'淫'字当作'情'字。殊不知淫里无情，情里无淫，淫必伤情，情必戒淫，情断处淫生，淫断处情生。三姐项下一横，是绝情，乃是正情；湘莲万根皆削，是无情，乃是至情。生为情人，死为情鬼。故结句曰'来自情天，去自情地'，岂非一篇尽情文字？再看他书，则全是'淫'不是'情'了。"淫的本意是过分，过分的滥情，必然逃不脱一个"淫"字。然而无论柳湘莲的"万根皆削"，还是尤三姐的"项下一横"，表面看都十分"绝情"和"无情"，但实质上，又都具有"正情"和"至情"的意味。因此，尤三姐在死后被警幻仙姑任命，"前往太虚幻境修注案中所有一干情鬼"。柳湘莲也"去自情地"，得归情所。

从尤三姐的角度说，她的"情"定于五年前尤老娘的生日宴上，对于倾慕之人并没有进行深入了解，就定情专一。所谓"这人一年不来，他等一年；十年不来，等十年。若是这人死了，再不来了，他情愿剃了头当姑子去，吃常斋念佛，再不嫁人"。尤三姐之心智，不可谓不坚决，然而可悲之处正在于，她想象世界中的柳湘莲并不是真实的柳湘莲！有时候，人与人之间，情感是对不上榫儿的。单方面产生的最热烈的情感，却得不到或者不可能获得及时有效的传递与回应。这必然造成两个结局：一个是情感的持续自我炽热化；另一个就是情感的挫折与灭失。尤三姐就是典型的前一种人。日常生活中也常常如此，因此读者会意难平。周春在《阅〈红楼梦〉随笔》中说得冷峻而彻底："尤三姐之死轻于鸿毛。"尤三姐之死，不死在柳湘莲的冷面冷心、后知后觉，而死在个人理想信念结构性崩塌和彻底破灭。小说第六十六回写柳湘莲恍惚间"忽听环珮叮当，尤三姐从外而入，一手捧着鸳鸯剑，一手捧着一卷册子"，向柳湘莲说："来自情天，去由情地。前生误被情惑，今既耻情而觉，与君两无干涉。"说毕，"一阵香风，无踪无影去了"。我想"误被情惑"和"耻情而觉"两个词是尤三姐之死悲剧的恰切概括。人们往往困惑于内心的执念，越是得不到越是自我强化，在一个错位的情感时空中，注定了不会有好的结局。这也是尤三姐自刎能给我们当代读者的重要启迪吧。

二、金钏儿投井的叙事意义

与尤三姐尴尬的宁府亲戚身份不同，金钏儿是王夫人的贴身丫鬟，伺候了王夫人十来年。在传统社会，金钏儿虽然身份较低，但在贾府的权力结构中，王夫人不看僧面看佛面，还是会对金钏儿照顾有加的。怎么会忽然就投井死了呢？恐怕也会再度在贾府中引起众人一阵"纳罕"。《红楼梦》第三十回详尽描摹了金钏儿之死的直接诱因：

大观园的病根：《红楼梦》人物的身心困局

遂进角门，来到王夫人上房内。只见几个丫头子手里拿着针线，却打盹儿呢。王夫人在里间凉榻上睡着，金钏儿坐在旁边捶腿，也乜斜着眼乱恍。宝玉轻轻的走到跟前，把他耳上带的坠子一摘，金钏儿睁开眼，见是宝玉。宝玉悄悄的笑道："就困的这么着？"金钏儿抿嘴一笑，摆手令他出去，仍合上眼。宝玉见了他，就有些恋恋不舍的，悄悄的探头瞧瞧王夫人合着眼，便自己向身边荷包里带的香雪润津丹掏了一丸出来，便向金钏儿口里一送。金钏儿并不睁眼，只管嚼了。宝玉上来便拉着手，悄悄的笑道："我明日和太太讨你，咱们在一处罢。"金钏儿不答。宝玉又道："不然，等太太醒了我就讨。"金钏儿睁开眼，将宝玉一推，笑道："你忙什么！'金簪子掉在井里头，有你的只是有你的'，连这句话语难道也不明白？我倒告诉你个巧宗儿，你往东小院子里拿环哥儿同彩云去。"宝玉笑道："凭他怎么去罢，我只守着你。"只见王夫人翻身起来，照金钏儿脸上就打了个嘴巴子，指着骂道："下作小娼妇，好好的爷们，都叫你教坏了。"宝玉见王夫人起来，早一溜烟去了。这里金钏儿半边脸火热，一声不敢言语。登时众丫头听见王夫人醒了，都忙进来。王夫人便叫玉钏儿："把你妈叫来，带出你姐姐去。"金钏儿听说，忙跪下哭道："我再不敢了。太太要打骂，只管发落，别叫我出去就是天恩了。我跟了太太十来年，这会子撵出去，我还见人不见人呢！"王夫人固然是个宽仁慈厚的人，从来不曾打

278

第六章 贾府人物的心理困境

过丫头们一个,今忽见金钏儿行此无耻之事,此乃平生最恨者,故气忿不过,打了一下,骂了几句。虽金钏儿苦求,亦不肯收留,到底唤了金钏儿之母白老媳妇来领了下去。那金钏儿含羞忍辱的出去,不在话下。

读完这段文本,不知读者能否想到,这便是第三十三回贾政责打宝玉时说的"淫辱母婢"?宝玉和金钏儿是什么关系?怎么理解金钏儿对宝玉说的:"金簪子掉在井里头,有你的只是有你的?""王夫人固然是个宽仁慈厚的人"如何理解?"含羞忍辱"是金钏儿的自杀的原因吗?甚至读得更细些,王夫人是什么时候醒来的?在我的课堂上,我会让同学们分析这些许多材料,这段"王夫人打金钏儿"堪称最耐细读的章节之一。

首先,贾政口中的"淫辱母婢"显然是诬陷。因为那是贾环道听途说、添油加醋之后炮制的,意思就是要在特定时候抛出来给哥哥宝玉上眼药的。贾宝玉和金钏儿应该是清白的,无论按照古人还是今人的标准。其次,从小说叙述肌理中看,贾宝玉和母亲王夫人的贴身侍女金钏儿,应该是非常熟络的,甚至是感情非同一般的。从金钏儿抿嘴笑,摆手示意他出去,到宝玉"见了他,就有些恋恋不舍的",掏出香雪润金丹只管往金钏儿嘴里送,金钏儿也就闭目"只管噙了"。宝玉的恋恋不舍,想来也是二人之间有深厚互信的。再次,金钏儿说的"金簪子掉在井里头,有你的只是有你的",意思应该有两层,表面看是暗示自己将来很有可能是由王夫人指给宝玉作侍妾,至少她自己这么认为;深层次看,这样写还在小说叙述层面暗示了金钏儿悲惨的投井结局。最后,王夫人究竟是不是一个"宽仁慈厚的人"呢?她所深恶的

279

金钏儿无耻之事究竟是什么？

关于金钏儿之事，说法就有分歧了。一种看法认为，金钏儿口中"我倒告诉你个巧宗儿，你往东小院子里拿环哥儿同彩云去"被王夫人认为是挑拨离间，如果是真，那王夫人还真是个"宽仁慈厚的人"，但有个问题，如此行为是否能够称得上"无耻之事"，还一定要领了下去，再不用她。于是乎，就有了另一种解读，金钏儿被撵下去，必然是触碰了王夫人的核心利益——与宝玉有关。可是明明是宝玉勾引的金钏儿呀，如此"恋恋不舍"，又是喂丹，又是向太太讨的，怎么能责罚金钏儿呢？哎，这可能就是王夫人的"无奈"之处：儿子对自己的婢女恋恋不舍，早已是不争的事实，但她绝不能允许儿子对自己未来的枕边人自主选择，必须是老太太最好是自己放到他屋里的，不给你你不能要，更不能抢。更进一步说，如何提醒儿子注意分寸呢？也只有责打贴身丫鬟金钏儿这一途径了。所以从这个角度看，金钏儿其实是在代宝玉受过。

更令人绝望的是，金钏儿直到此刻才明白：在王夫人那里，平日的关爱都是有条件的，也即你不能"教坏"我儿子。金钏儿遭遭，这一场景揭示出贾府主仆关系的底层真相。在小说叙述中，贾府待下人最好。在贵族中，主仆相处融洽，年辈高的奴才比年轻主子还体面。然而，这种表面的温情脉脉，隐藏的社会矛盾，是奴才终究是奴才。她们没有自主选择爱恋对象的权利，不单没有，还得为偶尔心猿意马的贵族公子背锅，含羞忍辱，撵了下去。金钏儿如此，晴雯被逐的根源也在于此。因此，金钏儿之死在故事层面具有不可避免性，在叙事层面则具有强烈的反讽意味。

第六章　贾府人物的心理困境

在小说中，王夫人制造了一系列丫鬟遭遣事件，以至于不少读者很难将她与"宽仁厚慈"这个词挂钩。然而残酷的真相很可能是，王夫人真的是一个天真烂漫、宽仁厚慈之人。她被贾府选择了，被年长的掌握权力的奴仆们裹挟了，她们假借她手，以她的名义，对女孩儿们做尽了坏事。可以说，王夫人在大观园中的象征意义是十分典型的：她是传统社会法权在大观园中的贯彻者。当口口声声当作女儿一般的金钏儿与亲儿子宝玉间必须做出选择时，她会毫不犹豫选择了保全儿子的声名，最终逼死了金钏儿。王夫人有愧疚，但并没有觉得有什么不对，更不打算改变。这也是为什么读者不喜欢薛宝钗安慰王夫人说金钏儿投井死了也是自己糊涂的原因。薛宝钗在对丫鬟仆妇态度方面，与贾府中长辈们保持了高度一致性，主动为她们寻找台阶儿。

归结起来，小说叙述者对于女儿自杀到底持何种态度？从文本看，无论是尤三姐，还是金钏儿，她都饱蘸着同情的笔墨。她对她们的褒奖远远大于挞伐，甚至根本不存在批评。叙述者所要强调和着力刻画的，正是导致自杀的社会心理因素。尤三姐因何而生长污泥之中？金钏儿因何而得不到自由选择婚恋对象的权利？叙述者通过女儿自杀的极端事件，都进行了深广而精微的揭示。

第二节　原应叹息不自由：贾府小姐们的心理危局

"金陵十二钗"中有"原应叹息"之谓，意指"贾府四春"，元春、迎春、探春、惜春。这四人本是这个钟鸣鼎食之家养尊处优的大小姐，其生活之优渥，诗礼之娴雅，本该令人艳羡，然而

大观园的病根：《红楼梦》人物的身心困局

小说家所着墨处，却尽是四人在庸常的生活里所面对的结结实实的心理困境：元春的不得自由与忍悲强笑；迎春的性格懦弱和所嫁非人；探春的自卑孤傲与美俏多能；惜春的情感冷漠和遁入空门。举凡种种，不仅给贾府小姐们带来了心理困窘，也给她们的身体带来了不可估量的损害。所谓元妃的"闷死深宫"，良有以也。更重要的是，"贾府四春"的身心困顿，如果掰开了揉碎了去品读，谁又能说不会在我们今天的日常生活中找到对应的投影呢？要么换个环境，要么改变心境，面对身心危局，缓慢进化的人性总能给出押韵的答案。咱们先来看元春。

一、元春的忍悲强笑：闷死"不得见人的去处"

贾元春是探佚学家们非常热衷讨论的一个小说人物。无他，因为她是小说中距离政治最近的一位女性，她嫁给了皇帝，晋封凤藻宫尚书，加封贤德妃。清人洪秋蕃在《红楼梦抉隐》中认为，元春"得春气之先，占尽春光，故有椒房之贵"。不少研究者，将视线集中在第五回的元妃判词中的"虎兕相逢大梦归"一句，第十八回元妃省亲点戏，第二出点了《乞巧》，脂砚斋批语道："《长生殿》中伏元妃之死"，也成为学者们重点关注的对象。由于小说八十回以后的文本我们无法看到了，因此，更激发了读者驰骋想象的兴趣。不过，如果仅看现存的脂本和程本，只在省亲中露过一次面的元春，却真真实实存在"闷死"于"不得见人的去处"之深刻因由。且看小说第十八回元妃省亲中这一段：

且说贾妃在轿内看此园内外如此豪华，因默默叹息

第六章　贾府人物的心理困境

奢华过费。……茶已三献，贾妃降座，乐止。退入侧殿更衣，方备省亲车驾出园。至贾母正室，欲行家礼，贾母等俱跪止不迭。贾妃满眼垂泪，方彼此上前厮见，一手搀贾母，一手搀王夫人，三个人满心里皆有许多话，只是俱说不出，只管呜咽对泣。邢夫人、李纨、王熙凤、迎、探、惜三姊妹等，俱在旁围绕，垂泪无言。半日，贾妃方忍悲强笑，安慰贾母、王夫人道："当日既送我到那不得见人的去处，好容易今日回家娘儿们一会，不说说笑笑，反倒哭起来。一会子我去了，又不知多早晚才来！"说到这句，不觉又哽咽起来。邢夫人等忙上来解劝。贾母等让贾妃归座，又逐次一一见过，又不免哭泣一番。然后东西两府掌家执事人丁在厅外行礼，及两府掌家执事媳妇领丫鬟等行礼毕。贾妃因问："薛姨妈、宝钗、黛玉因何不见？"王夫人启曰："外眷无职，未敢擅入。"贾妃听了，忙命快请。一时，薛姨妈等进来，欲行国礼，亦命免过，上前各叙阔别寒温。又有贾妃原带进宫去的丫鬟抱琴等上来叩见，贾母等连忙扶起，命人别室款待。执事太监及彩嫔、昭容各侍从人等，宁国府及贾赦那宅两处自有人款待，只留三四个小太监答应。母女姊妹深叙些离别情景，及家务私情。

脂砚斋于"元妃省亲"一段可谓开足了马力，上述这一小段，各本中足足留下了七八条批语，有一些能为研究者提供探索贾府与清代中期政治环境之关系提供线索。例如己卯本夹批说："《石头记》得力擅长全是此等地方。""追魂摄魄，《石头记》传神摸影全在此等地方，他书中不得有此见识。"庚辰本眉批说："非经历过如何写得出！"

脂批中也有对小说人物语言的评论，最著名的是评说贾元春忍悲强笑，安慰母亲和祖母这条的。己卯本夹批说："说完不可，不先说不可，说之不痛不可，最难说者是此时贾妃口中之语。只如此一说，千贴万妥，一字不可更改，一字不可增减，入情入神之至！"

细细品味，这段元妃省亲见到母亲与祖母的段落，确实有不少令人心生疑窦之处：如果说初见亲人，"垂泪无言"，是受限于国礼的一种"拘束"，那么当元妃说出"当日"那句忍悲强笑的话之后，本来亲眷间应该消失的芥蒂，反而先是元春自己哭起来，接着是"邢夫人等忙上来解劝"，最后是贾母等"让贾妃归座"。这固然如己卯本夹批说的，是一种"诗书世家，守礼如此"，但也未尝不是为后文张本："只留三四个小太监答应，母女姊妹深叙些离别情景，及家务私情"，己卯本夹批非常敏锐地发现"深"字说得妙。是啊，元妃省亲，回到私宅后堂，与至亲母女姊妹，要"深叙"哪些离别情景与家务私情，不禁令人遐想。更令人惊讶的是，元春那番惊世骇俗的将皇宫比作"不得见人的去处"的说法，竟然是当着宫里跟来的众多太监宫女说的，其中有多少眼线细作，她竟不避讳。想来也只好作两种解读：一来，元春虽贵有椒房之宠，然而并非政治动物，于此疏于防范，不避嫌疑；二来，或可解读为元春此刻虽刚获封号，然已感前途堪忧，内心郁结，不待私见，便当众向母家申说。二者孰是孰非，还不好辨明，只得继续细看。小说后文，元春与父亲一段对话，更有"追魂摄魄"之力量，却被不少研究者所忽略了：

第六章 贾府人物的心理困境

又有贾政至帘外问安，贾妃垂帘行参等事。又隔帘含泪谓其父曰："田舍之家，虽齑盐布帛，终能聚天伦之乐；今虽富贵已极，骨肉各方，然终无意趣！"贾政亦含泪启道："臣，草莽寒门，鸠群鸦属之中，岂意得征凤鸾之瑞。今贵人上锡天恩，下昭祖德，此皆山川日月之精奇、祖宗之远德钟于一人，幸及政夫妇。且今上启天地生物之大德，垂古今未有之旷恩，虽肝脑涂地，臣子岂能得报于万一！惟朝乾夕惕，忠于厥职外，愿我君万寿千秋，乃天下苍生之同幸也。贵妃切勿以政夫妇残犁为念，懑愤金怀，更祈自加珍爱。惟业业兢兢，勤慎恭肃以侍上，庶不负上体贴眷爱如此之隆恩也。"贾妃亦嘱"只以国事为重，暇时保养，切勿记念"等语。

这段父女对话，初看平平无奇，然而细读可知，绝非那么简单。首先，元春"隔帘含泪"对父亲所说的话，延续了她对母亲与祖母说话的风格。她的意思大致是我们贾家现在虽然显贵，但骨肉天各一方，没办法享受天伦之乐，反倒不如田舍之家，虽然吃穿用度尚且困乏，好歹朝夕相聚在一起。其次，这般问对，放在省亲情境中，应该说情有可原，但对于与皇家联姻的贾府而言，稍有不慎，便潜藏危机。身为臣子的贾政有必要用官样文章语体，及时提醒女儿：儿啊，我们贾家本是"草莽寒门"，不料老鸦屋里飞出了您这位金凤凰。这里，庚辰本脂砚斋有句颇具意味的评点："此语犹在耳"，说明真实世界的曹家也有一番类似对话，属于是小说照进现实了。更重要的是，皇妃是一种"职"，是一种身份角色，家族选择了你在这个位置上，就必须舍弃天伦之乐，扮演好皇妃，"朝乾夕惕，忠于厥职"。最后，女儿你一定不要因为挂念我们老夫妇俩，"懑愤金怀"，一定一定要"自加珍爱"。身为臣子，将女儿送进深宫，可能出于一种维护家族利益的狠心的无奈，但作为父亲，他对元春的叮咛与提醒，也是在此情此景中最为得体的表达，没办法的办法了。所以，在贾政启奏完毕，回到家恢复了往日女儿态的贾元春"及时"回归了元妃身份，叮嘱了一些"只以国事为重，暇时保养，切勿记念"等官样文字，草草结束了小说中父女之间这段唯一的对话。

第十八回写到这里，元妃先后见过母亲、祖母、姊妹和父亲，甚至薛姨妈和宝钗都已见过，此时方出宝玉。贾妃因问："宝玉为何不进见？"贾母乃启奏道："无谕，外男不敢擅入。"元妃一迭声儿忙命快引进来。"小太监出去引宝玉进来，先行国礼毕，元妃命他进前，携手拦揽于怀内，又抚其头颈，笑道：'比先竟长了好些……'"小说写元妃的反应，只有八个字，却痛彻心扉："一语未终，泪如雨下"。庚辰本脂砚斋有一条侧批："作书人将批书人哭坏了。"这说明至少在写作的真实时空中，曾经有类似场景发生过，甚至这一场景就是神秘的批书人和小说家共同的家族记忆的重要组成部分。在真实历史时空中，这位早逝于残酷政治斗争中的"元妃"究竟是谁，我想并不重要。重要的是，这是一位有血有肉有亲情，却为家族利益牺牲情感、幸福乃至生命的椒房贵女。她面目不清晰的历史身影，很可能对应的不是一个真实的历史人物，而是古往今来如此处境女性的模糊重影、惨痛心影和悲剧背影。

回过头来，谈小说中贾元春在省亲中的对话，如果套用今天

第六章 贾府人物的心理困境

的概念，可以称之为"微笑抑郁"了。首先，她虽然位至贵妃，却对深宫生活非常厌恶，直斥为"不得见人的去处"。对比《红楼梦》前后的世情小说，都将宫内生活描绘得异常如意，确实可以称得上是"追魂摄魄，《石头记》传神摹影全在此等地方，他书中不得有此见识"。

其次，贾元春的生命是苦闷而不幸的。她很明显地因为皇妃的身份而导致了缺乏亲情。无论是小说中对家礼的压抑与对不近人情国礼的揭示，还是元妃本人对天伦之乐的渴望，与贾政对君臣之礼的恪守，都说明了皇室给她的锦衣玉食正是权力为她编织的金丝鸟笼，而贾府至亲对她的叮咛嘱咐，正是要抹杀打消她背叛自己皇妃身份的任何一丁点儿可能性。贾母、贾政、王夫人，他们都懂元春，但他们不仅做不了任何事，反而必须加入"闷死者联盟"，极力将元春装进元妃的躯壳里，为了贾氏的荣光，牺牲女儿的身心乃至性命。

最后，元春自身也并非敢于扮演好妃子的角色。她不仅为自身的处境担忧，也为贾府的经济状况而忧心忡忡。在小说中，她就曾两次感叹"奢华"。如果说省亲这一次是例行的场面话，那么第五十三回中叙述者借贾蓉之口转述的娘娘的话，则是实打实地揭露了贾府坐吃山空、日渐败落的根源。贾蓉说："娘娘难道把皇上的库给了我们不成！他心里纵有这心，他也不能作主。岂有不赏之理，按时到节不过是些彩缎古董顽意儿。纵赏银子，不过一百两金子，才值了一千两银子，够一年的什么？这二年那一年不多赔出几千银子来！头一年省亲连盖花园子，你算算那一注共花了多少，就知道了。再两年再一回省亲，只怕就精穷了。"

再省亲一回，就精穷了，这个表述被不少红学家关联到曹雪芹家族为康熙南巡接驾的历史事件上，这当然有一定道理。不过，我想强调的是，这种身为皇权附庸者而存在的钟鸣鼎食之家，必然是脆弱的，它经济上依附于"这一个"特定的皇帝，那么一朝天子一朝臣，尤其是宠臣，更是如此。元妃所担忧者，定然会随着皇帝的身体状况与政治的权力浮沉而日渐深重。这也是贾元春"忍悲强笑"的根源所在，也是她身心困局不同于其他姊妹的显著特征。她是家族的代表，家族是"这一个"的家奴，她与她的家族的倾覆几乎是必然的，也是注定的。她，不可能也没能力破局。

二、"二木头"迎春：性格懦弱和所嫁非人

贾迎春，是贾赦之妾所生，贾琏同父异母的妹妹。在小说中可谓没有什么存在感。她文学才华一般，总是猜谜不成、行令错韵；性格懦弱，"温柔沉默，观之可亲"，连第六十五回在尤二姐面前演说荣国府的兴儿都敢称她"二姑娘诨名是'二木头'，戳一针也不知嗳哟一声"；似乎就连容貌在十二钗云集的贾府中也都较为普通，小说第三回描摹又回到了传统世情小说描写美人的套路，丝毫没有新意："肌肤微丰，合中身材，腮凝新荔，鼻腻鹅脂。"这样一位"木头"美人，还是前八十回中明确指出的贾府中所嫁非人者，她的判词写得明确："子系中山狼，得志便猖狂。金闺花柳质，一载赴黄粱。"

在前八十回中，迎春有一点比较独特，她是小说家描写的第二位贾府出嫁又归宁的姑娘，另一位当然是元春。那么如果将第十八回元妃省亲和第八十回迎春归宁两相对照，很难不使人心生

第六章　贾府人物的心理困境

天差地别之感。请看小说第八十回，深刻呈现了侯门金闺在婚姻中的悲惨生活：

> 迎春方哭哭啼啼的在王夫人房中诉委曲，说孙绍祖"一味好色，好赌酗酒，家中所有的媳妇丫头将及淫遍。略劝过两三次，便骂我是'醋汁子老婆拧出来的'。又说老爷曾收着他五千银子，不该使了他的。如今他来要了两三次不得，他便指着我的脸说道：'你别和我充夫人娘子，你老子使了我五千银子，把你准折买给我的。好不好，打一顿撵在下房里睡去。当日有你爷爷在时，希图上我们的富贵，赶着相与的。论理我和你父亲是一辈，如今强压我的头，卖了一辈。又不该作了这门亲，倒没的叫人看着赶势利似的。'"

写贾迎春的婚后生活，这是小说对大观园女儿刻画的一种拓展：因为叙述视角集中在贾府，故而叙述者大多数时候所描写的是王史薛三家的女儿，她们或是出嫁到贾家，或是寄居于亲戚。描写贾家女儿，则多是未出嫁之闺女、贾宝玉之姊妹，作为林黛玉、薛宝钗之对照与陪衬存在。小说第八十回写贾迎春之婚后归宁，正弥补了这一不足，将叙事视角稍稍移向了贾府之外，通过对话映带出贾府在公侯舆论场中之地位下降。

庚辰本脂批对迎春转述的孙绍祖之骂詈评道："奇文奇骂。为迎春一哭。恨薛蟠何等刚霸，偏不能以此语及金桂，使人忿忿。此书中全是不平，又全是意外之料。"脂批所说"奇文奇骂"，确实说出来读者心中的不平之气。孙绍祖这样一个赌徒酒

289

鬼、皮肤滥淫之辈便能骂得贾府千金抬不起头来。客观地讲，"你老子使了我五千银子，把你准折买给我的""论理我和你父亲是一辈，如今强压我的头，卖了一辈"，这些话虽然是孙绍祖窝里横的私房话，却也体现出贾府在公侯贵族圈里地位的下降。贾赦这样正经荣国公嫡子嫡孙，袭封一等将军，他的女儿嫁与这位"当日宁荣府中之门生""现袭指挥之职""现在兵部候缺题升"的孙绍祖，也算是门当户对了。可却遭到了如此对待。

除去贾府势力等外部因素之外，迎春的个性也是重要因素。清代有位著名的《红楼梦》评点者叫作二知道人，他对迎春之身世个性做过一个总评："迎春神恬意静，蔼然可亲，素谈因果，亦不失为善女人。……不意遇人不淑，横加折辱，赍恨而死，梦之至恶，无逾于此者。骨肉间爱莫能助焉。"贾迎春就是那种生活中看起来和蔼恬静，不声不响，在关键问题上一味退让，缺乏争取正当权利的懦弱老好人。

小说第七十三回，有一段描写抄检大观园后，邢夫人与迎春的言语冲突，体现得淋漓尽致。说的是贾母因宝玉夤夜受惊，发怒"命即刻查了头家赌家来"。结果查出来迎春的乳母是聚众赌博的三个"大头家"之一。迎春正心里不自在，忽报邢夫人来了，遂接入内室。邢夫人嘲讽道："你这么大了，你那奶妈子行此事，你也不说说他。如今别人都好好的，偏咱们的人做出这事来，什么意思。"迎春低着头弄衣带，半晌答道："我说他两次，他不听也无法。况且他是妈妈，只有他说我的，没有我说他的。"邢夫人说："胡说！你不好了他原该说，如今他犯了法，你就该拿出小姐的身分来。他敢不从，你就回我去才是。如今直等外人共知，是什么意思。再者，只他去放头儿，还恐怕他巧言花语的

第六章 贾府人物的心理困境

和你借贷些簪环衣履作本钱，你这心活面软，未必不周接他些。若被他骗去，我是一个钱没有的，看你明日怎么过节。"迎春的表现颇有古典情态：她再次"不语"，"只低头弄衣带"。庚辰本夹批读得细："'咱们'二字便见自怀异心，从上文生离异发沥而来，谨密之至""妙极！直画出一个懦弱小姐来。"懦弱小姐面对强势继母，必然是多一事不如少一事，针扎不出一声响动来。

可悲的是，邢夫人见迎春如此好欺，变本加厉地冷笑道：

> 总是你那好哥哥好嫂子，一对儿赫赫扬扬，琏二爷凤奶奶，两口子遮天盖日，百事周到，竟通共这一个妹子，全不在意。但凡是我身上吊下来的，又有一话说——只好凭他们罢了。况且你又不是我养的，你虽然不是同他一娘所生，到底是同出一父，也该彼此瞻顾些，也免别人笑话。我想天下的事也难较定，你是大老爷跟前人养的，这里探丫头也是二老爷跟前人养的，出身一样。如今你娘死了，从前看来你两个的娘，只有你娘比如今赵姨娘强十倍的，你该比探丫头强才是。怎么反不及他一半！谁知竟不然，这可不是异事。倒是我一生无儿无女的，一生干净，也不能惹人笑话议论为高。

邢夫人刻薄庸俗、小肚鸡肠的"左性"在自己庶出女儿身上显露无遗。连庚辰本脂砚斋批语都看不下了："加在于琏凤，的是父母常情，极是。何必又如此说来，便见又有私意。"脂批语说这段邢夫人夹枪带棒的冷笑充满了"妇人私心，今古有之"，确乎目光如炬。

大观园的病根：《红楼梦》人物的身心困局

　　实事求是地讲，邢夫人作为贾赦续弦填房，无儿无女，一味逢迎丈夫，在传统社会中也算是可怜人了。然而她平日不忿贾琏和王熙凤掌家，此处羞辱迎春，挑拨姊妹，唯恐天下不乱，写尽了大观园里中老年女性粗鄙与恶毒之可能。偏偏她又遇上了咱们这位"懦小姐"，大气儿也不敢出一声儿。紧接着就写到迎春有一个攒珠累丝金凤丢了，约莫"老奶奶拿去典了银子放头儿的"。迎春自己却说"宁可没有了，又何必生事"，连丫鬟绣橘都说："姑娘怎么这样软弱。"绣橘这句"软弱"，活画出"二木头"迎春的情感心象。

　　总体上看，迎春作为"贾府四春"之一，其悲剧的主因在于性格懦弱，有自卑情结。邢夫人的冷嘲热讽提示读者，与贾探春相比，迎春虽也是庶出的女儿，为什么反不及探春一半。自身的无助感、茫然感，使得迎春在日常生活中越是以妥协退让来换取安全感，越是横遭欺凌，连丫鬟仆妇们都不把她放在眼里。到了第七十四回抄检大观园，发现王善保家的外孙女司棋私藏表弟潘又安的表记。第七十七回，迎春"语言迟慢，耳软心活，是不能作主的"，更因为求自保而不愿保护司棋。司棋抱怨道："姑娘好狠心！哄了我这两日，如今怎么连一句话也没有？"迎春也只是含泪道："我知道你干了什么大不是，我还十分说情留下，岂不连我也完了。你瞧入画也是几年的人，怎么说去就去了。自然不止你两个，想这园里凡大的都要去呢。依我说，将来终有一散，不如你各人去罢。"庶出的身份和才疏的压力都只是诱因，懦弱胆怯的个性是迎春悲剧的内因。小说对"贾府四春"的塑造，成功之处正在于，着力呈现出不同身份小姐的差异化个性与内心世界。

三、"玫瑰花"探春的焦虑：自卑孤傲与美俏多能

贾探春是贾政与赵姨娘的女儿，也是庶出，但却与姐姐迎春完全不同。

提起探春，大家最耳熟能详的一句话，恐怕是兴儿为尤氏姐妹演说荣国府时，说的那句三姑娘"浑名是'玫瑰花'""又红又香，无人不爱的，只是刺戳手。也是一位神道，可惜不是太太养的，'老鸹窝里出凤凰'。"（第六十五回）这句贾府下人们的滑稽闲话确实道出了探春的基本性格特征。林黛玉进贾府时，看到探春，特地留意她的"削肩细腰，长挑身材，鸭蛋脸面，俊眼修眉，顾盼神飞，文彩精华，见之忘俗"，是迎、探、惜三春中外貌描写最多的一位，也是最着意刻画的一位。清人洪秋蕃评之为"美俏多能之象毕露"。然而，这样一位才貌双全、美俏多能的贵族小姐，也有自己的烦恼，那便是她面临与迎春姐姐一样的困境——庶出。用第五十五回王熙凤的话说："虽然庶出一样，女儿却比不得男人，将来攀亲时，如今有一种轻狂人，先要打听姑娘是正出是庶出，多有为庶出不要的。殊不知别说庶出，便是我们的丫头，比人家的小姐还强呢。将来不知那个没造化的，挑庶正误了事呢；也不知那个有造化的，不挑庶正的得了去。"甚至在夸赞完探春才华之后，王熙凤由衷叹道："只可惜他命薄，没托生在太太肚里。"没托生在太太肚子里，正是整个少女时代困扰探春的难题。

正因为如此，探春对嫡庶有别异常敏感，她在日常生活中，哪怕是与最亲近的宝哥哥聊天，都努力回避庶出身份，例如小说

第二十七回探春托宝玉为自己代买外面的玩物。宝玉和探春笑道："你提起鞋来，我想起个故事：那一回我穿着，可巧遇见了老爷，老爷就不受用，问是谁作的。我那里敢提'三妹妹'三个字，我就回说是前儿我生日，是舅母给的。……赵姨娘气的抱怨的了不得：'正经兄弟，鞋搭拉袜搭拉的没人看的见，且作这些东西！'"宝玉本是无心闲谈，探春听了，登时就沉下脸来，对宝玉抱怨道："这话糊涂到什么田地！怎么我是该作鞋的人么？环儿难道没有分例的？一般的衣裳是衣裳，鞋袜是鞋袜，丫头老婆一屋子，怎么抱怨这些话！给谁听呢！我不过是闲着没事儿，作一双半双，爱给那个哥哥兄弟，随我的心。谁敢管我不成！这也是白气。"宝玉听了，只得点头笑笑说："你不知道，他心里自然又有个想头了。"探春听说，益发动了气，说道："连你也糊涂了！他那想头自然是有的，不过是那阴微鄙贱的见识。他只管这么想，我只管认得老爷、太太两个人，别人我一概不管。就是姊妹弟兄跟前，谁和我好，我就和谁好，什么偏的庶的，我也不知道。论理我不该说他，但忒昏愦的不像了！"

细读这段宝玉与探春的对话，宝玉不过是春日间与姊妹们闲聊，探春托她到外面带些"朴而不俗、直而不拙者"的柳枝儿编的小篮子、整竹子根抠的香盒儿、泥垛的风炉儿等玩物，答应给他做鞋子以为报答。却引逗出赵姨娘的一番歪理来，探春抱怨赵姨娘，又引来宝玉"有个想头"之叹，探春便将话题引向了赵姨娘"阴微鄙贱的见识"，并一再申明，自己"只管认得老爷、太太两个人，别人我一概不管"。从传统社会宗法关系上说，探春的嫡母是王夫人，没有疑问。但没人提起"庶出"这个敏感词，偏她一定要强调"什么偏的庶的，我也不知道"。其实从上下文可知，探春不仅知

第六章　贾府人物的心理困境

道,而且十分芥蒂。可以说,探春每一次和生母赵姨娘发生激烈冲突,都是因为庶出身份。赵姨娘越是要表白"阴微鄙贱的见识",探春就越是要抽身疏离。这对母女在小说中的拉扯是揭开大观园"主仆—母女—嫡庶"关系最多棱的一把钥匙。

贾探春与生母赵姨娘最激烈的一次冲突,发生在第五十五回,可以称之为"舅舅"之死引发的风波。话说王熙凤小产后,暂时退居幕后,王夫人委派李纨、探春与宝钗共同理事。赶巧吴新登的媳妇进来回说:"赵姨娘的兄弟赵国基昨日死了。昨日回过太太,太太说知道了,叫回姑娘奶奶来。"说毕,"便垂手旁侍,再不言语"。按理说,掌家奶奶临时由旁人代理职权,作为熟悉工作的下属应该主动提供旧例,李纨、探春等循例办理就是。可她却便要存心使坏,就看探春如何处理舅舅赵国基的丧事。小说这样描写,"若办得妥当,大家则安个畏惧之心;若少有嫌隙不当之处,不但不畏伏,出二门还要编出许多笑话来取笑",吴新登的媳妇这就是回目中说的"刁奴蓄险心"了。

面对挑战,探春先问了大嫂子李纨的意见。李纨认为应该循袭人母亲的例,赏银四十两。吴新登家的听了,刚要去,被探春叫回来,一五一十问起"那几年老太太屋里的几位老姨奶奶,也有家里的也有外头的这两个分别。家里的若死了人是赏多少,外头的死了人是赏多少",吴新登家的先推说忘了,又说没人争这个,都被探春一一怼了回去。最终"取了旧账来",方定下外面的赏二十两。这自然引起了赵姨娘的不满,于是一场亲生母女的大战拉开帷幕:赵姨娘抱怨自己兄弟死了待遇还不如袭人的娘,探春强调照规矩办,赵姨娘说如此探春也没脸,探春说"太太连房子赏了人,我有什么有脸之处;一文不赏,我也没什么没脸之处",还劝赵姨娘在

295

大观园的病根:《红楼梦》人物的身心困局

家"安静些养神罢了""太太满心疼我,因姨娘每每生事,几次寒心"。赵姨娘就求"拉扯",二人争得不可开交:

> 赵姨娘气的问道:"谁叫你拉扯别人去了?你不当家我也不来问你。你如今现说一是一,说二是二。如今你舅舅死了,你多给了二三十两银子,难道太太就不依你?分明太太是好太太,都是你们尖酸刻薄,可惜太太有恩无处使。姑娘放心,这也使不着你的银子。明儿等出了阁,我还想你额外照看赵家呢。如今没有长羽毛,就忘了根本,只拣高枝儿飞去了!"探春没听完,已气的脸白气噎,抽抽咽咽的一面哭,一面问道:"谁是我舅舅?我舅舅年下才升了九省检点,那里又跑出一个舅舅来?我倒素习按理尊敬,越发敬出这些亲戚来了。既这么说,环儿出去为什么赵国基又站起来,又跟他上学?为什么不拿出舅舅的款来?何苦来,谁不知道我是姨娘养的,必要过两三个月寻出由头来,彻底来翻腾一阵,生怕人不知道,故意的表白表白。也不知谁给谁没脸?幸亏我还明白,但凡糊涂不知理的,早急了。"李纨急的只管劝,赵姨娘只管还唠叨。

赵姨娘揪住探春理家这一点,指责她"尖酸刻薄""没有长羽毛,就忘了根本,只拣高枝儿飞去了"。这番话看似有道理,实则不断提醒探春:你就是个庶出的丫头,别想拜高踩低,别忘记了自己的身份。这番来自亲生母亲的抢白,让探春彻底破防了,迫使探春说出了著名的"谁是我舅舅"论。

第六章　贾府人物的心理困境

初读《红楼梦》，会觉得探春太过绝情了，毕竟是自己亲生母亲的兄弟，自己的亲舅舅，怎能如此说话呢？然而当你用传统社会宗法体系套进这个故事框架进行理解，便可知探春法理上的舅舅，确实是"年下才升了九省检点"的王子腾。赵姨娘的行为动机，探春也都点明白了："谁不知道我是姨娘养的，必要过两三个月寻出由头来，彻底来翻腾一阵，生怕人不知道，故意的表白表白。"这段母女争吵，揭示出探春深刻的自卑来源，正是王熙凤那番话概括就是："好！好！好！好个三姑娘！我说她不错，只可惜她命薄，没托生在太太肚子里。"

众所周知，心理学有个自卑补偿机制的概念。它指的是，通过移位来克服心理上的自卑感，从而发展自己某些方面的特征、才能、优长，赶超他人，获得认同的一种心理适应机制。[①]具体到探春身上，正是她与生母赵姨娘争吵过程中说的那句话："我但凡是个男人，可以出得去，我必早走了，立一番事业，那时自有我一番道理。"遗憾的是，她是一位生活在传统社会的女性，社会没有给她立一番事业的机会和条件。

她的自卑补偿机制使得她不仅平日里养成了美俏多能的性格特征，而且也会在特定场景下释放自己的应激反应。最典型的是第七十四回，王善保家的带头抄检大观园，来到探春这里必然遭遇抵制，探春先"命众丫鬟秉烛开门而待"，再"故问何事"，又说"我的东西倒许你们搜阅；要想搜我的丫头，这却不能"。凤姐尚从旁解劝，谁知王善保家的"心内没成算"，倚老卖老，反

[①]〔奥〕阿尔弗雷德·阿德勒：《阿德勒心理学全集·人性心理学》，邵蕾译，北京：西苑出版社，2021年，第137页。

来招惹探春，自讨没趣：

> 他便要趁势作脸献好，因越众向前拉起探春的衣襟，故意一掀，嘻嘻笑道："连姑娘身上我都翻了，果然没有什么。"凤姐见他这样，忙说："妈妈走罢，别疯疯颠颠的。"一语未了，只听"拍"的一声，王家的脸上早着了探春一掌。探春登时大怒，指着王家的问道："你是什么东西，敢来拉扯我的衣裳！我不过看着太太的面上，你又有年纪，叫你一声妈妈，你就狗仗人势，天天作耗，专管生事。如今越性了不得了。你打谅我是同你们姑娘那样好性儿，由着你们欺负他，就错了主意！你搜检东西我不恼，你不该拿我取笑。"说着，便亲自解衣卸裙，拉着凤姐儿细细的翻。又说："省得叫奴才来翻我身上。"凤姐平儿等忙与探春束裙整袂，口内喝着王善保家的说："妈妈吃两口酒就疯疯颠颠起来。前儿把太太也冲撞了。快出去，不要提起了。"又劝探春休得生气。探春冷笑道："我但凡有气性，早一头碰死了！不然，岂许奴才来我身上翻贼赃了。明儿一早，我先回过老太太、太太，然后过去给大娘陪礼，该怎么，我就领。"

王善保家的原本想卖个好，不承想被探春打了一巴掌。关键是探春还有理、有力、有节，她给王善保家的行为定了个性："狗仗人势，天天作耗，专管生事"，并说："你搜检东西我不恼，你不该拿我取笑。"探春将代表邢夫人前来抄检的王善保家的，叙述成"奴才来我身上翻贼赃",巧妙地转化了矛盾,让本来挨打的王善保家的没处说理,只得吃个哑巴亏。探春虽然应激反应,但也是看准了才发作的。她的智谋韬略,在贾府女儿中,真真是有一无二的了。

归结起来,贾探春自卑而敏感,前半生受制于"庶出"身份,寻求超越,因而应激反应强烈。一方面,探春的立场代表了叙述者对王善保家的等恶仆的态度。小说充分褒扬了探春"老鸹窝里出凤凰"。另一方面,探春的敏感和孤傲也是一种心理缺陷。尤其是,跳出传统社会的宗法逻辑,她处置赵国基事件,也多少有些不近人情。当然,这也是应激反应的另一种可能性。

四、"缁衣顿改昔年妆":惜春的情感冷漠和遁入空门

贾惜春是"贾府四春"中年龄最小者,她是贾敬之女、贾珍之妹、"四春"之末。诸联在品评《红楼梦》人物时曾说"惜春如菊"。脂批也说:"惜春年幼,偏有老成练达之操。"对于惜春的性情气质,有研究者概括得十分恰切:曹雪芹赋予了她一项独特技艺——绘画,还是中国写意画,与贾母命工笔细描的《大观园行乐图》格格不入,惜春也只得勉为其难。惜春沉浸在具备如此特质的艺术形式中,她的性情人格自然也必然是沉静超然的,"她的心神在纯净的审美的天地中流连,对现实生活中污浊的人事表现出近乎无情的决绝态度,也就让人不难理解了"。[①]

小说第二十二回,惜春所作灯谜,后两句是:"莫道此生沉

[①] 李鹏飞:《论惜春作画的意义》,《中国文化研究》,2020年第4期,第63—73页。

黑海，性中自有大光明。"在叙述者看来，惜春最终夹身的"缁衣"原不是什么"顿改"，她不是家道败落、走投无路才出家的，也不是因为看到了前面三位姐姐的悲惨结局才遁世的。她天性中本就有一种"百折不回的廉介孤独僻性"。出家是她命中注定的归宿，是她天性中的"大光明"。以此为起点，再去观察惜春作画之举，其中再现的《红楼梦》主题之一"真与假的复杂关系，具体表现为画境与现实之间的真假对立"，就更好理解了。①

如何理解惜春天性中的"廉介孤独僻性"呢？小说第七十四回写得明白，抄检大观园到了惜春这里，在丫鬟入画箱中"寻出一大包金银锞子来，约共三四十个，又有一副玉带板子并一包男人的靴袜等物"。入画跪下哭诉真情说："这是珍大爷赏我哥哥的。因我们老子娘都在南方，如今只跟着叔叔过日子。我叔叔婶子只要吃酒赌钱，我哥哥怕交给他们又花了，所以每常得了，悄悄的烦了老妈妈带进来叫我收着的。"惜春害怕，说："好歹带他出去打罢，我听不惯的"，凤姐反倒安慰一番。第二次查明，确是贾珍赏给入画哥哥的，只是不该"私自传送"，让"官盐竟成了私盐"。平心而论，在抄检大观园中，获罪之人中入画罪过最小，却遭到了惜春无情抛弃，以至于她嫂子尤氏都看不过，与惜春争辩起来：

> 惜春道："昨儿我立逼着凤姐姐带了他去，他只不肯。我想，他原是那边的人，凤姐姐不带他去，也原有

---

① 王怀义：《论惜春的〈大观园行乐图〉创作》，《明清小说研究》，2019年第1期，第134—153页。

理。我今日正要送过去,嫂子来的恰好,快带了他去。或打,或杀,或卖,我一概不管。"入画听说,又跪下哭求,说:"再不敢了。只求姑娘看从小儿的情常,好歹生死在一处罢。"尤氏和奶娘等人也都十分了解,说他"不过一时糊涂了,下次再不敢的。他从小儿服侍你一场,到底留着他为是。"谁知惜春虽然年幼,却天生地一种百折不回的廉介孤独僻性,任人怎说,他只以为丢了他的体面,咬定牙断乎不肯。……惜春道:"状元榜眼难道就没有糊涂的不成。可知他们也有不能了悟的。"尤氏笑道:"你倒好。才是才子,这会子又作大和尚了,又讲起了悟来了。"惜春道:"我不了悟,我也舍不得入画了。"尤氏道:"可知你是个心冷口冷心狠意狠的人。"惜春道:"古人曾也说的'不作狠心人,难得自了汉'。我清清白白的一个人,为什么教你们带累坏了我!"

惜春从头一晚的"好歹带他出去打罢"到嫂子尤氏面前的"或打,或杀,或卖,我一概不管",早已体现出迥异于迎春、探春的性格风貌。探春性格强硬,抄检之时就声言不许翻检丫鬟,只需翻检主人;迎春也只是性格懦弱,且不说保不保得住,横竖不敢保司棋;而惜春则是从事发起,坚定认为"丢了他的体面,咬定牙断乎不肯",甚至连王熙凤、尤氏都看不下去了。

在与尤氏反复争辩中,惜春逐渐说出了"我不了悟,我也舍不得入画了""不作狠心人,难得自了汉""我清清白白的一个人,为什么教你们带累坏了我"等不近人情的话。这些表达自然体现出惜春存在较为严重的心理问题:一方面,她从小缺乏关爱，以致后天情感较为冷漠，逐渐养成了孤僻性格；另一方面，与妙玉、智能儿的亲近，也使得惜春自觉与佛法因缘颇深。

但她最终的"勘破三春景不长""独卧青灯古佛旁""昨贫今富人劳碌，春荣秋谢花折磨。似这般，生关死劫谁能躲？"真的是一种环境塑造的结果么？也许，惜春是积极拥抱归宿。耐人寻味的是，朱子曾说过，他少时看佛殿上高僧大德中相，也有金刚怒目、凶神恶煞一类，无他，盖不如此，岂能斩断情丝，剃去烦恼鬓毛，乃至佛挡杀佛，神挡杀神，百折不回，直至开悟？世间事，原本没有一定之规，我们作为今天的读者，也没资格挑剔惜春的生命抉择。

归纳起来，"贾府四春"的生命历程和最终结局都带有悲剧性，其主要原因是古代社会森严的礼法与尊卑制度导致的心理失衡与应激反应。从根本上说，贾元春的微笑抑郁、迎春的懦弱无能、探春的孤傲自卑、惜春的情感冷漠，都是结构性的心理隐疾，除了改变大环境，还需要传统社会大家族成员之间的理解、温存与关爱。曹雪芹揭示了，在他的时代，贵族家族内部对女儿的冷漠与颟顸，是"四春"及古代一切女性受迫害、受压抑的根源，也是她们心理隐疾的根源。

第三节 "木石前盟"的挽歌：《红楼梦》的恋爱心理

据说，中国红楼梦学会第一任会长、现代小说史上著名小说家吴组缃先生在20世纪90年代初，曾教过一位捷克留学生一年的《红楼梦》。临别之时，留学生对吴先生说："《红楼梦》所有的问题我都弄明白了，我现在只有一个问题没弄明白。"吴先生问什么问题？留学生答："大观园里有那么多的珍宝，贾宝玉和林黛玉为什么不卷包而逃呢？"山东大学马瑞芳老师也遇到过类似问题，她给一位日本留学生讲"意绵绵静日玉生香"，留学生问她："老师，您总是说贾宝玉和林黛玉的爱情是没有结果的，您说它是个大悲剧，它有什么悲剧可言呢？您看看这一段贾宝玉和林黛玉他们两个不是已经上床了吗？"① 这可真是两百年红学史上的一个伟大发现，当然都是玩笑话。

不过，外国读者关注的宝黛恋爱主题，确实是曾经红学史上讨论颇为热烈的问题。研究者们往往比较重视社会、家庭等外部因素的探讨，较少留意二人情感悲剧的内部因素，即便留意于此，也多有套用西方理论，结合小说评点资源，对宝黛爱恋心理剖析还不够深入。我们讨论大观园中人物的病根儿，避不开宝黛爱恋问题，从心理角度切入，一探宝黛二人对"木石前盟"的认知与判断。

一、"心事终虚化"：宝黛爱恋的内生性矛盾

在讨论宝黛爱恋之前，咱们有必要界定一些基本概念：爱情、悲剧和宝黛爱情在小说中的基本历程。众所周知，曹雪芹笔下的宝黛爱情绝非架空的、干瘪的、扁平的简单"神性之爱"，而是扎根于传统社会钟鸣鼎食之家的一场发生在贵族青年男女之

---

① 马瑞芳：《红楼梦风情谭》，北京：商务印书馆，2013年，第293页。

间的真实爱恋。正因为如此,宝黛爱情才历尽波折,终成悲剧。小说家对于宝黛爱情的描写,才如此令人刻骨铭心,过目难忘,成为永恒的经典话题。

首先,何谓爱情呢?这是一个复杂的跨学科问题。英国社会学家霭理士引述斯宾塞尔的理论,认为恋爱是由九种不同因素合并而成,他自己又添加了一种:"建筑在亲子之爱的本能上一部分的情爱"。奥地利心理学家弗洛姆则认为"爱就是对我们所爱的对象的生命和成长主动地关心"的一种行为。他进一步将"成熟的爱",界定为"在保持一个人的完满性和一个人的个性的条件下的结合。爱是人类的一种积极力量"。[1] 基于此,我们认为宝黛之间的爱情是古典小说颇为罕见的真正的爱恋,脱离了"皮肤滥淫"的一种生死相依。它绝不同于柏拉图式的精神恋爱,既不排斥性爱,也不脱离传统伦理纲常的土壤,因而注定从诞生之日起,走向毁灭便已成为定局。

其次,什么是悲剧?《红楼梦》中这种将最美好的宝黛之爱,带有宿命性质地逐渐毁灭的艺术手法,恰可称之为悲剧,而且是纵观中国古代文学,其中艺术最上乘、思想最深邃的悲剧作品。

最后,关于宝黛爱恋的基本历程,导言部分我们就已经交代过,基于《红楼梦》开篇为宝黛爱情所设置的"三生三世"神话,对整部小说的情节结构的深刻影响,我们以一百二十回本《红楼梦》为故事框架,采用五期三世说。所谓五期,指的是:木石前盟期、恋情萌芽期、恋爱试探期、平静焦虑期和悲剧爆发

---

[1] 〔奥〕弗罗姆:《爱的艺术》,康革尔译,北京:华夏出版社,1987年,第17页。

第六章 贾府人物的心理困境

期。三世则指：第一世，三生石上，灵河岸边，神瑛侍者浇灌绛珠仙草；第二世，太虚幻境绛珠仙草化身为绛珠仙子；第三世，现实世界的大观园贾府中，贾宝玉和林黛玉至死不渝的爱恋。仕途经济的现实追求，四大家族的荣辱兴衰，政治联姻的礼法规则，金玉良缘的泼天富贵，都抵挡不了生死相依的木石前盟，这也注定了宝黛爱情必然不可能有结果的根源。

宝黛爱恋失败，关涉《红楼梦》的多元化主题。周汝昌用"家亡、人散、石头自叙传与诗格局"概括小说主题，这提示我们，小说写宝黛爱情悲剧，是在"人散"的主线上，重点突出的是二者必然离散、"心事终虚化"的内生性矛盾。[1] 这种内生性矛盾大致可以归纳为四方面，我们先看宿命式悲剧空间这个方面。

小说为宝黛爱情，营造出了一套宿命式的爱情悲剧空间。恋爱关系其实是任何社会环境与时代都会发生的一种人际关系。大观园中的这对贵族青年——贾宝玉和林黛玉的爱恋，如果用纯粹现实主义的笔调去描写，他们相互之间的情感，应当是起于不知不觉之间的，所谓暗生情愫。然而，小说家却为二人设定了缘定三生的宿命式情感。在小说第一回，宝黛爱情尚未展开之时，叙述者便已通过一僧一道的交谈，展现出神瑛侍者与绛珠仙子之间的三世情缘。尤其值得注意的是，僧人口中转述的绛珠仙子的还泪说："警幻亦曾问及，灌溉之情未偿，趁此倒可了结的。"那绛珠仙子道："他是甘露之惠，我并无此水可还。他既下世为人，我也去下世为人，但把我一生所有的眼泪还他，也偿还得过他了。"

小说中林黛玉的前身，本是"终日游于离恨天外，饥则食蜜

---

[1] 周汝昌著，周伦苓整理：《红楼艺术》，北京：人民文学出版社，1995年。

青果为膳,渴则饮灌愁海水为汤"的绛珠仙子。这样一位冰清玉洁的仙女,本可以跳出红尘,逍遥极乐的,然而也有自己的心结:"只因尚未酬报灌溉之德,故其五内便郁结着一段缠绵不尽之意",因为贾宝玉的前身神瑛侍者"凡心偶炽",她也便想出了用自己一生眼泪偿还他的妙语。笔者前文已经提及,爱是给予,是对所爱之人生命与成长的深切关怀。宝黛之爱更是从前世一直持续到今生。第三回宝黛初见,贾宝玉一句"这个妹妹我曾见过的",让旁人听来又是一番痴傻之语,然而在宝黛之间,似乎有种对上暗号一样的共情。前世的记忆虽然已被抹去,此生的情网终究难以逃离。宝黛之间特殊的情感,从这一刻便具有排他性,也具有唯一性。

有研究者喜欢寻章摘句,试图揭示贾宝玉的"意淫"和在姊妹面前"尽了心",甚至用宝玉看到宝钗"雪白一段酥臂,不觉动了羡慕之心"(第二十八回)等内容来证明宝玉曾经对宝钗动过心。其实,清代评点家陈其泰就已经理清了宝玉与众姊妹的情感:"宝玉之爱姐妹,是其天性。虽情独钟于黛玉,亦岂能恝然于宝钗、湘云哉。看红麝串,揣金麒麟仍是率其天性而已。……要知宝玉与黛玉、宝钗、湘云契好,其意全不在夫妇床笫之间,故不嫌于泛爱,于俗情自是不同。不得谓其情无一定,不专注黛玉而责之也。"这种认知偏差,是由于不理解贾宝玉的性格与人物设置所导致的误解。宝黛之爱在小说中从没有被撼动,也绝不可能撼动,这层爱恋关系是小说家塑造钟鸣鼎食之家的一个基本设定。

更重要的是,贾宝玉正是通过观察、接触乃至爱恋林黛玉,才悟出了此一番禅机:"试想林黛玉的花颜月貌,将来亦到无可寻觅之时，宁不心碎肠断！既黛玉终归无可寻觅之时，推之于他人，如宝钗、香菱、袭人等，亦可到无可寻觅之时矣。宝钗等终归无可寻觅之时，则自己又安在哉？且自身尚不知何在何往，则斯处、斯园、斯花、斯柳，又不知当属谁姓矣！——因此一而二，二而三，反复推求了去，真不知此时此际欲为何等蠢物，杳无所知，逃大造，出尘网，始可解释这段悲伤。"（第二十八回）现场听闻黛玉的《葬花吟》之后，贾宝玉实现了生命的觉醒：他炽热地爱恋着林黛玉，并由此认为黛玉如此花颜月貌，也终有"无可寻觅之时"，进而想到宝钗、香菱、袭人、自己，以至于园林花柳。有研究者说得好："正是对黛玉的挚爱，唤起了宝玉心底的生命意识；正是对黛玉整个生命的痛惜，唤起了他对世间万有的怜悯之心。"[①]

耐人寻味的是，曹雪芹笔下的一切都是不长久的，容易凋零的，最终"落了片白茫茫大地真干净"。而这其中居于最核心位置的当数宝黛爱情。曹雪芹这位小说大师，将传统宗教宿命论充分神话化，开篇便结构出宝黛爱情的必然悲剧命运。从艺术构思角度，保障了宝黛爱情悲剧的生成与发展，是其能够感人肺腑的根本原因。

二、爱恋围城：宝黛的性格缺陷与心理失调

钱钟书的《围城》是现代小说史上的名著。世间的一切爱恋

[①] 李鹏飞：《不灭的真情：说"宝黛之爱"》，《文史知识》，2013年第11期，第78页。

大观园的病根：《红楼梦》人物的身心困局

和准爱恋关系显然也都具备"围城"的性质。钱钟书的这句名言形容宝黛爱恋颇为妥帖："围城之内，看透了人性，也看到了生死。"除去小说悲剧结构化了的宝黛爱情，进入日常生活的二人之恋，有许多必然导致悲剧的因素。其中起到决定性影响的，也是最重要的一点，便是贾宝玉和林黛玉性格方面，各自都存在着较为严重的缺陷。既往研究多立足于对比二者性格的异同，进而表彰宝玉平等、仁爱、宽容，和黛玉聪慧、才高、多謇的性格气质。这些论述有着显而易见的说服力，但是还不足以解释宝黛爱情为何会成为悲剧。咱们着眼于宝玉和黛玉的性格缺陷，讨论二人日常爱恋过程中彼此的性格弱点，以及这些弱点导致悲剧结局的可能。

贾宝玉宽容、仁厚，有平等意识，在老一辈红学家看来，他具有初步的"民主主义"意识，是个有反封建意识的"新人"。然而，如果细读《红楼梦》小说描写，我们会发现，贾宝玉的一切思想与行动，有一个先决条件，那便是贾府最高统治者贾母的宠爱和娇惯。换句话说，贾宝玉的一切反传统的言行举止，其实都是在长辈默许下进行，并且不越雷池半步的。正如第五十六回贾母当着江南甄家来人的面评论的那样：

> 若他不还正经礼数，也断不容他刁钻去了。就是大人溺爱的，是他一则生的得人意，二则见人礼数竟比大人行出来的不错，使人见了可爱可怜，背地里所以才纵他一点子。若一味他只管没里没外，不与大人争光，凭他生的怎样，也是该打死的。

第六章　贾府人物的心理困境

　　这段话道尽了贾府中这位行为乖张、言语出格的贵族少爷的本质。他与生俱来的软弱性格，使得他不可能走上与贵族家庭彻底决裂的道路，而他追慕平等、怜惜女儿的天性，又促使他选择了与自己前缘既定的林黛玉，宝黛之爱就这样自然而然地萌发、成长。然而当他发现触碰到贾府长辈底线时，他们的爱恋便无法再向前哪怕再进一小步。归根到底，从性格角度说，是贾宝玉软弱的贵族少爷性格所导致的。在他的内心排序中，老太太、太太和父亲之外，才是妹妹。叙述者用冷峻的笔墨写出了贾宝玉的艰难抉择，也成功塑造出他所面对这样一道必答题时的彷徨与无奈。

　　林黛玉是林如海和贾敏之女，贾母最宠爱的外孙女。才华极高，而又从小孤苦，造就了她充满矛盾的性格。据张锦池先生研究，林黛玉的性格具有"既尊重自我，又尊重别人""既敏感，又笃实""既尖刻，又宽厚""既孤傲，又谦和""既脆弱，又坚强"的五种特点，她本身便是一个辩证统一的小说人物。[①] 如此复杂而又矛盾的性格，使得黛玉在贾府中的声望，始终不如随分从时的薛宝钗。

　　当宝黛爱情进入平静期之后，黛玉与宝钗的关系得到极大改善，相应地，贾府众人对林姑娘的印象也大多只剩下了一个模糊的"病"。例如，第六十五回兴儿对她的经典评价："生怕这气大了，吹倒了姓林的"，对她的性格已经没有了前期的非议。但这并不能改变黛玉的命运。复杂敏感是林黛玉性格的基调和底色，她的"一身之病"正从不能言明，也无人做主的那件"心事"上

---

① 张锦池：《论林黛玉性格及其爱情悲剧》，《红楼梦学刊》，1980年第2辑，第113—127页。

来。反过来,黛玉日渐加重的"病",也使得贾府长辈越来越倾向于放弃宝黛之间的木石前盟。长辈中的一些人,以王夫人、贾元春为代表,甚至较为直白地显露出对金玉良缘的认可,而无视宝黛爱情诉求。可以说,林黛玉的敏感性格,既成就了一位文学史上的绝世女诗人,同样毁灭了一位大观园中的娇弱情小姐。可以毫不夸张地说,黛玉是病由此萌,而情由此灭。青春生命的夭亡本就令人扼腕,女主人公清醒而深刻地认知自己一步步走向死亡,才会使这个小说人物迸发出如此炽热的光华!

另外,在宝黛爱恋围城中,宝玉的"意淫"与黛玉的专一之间存在着必然的冲突。这种冲突并不是说宝玉不专情于黛玉,而是他对"当日所有之女子"的一种关怀和尽心,不可能不引起伴侣的芥蒂。所谓"意淫",与现代互联网用语的理解大相径庭。小说第五回警幻之口说出的"意淫",是与"皮肤淫滥之蠢物"相呼应的。甲戌本脂砚斋侧批说得明白:"按宝玉一生心性,只不过是体贴二字,故曰'意淫'"。这就是说"意淫"的本意是体贴。据高树伟等人考证,"意淫"一词,最早出自《黄帝内经》,清代的道教劝善书《戒淫文》中也有提及,曹雪芹"意淫"的构思很可能受其影响。① 关于宝玉的"意淫",有红学家认为:"《红楼梦》中的'意淫'是针对'皮肤滥淫'而提出来的概念,是对真与美的执着与体贴,也是'情不情'的总体性格之下,对美好女性的着力爱护。"② 在小说中,类似的例子不胜枚

---

① 高树伟:《〈红楼梦〉"述古翻新"管窥——黛玉不喜义山诗、正邪两赋及意淫新论》,《红楼梦学刊》,2020 年第 2 期,第 112—130 页。
② 卜喜逢:《〈红楼梦〉中"意淫"的解读》,《曹雪芹研究》2018 年第 4 期,第 41—51 页。

第六章　贾府人物的心理困境

举，例如第二十回宝玉为麝月篦头，第二十一回替湘云盖被，与姊妹们共用洗脸水，以及第四十四回在平儿遭受委屈后在他跟前"略尽一尽心"，等等。

在情感偏好方面，贾宝玉和林黛玉这两位男女主人公，后者敏感而自尊，非常在意爱情的专一性；而前者性格叛逆又软弱，虽然深爱着林黛玉，但他仍无法改变"意淫"的情感属性。专一与"意淫"这对矛盾，既是宝黛二人性格的必然产物，也是宝黛爱情悲剧的重要原因。学者们关于"意淫"的研究，大多集中于描述"意淫"的思想渊源与在小说中的发展变化。往往忽略了"意淫"与专一在事实上存在冲突性。虽然宝黛之间相知甚深，但在日常生活中，任何女性都不可能完全宽容伴侣对其他女性的过度"关怀"，更何况是敏感的林黛玉和"意淫"的贾宝玉。"意淫"与专情的对立和冲突，伴随着宝黛爱情始终，几乎他们的每次争吵都与此有关，这也在客观上制造了宝黛之爱的隔膜，影响了贾府长辈们的判断。

虽然这些"意淫"的情景都用心于"意"而非男女私情的"淫"，是贾宝玉对姊妹们真诚关心的表现，与宝黛之间的深刻爱恋，自然不可同日而语。但是，宝玉与其他女孩，尤其是对薛宝钗和史湘云这两个女性的情感，是黛玉最为敏感的地方，也是宝黛之间话题的一个"雷区"。小说第十九回黛玉口中的冷香、暖香之论，是在宝黛二人最温馨的"静日玉生香"场景下发生的，宝玉还要挠黛玉，不许她提起。更何况第二十九回，二人感情进一步加深后，遭遇清虚观张道士提亲，宝黛二人心中各自不爽，因而口角起来。小说中有一段叙述者的评论：

311

原来那宝玉自幼生成有一种下流痴病,况从幼时和黛玉耳鬓厮磨,心情相对;及如今稍明时事,又看了那些邪书僻传,凡远亲近友之家所见的那些闺英闱秀,皆未有稍及林黛玉者,所以早存了一段心事,只不好说出来,故每每或喜或怒,变尽法子暗中试探。那林黛玉偏生也是个有些痴病的,也每用假情试探。因你也将真心真意瞒了起来,只用假意,我也将真心真意瞒了起来,只用假意。如此两假相逢,终有一真。其间琐琐碎碎,难保不有口角之争。即如此刻,宝玉的心内想的是:"别人不知我的心,还有可恕,难道你就不想我的心里眼里只有你!你不能为我烦恼,反来以这话奚落堵我。可见我心里一时一刻白有你,你竟心里没我。"心里这意思,只是口里说不出来。那林黛玉心里想着:"你心里自然有我,虽有'金玉相对'之说,你岂是重这邪说不重我的。我便时常提这'金玉',你只管了然自若无闻的,方见得是待我重,而毫无此心了。如何我只一提'金玉'的事,你就着急,可知你心里时时有'金玉',见我一提,你又怕我多心,故意着急,安心哄我。"看来两个人原本是一个心,但都多生了枝叶,反弄成两个心了。那宝玉心中又想着:"我不管怎么样都好,只要你随意,我便立刻因你死了也情愿。你知也罢,不知也罢,只由我的心,可见你方和我近,不和我远。"那林黛玉心里又想着:"你只管你,你好我自好,你何必为我而自失。殊不知你失我自失。可见是你不叫我近你,有意叫我远你了。"如此看来,却都是求近之心,反弄

第六章　贾府人物的心理困境

成疏远之意。如此之话，皆他二人素习所存私心，也难备述。

这段话可以看作宝黛二人日常冲突的常态。在封建时代，贾宝玉作为贵族公子，具备三妻四妾的条件和可能，而林黛玉所追求的专一的爱恋，即便成婚后，也为封建礼法所不容。因此，在社会大众的认知中，宝黛二人存在着不一样的婚恋地位。这就导致贾宝玉虽然心中只有一个林妹妹，但却时常被黛玉所怀疑。而林黛玉虽然深知贾宝玉的为人和心性，但仍长期处于忧虑惶恐之中。这不仅为宝黛爱情的前途蒙上了一层灰暗的阴影，而且也导致黛玉的生病及早逝。贾宝玉的"意淫"，也在宝黛爱情悲剧中起到了推波助澜的作用。

最后，宝黛二人不仅在氛围设定、性格冲突、情感偏好等整体性方面存在冲突，而且在细节之处的恋爱状态处理上，也存在着一定程度的心理失调，以今人的标准看，有不少可以改进之处。最明显的例证是小说第二十九回：

> 那宝玉又听见他说"好姻缘"三个字，越发逆了己意，心里干噎，口里说不出话来，便赌气向颈上抓下通灵宝玉，咬牙恨命往地下一摔，道："什么捞什骨子，我砸了你完事！"偏生那玉坚硬非常，摔了一下，竟文风没动。宝玉见没摔碎，便回身找东西来砸。林黛玉见他如此，早已哭起来，说道："何苦来，你摔砸那哑吧物件。有砸他的，不如来砸我。"二人闹着，紫鹃雪雁等忙来解劝。后来见宝玉下死力砸玉，忙上来夺，又夺

不下来,见比往日闹的大了,少不得去叫袭人。袭人忙赶了来,才夺了下来。宝玉冷笑道:"我砸我的东西,与你们什么相干!"

在恋爱的相互试探阶段,宝黛之间的主要矛盾是"金玉良缘"与"木石前盟"之间的冲突。这种冲突既隐喻着贾府未来不同的道路选择,也直接决定着宝、黛、钗三个贵族青年的幸福与命运。因此,在宝黛之间,凡是涉及"姻缘"处,哪怕是极其细微的口角,也可能引发轩然大波。此处黛玉再次试探,宝玉发狠摔通灵宝玉,黛玉哭闹得更厉害,最终是以两人分别以为对方不如彼此的贴身丫鬟紫鹃、袭人理解自己,"四个人都无言对泣"。

宝黛二人对于恋爱中的矛盾处理方式,亟待向置身事外的贾母学习。这一回贾母看到二人再次闹别扭,采取了以下行动:先是"带出宝玉去了,方才平服"。空间的距离使得两人能够冷静下来,接着又放出话来:"不是冤家不聚头"。小说中描写宝黛二人听闻老祖母这句话的反应:"他二人竟是从未听见过'不是冤家不聚头'的这句俗语,如今忽然得了这句话,好似参禅的一般,都低头细嚼这句话的滋味,都不觉潸然泣下。虽不曾会面,然一个在潇湘馆临风洒泪,一个在怡红院对月长吁,却不是人居两地,情发一心!"还是老祖母了解宝黛二人的感情,也只有老祖母可以成全他们的爱恋。然而很遗憾,小说究竟会如何描写宝黛爱恋的结局,咱们已经无缘得见了。

小说第三十六回以后,宝黛之间的大吵大闹已经消失了踪迹,转而出现的是两人都藏在内心深处的秘密。这一爱恋的默契在传统社会根本无法言明,只能通过偶然的爆发揭示在世人面前。例如,第五十七回宝玉听闻紫鹃说黛玉要回到苏州去,立刻变得"呆呆的,一头热汗,满脸紫胀",人事不知了。而林黛玉听说是紫鹃吓到了宝玉,第一反应竟然是把刚喝下去的药都吐了出来,"面红发乱,目肿筋浮,喘的抬不起头来",还推紫鹃让她勒死自己。二人的表现多少有几分过激,而这种过激正说明了在传统社会的大家族,青年男女两情相悦式的爱恋是绝对不能被容许的。在这种外部因素的重压下,二人将心底的秘密压抑了太久,因而产生了过激的反应。但是宝黛二人并没有思考过,他们的行为等于向贾府上下挑明了宝黛的爱恋关系。既然难以被容忍,为了实现婚姻的目标,更应该去忍耐,两人却偏偏率性而为,很难称得上成熟、稳健与得体。同时,过早地暴露了二人心迹,也成为宝黛爱情悲剧的重要成因。

从总体上看,宝黛爱恋的小风波不能阻碍宝黛爱情的向前推进,反而会增进二人的理解,但是以我们今天的视角看,日常生活中的爱侣,如果能够放下双方的骄矜与傲慢,彼此真诚沟通,也就不会出现"却都是求近之心,反弄成疏远之意"的尴尬局面。宝黛爱情过程中的心理失控场景,在小说中俯拾即是,这些并非原则性的小矛盾,对于宝黛爱情悲剧的形成,也是一层不可忽视的内因。

三、龄官画蔷给宝玉带来的启示

在宝玉的爱恋世界中,有一个重要的觉醒节点,那就是小说第三十回,他偶然看到了"龄官画蔷":他在午间和金钏儿说悄悄话,被王夫人发觉,他自讨没趣,于是忙进大观园来。刚到蔷薇架下,"只听有人哽噎之声"。宝玉"站住细听""悄悄的隔着篱笆洞儿一看","只见一个女孩子蹲在花下,手里拿着根绾头的簪子在地下抠土,一面悄悄的流泪"。宝玉误以为这丫头也是来学林黛玉葬花的,那便是"东施效颦","更可厌了"。刚要出言提醒,却发现这姑娘眼生,"倒象是那十二个学戏的女孩子之内的"。"再留神细看,只见这女孩子眉蹙春山,眼颦秋水,面薄腰纤,袅袅婷婷,大有林黛玉之态。宝玉早又不忍弃他而去,只管痴看"。只见他以金簪划地,向土上反复画个蔷薇花的"蔷"字。还以为是"他也要作诗填词"。不想一阵骤雨,宝玉忙提醒这位女孩儿小心,自己早已淋湿,"一气跑回怡红院去了,心里却还记挂着那女孩子没处避雨"。

"龄官画蔷"这一段写宝玉之"意淫"可谓登峰造极矣。宝玉两次想错,前面以为这个姑娘在学林黛玉葬花,后面又以为她在学写诗填词。其实全然错了。画蔷之"谜"要到小说第三十六回才会解开:

> 宝官便说道:"只略等一等,蔷二爷来了叫他唱,是必唱的。"……宝玉此刻把听曲子的心都没了,且要看他和龄官是怎样。只见贾蔷进去笑道:"你起来,瞧这个顽意儿。"龄官起身问是什么,贾蔷道:"买了雀儿你顽,省得天天闷闷的无个开心。我先顽个你看。"说着,便拿些谷子哄的那个雀儿在戏台上乱串,衔鬼脸旗帜。众女孩子都笑道"有趣",独龄官冷笑了两声,赌气仍睡去了。贾蔷还只管陪笑,问他好不好。龄官道:"你们家把好好的人弄了来,关在这牢坑里学这个劳什

第六章 贾府人物的心理困境

子还不算,你这会子又弄个雀儿来,也偏生干这个。你分明是弄了他来打趣形容我们,还问我好不好。"贾蔷听了,不觉慌起来,连忙赌身立誓。又道:"今儿我那里的香脂油蒙了心!费一二两银子买他来,原说解闷,就没有想到这上头。罢,罢,放了生,免免你的灾病。"说着,果然将雀儿放了,一顿把将笼子拆了。龄官还说:"那雀儿虽不如人,他也有个老雀儿在窝里,你拿了他来弄这个劳什子也忍得!今儿我咳嗽出两口血来,太太叫大夫来瞧,不说替我细问问,你且弄这个来取笑。偏生我这没人管没人理的,又偏病。"说着又哭起来。贾蔷忙道:"昨儿晚上我问了大夫,他说不相干。他说吃两剂药,后儿再瞧。谁知今儿又吐了。这会子请他去。"说着,便要请去。龄官又叫"站住,这会子大毒日头地下,你赌气子去请了来我也不瞧。"贾蔷听如此说,只得又站住。宝玉见了这般景况,不觉痴了,这才领会了划"蔷"深意。

第三十六回,宝玉一日忽然想起《牡丹亭》曲,想央龄官唱一支"袅晴丝",却"不想龄官见他坐下,忙抬身起来躲避",宝玉"从来未经过这番被人弃厌,自己便讪讪的红了脸"。后面看到贾蔷一两八钱银子买来一只玉顶金豆雀儿,为了哄龄官开心,众女孩儿都笑说"有趣",只有"龄官冷笑了两声,赌气仍睡去了"。贾蔷连忙问明缘由,龄官抱怨说这是"弄了他来打趣形容我们"。贾蔷连忙将雀儿"放了生",连笼子都拆了。龄官依旧表示贾蔷不关心她的病,倒弄个雀儿取笑。贾蔷连忙说再去请大

317

夫，龄官挂念贾蔷"大毒日头地下"晒着，说请来了也不瞧。宝玉再怎么迟钝，也早看出了贾蔷与龄官之间非比寻常的感情，正如自己与黛玉一般。然而，龄官小小年纪，"咳嗽出两口血来"，恐怕也是个两情相悦，没有结局的。

"龄官画蔷"事件对于宝玉的爱情观带来了海啸般的冲击。他回到怡红院中，恰好黛玉在和袭人说话，一进来，他也不顾黛玉，便没头没脑地和袭人长叹："昨夜说你们的眼泪单葬我，这就错了。我竟不能全得了。从此后只是各人各得眼泪罢了。"袭人回想昨夜不过是说些顽话，已经忘了，不想宝玉今又提起来，便笑道："你可真真有些疯了。"宝玉的表现是"默默不对，自此深悟人生情缘，各有分定，只是每每暗伤'不知将来葬我洒泪者为谁？'"蒙府本侧批说："这样悟了，才是真悟。"何谓真悟？正是这句"人生情缘，各有分定"。

宝黛爱恋过程中最为拧巴之处便在于，贾宝玉和林黛玉的爱恋心理不是同步的。黛玉心性敏感，从小便笃定情志，而在他们爱恋进程的大多数时候，她都在等待着宝玉快快长大。小说从第三十回金钏儿被谴、袭人被踢，直到第三十六回解开"龄官画蔷"之谜，宝玉的爱恋心理经历了一系列微妙波澜，终于能够"心证意证""无可云证，是立足境"。

概括起来说，宝黛爱情的波折与悲剧当然有深刻的社会基础，受制于传统礼教，黛玉无人做主，受限于黛玉身体状况，不符合贾府长辈选妻标准。但内生性矛盾也不可忽视：宝黛二人都有着极度敏感的心性。宝黛爱情的悲剧应以内因为主，外因是内因的外在显化。内因中最为核心的是，氛围设定、性格冲突、情感偏好、心理失调四个维度，是四位一体的情感冲突。宝黛爱情悲剧的根源，说到底是揭示了生命本质性的不圆满。宝玉和黛玉这样一对完美的爱侣，从三生石上、灵河岸边注定的宿命中穿越三世，贯通人天，爱得感人肺腑，痛彻心扉。

曹雪芹作为天才小说家最伟大之处，也是与古代其他描写世情题材小说家的显著不同之处，就在于他将仙境中的神性之爱降落到人世间，置之于污泥浊淖之中，正如大观园建筑在污浊的会芳园之上一样。小说叙述者用日常生活的琐琐碎碎打磨掉神性之爱双方的棱角，最终劳燕分飞，并不是因为生活窘迫，也非政治失意，更非长辈阻拦，而是木石前盟的必然短暂与毁灭。更为难能可贵的是，小说家给读者展示了"落了片白茫茫大地真干净"后，令人掩卷沉思，你能想到的不是绝望与恐怖，反而是短暂存在过的良宵花解语、静日玉生烟、宝黛共读西厢、葬花吟等美妙场景。

鲁迅说：悲剧是把有价值的撕碎了给人看。不错，曹雪芹在这方面是一位大师。他不仅制造悲剧，而且将读者导向了珍视悲剧主人公，赋予了爱情悲剧以永恒的审美价值。人同此心，心同此理。两百年的光阴飞逝，宝黛爱情悲剧的讨论早已成为红学经典命题，这本身就说明了宝黛爱恋解读时代意义与永恒价值。

小　结

　　贾府人物，即便贵为公侯小姐，依然时时刻刻可能处于被侮辱与被伤害的心理危局之中，精神困顿，不得自由。更遑论丫鬟仆妇与外来亲戚。在本章里，我们首先对贾府女儿的自杀现象进行了剖析，以尤三姐自刎和金钏儿投井原因入手，逐步揭开贾府温情脉脉的主—仆关系背后冷冰冰的社会现实。其次，以贾府元春、迎春、探春、惜春四位小姐各自的心理困局，拆解钟鸣鼎食之家"原应叹息"的不自由。最后，回到宝黛身心情境中，透过《红楼梦》恋爱心理内生性矛盾的解剖与辨析，挖掘清中叶贵族之家青年男女的爱恋观念与情感结构，从内因解读"木石前盟"的挽歌，进而理解《红楼梦》"家亡、人散、石头自叙传与诗格局"的主题与为"闺阁昭传"的主旨意蕴。

第七章　《红楼梦》的生命观念

生命观念，有更广为人知的名字叫作生死观，指的是人们对生命过程与结局的认知和看法。从哲学层面说，生命观念主要包含生命本体观和生命价值观两部分。前者主要指人们对生命本身性质的体会、理解与认知，后者则指的是对生命应有价值的把握与判断。后者生成的基础是前者。在《红楼梦》中，涉及生命观念之处众多，从整体结构意蕴到具体人物命运，从祭祀文化到宗教元素，从小说创作主旨到小说家生命历程，小说内外各个层面都浸润着小说叙述者乃至传统社会普遍性的生命观念。

　　从小说内部维度讲，要想聊明白大观园人物的病根，必须触及生命观念。因为疾患之于人物的象征意义存在无穷尽种可能。然而对于身体结局，只有三种：好转、迁延、恶化。迁延其实也只有两种可能，痊愈或者恶化，最终都联结着死亡。[①] 在小说第四十五回中，黛玉秋日又犯了嗽疾，宝钗前来探望。"因说起这病症来。"宝钗劝黛玉不如"再请一个高明的人来瞧一瞧，治好了岂不好？每年间闹一春一夏，又不老又不小，成什么？不是个常法。"黛玉深知自己的身心状况，说："不中用。我知道我这样病是不能好的了。"宝钗没有反驳，只是点头道："可正是这话。"黛玉叹道："'死生有命，富贵在天'，也不是人力可强的。今年比往年反觉又重了些似的。"接着宝钗就开出了平肝健胃、滋阴补气的药方燕窝粥。

　　宝钗和黛玉，是大观园中别一等的两位女孩子，她们对于疾病与生命，都有着超越年龄的通透，故而彼此不必藏着掖着。宝钗是真诚相劝，黛玉是真心叹息。所谓"死生有命，富贵在天"，

[①] 此处受到清华大学临床医学院王仲教授重要启发，特此鸣谢。

出自《论语·颜渊》。原文作"子夏曰:'商闻之也,死生有命,富贵在天。'"表面上看,这是一种朴素的自然主义生命观,表达了接受生死是自然规律,听天由命,生死有定的消极生活态度。实则不然,黛玉也好,我们每个人也罢,当讲出这八个字时,其实并不拒绝医疗的积极介入与干预。黛玉所说,只不过是将疾病与生命本体联结起来的一种哲学思考。

从小说外部看,小说所要着意表达的"千红一窟""万艳同杯"理念,在《红楼梦》第一回"好了歌"解注中表达得更彻底,正所谓"昨日黄土陇头埋白骨,今宵红绡帐里卧鸳鸯。"这种观念触动了无数读者的心,然而在中国文学悠久传统里,这种观念并不是曹雪芹的独得之妙,而是一种士人心灵深处的情感沉淀。明清之际的余怀在《板桥杂记》中曾追忆往昔,说得沉痛:"俯仰岁月之间,诸君皆埋骨青山,美人亦栖身黄土。河山渺矣,能不悲哉!"这种情绪氤氲在小说文本内外,勾连起小说家身世与小说叙事两相协奏。

据说20世纪60年代后期,在北京通州的张家湾,曾出土过一块墓石。墓石尺幅不大,上面的勒石刀笔在车载斗量的汉魏晋

唐名刻面前，似乎也有些相形见绌。然而上面的刻字却令人有石破天惊之感："曹公讳霑墓 壬午"。一共七个字，却为红学史上争讼百年的话题似乎画上了一个休止符。乾隆壬午年（1762），曹霑（雪芹）果真葬于通州张家湾么？我没有研究，也拿不出什么像样的答案。不过，我想，小说家的生命次元似乎因为这块墓石的发现与读者建立起了更为紧密的感性勾连。叙事学的基本素养告诉我们，不能将曹公等同于叙述者，但这位已经离去两百五十年的大作家也许真的度过了"瓦灶蓬床"的一生。通过小说，他远去的模糊背影清澈了起来。他的生命与读者的生命通过寿于金石的不朽名著结为了共同体。

第一节　神话套层里的生命主旨

《红楼梦》在叙述层面存在套层结构是许多学者都关注并研究的话题。有研究认为小说外在的神话套层为故事提供了一个展现的平台，经验的宇宙却被定义为永恒。[1] 神话参与到结构故事进程中，这本身就是激活了华夏先民存续在文化记忆中的思维基因，将一时一地之闺阁琐忆，升华为民族永恒之女儿悲歌。

一、石头之出身：三层神话套层结构

小说家的叙事野心通过女娲补天、顽石通灵、一僧一道的神

---

[1] 参见〔美〕浦安迪：《中国叙事学》（第2版），北京：北京大学出版社，2018年。

大观园的病根:《红楼梦》人物的身心困局

话故事——铺展开来。《红楼梦》第一回如此呈现神话:

> 原来女娲氏炼石补天之时,于大荒山无稽崖炼成高经十二丈、方经二十四丈顽石三万六千五百零一块。娲皇氏只用了三万六千五百块,只单单剩了一块未用,便弃在此山青埂峰下。谁知此石自经煅炼之后,灵性已通,因见众石俱得补天,独自己无材不堪入选,遂自怨自叹,日夜悲号惭愧。
>
> 一日,正当嗟悼之际,俄见一僧一道远远而来,生得骨格不凡,丰神迥别,说说笑笑来至峰下,坐于石边高谈快论。先是说些云山雾海神仙玄幻之事,后便说到红尘中荣华富贵。此石听了,不觉打动凡心,……那僧便念咒书符,大展幻术,将一块大石登时变成一块鲜明莹洁的美玉,且又缩成扇坠大小的可佩可拿。那僧托于掌上,笑道:"形体倒也是个宝物了!还只没有实在的好处,须得再镌上数字,使人一见便知是奇物方妙。然后好携你到那昌明隆盛之邦,诗礼簪缨之族,花柳繁华地,温柔富贵乡去安身乐业。"石头听了,喜不能禁,乃问:"不知赐了弟子那几件奇处,又不知携了弟子到何地方?望乞明示,使弟子不惑。"那僧笑道:"你且莫问,日后自然明白的。"说着,便袖了这石,同那道人飘然而去,竟不知投奔何方何舍。
>
> 后来,又不知过了几世几劫,因有个空空道人访道求仙,忽从这大荒山无稽崖青埂峰下经过,忽见一大块石上字迹分明,编述历历。空空道人乃从头一看,原来

第七章 《红楼梦》的生命观念

就是无材补天,幻形入世,蒙茫茫大士、渺渺真人携入红尘,历尽离合悲欢炎凉世态的一段故事。后面又有一首偈云:无材可去补苍天,枉入红尘若许年。此系身前身后事,倩谁记去作奇传?诗后便是此石堕落之乡,投胎之处,亲自经历的一段陈迹故事。其中家庭闺阁琐事,以及闲情诗词倒还全备,或可适趣解闷;然朝代年纪,地舆邦国却反失落无考。

在小说第一回交代缘起中,整齐地码放着三层神话:女娲补天是神话故事套层的最外层,当然也是与具体故事叙述距离最远的一层。它遥遥地象征着石头的出身与境遇;顽石通灵接续女娲补天故事而来,描绘石头通灵过程:"此石自经煅炼之后,灵性已通",这是指石头具备形体。"独自己无材不堪入选,遂自怨自叹,日夜悲号惭愧",这是说已通灵之石头发不平之鸣,留下《石头记》的因由;与套层内大观园故事相关性最高的一层神话是一僧一道故事。它又分两个层次:前者是一僧一道携带石头去那"昌明隆盛之邦,诗礼簪缨之族,花柳繁华地,温柔富贵乡"去走一遭。

按照甲戌本脂砚斋评点提示,这四处分别伏长安大都、荣国府、大观园和紫(绛)芸轩,完全照应了《红楼梦》主要人物发生故事的空间与场景;后者是空空道人访道求仙,从这大荒山无稽崖青埂峰下经过,"忽见一大块石上字迹分明,编述历历",记述着"此石堕落之乡,投胎之处,亲自经历的一段陈迹故事"。空空道人所见之"大块石",应当就是僧道手中那块石头。

三层神话排列井然有序,参差互见。共同构成了石头的出身、经历与回忆三个时空的符合叙事。关于最外层的套层结构——女娲补天神话，小说在最开头便设置了一套数字迷宫："炼成高经十二丈、方经二十四丈顽石三万六千五百零一块。娲皇氏只用了三万六千五百块"。按照甲戌本脂砚斋侧批提醒，十二、二十四和三万六千五百分别对应十二钗、副十二钗与"合周天之数"。

女娲神话在中国渊源甚早，其中包孕着先民原始的生命观，他们敬畏一切神灵，几乎没有"自然死亡"的意识。汲冢竹书《穆天子传》中出现的西王母，其言行就已经蕴含了"合周天之数"的朴素思想。耐人寻味的是，作为当今社会最广为人知的生命起源神话，伏羲女娲故事，尤其是女娲形象在先秦文本中显得有些默默无闻，两汉以后，汉画像砖中出现了伏羲女娲图像，唐代阿斯塔纳墓中出土的人首蛇身伏羲女娲壁画，体现了合阴阳、法术数的朴素生命观念。到了明清小说之中，女娲神话大放异彩。例如在《封神演义》和《西游补》等文本中，都出现了形象鲜活的女娲形象，参与到叙事进程中去。《红楼梦》开篇却荡开一笔，转写女娲补天遗漏石头的故事，叙述重心从女娲转向顽石，创生神话的精神意脉得以递入和延续。

谈到石头之来历，甲戌本侧批曾提出过一个脑洞颇大的说法："剩了这一块便生出这许多故事。使当日虽不以此补天，就该去补地之坑陷，使地平坦，而不得有此一部鬼话。"不得补天，似乎是石头不满因而游历凡世再留下记述的根源，倘若女娲当日拿它去补了地陷，也便没有这一篇"鬼话"了。这当然是玩笑，我们读者也明白，石头无才补天是小说叙述的一种设定。若让石头补地，成何体统？！

第七章 《红楼梦》的生命观念

不过，对于石头的设定，清代读者感到多少有些无所适从。评点家黄小田有条夹批说："不得黛玉，此恨难补。故以己身为未与补天之石。"这显然是将石头视同宝玉了。东观阁本侧批则说："石头根底，大有来历，叙述具有妙谛。"评点家姚燮也说："叙出根底来历，大有妙谛。"相对而言，清代评点家/读者不大适应这种设置一个具体物件作为叙事视角的叙述方式，因此小说第十五六回以后，石头的"通灵"属性基本上就只存在于人物口中，不再具有叙事功能了。

在三层神话中，与套层内情节关系最紧密的是一僧一道故事。按照空空道人所述，这一僧一道当是前文所指的"茫茫大士、渺渺真人"。评点家姚燮说："一僧一道是此书枢纽。"所谓一僧一道，在明清小说、戏曲等俗文学之中，有着复杂的社会文化、历史政治的背景，有研究者认为他们是"超情节人物"，他们是小说家的一种叙事手段，这种手段能以显豁的方式揭示出小说的基本命意和作者的态度。同时，也能以简捷的方式增强情节的张力，突出人物品性。[①]值得注意的是，顽石与一僧一道之间有个重要的见证者，正是空空道人。他是谁呢？清代评点家张新之批评得好："空空道人作者自谓也，故直曰《情僧录》。"按照庚辰本小说原文："从此空空道人因空见色，由色生情，传情入色，自色悟空，遂易名为情僧，改《石头记》为《情僧录》。"《情僧录》为《红楼梦》叙述者交代创作之最初阶段。因此，也是最能体现小说创作动机之处。

---

① 刘勇强：《一僧一道一术士——明清小说超情节人物的叙事学意义》，《文学遗产》，2009 年第 2 期，第 104—116 页。

二、一部之总纲：从"万境归空"到"闺阁昭传"

一僧一道对石头所说的"万境归空"四字，甲戌本侧批说是"一部之总纲"。东观阁本侧批也说："起此一段，已将全数大旨揭明，非他小说可比。"万境归空，显然是高度浓缩之概括。然而小说创作之核心要旨，与作者生命体验紧密相关，不是这四个字所能方物的。小说第一回开篇的那则脂批，表露无遗：

> 作者自云：因曾历过一番梦幻之后，故将真事隐去，而借通灵之说，撰此《石头记》一书也，故曰"甄士隐"云云。但书中所记何事何人？自又云：今风尘碌碌，一事无成，忽念及当日所有之女子，一一细考较去，觉其行止见识皆出于我之上。何我堂堂须眉，诚不若此裙钗哉？实愧则有餘，悔又无益之大无可如何之日也！当此，则自欲将已往所赖天恩祖德，锦衣纨绔之时，饫甘餍肥之日，背父兄教育之恩，负师友规谈之德，以至今日一技无成、半生潦倒之罪，编述一集，以告天下人：我之罪固不免，然闺阁中本自历历有人，万不可因我之不肖，自护己短，一并使其泯灭也。虽今日之茅椽蓬牖，瓦灶绳床，其晨夕风露，阶柳庭花，亦未有妨我之襟怀笔墨。虽我未学，下笔无文，又何妨用假语村言敷演出一段故事来？亦可使闺阁昭传，复可悦世之目，破人愁闷，不亦宜乎？故曰"贾雨村"云云。

此段话，甲戌本放在凡例中，其余各本均作正文开头，然陈

第七章 《红楼梦》的生命观念

毓黑等先生指出，此应脂砚斋批语。细味文意，确实起到了类似于楔子的作用。作者交代了自己的创作动机：表面上看，是他因为"曾历过一番梦幻之后"，"将真事隐去，而借通灵之说"，写成《石头记》；深层次看，是他"风尘碌碌，一事无成"，追怀当日所有之女子，"觉其行止见识皆出于我之上"，因而感到"愧则有馀，悔又无益"。"愧悔"是作者创作的情感基调，也是他投射到小说叙事中最多的生命体验。所愧者何？叙述者自言"背父兄教育之恩，负师友规谈之德"，所悔者何？叙述者自述"今日一技无成、半生潦倒之罪"。

然而，果真如此吗？叙述者说："我之罪固不免，然闺阁中本自历历有人，万不可因我之不肖，自护己短，一并使其泯灭也。"叙述者明白告诉读者：我的罪过固不可免，但不能因为我的不能克肖祖德，就使得行止见识皆出于我之上的闺阁中人一并泯灭。最后托出自己的写作目的是为"闺阁昭传"。

问题的关键是如何理解这段与小说宗旨密切相关的"楔子"？它与作者生命体验之间存在什么样的参差离合？如果读者可丁可卯地认为这段表白就是作者曹雪芹的心迹，那您可能就读得呆了。因为传统社会小说的文化品格较为低下，创作以闺阁为中心的小说，作者的舆论压力与道德负累是很沉重的。此处所言，当是作者狡狯之语，类似于我们今天舆论场中的"叠甲"。换句话说，就是：我先声明了啊，你们不许揪住我不放。如果说小说叙述者叠的这层甲里一点儿真实生活影子也没有，那显然是不符合实际的，但如果凡是作者说的，就是曹雪芹真实的生活经历，也便曲解了叙述者这番披阅十载、增删五次的苦心。曹公关注的始终是社会的大悲哀，而非个体的小不幸。

大观园的病根：《红楼梦》人物的身心困局

从三层神话套层，到"万境归空""闺阁昭传"的创作目的，其实都浸润着中国生命观念的二元补衬与多项周旋性。其中互补二元性最为根本，它指的是四个方面：两极性、不间断交替运行、无中生有和无限重叠。如果以浦安迪的视角看，这很可能是一把打开《红楼梦》结构套层的钥匙：小说中无处不是二元互补，"动静""雅俗""悲喜""离合""和怒""盛衰"等等。更重要的是，盛衰交替与循环，冷暖的调剂与变动，人物性格气质配合四时节令、五行生克这些二元互补要素交织堆叠，多项周旋地推动叙事进程向前，构成朴素的叙事动能。① 浦安迪的这种看法，未必是广谱的，但至少为我们提供了一种解读的可能性思路。

有时，二元互补还会具象化、人格化，凝定成为一僧一道的超情节人物形象。如果以百廿回本为整体看，这组特定的超情节僧道形象在小说第一、二、五、十二、二十五、六十六、一百零四、一百一十六、一百一十七、一百一十九和一百二十掌控并推动情节发展，构成均等对称的故事结构，也符合传统生命观念的基本逻辑与美学意蕴。

三、三教融合、多元互补：《红楼梦》创作主旨中的生命价值观

《红楼梦》"万境归空"与"闺阁昭传"的创作主旨，体现出传统生死观念中关于生命价值的三教融合与多元互补。无论儒释道三家哪种思想，生命价值观的核心始终是如何看待生老病死，探求

---

① 〔美〕浦安迪：《中国叙事学》（第2版），北京：北京大学出版社，2018年，第120—123页。

第七章 《红楼梦》的生命观念

生命的意义与价值。在先秦时代,道家和儒家对于生命本体的认识差别不大,都是朴素地、自然哲学地看待生命过程。[①] 区别在于他们对生命价值的认知。虽然也会有一致的时候,但总体上差异显著:以老子、庄子为代表的道家,将生命最高的价值认定为顺势而为,不加干预地完成生命历程。因此,他们将因循自然视作是生命的最佳状态和存在方式。道家对中国传统生命观最大贡献是启迪探讨生命规律,奠定了传统医学和养生学的根基。

以孔孟为代表的儒家学说,他们的生命价值观与道家迥然不同。他们基本放弃了探讨生命本然规律,转从伦理道德视角考察生命之价值。儒家学派认为个体生命只有实现了伦理价值后,才真正实现了生命价值。这些伦理价值举凡仁、义、礼、智、信、忠、孝等等。儒家经典中这类表述俯拾即是,例如"朝闻道,夕死可矣""生我所欲也,义亦我所欲也。二者不可得兼,舍生而取义者也"。不少儒家伦理规范,从原则上讲都是相通或者互训的。最能代表儒家生命价值观的是出自《左传·襄公二十四年》的"三不朽":所谓"太上有立德,其次有立功,其次有立言。虽久不废,此之谓不朽。"唐代孔颖达认为:立德指的是"创制垂法,博施济众",立功指的是"拯厄除难,功济于时",立言则是"言得其要,理足可传"。

在儒家文化语境中,"三不朽"成了儒家生命价值观追求的根本目标,在两千多年的传统社会发展历程中,逐步成了社会主流的价值追求。这一点反过来深刻影响了我们对死亡的观感和看

[①] 钱志熙:《唐前生命观和文学生命主题》(增订本),上海:复旦大学出版社,2023年,第1—18页。

法。当人们面对死亡时，与其追求肉体生命的无限延长，传统文化更重视人道德生命的圆融与具足。第一回脂砚斋回前批中的"闺阁昭传"也好，小说文本中贾宝玉对"文死谏、武死战"的看法也罢，都深受儒家"三不朽"之影响。

不少研究者认为，《红楼梦》中生命价值观受到佛家影响更深。常见的例证就是主旨意蕴中的"万境归空"和"落了片白茫茫大地真干净"。按照楼宇烈先生的看法：佛教是"自作自受"生命观，也就是身口意三业相续，业是因，报是果。生命完全是个体性的，与别人没有关系。因此也就与父母没有直接关系。此世的果报，是十二因缘聚合的结果，是前世造的业没有消，所以借助我这一世的身体，继续还自己的业。[①] 这种生命观念在小说中基本上只有贾宝玉及大观园的结局可以紧密相扣，有不少不相接榫处。

其实，在曹雪芹所处的清中叶，儒释道三家早已深度绑定，水乳交融。从宋明理学到阳明心学，传统士大夫一面辟佛老，抨击释、道二教的主张立场，一面大量吸收它们思想中能为自己所用的成分。到了明代，甚至出现了专门的"三教"，就是融合儒释道三家思想为一炉。因此，不能在小说中寻章摘句，看到一两处佛教概念，便说曹雪芹的生命观以佛教为主云云。换言之，小说中生命价值观是驳杂的，也因此是具有良好包容性的，是一种代表了中国文化整体的生命观，也即"群体生命观"。楼宇烈的经典比方是"火尽薪传"，他认为中国人延续的生命观是把个人融入集体，个体消亡并不影响系列的延续。所有人的生命都是相连的，所谓天地生之

---

① 参见楼宇烈：《楼宇烈经典作品·中国的品格》，成都：四川人民出版社，2014年。

本,先祖类之本,君师治之本。这种观念落实到个体,就是注重自身人生品质的境界提升,强调积德和个体完善。①

反观小说,所谓"千里长棚,没有个不散的筵席""喜散不喜聚""树倒猢狲散"这些耳熟能详的小说话语,不像是佛家"成住坏空"思想的通俗化与形象化,反而更像是真实历史时空中钟鸣鼎食的曹家内部传承有序的一种对生命本真的通透理解。同样,佛教标志性的色空观念在小说中虽然是以"风月宝鉴"具象化、艺术化地呈现了出来,但其小说想要借此抒发的更多的是盛时难再,美人黄土,世间事无非是数个"好了""好了"。因此,不可贪婪,不必执着,何须嗟呀。生命应以亲历、经验和珍视为价值的追求目标。

第二节 《好了歌》及注里的生命意识

《好了歌》与《好了歌注》是《红楼梦》中脍炙人口的名篇。历来为人们所称颂。有人说《好了歌》及其注解将传统社会政治兴衰与险恶描写殆尽了,也有人说其实《好了歌》就是佛家"成住坏空"观念的图谱化。更有研究者关注脂砚斋留下的大量批语,认为《好了歌注》影射了曹雪芹家事,甚至雍正朝政事抑或明末清初史事。我们关注的是,《好了歌》出现在《红楼梦》开卷第一回,它为小说铺垫了何种叙事底色?小说叙述者如何通过这两首著名的诗歌预兆他的"闺阁昭传"?更一步讲,"乱烘烘

---

① 参见楼宇烈:《中国的智慧》,北京:中国大百科全书出版社,2023年。

大观园的病根：《红楼梦》人物的身心困局

你方唱罢我登场"的传统社会贵族闺阁中的生命与旁人有何不同？

一、《好了歌》及其注解的"伏笔"空间

让我们先来读一下小说中的《好了歌》和《好了歌注》：

> 世人都晓神仙好，惟有功名忘不了！
> 古今将相在何方？荒冢一堆草没了。
> 世人都晓神仙好，只有金银忘不了！
> 终朝只恨聚无多，及到多时眼闭了。
> 世人都晓神仙好，只有姣妻忘不了！
> 君生日日说恩情，君死又随人去了。
> 世人都晓神仙好，只有儿孙忘不了！
> 痴心父母古来多，孝顺儿孙谁见了？

> 陋室空堂，当年笏满床；衰草枯杨，曾为歌舞场。
> 蛛丝儿结满雕梁，绿纱今又糊在蓬窗上。
> 说什么脂正浓，粉正香，如何两鬓又成霜？
> 昨日黄土陇头送白骨，
> 今宵红灯帐底卧鸳鸯。
> 金满箱，银满箱，展眼乞丐人皆谤。
> 正叹他人命不长，那知自己归来丧！
> 训有方，保不定日后作强梁。
> 择膏粱，谁承望流落在烟花巷！

第七章 《红楼梦》的生命观念

因嫌纱帽小，致使锁枷杠；
昨怜破袄寒，今嫌紫蟒长：
乱烘烘你方唱罢我登场，反认他乡是故乡。
甚荒唐，到头来都是为他人作嫁衣裳！

我们应该如何解读这两首作品呢？从熟悉作者创作的角度，脂砚斋给出了"伏笔"说。他认为《好了歌注》"先说场面，忽新忽败，忽丽忽朽，已见得反覆不了"。先伏笔了场面，大的如宁国府、荣国府，小的有潇湘馆、紫芸轩。宁荣两府未有之先"笏满床"乃是"陋室空堂"，既败之后，则"歌舞场"一变又为"衰草枯杨"。

接着，由场面自然而然递入人物命运，先后伏笔了贾雨村（"绿纱今又糊在蓬窗上"）、薛宝钗、史湘云（"说什么脂正浓，粉正香，如何两鬓又成霜"）、林黛玉、晴雯（"昨日黄土陇头送白骨"）、王熙凤（"金满箱，银满箱"）、甄宝玉、贾宝玉（"展眼乞丐人皆谤"）、柳湘莲（"训有方，保不定日后作强梁"）、贾赦（"因嫌纱帽小，致使锁枷杠"）、贾兰、贾菌（"昨怜破袄寒，今嫌紫蟒长"）等人的结局。

最后，叙述者以"乱烘烘你方唱罢我登场，反认他乡是故乡。甚荒唐，到头来都是为他人作嫁衣裳"三句总收，甲戌本眉批说："总收古今亿兆痴人，共历幻场，此幻事扰扰纷纷，无日可了。"脂砚斋认为"反认他乡是故乡"中的"他乡"指的是"太虚幻境青埂峰"。这个"认"的主语自然是经历一番繁华的石头。

从伏笔说进去，解读《好了歌》及其注解，正因为脂砚斋指

大观园的病根:《红楼梦》人物的身心困局

示出的伏笔太过具体了,故而不少红学家对此做过深入探究,也取得了不小的成绩。不过,我时常思考,这些考索对于一般读者阅读小说,到底是拓宽了文本的阐释空间,能够帮助我们接近小说家的思想境界,还是适得其反?我们阅读小说,当然有一种价值向度是满足自身对悬疑、揭秘的好奇心,这是人类的天性。但对于《红楼梦》这样重量级的经典,如果只作如是观,不能丝毫勾连起我们的日常生活经验,使得我们对未来与未知产生某种惊惧与遐想,我想多少有些焚琴煮鹤了。抛开脂批不读,纯粹阅读《好了歌》和《好了歌注》,我想大多数人都会为"古今将相在何方?荒冢一堆草没了""昨日黄土陇头送白骨,今宵红灯帐底卧鸳鸯""正叹他人命不长,那知自己归来丧"这一类警句所触动吧!

二、"作书本旨":《好了歌》及注的"冷热金针"

清代评点家黄小田曾对《好了歌注》做出评点道:"此篇与上《好了歌》皆作书本旨。"关于《红楼梦》这部书的"作书本旨",有不少种说法,据其根源,是人们对于这部体量如此丰沛,意涵又极丰富的作品,存在一定的阐释空间。归纳《好了歌》及注的主旨,清人姚燮曾反复提到:"请于热闹时读一过。"耐人寻味的是,姚燮没有过多针对主旨的阐发,只点出了阅读或者反思《好了歌》及注的场景与效果:人生在世,难免有升沉浮降,请于花团锦簇、烈火烹油之热闹中,诵读一过。效果当然是去心火,戒烦躁,使人回归冷静理性,审慎应对生命中的无常。

这令人想起来清初张竹坡在批评《金瓶梅》时提出了"冷热

第七章 《红楼梦》的生命观念

金针"之说：

> 《金瓶》以冷热二字开讲，抑孰不知此二字为一部之金钥乎？然于其点睛处，则未之知也。夫点睛处安在？曰在温秀才、韩伙计。何则？韩者，冷之别名，温者，热之余气。故韩伙计于加官后即来，是热中之冷信；而温秀才自磨镜后方出，是冷字之先声。是知祸福倚伏，寒暑盗气，天道有然也。虽然热与寒为匹，冷与温为匹，盖热者温之极，韩者冷之极也。故韩道国不出于冷局之后，而出热局之先，见热未极而冷已极。温秀才不来于热场之中，而来于冷局之首，见冷欲盛而热将尽也。噫嘻，一部言冷言热，何啻如花如火，而其点睛处，乃以此二人。而数百年读者，亦不知其所以作韩、温二人之故。是作书者固难，而看书者为尤难，岂不信哉！①

不熟悉这部小说情节的读者很可能看得一头雾水。其实，张竹坡评点的《金瓶梅》第一回回目叫作《西门庆热结十弟兄，武二郎冷遇亲哥嫂》。一热一冷，小说正以此开篇，所谓"此二字为一部之金钥"。然而张竹坡所谓"点睛处"在温秀才、韩伙计，韩道国在西门庆"加官"后即来，是"热未极而冷已极"；温秀才在"磨镜"后才出场，"见冷欲盛而热将尽"。这种将具体人物姓氏设置与小说结构之冷热关联起来的说法，读来多少有些

---

① 黄霖编：《〈金瓶梅〉资料汇编》，北京：中华书局，1987年，第65页。

牵强。

　　相较而言，张竹坡在《竹坡闲话》中将"真假"与"冷热"挂钩，颇能新人耳目："天下最真者，莫若伦常；最假者，莫若财色。然而伦常之中，如君臣、朋友、夫妇，可合而成；若夫父子、兄弟，如水同源，如木同本，流分枝引，莫不天成。乃竟有假父、假子、假兄、假弟之辈。噫！此而可假，孰不可假？将富贵，而假者可真；贫贱，而真者亦假。富贵，热也，热则无不真；贫贱，冷也，冷则无不假。不谓'冷热'二字，颠倒真假一至于此！然而冷热亦无定矣。今日冷而明日热，则今日真者假，而明日假者真矣。今日热而明日冷，则今日之真者，悉为明日之假者矣。悲夫！本以嗜欲故，遂迷财色，因财色故，遂成冷热，因冷热故，遂乱真假。"

　　张竹坡在《闲话》中表达了他对日常生活的洞见：天下最真的是伦常，最假的是财色。然而人若富贵，那么"假者可真"，若是贫贱，而"真者亦假"。富贵是热，热则无不真，贫贱是冷，冷则无不假。人以利聚，热与真展眼就可为冷与假。张竹坡总结道：人因为嗜好与欲望，便迷惑于财色，因财色而区分出冷热，更会以假乱真。张竹坡这番论说，将真假与冷热的辩证关系清晰明白地呈现出来，可以说对《红楼梦》有导夫先路的作用。

　　回到《好了歌》及注的维度，我们也能看到比比皆是的冷热—真假等二元互补性理念。更重要的是，小说叙述者将抽象的二元互补理念转化为形象鲜明的场景，给我留下最深刻印象的是美人黄土。清代评点家姚燮曾有一条眉批说得好："本来今日之红绡帐底即他日之黄土陇头，今反以黄土句装在前，觉尤进一层，以见白骨自堆，鸳鸯自卧也。请于热闹时读一过。"姚燮之

第七章 《红楼梦》的生命观念

评,妙在一个"自"字。如果按照线性时间顺序看,红绡帐底自然在黄土陇头之前,先有美人,后入黄土。然而小说叙述者偏偏反其道而行之:昨日之黄土,反而是今日之美人。"自"表征出一个本来如此之生命历程,不可逃脱之自然规律。以此观察《好了歌》及注,冷热金针直接指向了作者的生命体验,也启迪着读者的生命感悟。

《好了歌注》中还有一个深刻的生命感悟层面,就落在最后一句上:"甚荒唐,到头来都是为他人作嫁衣裳!"为他人作嫁衣裳,这是一句俗语,然而用在这里十分恰当。忙忙碌碌,机关算尽,却为他人作了嫁衣裳。甲戌本脂砚斋侧批说:"语虽旧句,用于此妥极是极。苟能如此,便能了得。"甲戌本眉批又说:"此等歌谣原不宜太雅,恐其不能通俗,故只此便妙极。其说得痛切处,又非一味俗语可到。"《好了歌注》哪里说得痛切?我想就在冷热反差,转瞬即逝,便为他人作了嫁衣裳。戚序本夹批认为:"谁不解得世事如此,有龙象力者方能放得下。"世事无常,本是常识,然而真正能看得透、放得下的,才是有大愿力,具备龙象精神气度的。从《好了歌》及注中观察曹雪芹的生命观,可以看到他赞许和认同世事无常,对于汲汲于功名利禄的世人,通过小说人物之口,做出《好了歌》及注,提供一种警示,开出一剂良方。

无独有偶,晚明时代万历刻本的《金瓶梅词话》在回目前有四首著名的"四贪词",分别指涉"酒""色""财""气"四贪:"酒损精神破丧家,语言无状闹喧哗。疏亲慢友多由你,背义忘恩亦是他。切须戒,饮流霞,若能依此实无差。失却万事皆因此,今后逢宾只待茶";"休爱绿鬓美朱颜,少贪红粉翠花钿。损身害命多娇态,倾国倾城色更鲜。莫恋此,养丹田,人能寡欲

341

寿长年。从今罢却闲风月，纸帐梅花独自眠"；"钱帛金珠笼内收，若非公道少贪求。亲朋道义因财失，父子怀情为利休。急缩手，且抽头，免使身心昼夜愁。儿孙自有儿孙福，莫与儿孙作远忧"；"莫使强梁逞技能，挥拳裸袖弄精神。一时怒发无明穴，到后忧煎祸及身。莫太过，免灾迍，劝君凡事放宽情。合撒手时须撒手，得饶人处且饶人。"

所谓"四贪"，有人说真实历史中来自万历十七年（1589），大理寺评事雒于仁向万历皇帝所进四箴疏。事实上，这四个方面的针砭，又何止限于统治者呢？我们每一位读者，谁又能免得了对四贪的执着呢？《金瓶梅词话》"四贪词"与《红楼梦》《好了歌》及注中所提醒的主体还是世人，是小说家与读者生命经验碰撞的火花。

三、白骨与鸳鸯：《好了歌注》中女儿悲歌的具象化

从宗教哲学角度讲，《好了歌》及注在思想上也许并不特别出众，它的艺术表达却独树一帜。尤其是《好了歌注》，不断重复的"笏满床""歌舞场""黄土陇头送白骨""红灯帐底卧鸳鸯"意象给人带来想象空间，十分惊人，故而评点家说"请于热闹时读一过"。表面上看，"好"是暂时的，"了"是必然的，而且是俗世苦难的终结；实际上，"好"与"了"处于完整不间断的盛衰、悲喜之中循环。

在这种"好"与"了"的循环中，《红楼梦》第一回回同前脂批所说"愧则有馀，悔又无益"，真正指向为"闺阁昭传"。美人与黄土，白骨与鸳鸯，甚至可以说，是小说对女性命运最鲜明的标

签。《红楼梦》对女性不幸命运有着深厚的悲悯情怀,与此前的小说名著《三国》《水浒》《西游》《聊斋》皆有不同。在小说营造的叙述时空中,乍一看,贾宝玉是一位叛逆者和"觉醒者",他的经典语录有:"女儿是水做的骨肉,男人是泥作的骨肉。我见了女儿,我便清爽;见了男子,便觉浊臭逼人。"(第二回)"天地间灵淑之气,只钟于女子,男儿们不过是些渣滓浊沫而已。"(第二十回)看起来,宝玉对女性的膜拜达到了登峰造极地步,在贾雨村的转述下,作为宝玉镜像存在的甄宝玉声称:"这女儿两个字,极尊贵、极清净的,比那阿弥陀佛、元始天尊的这两个宝号还更尊荣无对的呢!"(第二回)脂砚斋指出:"凡写贾家之宝玉,则正为真宝玉传影""灵玉却只一块,而宝玉有两个,情性如一,亦如六耳、悟空之意耶?"甄宝玉是贾宝玉的镜像。

然而,随着时间的推演,宝玉也在长大,也在不断调整着自己的想法。当宝钗等人劝他致力功名时,他下意识的反应是好好的清白女子,也学沽名钓誉,是"真真有负天地钟灵毓秀之德了"(第三十六回)。再后来,他发现生活中有不少女子似乎并不可爱,并为此深感困惑:"奇怪,奇怪!怎么这些人,只一嫁了汉子,染了男人的气味,就这样混帐起来,比男人更可杀了!"宝玉进而认定"凡女儿个个是好的了,女人个个是坏的了"。有研究者认为,在宝玉看来,所谓男人不过是世俗之恶的体现,"染了男人的气味"不过是善良本性的恶质化。①

《好了歌注》中"昨日黄土陇头送白骨,今宵红灯帐底卧鸳

---

① 刘勇强:《中国古代小说史叙论》,北京:北京大学出版社,2007年,第432—436页。

大观园的病根:《红楼梦》人物的身心困局

莺"一句具有标志性,将小说中的女儿悲剧具象化。小说叙述者用一首歌注深刻地揭示出《红楼梦》神性与人性的矛盾。从大的方面看,太虚幻境与荣宁二府就是真与假、冷与热、神性与人性的一种折射,而大观园则是二者的交汇。从微观层面看,人物的设置也隐约反映了这种矛盾。在第五回太虚幻境中有一个暧昧而又具有象征意味的描写,贾宝玉在梦中呼唤一个名叫"兼美"的女性,可是一旦醒来,他就不得不在林黛玉与薛宝钗之间做抉择。值得注意的是,宝玉的选择不是西方式的"灵"与"肉"的选择,虽然作者也有意突出了林黛玉卓群的性灵与薛宝钗出众的容貌。但从本质上讲,宝玉面对的是传统中国式的"才"与"德"之艰难抉择。正所谓"可叹停机德,堪怜咏絮才。玉带林中挂,金簪雪里埋"(《判词》)、"空对着山中高士晶莹雪,终不忘世外仙姝寂寞林"(《红楼梦曲子》)。

甲戌本脂砚斋夹批说得通透:"寓意深远,皆非生其地之意。"金玉良缘和木石前盟之所以会产生冲突,正在于无论晶莹雪还是寂寞林,二者皆非"生其地"也,然而她们又被堆叠于同一时空之中,不得不与宝玉劈面相遇。从宝玉视角看,在大观园的日常生活中,"才"与"德"之间的抉择也许比"灵"与"肉"间的抉择更折磨人,因为它们并不在一个层面上,但必须做出选择。[1]

"说什么脂正浓,粉正香,如何两鬓又成霜?"脂砚斋批语说:"宝钗、湘云一干人",窃以为反把《好了歌注》所要表达的

---

[1] 刘勇强:《美人黄土的哀思——〈红楼梦〉的情感意蕴与文化传统》,《重读经典:中国传统小说与戏曲的多重透视》上,香港:牛津大学出版社,2009年,第317—330页。

意涵说窄了。时间看似对于一切生命皆是平等的,但对于个体生命而言,却又是极不公平的。大观园中人物和读者心中都明白,以林黛玉的身体状况,时间对她是十分不友好,甚至残酷的。即便《红楼梦》写完了八十回以后的部分,在贾府长辈眼中,黛玉也绝非佳偶。木石前盟注定了遭遇失败。

当然,也正因为如此,黛玉才成了一个真正的"觉醒者"。放眼大观园,《红楼梦》所创造出来的艺术形象,深刻地揭示了传统社会各阶层的精神困境,这是它最可宝贵的思想价值。曹雪芹对女性的纯美想象在生活中被两个简单的事实瓦解:一个是他在小说中不断揭示的女性本身随着不可避免地成长而融入社会,天性被污染,心灵受扭曲;另一个则是同样无法摆脱的时光流逝,生命终将消逝,感情也无所寄托。[①] 这可能是《好了歌》及其注解能为我们带来的关于女性生命最深切的启迪。

第三节 《红楼梦》中的美人之死

传统社会如何看待死亡是个重大问题。如何叙述死亡,更直接影响甚至塑造了人们的生命观。宋明理学兴起后,学案类文献曾留下大量关于理学家、思想家的临终状态、临终遗言和丧仪规范。"慎终追远",这句儒家准则在叙事文字中具象化。这些思想家对死亡的看法虽然不能代表普通人的生死观念,但反过来对社

[①] 刘勇强:《美人黄土的哀思——〈红楼梦〉的情感意蕴与文化传统》,《重读经典:中国传统小说与戏曲的多重透视》上,香港:牛津大学出版社,2009年,第317—330页。

会大众死亡认知有一定塑造作用。例如《宋元学案》记载邵雍临终前对司马光说："试与观化一遭。"司马光说："未应至此！"邵雍坦然笑道："死生亦常事尔！"①邵雍将死亡看作人生进程的一次变化。又如明嘉靖七年（1528）心学开创者王阳明病逝于江西南安府的青龙铺。临终时门人周积询问遗言，阳明说："此心光明，亦复何言！"②宋明理学家的死亡叙述在文化记忆层面塑造了传统社会的文化心理，间接影响了《红楼梦》的死亡场景塑造。

《红楼梦》为"闺阁昭传"，必然以女儿生命流程为描摹重心。那么，只要故事讲述得足够长，小说家的如椽巨笔必然会触碰到女儿之死，尤其是女儿的死亡。事实上，《红楼梦》善写死亡，举凡秦可卿死封龙禁尉、贾（瑞）天祥正照风月鉴、秦（钟）鲸卿夭逝黄泉路、含耻辱情烈死金钏儿、（尤二姐）觉大限吞生金自逝、（尤三姐）情小妹耻情归地府、（晴雯）俏丫鬟抱屈夭风流、（贾元春）因讹成实元妃薨逝、（林黛玉）苦绛珠魂归离恨天、（贾母）史太君寿终归地府、（鸳鸯）鸳鸯女殉主登太虚、王熙凤历幻返金陵等十几处精彩而重要的死亡现象描写。其中称得上美人之死的有神秘的秦可卿之死、壮烈的尤三姐之死、绝望的尤二姐之死、悲惨的晴雯之死、黛玉泪尽而逝等。幸而不幸，历史没有让我们看到曹雪芹留下的完稿，因此读者也就不知道大多数大观园中女儿之死是如何塑造的。

金陵十二钗副册、又副册中，晴雯之死我们在第一章里已经

---

① （清）黄宗羲著，黄百家辑，全祖望修定，王梓材等校定：《宋元学案》，北京：国家图书馆出版社，1986年，第12页。

② （明）王阳明著，吴光、钱明、董平、姚延福编校：《王阳明全集新编本》，杭州：浙江古籍出版社，2010年，第1337页。

第七章 《红楼梦》的生命观念

进行了分析。本章咱们分析一下红学史上聚讼纷纭的秦可卿之死。研究者分析秦可卿之死，往往会联系《金瓶梅词话》中的李瓶儿之死。① 两者也确实在请医问药、临终遗言和买棺发丧三个阶段皆有相似之处，但不同之处也很显著。更重要的是，透过美人之死，两部世情小说名著的叙事艺术各有千秋，特色不同。

一、插科打诨与论病穷源：美人将死的请医问药

万历刻本的《金瓶梅词话》第六十一回详细描写了西门庆第六房宠妾李瓶儿之死的详细过程。李瓶儿本是大名府梁中书的妾，后来遇乱携财潜逃东京，嫁给花太监之侄花子虚，与西门庆为邻。后花子虚气死，招赘蒋竹山，最后嫁与西门庆，成为第六房小妾，并为他生下官哥儿。不料，潘金莲私驯雪狮子猫，吓死官哥儿。李瓶儿因此重病。小说第六十一回写西门庆为李瓶儿请医诊治，先请任医官，开了"归脾汤"，李瓶儿"乘热而吃下去，其血越流之不止"，赶忙又去请"大街口胡太医"，服药后就如"石沉大海一般"，也不见效。这时，伙计韩道国推荐"东门外住的一个看妇人科的赵太医"，西门庆立刻遣人去请，稍后，亲家乔大户来探望，又举荐"县门前住的行医何老人"，西门庆急忙叫玳安拿了拜贴去请，何老人诊脉之后，正欲开药诊治，赵太医刚好也到了，西门庆就请两位医生会诊。由此制造出一场颇具喜感的"双斗医"场景。

---

① 潘建国：《〈金瓶梅〉〈红楼梦〉中的"美人之死"》，《文史知识》，2013年第11期，第70—77页。

大观园的病根：《红楼梦》人物的身心困局

赵太医简直就是戏曲舞台上插科打诨的丑角，其出场时有一段冗长的自报家门，自称"在下小子，家居东门外头条胡同二郎庙三转桥四眼井住的，有名赵捣鬼便是"，"我做太医姓赵，门前常有人叫。只会卖杖摇铃，那有真材实料。行医不按良方，看脉全凭嘴调。撮药治病无能，下手取积而妙。头疼须用绳箍，害眼全凭艾醮。心疼定敢刀剜，耳聋宜将针套。得钱一味胡医，图利不图见效。寻我的少吉多凶，到人家有哭无笑"。小说写道："众人听了，都呵呵笑了。"把脉诊治时，他也一派胡言，"非伤寒则为杂症，不是产后，定然胎前"。最后开出的药方是这样的："甘草甘逐与硇砂，藜芦巴豆与芫花。人言调着生半夏，用乌头杏仁天麻。这几味儿齐加，葱蜜和丸只一捏。清辰用烧酒送下。"这是一副十八反的虎狼之药，可谓写尽江湖庸医之丑态。要知道西门庆可是开生药铺起家，焉能不知药理药性，也吩咐小厮"与我扠出去"。在乔大户劝说下，才给了二钱银子打发回去。

以此为对照，观察《红楼梦》第十一回"金寡妇贪利权受辱，张太医论病细穷源"情节。小说叙贾珍夫妇商议为秦可卿请医问药，先借尤氏之口说："如今且说媳妇这病，你到那里寻一个好大夫来与他瞧瞧要紧，可别耽误了。现今咱们家走的这群大夫，那里要得！一个个都是听着人的口气儿，人怎么说，他也添几句文话儿说一遍。可倒殷勤的很，三四个人一日轮着倒有四五遍来看脉。他们大家商量着立个方子，吃了也不见效，倒弄得一日换四五遍衣裳，坐起来见大夫，其实于病人无益。"叙述者又借贴身婆子之口道："如今我们家里现有几位太医老爷瞧着呢，都不能的当真切的这么说。有一位说是喜，有一位说是病，这位说不相干，那位说怕冬至，总没有个准话儿。"这是用侧笔，间接地写出了贵族之家也难遇良医的尴尬。

最后，贾府请来的这位儒医张友士，虽然喜欢拿腔拿调，但毕竟能够论病穷源，对秦可卿的诊断"大奶奶是个心性高强聪明不过的人；聪明忒过，则不如意事常有；不如意事常有，则思虑太过"，以及对秦可卿死期的预判："今年一冬是不相干的。总是过了春分，就可望全愈了"，都是极为精确的。可以说，与《金瓶梅词话》喜剧式的诊断问病相比，《红楼梦》的张友士论病，有着深刻的人物性格命运暗示与隐喻。

二、"定数难逃"和"盛筵必散"：美人临终遗言的寓意

《金瓶梅词话》第六十二回写李瓶儿临终前总看到花子虚前来索命，因此西门庆请了潘道士前来祈禳，不想却是"大风所过三次，一阵冷气来，把李瓶儿二十七盏本命灯，尽皆刮尽。惟有一盏复明。"潘道士"见一个白衣人领着两个青衣人，从外进来。手里持着一纸文书，呈在法案下"。潘道士看时，都是地府的勾批，上面还有三颗印信。慌得他"忙下法座来，向前唤起西门庆来"，诉说"娘子已是获罪于天，无所祷也。本命灯已灭，岂可复救乎？只在旦夕之间而已了"。西门庆听了，"低首无语，满眼落泪，哭泣哀告"，潘道士说："定数难逃，难以搭救了！"便告辞而去。临行嘱咐西门庆说："今晚官人都忌不可往病人房里去，恐祸及汝身。慎之，慎之！"当晚四更时分，西门庆独自一个进房，与李瓶儿有一番诀别：

西门庆听了，两泪交流，放声大哭道："我的姐姐，

你把心来放正着，休要理他。我实指望和你相伴几年，谁知你又抛闪了我去了，宁教我西门庆口眼闭了，倒也没这等割肚牵肠！"那李瓶儿双手搂抱着西门庆脖子，呜呜咽咽，悲哭半日，哭不出声，说道："我的哥哥，奴承望和你并头相守，谁知奴家今日死去也！趁奴不闭眼，我和你说几句话儿。你家事大，孤身无靠，又没帮手，凡事斟酌，休要那一冲性儿。大娘等，你也少要亏了他的。他身上不方便，早晚替你生下个根绊儿，庶不散了你家事。你又居着个官，今后也少要往那里去吃酒，早些儿来家，你家事要紧。比不的有奴在，还早晚劝你。奴若死了，谁肯只顾的苦口说你？"西门庆听了，如刀剜心肝相似，哭道："我的姐姐，你所言我知道。你休挂虑我了。我西门庆那世里绝缘短幸，今世里与你夫妻不到头？疼杀我也！天杀我也！"李瓶儿又说："迎春、绣春之事，奴已和他大娘说来，到明日我死，把迎春伏侍他大娘，那小丫头，他二娘已承揽他。房内无人，便教伏侍二娘罢。"西门庆道："我的姐姐，你没的说。你死了，谁人敢分散你丫头？……都教他守你的灵。"李瓶儿道："甚么灵！回个神主子，过五七儿烧了罢了。"西门庆道："我的姐姐，你不要管他。有我西门庆在一日，供养你一日。"两个说话之间，李瓶儿催促道："你睡去罢，这咱晚了！"西门庆道："我不睡了，在这屋里守你守儿。"李瓶儿道："我死还早哩！这屋里秽恶，薰的你慌。他每伏侍我不方便。"西门庆不得已，分付丫头："仔细看守你娘。"……没半个时辰，正在睡

第七章 《红楼梦》的生命观念

思昏沉之际,梦见李瓶儿下炕来,推了迎春一推,嘱付:"你每看家,我去也。"忽然惊醒,见卓上灯尚未灭。向床上视之,还面朝里。摸了摸,口内已无气矣!不知多咱时分,呜呼哀哉,断气身亡!可惜一个美色佳人,都化作一场春梦!

李瓶儿之死最令人动容之处可能就在于这个场景:张竹坡在评点《金瓶梅》的时候曾统计过,在这段与李瓶儿临终诀别对话中,李瓶儿说了三声"我的哥哥",而西门庆也回应了三个"我的姐姐"。哥哥姐姐,本是情人间再正常不过的情话称谓,但在"打老婆的班头,炕妇女的领袖"西门庆这里,确实是难能可贵的真情流露。李瓶儿的性情也在嫁给西门庆之后有了变化,有研究者认为有不合情理之处。

实际上,至少从李瓶儿临终叮咛看,西门庆与李瓶儿确乎是情投意合。两个结合方式不正的夫妇也未必没有真情实感。"爱情"这个东西,可堪玩味得很。也有不少研究提到,小说第六十四回西门庆的贴身仆人岱安说"为甚俺爹心里疼?不是疼人,是疼钱。"但细读前后文,这里岱安是在夜间与傅伙计闲话时回答的,"疼钱"之后紧接着就说了"说起俺这过世的六娘性格儿,这一家子都不如他。又有谦让,又和气,见了人只是一面儿笑"。其实强调的还是逝者的性格气质,以及她带来的财富对西门庆事业的帮助。

我们可以这样讲,李瓶儿临终遗言表露真情,是以她丰厚的嫁妆为基础的,但更是以她三年如一日的"好性儿"为依托,以她的生育西门庆曾经唯一的儿子官哥儿为根底,以她的寿夭短命

大观园的病根:《红楼梦》人物的身心困局

为契机。小说叙述者全景式呈现李瓶儿之死的前后过程,自然是为了与后面冷清的西门庆之死作对照,但回顾此处李瓶儿的临终嘱托:"凡事斟酌,休要那一冲性儿""早晚替你生下个根绊儿,庶不散了你家事""今后也少要往那里去吃酒,早些儿来家,你家事要紧",三方面全然是站在西门庆立场上苦劝之辞。没有一丝一毫顾虑到自己的身后事。如何能不令西门庆感动呢?同时,李瓶儿这位美人的"定数难逃",也促使西门庆产生了"我西门庆那世里绝缘短幸,今世里与你夫妻不到头"的痴情感叹,哪怕对这样一个"混帐恶人",这种感叹只是短暂的。更令人细思恐极的是,在小说后续情节中,李瓶儿的临终嘱托全部只有第一条,让西门庆待吴月娘好些,早日生下个"根绊儿"应验了,其余皆随着西门庆的早死而风流云散了。最终"化作一场春梦"的又何止李瓶儿这个"美色佳人"呢!

同样着力刻画美人的临终遗言,《红楼梦》前八十回叙述者的笔触多少更显得有些隐晦和耐人寻味。小说第十三回侧写秦可卿之死,从王熙凤一梦着手,写得几分阴森,又颇令人"纳罕":

不知不觉已交三鼓。平儿已睡熟了。凤姐方觉星眼微朦,恍惚只见秦氏从外走来,含笑说道:"婶子好睡!我今日回去,你也不送我一程。因娘儿们素日相好,我舍不得婶子,故来别你一别。还有一件心愿未了,非告诉婶子,别人未必中用。"

凤姐听了,恍惚问道:"有何心愿?你只管托我就是了。"秦氏道:"婶婶,你是个脂粉队里的英雄,连那些

第七章 《红楼梦》的生命观念

束带顶冠的男子也不能过你,你如何连两句俗语也不晓得?常言'月满则亏,水满则溢';又道是'登高必跌重'。如今我们家赫赫扬扬,已将百载,一日倘或乐极悲生,若应了那句'树倒猢狲散'的俗语,岂不虚称了一世的诗书旧族了!"凤姐听了此话,心胸大快,十分敬畏,忙问道:"这话虑的极是,但有何法可以永保无虞?"秦氏冷笑道:"婶子好痴也。否极泰来,荣辱自古周而复始,岂人力能可保常的。但如今能于荣时筹画下将来衰时的世业,亦可谓常保永全了。即如今日诸事都妥,只有两件未妥,若把此事如此一行,则后日可保永全了。"

凤姐便问何事。秦氏道:"目今祖茔虽四时祭祀,只是无一定的钱粮;第二,家塾虽立,无一定的供给。依我想来,如今盛时固不缺祭祀供给,但将来败落之时,此二项有何出处?莫若依我定见,趁今日富贵,将祖茔附近多置田庄房舍地亩,以备祭祀供给之费皆出自此处,将家塾亦设于此。合同族中长幼,大家定了则例,日后按房掌管这一年的地亩、钱粮、祭祀、供给之事。如此周流,又无争竞,亦不有典卖诸弊。便是有了罪,凡物可入官,这祭祀产业连官也不入的。便败落下来,子孙回家读书务农,也有个退步,祭祀又可永继。若目今以为荣华不绝,不思后日,终非长策。眼见不日又有一件非常喜事,真是烈火烹油、鲜花着锦之盛。要知道,也不过是瞬息的繁华,一时的欢乐,万不可忘了那'盛筵必散'的俗语。此时若不早为后虑,临期只恐

353

后悔无益了。"凤姐忙问:"有何喜事?"秦氏道:"天机不可泄漏。只是我与婶子好了一场,临别赠你两句话,须要记着。"因念道:三春去后诸芳尽,各自须寻各自门。

凤姐还欲问时,只听二门上传事云板连叩四下,将凤姐惊醒。人回:"东府蓉大奶奶没了。"凤姐闻听,吓了一身冷汗,出了一回神,只得忙忙的穿衣,往王夫人处来。

彼时合家皆知,无不纳罕,都有些疑心。那长一辈的想他素日孝顺,平一辈的想他素日和睦亲密,下一辈的想他素日慈爱,以及家中仆从老小想他素日怜贫惜贱、慈老爱幼之恩,莫不悲嚎痛哭者。

熟悉《红楼梦》的读者都知道,关于秦可卿之死有所谓"淫丧天香楼"之说,流播甚广。这段侧写,从秦可卿三更时分托梦贾府掌家奶奶王熙凤起笔,先叙述自己的"一件心愿未了",接着讲出了对贾府将来"树倒猢狲散"的担忧,并给出了"趁今日富贵,将祖茔附近多置田庄房舍地亩,以备祭祀供给之费皆出自此处,将家塾亦设于此"的具体解决方案,她的理由也十分耐人寻味:"便是有了罪,凡物可入官,这祭祀产业连官也不入的。便败落下来,子孙回家读书务农,也有个退步,祭祀又可永继。"

最后,秦可卿还告诉了王熙凤,"不日又有一件非常喜事,真是烈火烹油、鲜花着锦之盛",但须谨记"三春去后诸芳尽,各自须寻各自门"。按照小说里的故事时间,此时的秦可卿,已经身故了。因此,王熙凤梦中所见当是可卿之鬼魂所托。正因为

第七章 《红楼梦》的生命观念

如此,秦可卿所虑者,便具备对贾府结局的强烈预示作用。如果书稿完成,贾府的结局大概是守着田庄,不绝祭祀,子弟读书务农,以图科甲再起了。

抛开探轶学和真实历史中曹家的这层滤镜,但就小说叙述而言,存在以下几点值得深思之处:首先,秦可卿作为东府重孙媳妇,为何能够掌握如此多贾府未来命运的信息?当然这可以解释为叙述者的着意设置和有心安排,也照应脂砚斋批语中"写尽天香楼事,是不写之写"一说。更有可能是旨在为"闺阁昭传"的叙述者"一语贬尽贾家一族空顶冠束带者",独以先亡故之裙钗,来揭示连王熙凤都看不透的"古今名利场中患失之同意也"。

其次,秦可卿嘱咐之人,必须是王熙凤。不仅因为她是"脂粉队里的英雄,连那些束带顶冠的男子也不能过你",更在于她是荣国府现任的掌家人,对家族财务状况、资产状况了如指掌。这样一位"当权者",都认可秦可卿的方案,可见贾府之危机已深,"瞬息繁华,一时欢乐"断不会久长。

最后,秦可卿对王熙凤以及贾府合族的提示还有跳出一家一姓的深广意义,正如蒙府本脂砚斋批语所说:"可共天下有志事业功名者同来一哭。但天生人非无所为,遇机会,成事业,留名于后世者,亦必有奇传奇遇,方能成不世之功。此亦皆苍天暗中扶助,虽有波澜,而无甚害,反觉其铮铮有声。其不成也,亦由天命。其奸人倾险之计,亦非天命不能行。其繁华欢乐,亦自天命。人于其间,知天命而存好生之心,尽己力以周旋其间,不计其功之成否,所谓心安而理尽,又何患乎?一时瞬息,随缘遇缘,乌乎不可!"表面上看,这里说的不过是一个成败皆源于天命,人力莫想动分毫的消极想法。

然而，往深层次想，任何有志于成就一番事业者，除去选择、机遇、努力之外，必然有奇传奇遇加持，方能成就，往往所成就事功越大越是如此。作为凡人，对待生命中机遇的良好积极态度正在于"知天命而存好生之心，尽己力以周旋其间，不计其功之成否"，这就是所谓的"心安而理尽"，如此方能在瞬息间"随缘遇缘"，乐天知命。脂砚斋批语将秦可卿临终遗言拓展出了无限可能，将辽远的历史时空与密闭的小说情景交融于一体。

三、丧仪尽礼与以丧写人：美人死后的买棺发丧

和请医问药、临终遗言皆有所不同的是，世情小说名著中的美人死后情形。小说叙述者的笔墨显然不再聚焦于逝者，而是转向了操办丧礼的场景与人。《金瓶梅词话》第六十二回叙西门庆听从花子油和吴月娘的建议，要为李瓶儿提前预备一副棺木，命陈经济和贲四拿了银子去访购，后得乔大户推荐，好容易得到尚举人家的一副好板，"原是尚举人父亲，在四川成都府做推官时带来，预备他老夫人的，两副桃花洞，他使了一副，只剩下这一副"，索价银高达三百七十两，西门庆闻听立即以三百二十两买下，果然甚好，锯开以后，"里面喷香"，赢得西门庆家的帮闲篾片应伯爵的一阵称赞："嫂子嫁哥一场，今日暗受这副材板勾了。"

小说叙述者似乎对这幅棺材板儿兴致颇高，第六十四回开始，就写岱安夜宿前边铺子里，与傅伙计闲话。傅伙计就问岱安说："你六娘没了，这等样棺椁，祭祀念经发送，也勾他了！"接着没多久，薛内相前来吊唁，也提出想"瞧瞧娘子的棺木儿"。

第七章　《红楼梦》的生命观念

小说叙述者以饶有兴趣的笔触写道：

> 西门庆即令左右把两边帐子撩起，薛内相进去观看了一遍，极口称赞道："好付板儿，请问多少价买的？"西门庆道："也是舍亲的一付板，学生回了他的来了。"应伯爵道："请老公公试估估，那里地道？甚么名色？"薛内相仔细看了此板："不是建昌，是付镇远。"伯爵道："就是镇远，也值不多。"薛内相道："最高者必定是杨宣榆。"伯爵道："杨宣榆单薄短小，怎么看的过此板？还在杨宣榆之上，名唤做桃花洞，在于湖广武陵川中。昔日唐渔父入此河洞中，曾见秦时毛女在此避兵，是个人迹罕到之处。此板七尺多长，四寸厚，二尺五宽，还看一半亲家分上，要了三百七十两银子哩。公公你不曾看见，解开喷鼻香的，里外俱有花色。"薛内相道："是娘子这等大福，才享用了这板。俺每内官家到明日死了，还没有这等发送哩。"

读这段文字，仿佛打开了一个古代棺材的知识库，从选材用哪里地道，称什么名色，皆一一交代明白。唯一令人费解的是，这位前来吊丧的薛内相乃是替皇上宣召的亲信宦官，能够前来已是给足了西门庆面子。西门庆家的帮闲篾片竟然连这点眼力价儿也没有，薛内相说是杨宣榆，他却说"杨宣榆单薄短小，怎么看的过此板"，虽然是当面抬高西门庆，但难道不怕开罪薛内相，西门庆能下得来台吗？当然，小说的叙述目的是极写李瓶儿的棺材板儿奢华超越规格，以此彰显西门庆超乎寻常的怀念，既是写晚明暴发户的穷凶极奢,也借以呈现西门庆、李瓶儿之间非同寻常的情感关系。

可能是《金瓶梅词话》开创了书写丧仪用棺礼仪的写法,《红楼梦》第十三回也写了一段贾珍为秦可卿寻访棺木的文字。甲戌本脂砚斋眉批说:"深得《金瓶》壶奥。"两相比较,《红楼梦》的讽刺意味更是溢于言表:

> 贾珍见父亲不管,亦发恣意奢华。看板时,几副杉木板皆不中用。可巧薛蟠来吊问,因见贾珍寻好板,便说道:"我们木店里有一副板,叫作什么樯木,出在潢海铁网山上,作了棺材,万年不坏。这还是当年先父带来,原系义忠亲王老千岁要的,因他坏了事,就不曾拿去。现在还封在店内,也没有人出价敢买。你若要,就抬来罢。"贾珍听说,喜之不尽,即命人抬来。大家看时,只见帮底皆厚八寸,纹若槟榔,味若檀麝,以手扣之,玎珰如金玉。大家都奇异称赞。贾珍笑问:"价值几何?"薛蟠笑道:"拿一千两银子来,只怕也没处买去。什么价不价,赏他们几两工钱就是了。"贾珍听说,忙谢不尽,即命解锯糊漆。贾政因劝道:"此物恐非常人可享者,殓以上等杉木也就是了。"此时贾珍恨不能代秦氏之死,这话如何肯听。

贾珍在秦可卿之死中,表现尤为引人注目。这位老公公,在儿媳妇去世以后,"恣意奢华":又是要用"出在潢海铁网山上"万年不坏的"樯木",又是"此时贾珍恨不能代秦氏之死"。正如蒙府本脂砚斋侧批说的:"'代秦氏死'等句,总是填实前文",

填实了小说前文秦可卿"淫丧天香楼"的情节。与《金瓶梅词话》可以作为社会生活史料的棺木知识相比,《红楼梦》的贾珍为儿媳选棺材,更多是隐喻和暗示。

正如脂砚斋指出的那样:"樯者,舟具也。所谓'人生若泛舟'而已,宁不可叹!""所谓迷津易堕,尘网难逃也""政老有深意存焉"。无论是制棺用的樯木,还是潢海铁网山的产地,乃至曾经的用棺人"义忠亲王老千岁",都似意有所指,这也是吸引多年来红学家们不断探轶的原因。即便不谈此等处,贾政的从旁相劝揭示了正理:"此物恐非常人可享者,殓以上等杉木也就是了。"在传统社会古人的信仰体系中,享受逾分之福,则必招致灾殃。遗憾的是贾政的人间清醒也好,深意存焉也罢,都没能唤醒此时的贾珍,反过来更说明了此刻贾珍的反常与非理性。

除此之外,小说中还有若干细节直刺贾珍,在第十三回中,写他"哭的泪人一般""说着又哭起来""恨不能代秦氏之死",第十四回里,"过于悲哀,不大进饮食""无心茶饭"。儿媳之死,使得贵为三品爵威烈将军的贾珍伤心欲绝,甚至如丧考妣。除去樯木棺材,他还嫌弃秦可卿"灵幡经榜上写时不好看",临时花费一千二百两银子为儿子贾蓉捐了个"五品龙禁尉"。等到出殡,他又亲自"带了阴阳司吏,往铁槛寺来踏看寄灵所在",可谓尽心竭力,丑态百出。然而小说中最为诛心的笔墨是,整场秦可卿葬礼,身为丈夫的贾蓉和身为婆婆的尤氏,却几乎没有露面,叙述者甚至连一个悲伤的镜头也没有舍得给他们。这一显一隐,给读者留下了无限暧昧的遐想空间。

从请医问药、临终遗言到买棺发表,《金瓶梅词话》与《红楼梦》这两部世情小说的代表作在细节裁剪上有着显著不同,其中蕴含着小说叙述者迥异的艺术趣味。《金瓶梅词话》以西门庆家族为中心，展开了一幅晚明市井生活的瑰丽画卷，琐细但不无聊。小说叙述笔调中不时流露出小说家对日常生活知识的偏好甚至执迷。这段李瓶儿之死中，尤其用力处就在于各种民俗活动与丧葬细节之描摹。

与此不同，《红楼梦》正面描写秦可卿丧仪细节时，往往一笔带过，仿佛流水账，例如写作法事，小说叙"这四十九日，单请一百单八众禅僧在大厅上拜大悲忏，超度前亡后化诸魂，以免亡者之罪；另设一坛于天香楼上，是九十九位全真道士，打四十九日解冤洗业醮。然后停灵于会芳园中，灵前另外五十众高僧、五十众高道，对坛按七作好事"。由此可见，《红楼梦》叙述者描写"美人之死"，其用意不在铺排丧葬场景，亦不在展示日常生活知识，而在于借助丧葬活动来塑造人物个性气质，除去令人匪夷所思的贾珍，便要数王熙凤了。小说第十回到第十四回，从两度探病到可卿托梦，从"毒设相思局"到"协理宁国府"，最后"弄权铁槛寺"，小说始终聚焦于王熙凤，叙述者精心裁剪细节，调动叙述视角，雕琢叙事语言，着意通过神态、动作与心理活动，将王熙凤精明强干、美慧多能、口蜜腹剑、贪权恋权的女强人形象刻画得入木三分。无怪乎脂砚斋要说"写秦氏之丧，却只为凤姐一人"，深得小说三昧。

透过对两部经典小说"美人之死"的分析，打个比方：《金瓶梅词话》好像是一部伪纪录片，小说叙述者架设了一个长镜头，看似一刀未剪，记录下一个暴发户的家庭生活，"琐琐碎碎中有无限烟波"；《红楼梦》则与此迥异，它可以类比成一部精心剪辑的艺术电影。镜头的闪转与切换是叙述者的一种"炫技"。叙事者的叙事目的十分明确，令有心读者非常解渴，但也有可能遮蔽了部分社会生活的真实影像。二者以同样主题"美人之死"

进行创作,《红楼梦》袭用《金瓶梅词话》成功范式而又能自出机杼,可能很难分轩轾。例如有不少读者就认为自然主义呈现式的李瓶儿之死可能从情感上更容易触动现代社会人们的心弦,这也不失为一种合理阐释。

第四节 《风月宝鉴》中的色空观

色空观,是《红楼梦》生命观念体现的十分突出的一个维度。按照小说第一回提示:"从此空空道人因空见色,由色生情,传情入色,自色悟空,遂易名为情僧,改《石头记》为《情僧录》。至吴玉峰题曰《红楼梦》。东鲁孔梅溪则题曰《风月宝鉴》。后因曹雪芹于悼红轩中披阅十载,增删五次,纂成目录,分出章回,则题曰《金陵十二钗》。……至脂砚斋甲戌抄阅再评,仍用《石头记》。"

因此,《红楼梦》书名经历过一个变化过程:从《石头记》到《情僧录》《红楼梦》《风月宝鉴》《金陵十二钗》,最后又回到《石头记》。虽然,这是小说家狡狯之笔,当不得真,但也说明了《风月宝鉴》是小说创作构思的一个重要阶段。更何况,甲戌本眉批还有"雪芹旧有《风月宝鉴》之书,乃其弟棠村序也"的重要提示。据研究,《风月宝鉴》很可能是小说的初稿阶段,其代表性特征是好色好淫的宝玉,小说初稿中主人公年龄也比较成熟,林黛玉有十三岁上下。[①] 但是,这部初稿残存在今天能看

---

① 蒋文钦:《〈红楼梦〉成书的三重系统》,《温州师范学院学报(社会科学版)》,1985年第2期,第13—24页。

到的小说文本中大约最著名的就是贾瑞之死了。

一、"贾天祥正照风月鉴"与小说成书构思

让我们透过"贾瑞之死"窥探《风月宝鉴》之命义主旨。至于旧稿的作用，有研究者归纳得非常到位："一部《红楼梦》就是作者不为清廷效力的宣言。他借用旧稿《风月宝鉴》的隐喻建构自己独特的政治观和性别观；借用《风月宝鉴》的劝诫功能，却完全摆脱了古代劝世小说中被劝者诚心改过，家道兴盛、子孙功成名就、封妻荫子等故事套路的限制，证实了劝诫的无用。《风月宝鉴》只是《红楼梦》成书过程中的一个初稿，《红楼梦》的创作思想正是在其基础之上的升华与鼎新。"[1]

仅就现有材料看，虽然文献不足征，我们还搞不大清楚曹雪芹初稿的完整命义。但残存在现有小说文本中的"风月宝鉴"故事还是堆叠了丰厚的隐喻套层，请看小说第十二回"贾天祥正照风月鉴"：

> 忽然这日有个跛足道人来化斋，口称专治冤业之症。贾瑞偏生在内就听见了，直着声叫喊说："快请进那位菩萨来救我！"一面叫，一面在枕上叩首。众人只得带了那道士进来。贾瑞一把拉住，连叫"菩萨救我！"那道士叹道："你这病非药可医。我有个宝贝与你，你天天看时，此命可保矣。"说毕，从褡裢中取出一面镜子来——两面皆可照人，镜把上面錾着"风月宝鉴"

---

[1] 夏薇：《从〈风月宝鉴〉到〈红楼梦〉——成书与创作思想的嬗变》，《文学评论》，2022年第6期，第201—210页。

第七章 《红楼梦》的生命观念

四字——递与贾瑞道:"这物出自太虚幻境空灵殿上,警幻仙子所制,专治邪思妄动之症,有济世保生之功。所以带他到世上,单与那些聪明杰俊、风雅王孙等看照。千万不可照正面,只照他的背面,要紧,要紧!三日后吾来收取,管叫你好了。"说毕,佯常而去,众人苦留不住。

贾瑞收了镜子,想道:"这道士倒有意思,我何不照一照试试。"想毕,拿起"风月鉴"来,向反面一照,只见一个骷髅立在里面,唬得贾瑞连忙掩了,骂:"道士混帐,如何吓我!——我倒再照正面是什么。"想着,又将正面一照,只见凤姐站在里面招手叫他。贾瑞心中一喜,荡悠悠的觉得进了镜子,与凤姐云雨一番,凤姐仍送他出来。到了床上,嗳哟了一声,一睁眼,镜子从手里掉过来,仍是反面立着一个骷髅。贾瑞自觉汗津津的,底下已遗了一滩精。心中到底不足,又翻过正面来,只见凤姐还招手叫他,他又进去。如此三四次。到了这次,刚要出镜子来,只见两个人走来,拿铁锁把他套住,拉了就走。贾瑞叫道:"让我拿了镜子再走。"——只说了这句,就再不能说话了。

旁边服侍贾瑞的众人,只见他先还拿着镜子照,落下来,仍睁开眼拾在手内,末后镜子落下来便不动了。众人上来看看,已没了气,身子底下冰凉渍湿一大滩精,这才忙着穿衣抬床。代儒夫妇哭的死去活来,大骂道士,"是何妖镜!若不早毁此物,遗害于世不小。"遂命架火来烧,只听镜内哭道:"谁叫你们瞧正面了!你们自己以假为真,何苦来烧我?"正哭着,只见那跛足道人从外面跑来，喊道："谁毁'风月鉴'，吾来救也！"
说着，直入中堂，抢入手内，飘然去了。

细读贾瑞正照风月鉴情节，不甚令人唏嘘。其中有两个关键词，一个是"正照"，一个是"风月鉴"。何谓"正照"？己卯本脂砚斋夹批说得明白："观者记之，不要看这书正面，方是会看。"正面皆是引人入死地的诱惑，背面才是疗病之机、超脱之道。然而正面是凤姐，背面是骷髅。贾瑞二十来岁的年纪，哪里把持得住，遂至精尽人亡，贾代儒夫妇怒烧风月宝鉴，谁知镜内哭道："谁叫你们瞧正面了！你们自己以假为真，何苦来烧我？"跛足道人来救走了风月鉴。这里的正照，正是镜子哭诉的所谓"以假为真"，寓意人们往往为世俗的功名利禄蒙蔽了双眼，最终落得个取祸之道。再说"风月鉴"。按照己卯本夹批的说法："言此书原系空虚幻设。"庚辰本眉批更直接指出："与《红楼梦》呼应。"风月宝鉴的寓意就是红楼一梦的命义。

更进一步讲，小说家所重视之"风月宝鉴"构思，甚至意义远超出贾瑞因妄念凤姐美色致病本身。按照小说第十二回的叙述，贾瑞的病源是"贾蓉两个又常常的来索银子，他又怕祖父知道，正是相思尚且难禁，更又添了债务；日间工课又紧，他二十来岁人，尚未娶亲，迩来想着凤姐，未免有那指头告了消乏等事；更兼两回冻恼奔波，因此三五下里夹攻，不觉就得了一病。心内发膨胀，口中无滋味，脚下如绵，眼中似醋，黑夜作烧，白昼常倦，下溺连精，嗽痰带血：诸如此症，不上一年都添全了。于是不能支持，一头睡倒，合上眼还只梦魂颠倒，满口乱说胡话，惊怖异常。"

贾瑞之死，病因复杂，全身多器官衰竭，受寒、奔波、纵欲、过劳都是起病诱因。按照传统医学观念，他的死亡与遗精有直接关系。① 在传统医学的思维里，遗精—伤身—致死似乎存在一个逻辑链条，被民间信仰总结为"一滴精，十滴血""惜精如命"等俗语，背后有着传统思想的深刻影响。佛、道都有类似于"性禁锢"的思想，而宋明理学以来"存天理，灭人欲"的观念不断被世俗化，也对民间信仰产生了投射。

更令人深思的是，蒙府本脂砚斋批语说：贾天祥正照风月鉴这段是"作书者之立意，要写情种，故于此试一深写之。在贾瑞则是求仁而得仁，未尝不含笑九泉。虽死亦不解脱者，悲矣！"人皆乐生而恶死，贾瑞如此丧命，必然不会是"求仁得仁"，更不可能"含笑九泉"。这是评点者的调侃语，然而最后一句"虽死亦不解脱"，却给世人提了个大大的警醒：沉溺于看似美好的事物，便是内心的魔咒，即便遭遇恶果，也难醒悟解脱。这才是生命中至大的悲哀。

二、"风月宝鉴"构思渊源

《红楼梦》是一部百科全书，它的不少意象都渊源有自，"风月宝鉴"也不例外。据学者考证，唐代谷神子的《博异志》中有一篇《敬元颖》，其中描写到一枚井中古镜，名为"夷则之镜"。小说叙陈仲躬"假居一宅，有井甚大，常溺人""仲躬异之，闲乃

---

① 关于贾瑞之死，学界研究很多。较有代表性的有：龚保华、陈纯忠：《浅谈贾瑞之死》，《红楼梦学刊》，1990年第4期，第84—86页；刘振声：《也谈贾瑞之死》，《红楼梦学刊》，1993年第4期，第103—105页。较新的研究是刘鹏：《惧虚与滥补：从贾瑞与林黛玉之死说起》，《中医药文化》，2019年第1期，第28—34页，可参考。

窥于井上。忽见水影中一女子面,年状少丽,依时样妆饰,以目仲躬。仲躬凝睇之,则红袂半掩其面微笑。妖冶之姿,出于世表。仲躬神魂恍惚,若不支持然,乃叹曰:'斯乃溺人之由也。'"遂命人从井中打捞出这面"夷则之镜"。按照《史记·律书》的说法:"夷则者,言阴气之贼万物也。"小说中所谓"夷则之镜",大约寓意是指女色溺人之意吧,这很可能也是"风月宝鉴"的本义。[1]

不过,《红楼梦》并不是简单继承了叙事文学传统中古铜镜溺人的情节,更赋予了客观物以人的主体性。也就是说,小说中的风月宝鉴不只是一面纯客观的"魔镜",它同时也表现了贾瑞难以克制的自我欲望,其结果是注定走向毁灭。清代评点家二知道人有一段话讲得精辟:"风月宝鉴,神物也;照鉴之背,不过骷髅;照鉴之面,美不可言。但幻由心生,仙家亦随人现化。贾瑞为凤姐而病,照之则凤姐现身其中;浸假而贾赦照之,鉴中必是鸳鸯矣;浸假而贾琏照之,鉴中必是鲍二之女人矣;至于鉴背骷髅,作凤姐之幻相可,作鸳鸯、鲍妇之幻相亦无不可。"风月鉴是可怕的,它的背面照出来的是骷髅,对所有人都是一样的,令人心生厌恶、恐惧,甚至生理反感,但它的正面却人各一面,各有各的魅惑。

风月宝鉴能够具备魔力的底层逻辑大约是人人皆有魅惑,只笑他人看不穿,自己却也落机彀。唯一的解决办法,可能正如己卯本夹批所说:"好知青冢骷髅骨,就是红楼掩面人。"如果以俗世眼看,青冢骷髅如何能与红楼掩面相对举,然而风月宝鉴确实想给热闹中的世人提个警醒:宝玉梦中之可卿,风月鉴中之凤

---

[1] 刘勇强:《中国古代小说史叙论》,北京:北京大学出版社,2007年,第433页。

姐,皆是镜花水月,梦幻泡影也。

三、《红楼梦》风月意象与佛教色空观

倘若将风月宝鉴的思想意涵上升到宗教哲学层面,最直接的根源可能还是佛教的色空观,其源出于《般若波罗蜜多心经》,所谓"色不异空,空不异色;色即是空,空即是色。受、想、行、识,亦复如是"。由于小说和评点中反复出现美人(红粉)、白骨(骷髅)意象,恰可引申到佛教的白骨观、不净观。

在佛教叙事文本中,最著名的是《观音感应传》中的"马郎妇"故事:据说唐代元和十二年,陕右的金沙滩上,有一美艳女子,"絜篮粥鱼,人竞欲室之"。然而女要求前来求婚者:"妾能授经,一夕能诵《普门品》者,事焉。"黎明,能成诵的有二十人。于是女推辞说:"一身岂堪配众夫邪!请易《金刚经》。"如前期,能者还有十人。"女又辞,请易《法华经》,期以三日。惟马氏子能。女令具礼成婚。"本是一桩美好婚事,不想"入门,女即死。死即糜烂立尽,遽瘗之。他日,有僧同马氏子启藏观之,惟有黄金锁子骨存焉"。僧人说:"此观音示现以化汝耳。"说完"飞空而去"。

"色空观念"不限于女色,在《红楼梦》中,也有更为全面的表现。在第十七、十八回叙贾政视察大观园时,有一段描写:"行不多远,则见崇阁巍峨,层楼高起,面面琳宫合抱,迢迢复道萦纡,青松拂檐,玉兰绕砌,金辉兽面,彩焕螭头。"贾政道:"这是正殿了,只是太富丽了些。"众人都道:"要如此方是。虽然贵妃崇节尚俭,天性恶繁悦朴,然今日之尊,礼仪如此,不为过也。""只见正面现出一座玉石牌坊来,上面龙蟠螭护,玲珑凿

就。""正面"二字处,庚辰本有一双行夹批:"正面,细。"这条批语显然是提醒读者联想到"风月宝鉴"的正反面寓意。也就是说,这些富丽繁华的景象,也不过是一种幻局。张新之在《红楼梦读法》中批道:"《石头记》一书,不惟脍炙人口,亦且镌刻人心,移易性情,较《金瓶梅》尤造孽,以读但知正面,而不知反面也。"

《红楼梦》中的色空观念不只是佛教思想的翻版,它同时也是一种有着悠久文化、文学传统的认识。因此,当曹雪芹在继承与运用美人、骷髅的意象,没有堕入否定生命的虚无中,当然也不是一般地抒发红颜薄命的感慨,而是在表现出了一种对青春、对生命的深深眷恋,可以说这也是作者创作这部椎心泣血的悲剧作品的一个心理基础。

四、宝黛的死亡意识

第五章我们聊过宝黛二人的身体消逝观,我曾说:当身体观遭遇生命观,死亡面前,身体何足贵、何足惜?此处我们仍不改变彼处的想法。平心而论,《红楼梦》中的宝黛二人在大多数时候心意是互证的,但性格确实差异较大。相较而言,宝玉更爱谈论死亡,尤其在姐姐妹妹们面前,而林黛玉因为身体原因,谈论较少,表达也较为含蓄。

在二人交流中,宝玉多次透露对自己死后世界的"安排",虽是玩话,也着实与众不同,例如读者耳熟能详的第二十三回,宝黛共读《西厢》,宝玉忘了情,说了句:"我就是个'多愁多病身',你就是那'倾国倾城貌'"。惹得黛玉"不觉带腮连耳通红,登时直竖起两道似蹙非蹙的眉,瞪了两只似睁非睁的眼,微

第七章 《红楼梦》的生命观念

腮带怒,薄面含嗔",指宝玉道:"你这该死的胡说!好好的把这淫词艳曲弄了来,还学了这些混话来欺负我。我告诉舅舅舅母去。"宝玉急得向前拦住道:"好妹妹,千万饶我这一遭,原是我说错了。若有心欺负你,明儿我掉在池子里,教个癞头鼋吞了去,变个大忘八,等你明儿做了'一品夫人'病老归西的时候,我往你坟上替你驮一辈子的碑去。"庚辰本脂砚斋侧批说:"虽是混话一串,却成了最新最奇的妙文。"宝玉这里当然是玩话,故意逗黛玉笑,缓解自己失言造成的尴尬,却也体现出他与众不同的生命价值观。按照宝玉的为人与理想,恐怕他这一"掉"一"变",能与黛玉生生世世相守,也正合他的心意吧。

随着二人情感的发展,第三十回又有一段黛玉对宝玉赌咒发誓的调侃:林黛玉因和宝玉拌嘴,"心里原是再不理宝玉的,这会子听见宝玉说别叫人知道他们拌了嘴就生分了似的这一句话,又可见得比别人原亲近",因而又撑不住哭起来道:"你也不用哄我。从今以后,我也不敢亲近二爷,二爷也全当我去了。"宝玉听了笑道:"你往那去呢?"林黛玉道:"我回家去。"宝玉笑道:"我跟了你去。"林黛玉道:"我死了。"宝玉道:"你死了,我做和尚!"林黛玉"一闻此言,登时将脸放下来",问道:"想是你要死了,胡说的是什么!你家倒有几个亲姐姐亲妹妹呢,明儿都死了,你有几个身子去作和尚?明儿我倒把这话告诉别人去评评。"这句话一说可不得了,虽然是话赶话说出来的,但却意味着宝玉表达了自己非黛玉不娶之心。因而惹得黛玉"直瞪瞪的瞅了他半天,气的一声儿也说不出话来"。我们知道小说叙述者不会白费笔墨,因此,宝黛拌嘴中不经意间的话也必然预示着宝黛的结局:"你死了,我做和尚!"

到了小说第三十六回,宝玉与袭人夜话,忽然袭人引起"人活百岁,横竖要死,这一口气不在,听不见看不见就罢了"。袭人深知宝玉性情古怪,"听见奉承吉利话又厌虚而不实,听了这些尽情实话又生悲感,便悔自己说冒撞了,连忙笑着用话截开,只拣那宝玉素喜谈者问之。先问他春风秋月,再谈及粉淡脂莹,然后谈到女儿如何好,又谈到女儿死,袭人忙掩住口"。小说让贾宝玉说出了一大段那个时代惊世骇俗的死亡观:

> 宝玉谈至浓快时,见他不说了,便笑道:"人谁不死,只要死的好。那些个须眉浊物,只知道文死谏,武死战,这二死是大丈夫死名死节。竟何如不死的好!必定有昏君他方谏,他只顾邀名,猛拚一死,将来弃君于何地!必定有刀兵他方战,猛拚一死,他只顾图汗马之名,将来弃国于何地!所以这皆非正死。"袭人道:"忠臣良将,出于不得已他才死。"宝玉道:"那武将不过仗血气之勇,疏谋少略,他自己无能,送了性命,这难道也是不得已!那文官更不可比武官了,他念两句书汙在心里,若朝廷少有疵瑕,他就胡弹乱谏,只顾他邀忠烈之名,浊气一涌,即时拚死,这难道也是不得已!还要知道,那朝廷是受命于天,他不圣不仁,那天也断不把这万几重任与他了。可知那些死的都是沽名,并不知大义。比如我此时若果有造化,该死于此时的,趁你们在,我就死了,再能够你们哭我的眼泪流成大河,把我的尸首漂起来,送到那鸦雀不到的幽僻之处,随风化了,自此再不要托生为人,就是我死的得时了。"

在传统社会的政治伦理中,凡是谈到"文死谏,武死战",

也就是士大夫食君禄、报王恩了。然而此处宝玉却明确反对这种死法，认为"竟何如不死的好！"他给出的理由是：那些死于进谏的文臣，大多数是"只顾邀名，猛拚一死，将来弃君于何地！"那些死于征战的武将，也很可能"只顾图汗马之名，将来弃国于何地！"这种看法，放在历史进程的长轴上，多少有些偏激。但宝玉想要表达的重点并不在此，他只是针对那些只为沽名钓誉，丝毫不知大义的枉死者，提出自己心目中的"正死"法。如果自己有幸，能够趁这些闺阁女儿们都在身边时死去，再有女儿们哭他的眼泪流成大河，把他的尸首漂起来，"送到那鸦雀不到的幽僻之处，随风化了，自此再不要托生为人"，这就是"死的得时了"。

　　宝玉在与袭人夜话这样轻松愉悦的氛围下说出的死亡观，应当说代表了传统中国人对生命与死亡深挚的关怀和最温厚的阐释：人是社会动物，也是关系性灵长，只有生活在爱你的人和你爱的人中间，生命才能够被赋予意义，而生命意义感几乎是生命存在的全部价值。站在这个维度上审视宝玉的死亡观，蒙府本脂砚斋侧批说的："此一段议论文武之死，真真确确，的非凡常可能道者"，也就不难理解了。

大观园的病根:《红楼梦》人物的身心困局

小　结

　　《红楼梦》的生命观念，是《大观园的病根》关注的最后一个问题，也是探讨《红楼梦》人物身体与心理困局的落脚点。医药文化也好，祛病读法也罢，其终极关怀与文学的根本关切是统一的。它们都聚焦于生命，聚焦于生命意义感的产生与安放。

　　作为一部为"闺阁昭传"的伟大小说，《红楼梦》的神话套层结构中蕴含着丰厚扎实的生命主旨。与此相关，具体到小说第一回，《好了歌》及注中跃动着生命意识，关涉到了小说众多具体人物的性格、气质与结局命运，也为小说解读提供了思维框架；《红楼梦》中的美人之死，从请医问药、临终遗言到买棺发丧，与前代世情小说比，既有继承发展，又有特出迥别。最后，在小说艺术构思最初阶段便已出现的"风月宝鉴"，其源出于夷则之镜的叙事传统和"马郎妇"的色空观，不仅映带出小说主要人物如宝玉、黛玉对生命的深刻思考，更指向了更多人物关系，拓宽到更为深广的历史与社会维度。

　　例如，美人们的临终遗言中其实也包含了深刻的生命观念：李瓶儿的"根绊儿"说与秦可卿的"树倒猢狲散"论，其实都暗含着逝者对生命由家庭（个人）扩展到家族绵延（群体）。周而复始，以百年为尺度，书写了新的观察历史的角度。这在传统社会极为深刻。有曹公家族事败的归因与反思，更是对传统社会生命存续范型的深刻理解与艺术表达。

结 语——「换新眼目」,祛病读《红》

《红楼梦》在今天的读者这里，算得上是中国文学经典中一门广为人知的学问了。然而，回到晚清的历史现场中，"红学"这个词是如何诞生的？将它和经学比附，究竟是一场文字游戏，还是别有一番文化隐喻的意味，同样值得我们再思考。这既涉及不同代际读者如何看待《红楼梦》的复杂命题，又回扣了我们这本名为《大观园的病根》的小书的写作初衷。

近代松江人雷瑨（号均耀）在《慈竹居零墨》笔记中记载过这样一则趣闻：

> 华亭朱子美先生昌鼎，喜读小说。自言生平所见说部有八百余种，而尤以《红楼梦》最为笃嗜。精理名言，所谭极有心得。时风尚好讲经学，为欺饰世俗计。或问："先生现治何经？"先生曰："吾之经学，系少三曲者。"或不解所谓。先生曰："无他。吾所专攻者，盖红学也。"[①]

所谓"吾之经学，系少三曲者"，实际上是朱子美开了一个拆字玩笑，繁体字的"经"字写作"經"，去掉上面"三曲"，不就只剩下底下一个"工"，凑成一个"红学"的"红"字了吗？谁能想到当年朱子美一句特立独行的玩笑话，今天已经深入读者人心，并且还蔚为壮观呢。大多数研究者都把红学的渊源追到朱子美这里，也有发现徐珂的《清稗类钞·诙谐类》记录更详尽的。《类钞》在交代背景时写道："曹雪芹所撰《红楼梦》一

[①]（清）雷瑨：《慈竹居零墨》，载《文艺杂志》，1914年第8期。转引自一粟编：《古典文学研究资料汇编·红楼梦卷》，北京：中华书局，1963年，第415页。

大观园的病根：《红楼梦》人物的身心困局

书，风行久矣。士大夫有习之者称为'红学'。而乾、道两朝，则以讲求经学为风尚，朱子美尝讪笑之，谓其穿凿附会，曲学阿世也。"①

经学是传统社会文士之间交往时所贵尚者，大概因为它是科举考试的晋身之阶，同时也是官方意识形态所认可的一套价值标准。清代考据学盛行风气下，经学甚至可以成为普通读书人结交权贵的重要社交技能。朱子美所谓"穿凿附会，曲学阿世"自然不免是愤激之语。然而任何一个时代皆是如此，并非所有人在任何时候都汲汲于功名。据学者研究，朱子美是松江人，与笔记小说作者雷瑨是同乡。他是清光绪十六年（1890）庚寅的恩贡，一生好读书而轻仕途，官至蓝翎五品衔候选直隶州通判，著述有《一乐居文稿》《屯窝诗稿》《梦昙庵词稿》《词媛姓氏录》等，其中《屯窝诗稿》是朱氏悼亡之作，仿黛玉葬花，积咏成集。②据考证，他还化名"则仙"，参与过天目山樵张文虎批评《儒林外史》的"沙龙"。其"则仙"评被誉为仅次于卧闲草堂评、黄小田评和天一评，乃《儒林外史》的第四大批评。③

朱子美主动选择不"曲学阿世"，而是阅读了八百余种小说，"尤以《红楼梦》最为笃嗜"，显然不只是奋愤所能解释的。我想，朱子美大概找到了一种在那个时代的士人看来与众不同的看世界、品人生的视角，正如《红楼梦》所说"换新眼目"。朱子美就是这样的人，他也许早就看透了当时社会的困境，至少想明

---

① 徐珂：《清稗类钞》第四册，北京：中华书局，2010年，第1792页。
② 张云：《晚清"经学"与"红学"——"红学"得名的社会语境分析》，《中国文化研究》，2010年第3期，第115页。
③ 李汉秋：《〈儒林外史〉新发见：拨开云雾见"则仙"》，《光明日报》，2010年5月10日第12版；后收入梁枢主编：《国学精华编》，北京：商务印书馆，2011年，第267页。

白了自己生活的困局。向外、向上开掘之路近乎断绝之时，生命意义感有时需要向内掘藏。《红楼梦》及其他说部文本对于朱子美们而言，我想不是消闲日月的玩物，而是赋予庸常生涯以生命意义的稻草。如果我说，《红楼梦》是照亮人生黑暗的一盏明灯，想来应该有不少读者可以会心。这其实就是我提倡《红楼梦》的祛病读法的本来要义。读书是为了明理，反过来讲，只要能够明理，又何必拘泥于所读之书是"经"还是"红"呢？

一、《红楼杂咏》：书画大师丰子恺的病中挽歌

《红楼梦》诞生两百余年来，使得无数读者为之触动，留下了不朽诗篇。我们在全书的最后，给读者朋友介绍一种新文献——《红楼杂咏》。它是20世纪的书画大师丰子恺先生晚年创作的组诗，由调笑转踏（三首）和绝句（三十一首）两部分构成，共计三十四首。

"调笑转踏"分别叙宝玉、黛玉和宝钗事，绝句则始于贾母、经王熙凤、秦可卿、妙玉、袭人、元春、鸳鸯等贾府中主仆，终于石狮。尤为引人注目的是，《杂咏》选录了《红楼梦》中地位不显的配角金钏儿、藕官、柳五儿、贾瑞、刘姥姥、焦大、张金哥、智能儿、薛蝌等，就连坏人赵姨娘、夏金桂等也得以题咏，反而是传统的金陵十二钗中李纨、迎春、探春、巧姐没有被题咏到。诗人对不少小说人物的品评，不仅与作诗时代格格不入，放在今天也颇为别具一格。例如对柳湘莲的评价："反覆无常一小人，时人错认作豪英。双刀逼得红颜死，畏罪潜逃没处寻。"与读者的普遍认知有较大差异。就如同丰先生的漫画一般，令人过目难忘，耳目一新。

大观园的病根：《红楼梦》人物的身心困局

　　根据丰子恺书信等资料综合考察，这组《杂咏》应该作于1970年，丰先生时年七十二岁，可以说是他一生才智、识见、涵养的一种浓缩式呈现。20世纪60年代中后期，丰子恺先生被下放到上海郊区劳动，农舍不挡冬日的寒风，他却淡然地对女儿表示："地当床，天当被……是造物者之无尽藏也。"（《丰子恺传》）1970年2月，丰先生因中毒性肺炎入院治疗，病情危急，可他却因重拾笔墨、重见家人而欣喜异常。病中的丰子恺常与读大学的小儿子丰新枚通信，信中不乏诗作，例如这首五言："岁晚命运恶，病肺又病足。日夜卧病榻，食面或食粥。切勿诉苦闷，寂寞便是福。"丰子恺的晚年生活应该是诗歌时刻不离左右的。

　　他的诗中有不少文学经典，又怎会少了《红楼梦》。据1970年5月，丰新枚来信提到《红楼梦》，丰子恺在回信中赞扬了儿子的审美，也表露出重读《红楼梦》的愿望。等到当年6月28日的信中，丰子恺再次提及《红楼梦》，他表示自己"病日趋好转""倍感寂寞"，说自己已经重读完《红楼梦》，并评说宝玉的"精神恋爱"。在丰子恺1970年7月16日给丰新枚的信中，第一次出现了名叫《〈红楼梦〉百咏》的篇章，当是《红楼杂咏》最初的面貌，含七绝十二首，信中说"待续"。可见丰子恺的《红楼杂咏》是在20世纪70年代初病中重读《红楼梦》后感触深沉所作。原计划写百首，后来因为各种原因，只完成了我们今天看到的三十四首，题为《红楼杂咏》。[1]

---

[1] 感谢北京大学医学人文学院2019级本科生张程程同学在资料搜集与整理过程中付出的艰苦努力。她的本科毕业论文题目是《"尘世何来槛外人"——从〈红楼杂咏〉看丰子恺晚年生命观》，是我和马旭老师一起指导的。她的论文与本书结语部分论说重点不同，但在教学相长、切磋琢磨过程中，我亦受惠良多，特此鸣谢。

二、诗里病外两《红楼》：特殊读者的生命反刍

《红楼杂咏》可以说是一位病榻上的老者，一位困窘的大艺术家对两百年前的另一位郁郁不得志的大艺术家的生命礼赞。丰子恺先生选择了诗歌这种最具性灵的方式承载自己对重读《红楼梦》的感悟抒发，因而也就产生了诗里病外的两重《红楼》解读：一个是丰子恺先生用诗的语言创造出的大观园人物列传，另一个是疾病日渐痊愈触发下丰子恺借助《红楼梦》抒发的独特生命体验。无论从文体，还是从结构以及叙事功能上，丰子恺先生都呈现出一位艺术家读者敏锐而别具一格的生命反刍。

我们首先看文体选择，《红楼杂咏》可以分为三首调笑转踏和三十一首七绝。调笑转踏这种诗体在中国诗歌的发展历程中具备独特的文体风格。调笑转踏由调笑和转踏两者结合而成。所谓调笑，据《乐苑》载："商调曲也，戴叔伦谓之《转应词》"。所谓"转应"者，"因词中有展转相应之句也"。唐宋时代的调笑，纯是文人宴饮游戏之用。而转踏则是一种歌舞戏的形式，据王国维《宋元戏曲史》考证："前有勾队词，后以一诗一曲相间，终以放队词，则亦用七绝"。表演时，"以歌者为一队，且歌且舞，以侑宾客"。任半塘也认为：转踏始于唐，"转"入歌而"踏"于舞，以女伎若干，结队歌舞，其歌辞作叙述体[①]。综合起来看，调笑转踏在唐宋时，指的是以《调笑》为曲，行转踏表演时所歌唱念诵的文本。根据宋代秦观等人《调笑转踏》的范式，

[①] 任半塘著：《唐戏弄》，北京：作家出版社，1958年，第425页。

大观园的病根:《红楼梦》人物的身心困局

比单纯的《调笑》曲更重叙事性,能够讲述完整故事,而非截取片段场景,旨在抒情。

更进一步说,看组诗结构。按照现有书信材料,我们有理由相信,丰子恺与丰新枚书信往还中的《〈红楼梦〉百咏》本都是七绝,故名《百咏》,《调笑转踏》是在丰子恺重新书写《红楼杂咏》之时增补进去的。他以调笑转踏体专写宝、黛、钗三人,直面小说主人公的悲剧结尾,更具一重悲剧意味。我们且看这三首诗歌:

> 《调笑转踏》其一
> 温柔乡里献殷勤,唇上胭脂醉杀人。
> 怕见荼蘼花事了,芳年十九谢红尘。
> 前尘影事知多少,应有深情忘不了。
> 青春少妇守红房,怅望王孙怜芳草。
> 芳草,王孙杳。应有深情忘不了。
> 怡红院里春光好,个个花容月貌。
> 青峰埂下关山道,归去来兮趁早。
> 其二
> 工愁善病一情痴,欲说还休欲语迟。
> 绝代佳人怜命薄,千秋争诵葬花诗。
> 花谢花飞春欲暮,燕燕莺莺留不住。
> 潇湘馆外雨丝丝,不见绿窗榭鹦鹉。
> 鹦鹉,向谁诉。燕燕莺莺留不住。
> 如花美眷归黄土,似水流年空度。
> 红楼梦断无寻处,长忆双眉频锁。

结　语　"换新眼目"，祛病读《红》

其三

芬芳人似冷香丸，举止端详气宇宽。

恩爱夫妻冬不到，枉教金玉配姻缘。

空房独抱孤衾宿，且喜妾身有遗腹。

怀胎十月弄璋时，只恐口中也衔玉。

衔玉，因缘恶。空房独抱孤衾宿。

红楼梦断应难续，泪与灯花同落。

小园芳草经年绿，静锁一庭寂寞。①

　　从"应有深情忘不了"（宝玉）"如花美眷归黄土，似水流年空度"（黛玉）和"红楼梦断应难续，泪与灯花同落"（宝钗）三句人物定评可知，丰子恺所谓的《调笑》绝非佐餐佑酒的"调笑"，而是既契合他重读《红楼梦》时"身处苦中而不以苦为苦"的胸臆，又合乎他同情宝、黛、钗三人境遇的抒情需要。

　　书信中保留下的《百咏》可能还不足以表达丰先生对这三个主要人物的情感。因此，再重新书写，调整成《红楼杂咏》之时，丰子恺先生便赋予三人高一规格待遇。他先定人物后选体裁——使用调笑转踏这种诗体恰如其分地歌颂宝黛钗之间的生命与爱恋。同时，也纾解自己老病缠绵的数年郁郁之情。

　　更有甚者，细读《调笑转踏》其一、其二和其三的结尾句："青峰埂下关山道，归去来兮趁早""红楼梦断无寻处，长忆双眉频锁""小园芳草经年绿，静锁一庭寂寞"，暗合了丰先生此刻复

---

① 鸣谢中国科学院宋菲君研究员慷慨赠送丰子恺先生晚年手书的《红楼杂咏》三十四首照片，使读者凭资料，能够了解两位相隔两百余年的艺术大师，进行了怎样的心灵沟通与对话。

381

杂的心情，既想归去来兮，又双眉频锁，更有甚者，日常岁月，大多数时间尽在"静锁一庭寂寞"中了。

从结构角度说，丰先生三首《调笑转踏》之间存在内在关联性：以写宝玉的这首领起，奠定作者"前尘影事知多少，应有深情忘不了"的叙事态度，然后分写黛玉与宝钗，以为呼应。丰先生对宝玉的总体把握是可靠的：这首诗先是用两个意象给宝玉定调子：他生在"温柔乡里"，时常在脂粉队里"献殷勤"，唇上的胭脂都能"醉杀人"。继之以"怕见荼蘼花事了"十九岁便"谢红尘"。在这表面上的"落差"之中，是对黛玉的"深情忘不了"，同时也造成了宝钗的"守空房"。因而不得不点出宝玉"王孙"的身份，用了招隐士的典故，为何"王孙怜芳草"，皆因"应有深情忘不了"。宝玉忘不了的自然是"怡红院里春光好，个个花容月貌"，然而诗人是清醒的，他既是劝说，也是自况。宝玉，归去来兮须"趁早"。以第一首统领后面黛玉和宝钗的两首，诗歌中的各种意象就有了打开方式。

从总体上看，丰子恺对黛玉和宝钗持一种平等的看法：黛玉的"留不住"与宝钗的"孤衾宿"；黛玉的"无寻处"与宝钗"应难续"，不正是我们在最后一章中聊过的"才"与"德"的艰难抉择吗？

接着，说完《调笑转踏》的结构作用，还应说说三十一首七绝诗的结构与叙事功能。初看三十一首诗，每首歌咏一个人物，首贾母而尾巴石狮，人物混杂，似乎看不出什么规律来，当然这也符合《红楼杂咏》的手稿状态，并未经过整理发表。然而，细味之，仍能看出以下几点，值得揣摩：

从首尾两诗照应角度说，它们所咏对象都较为特殊：开头咏贾母,结尾咏石狮,这是丰先生寄托自况的两个角色。欧丽娟在《红楼大观》中曾将贾母誉为"爱与美的幸运之神",这虽不是贾母的公共认知,但却大致与丰子恺看待贾母的方式相仿佛:"满眼儿孙奉太君,大观园里乐天伦。何当早赴西方去,家破人亡两不闻。"诗人写贾母,其实就是在为整个贾府故事展开进行铺垫,在大观园中,满眼儿孙,本该是乐享天伦的,可最后作者却劝解道:"何当早赴西方去,家破人亡两不闻。"

按照小说后四十回的故事情节,贾府获罪,贾赦、贾珍革职充军,直到第一百一十回,贾母才"寿终归地府"。在生命的最后阶段,她心中应萦绕着深深的后继无人的凋零之憾。以贾母作为组诗的第一位吟咏对象,实际上是对"归去"主题的一种反面文章,假如贾母"早赴西方"了,贾府后来的悲剧她也就眼不见为净,"家破人亡两不闻"了。《红楼杂咏》七绝以贾母开篇,恰与《调笑转踏》以宝玉肇端构成呼应,先乐后悲,以极乐衬极悲,跌宕起伏,然而在表达上却充满了克制的淡然,举重若轻。

20世纪70年代,丰子恺已步入暮年,身心疾痛日增。虽然书信和其他文字表露出的生活态度依旧乐观,然而诗歌中却不可避免地流露出些许暗色调。也许,题咏贾母让这位大艺术家想到了自己的死亡。自然生命的何时"归去",这是一个无法预知的结局,然而自我精神的归宿,丰子恺应该早已思考过。《红楼杂咏》创作一年后,他在《敝帚自珍》中直言"画缘已尽",这并不是说他不再热爱绘画,而是他所珍视的所有美好皆已如梦幻泡影。通晓沉痛,更念过往之美好,平心静气,接纳或然之"早"。这既是这一个读者在特定时空下解读出的贾母的生命观念,更是艺术家丰子恺的暮岁写心。

大观园的病根：《红楼梦》人物的身心困局

再看《红楼杂咏》七绝最后一首："双双对坐守园门，木石心肠也动情。谁道我辈清白甚，近来也想配婚姻。"因为是丰子恺先生重新手书的，所以即便没能达到"百咏"这个体量，也绝非零简断章，毫无构思可循。丰子恺先生在写罢大观园中、《红楼梦》里众人之后，在七绝的最后，也是在整个《红楼杂咏》的最后，却不再以咏叹"人"作结，而是别出心裁，以"石狮"作尾。遍览百余年来关于《红楼梦》的诗歌书写，这也算是特立独行的一笔了。"石狮"不是《红楼梦》中人，却作为"石头"一般的视角，冷峻地观察着贾府中的每一个人。

我想丰子恺的灵感显然是来自柳湘莲的那句名言："你们东府里除了那两个石头狮子干净，只怕连猫儿狗儿都不干净。"（第六十六回）"石头狮子"摆明了与贾府中人无染。然而丰先生反用柳湘莲之意，偏说"木石心肠也动情"，用木石前盟点染贾府顽石，跳出红楼人物群像的具体感叹，复归一位有情的见证者。丰子恺在信中向儿子新枚提及宝玉是"精神恋爱"。此说可以作为我们理解《红楼杂咏》组诗"近来也想配婚姻"的注脚："动情"与"清白"本不矛盾，旁人爱怎么说也只好由他去。《红楼梦》打动了正处于困顿与疾病中的艺术家的灵魂，"清白甚"的一对有情石狮，正如丰子恺如画、如诗般敏锐的洞察力，揭示出"动情"的"清白"之石，洞明世事，照见古人心。

另外，细读三十一首七绝，丰子恺的吟咏对象包罗甚广，金钏儿、藕官、柳五儿、刘姥姥、焦大、张金哥、智能儿等小人物，甚至赵姨娘、夏金桂这样不光彩的角色，他都题咏到了。反而是金陵十二钗中的李纨、迎春、探春和巧姐没有提及。可知丰子恺所"咏"并非对《红楼梦》情节的简单照本宣科，而是基于个人生命经验的一种反刍。归结起来,丰子恺对小人物的印象,大都源于他们"独立的生命"。例如金钏儿不屈投井,丰子恺咏道:"满腹含冤无处诉,辘轳井底好安/长①眠";藕官为死去的菂官烧纸,深深感动了丰子恺,他说:"迷离扑朔不分明,情到深处假亦真。一陌纸钱和泪化,幽明不隔两痴人。"

除去关注小人物的命运,丰子恺还对红学家众说纷纭的人物有着自己的独立评价,例如刘姥姥,丰子恺说她:"不宠无惊一老刘,何妨食量大如牛。朱门舞歇歌休后,娇小遗孤赖我收。""食量大如牛"是小说第四十一回中的刘姥姥故意惹人发笑的一句酒令,被所丰子恺所拈出,似乎成了她后来担负起"娇小遗孤赖我收"责任的一种前情映照,视角独特,令人过目不忘。

更耐人寻味的是,谈到反面人物,丰子恺也不吝挞伐,表露出自己的好恶。例如赵姨娘毒计落空,《红楼杂咏》批评道:"窃喜妖婆法术灵,幸灾乐祸假装颦。阴谋左道终须败,枉费金钱白费心";夏金桂误服自己所下剧毒而死,丰先生嘲讽道:"妒火中烧杀气腾,自家置毒自家吞。阴谋未逞身先死,笑杀大观园里人。"恶有恶报,大快人心,正如《护生画集》中丰子恺所描绘的情形一样,他对于人性的残忍,极其反感,也十分摒弃。护生之根本目标还在"护人""劝人"。

最后,在《红楼杂咏》中所歌咏的事件,也有着丰子恺式的精心拣择。反复阅读七绝三十一首,加上三首《调笑转踏》,犹如三十四幅漫画,大画家丰子恺运笔如椽,往往几番勾勒,就呈现出一个小说人物令人印象最深刻的侧面。虽说三十四首诗皆无

---

① 此处是丰子恺先生原文,安/长皆可,体现了先生在用字上的审慎。

诗题，然而稍微熟悉《红楼梦》文本的读者都能一望可知，了无争议。丰子恺歌咏功力，往往在此。不必说黛玉的"葬花诗"、宝钗的"冷香丸"，即便元春"省亲"、湘云"醉眠"、香菱"学诗"、晴雯"撕扇"这些也选取了典型事件。耐人寻味的是，写袭人，丰先生选取"猩红巾子"这个物象为切口，将袭人的身世与心事写深写透："猩红巾子定终身，往事依稀感慨深。记否良宵花解语，山盟海誓付烟云"，颇有画面感。

最为别具一格的，还是对元春的描摹，元妃省亲主题，清代已经有孙温、改琦等人详细描摹过了，有珠玉在前，丰先生如何措手。他的诗如画一般，独辟蹊径，如此描绘："禁门深锁绮罗人，暂释还家号省亲。一自捉将宫里去，从兹骨肉永离分"。"捉将宫里，骨肉离分"，捕捉到的是元春的"不自由""不得见人的去处"的神髓。这就以一人之苦难状众生皆苦之贾府。由此可见丰子恺的《红楼杂咏》并不一味悲金悼玉，也不轻易对人物下断语，而是深刻反推小说人物特定时空的心境，顺势而为，信手描之，精准选出人物经历中最能动人之场景。丰子恺的《红楼杂咏》其实并没有丝毫的"作意好奇"，只是将小说人物当作普通人来观察、来熨帖。如此将个人暮年心事恰好投射于人物形象之上，乃是真诗，有最自然模样。

行文至此，丰子恺的艺术生命也就丰富而立体地呈现在三十四首《红楼杂咏》之中了，一如他为大众所熟知的子恺漫画：他洞察生活，也铭记日常，用心读懂每一个小说人物，努力走进他们的心灵世界，最终能平等地看待身份迥异的贾府人物，一视同仁地拣选"真"，嘲讽"伪"，推崇"善"，针砭"恶"，最后平和而不奇崛地吟咏"美"。他的视线所及，除贾宝玉、林黛玉、

结　语　"换新眼目"，祛病读《红》

薛宝钗之外，还有贾母、王熙凤、贾元春、史湘云，更多的是刘姥姥、袭人、晴雯、金钏儿、柳五儿、藕官这些小人物的悲欢离合。

人生阅历和佛家濡染给丰子恺的生命观带来了"缘起性空"的思想底色，在他的论述中，"离苦""破我执"时常出现。但与曹雪芹同构的是，丰子恺并没有沉溺于宗教而枯寂整个世界，他对美的欣赏，有对恶的警惕，这是中华民族文艺血脉中流淌的"道法自然"与"天人合一"，是传统人文精神最温润的弘扬。他的视角无疑是包容的。要知道，这可是一位生活在20世纪70年代的古稀老人的慧目。《红楼杂咏》再次印证了萦绕于丰子恺心头的"人本位"观念。诗中的每一个角色仿佛被打散了，不再从属于其他角色或作为情节的附庸，丰子恺用平和中略带诙谐的笔调书写着生活的真相。

读他的题《红》诗犹如在读他的画。《红楼杂咏》创作手法就是丰子恺一再提倡的"诗画结合"。画有"远近""透视"关系，而诗人也采用近似的方法："凡物距离越远，其形愈小""若兼看视线上下（天与地）两方，即见其相'接'，相'连'""关系就是物象对世间的关系，对我的关系"。[①] 丰子恺将绘画规律运用于《红楼杂咏》中，如写黛玉"潇湘馆外雨丝丝，不见绿窗谢鹦鹉"。此句黛玉魂归离恨天后潇湘馆中的寂寥场景，意象的堆叠制造了空间的实感。在中国诗歌传统中，"鹦鹉"常见于闺怨题材，如柳永之"却傍金笼共鹦鹉"；"雨丝丝""不见"等

[①] 丰子恺：《丰子恺文集（艺术卷2）（艺术卷3）》，丰陈宝、丰一吟、丰元草编，浙江文艺出版社、浙江教育出版社，1990年，第460、462、40页。

语赋予场景以动感。《红楼梦》是一部画面感极强的艺术精品,以丰子恺的画家笔触歌咏之,更激活了小说的斑驳色彩与瑰丽场景。场景流转中消逝着的是青春的女儿生命。

丰子恺平等地审视小说人物生命中的闪耀与晦暗,稍加拾掇,铭刻生命的色彩。他的艺术生命正像他所题咏的惜春一样:"拟将彩笔驻秾春。"艺术是创作者生命的保有与存续。《红楼梦》读者万千,虽不能说曹雪芹必然因此活在任何读者之中,曹雪芹的品格与目光,以及当时被记录时代的生命,却都在书册之中,角色的形容行动之间,被后世瞻仰。《红楼杂咏》是一个后世之人对《红楼梦》中所蕴生命的"汲取",丰子恺以吟咏人物记录下他对《红楼梦》中的生命的欣赏和所得。①

天下读《红》爱《红》者,倘都能以解《红楼梦》为乐,平心静气,涵咏精进,忘怀得失,独存赏鉴,则诚如脂砚斋所批:"风月情怀,醉人如酒"(戚序本第三十回总评)。

三、祛病新读法,细读"不确定":北大课堂的别样《红楼梦》打开方式

何谓"祛病"读法?在导言中我们曾经介绍过,这里重复一遍:我国传统医学有祛病强身之谓,也就是通过调理使身心无病,达到身心合一、复原如此的状态。我们借此譬喻聚焦《红楼梦》疾病叙事的读法。主旨在剖析小说文本所折射出的古人医学知识、思想与信仰世界,更重要的是挖掘疾病书写对小说叙事所

---

① 张程程:《"尘世何来槛外人"——从〈红楼杂咏〉看丰子恺晚年生命观》,北京大学医学人文学院本科毕业论文,未刊稿。

起作用的崭新读法。其目的在于像晚年的丰子恺一样，通过阅读、品味《红楼梦》实现自我疗愈，真正做到不"穿凿附会，曲学阿世"，从小说联系到自我生命的反刍，方不愧为"经学"少三曲的真"红学"读者。

"祛病读法"源出于北京大学医学部的课堂，源于师生互动、教学相长的数年如一日的细读"不确定"。为什么要细读"不确定"，从根本上讲，是因为我们这个世界日益专业化，我们的日常生活中有太多的确定性。然而生活乃至生命的本真都具有丰富而未知的"不确定性"。阅读《红楼梦》这样伟大的文本，有一个核心要义正在于不断"祛魅"：祛除对于自我认知惯性之魅惑，祛除对于经典崇高之魅惑，祛除对于阐释唯一性与解读确定性的魅惑。例如分析小说医药叙事，不是要绕远千里，用文学作品来证明古典医书说的都是对的，也不是要隔靴搔痒，说明小说家曹雪芹有多么懂医学，多么伟大。

我们细读文本的意义恰恰在于要探索小说家如何用那个时代的医药知识为我们搭建起一个贾府上下、大观园内外病、医、药、养乃至日常生活的时空舞台。小说人物在舞台上活泼泼地唱念做打。让我们可以形象化地了解古人艺术化与理想化了的生命状态，从中找到超越于古典医学知识的积极启示。凡是祛病读《红》者，必知祛魅乃得真《红楼》之要义。

我在课堂上时常说，传统医学经典中给我留下最深刻印象的一段话来自《黄帝内经·素问》的《上古天真篇第一》，叙述者构拟了黄帝与岐伯的一段对话。岐伯说："上古之人，其知道者，法于阴阳，和于术数，食饮有节，起居有常，不妄作劳，故能形与神俱，而尽终其天年，度百岁乃去；今时之人不然也，以酒为浆，以妄为常，醉以入房，以欲竭其精，以耗散其真，不知持满，不时御神，务快其心，逆于生乐，起居无节，故半百而衰也。夫上古圣人之教下也，皆谓之虚邪贼风，避之有时，恬淡虚无，真气从之，精神内守，病安从来。"[1] 所谓"祛病"之根本，我想无外乎"精神内守"四个字了。真正的"祛病"乃在于正心守神才能养身。我想在物质日益丰盈的时代，关切自身生活质量与生命安放的读者一定乐于通过《红楼梦》，追寻"祛病"强身。

---

[1] 《黄帝内经素问》，第3页。

后　记

在我的写作计划里，《大观园的病根》是一本轻巧灵便的小书，也是一部活泼泼的课程讲义。因此，它虽然已经七周岁了，但依然很稚嫩，依然渴望批评，依然需要生长。

回顾七年来的为大观园寻病根之旅。感谢郭莉萍教授指示我发掘《红楼梦》与疾病叙事这一内涵丰富的话题，并支持我在北京大学医学部为全校同学开设公选课。感谢刘勇强教授传授我古代小说叙事研究的系统方法论，并针对不少具体问题给予指教，祛我之魅。感谢内子元，与我朝夕论《红》，揣摩细节，熨帖人物。记得2021年5月31日夜，课后，我正在教室里与学生激烈讨论《红楼梦》。忽然接到内子电话，劈头就是："我还以为你逃婚了！"原来约好第二天去领证结婚，结果在教室聊《红楼梦》太入迷了，浑忘了回家的时间。然而不有此问，不如此讲论，哪有这部小书呀。感谢丰子恺先生长外孙宋菲君研究员惠赐《红楼杂咏》手稿，使得读者能够一窥艺术大师晚年读《红楼梦》诗作全貌；感谢张程程同学艰苦爬梳文献、阅读丰氏日记，结合文本探究《红楼杂咏》中潜藏的生命旨趣。感谢马佩林老师的策划和董虹老师的责编，没有他们的督促与帮助，无法想象以我的拖延，何时能够交稿付梓。最后，更要感谢所有选修过《红楼梦与健康文化》课程以及听过相关讲座并给出反馈的同学们。

教学相长，感谢每一位给予我建议的同学们。记得去岁冬夜，收到一位同学主动为我整理的讲课录音稿，耗时 2.5 小时，共得两万六千余字。我感动于同学们被大观园女儿们的疾苦所激发，能够以《红楼梦》为指引，照亮前行路。我想这部书的大多数读者也许正当青春年少、风华正茂，自当挥洒才情、无拘无束，以古人祛病之酒杯，浇我辈庸常之块垒。

毕竟"尘世何来槛外人"，何妨"拟将彩笔驻秾春"。

李远达

于北京大学医学部逸夫楼

2024 年 12 月 4 日